Heike Schroll

Blutbuchen – Ein Altmarkkrimi

Judith Brunners erster Fall

Kriminalroman

Altmark,
im Herbst 1985

Donnerstag

~ 1 ~

Laura Perch freute sich auf die kommenden Wochen, schon seit die letzten Sommertage so kühl zu Ende gegangen waren. Im Augenblick war sie ein wenig in melancholischer Stimmung. Die Kleinbahn, in die sie in Magdeburg zugestiegen war, bummelte durch leuchtend rotbunte Laubwälder, die sich in der Sonne wärmten. Hier in der Altmark musste der goldene Oktober erfunden worden sein. Die Felder waren entweder abgeerntet und zeigten ihre tiefbraunen, fruchtbaren Böden, oder sie waren mit sattgrünem Wintergetreide bestellt, was der Farbigkeit der Landschaft zu einer unwahrscheinlichen Pracht verhalf.

Im langsamen Vorbeifahren hatte Laura sich immer wieder an den Kirchen der Dörfer erfreuen können. Die Altmark verfügte über eine beeindruckende Zahl davon, viele romanischen Ursprungs. Die meisten Gotteshäuser waren als Feldsteinkirchen gebaut, doch auch mehrere Fachwerkkirchen schmückten die kleinen Dörfer, die mit ihren herausgeputzten Häusern genau in diesen Landstrich gehörten.

Laura genoss die Zugfahrt. Urlaub, Ruhe, keine Pläne. Sie war gern mal raus aus der Großstadt, zumindest für eine gewisse Zeit.

So in Gedanken vertieft, bemerkte sie nicht, dass der Zug in Kloster Neuendorf gehalten hatte. Erst als zwei ältere Damen um Erlaubnis baten, sich zu ihr ins Abteil setzen zu dürfen, wurde ihr bewusst, wie nah sie ihrem Reiseziel bereits gekommen war. Schon an der nächsten Station, in Gardelegen, würde sie erwartet werden. Ihre Freundin Astrid hatte ihr versichert, jemanden mit dem Wagen zu schicken, damit sie nicht den langsameren Bus nach Waldau nehmen müsste.

Die neuen Mitreisenden setzten sich, ohne ihre Mäntel abzulegen, und musterten Laura Perch interessiert. Sie versuchten, die junge Frau mit den glatten schulterlangen Haaren irgendwie einzuordnen; nicht Ortsansässige fuhren wochentags nämlich nur selten mit dem Bummelzug, zumal am Vormittag. Da dies den zugestiegenen Frauen aber nicht gelang, gaben sie ihre Erkennungsversuche rasch wieder auf. Kurz nach der Abfahrt des Zuges begannen sie ungeniert, sich über ihren bisherigen Tag und das Verhalten ihrer Mitmenschen auszutauschen. Sie wähnten sich sicher, keine Zuhörerin zu haben, die ihr Gespräch deuten konnte.

Laura amüsierte sich im Stillen, denn ihr waren Waldau und seine Bewohner durchaus vertraut, schließlich hatten ihre Großeltern dort gelebt, und sie hatte als Kind viel Zeit bei ihnen verbracht. Laura konnte sich sofort an die beiden Frauen erinnern: Anne und Emily Winter wohnten am anderen Ende des Ortes, in dem wohlhabenderen Oberdorf. Sie waren, wie man sich im Dorf erzählte, nach dem Krieg nach Waldau gekommen und hatten ohne große Erklärungen ein seit Längerem leer stehendes Haus bezogen. An über das notwendige Maß hinausgehenden Kontakten zu den Dorfbewohnern schien ihnen wenig gelegen, die Waldauer Kinder mieden sie, und sie erhielten auch keine der sonst üblichen Nachbarschaftsbesuche. Immerhin boten sie stets Gesprächsstoff für die anderen Frauen im Dorf, die das Verhalten der beiden fantasievollen Deutungen unterziehen konnten.

Heute wirkte das Geschwisterpaar etwas fahrig. Auf den Plätzen hin und her rutschend, hielten sie ihre kleinen ledernen Reisetaschen fest an sich gepresst. Anne Winter wandte sich mit besorgter Miene ihrer Schwester zu: »Hoffentlich haben wir an alles gedacht, was zu erledigen war, Emily.«

»Aber ja doch, jetzt haben wir wieder für eine Weile Ruhe.«

»Wenn du meinst.« Ganz überzeugt war Anne Winter nicht. Sie versuchte sich abzulenken. »Wenn wir nachher zu Hause sind, lesen wir erst mal die Zeitung und sehen die Post durch. Ich koche uns einen schönen Kaffee dazu, ja?«

»Hoffentlich ist die Post überhaupt schon da. Es ist doch unerhört, dass Lucie Merker die Zeitungen in diesem Monat bereits vier Mal zu spät ausgetragen hat. Ich möchte wissen, wieso es so schwierig ist, pünktlich um elf den Briefkasten zu füllen.«

»Du weißt, Emily, dass die jüngeren Leute heutzutage immer unzuverlässiger werden. Sicher hat sie wieder herumtelefoniert und die Zeit für ihre Runde vergessen.«

»Ja, auch heute früh beim Friseur musste ich über zehn Minuten warten, bis ich bedient wurde, obwohl ich den ersten Termin hatte! Die Farbe geriet außerdem etwas zu dunkel, findest du nicht?«

»Hast du dafür etwa noch Trinkgeld gegeben?«, fragte Anne mit echter Empörung.

»Tja leider, das gehört sich doch so?! Trotzdem weiß es heutzutage kaum noch jemand zu schätzen. Der Junge, der dort als Ladenhilfe rumläuft, hat sich nur grinsend den Groschen geschnappt. Ich frage mich ernstlich, was denen heute noch in der Schule beigebracht wird.«

»Genau. Aber was erwartest du? Denk bitte nur an die Lehrer, meist viel zu jung, um ordentlich erziehen zu können.«

Laura zählte sich mit ihren Anfang dreißig ganz bestimmt noch zu den jungen Leuten und teilte diese Auffassungen keineswegs, dennoch wusste sie, dass das Getratsche der Leute in den allermeisten Fällen nicht böswillig war. Wahrscheinlich rührte es aus archaischen Zeiten dörflicher Gemeinschaften her, als die Information übereinander oft genug die Voraussetzung für gegenseitige Hilfe und Gefahrenabwendung war. Für Städter blieb dieser Dorftratsch zumeist unverständlich und war Gegenstand spöttischer Bemerkungen. Allerdings hatte Laura einen Großteil ihrer Kindheit in der Altmark verbracht und wusste diese Informationsquelle ebenfalls zu schätzen.

Emily Winter nickte ihrer Schwester ermutigend zu und betonte: »Lass uns erst mal nach Hause kommen und etwas ausruhen. Es müsste auch noch ein Stück vom Schokoladenkuchen da sein.«

Laura erinnerte sich sogleich an die Geburtstage ihrer Großmutter, bei denen solch ein Schokoladenkuchen stets das köstlichste Geschenk von Großmutters Freundin und Nachbarin Edeltraud Weber war: Sie kam meist ganz früh »vor der Arbeit« – noch im Dunklen zum Gratulieren; ein großes Kuchenblech unter dem Arm in die Seite gestemmt. Großmutter hatte sich stets so gefreut. Die Frauen drückten sich und sprachen sich Mut und Gesundheit zu. Den ganzen Vormittag genoss Laura den Duft des Kuchens und die Vorfreude auf die Kaffeerunde am Nachmittag.

Dann würde es die Leckerei aus Biskuitteig, Schattenmorellen und einer dicken Schokoladenglasur geben und sie konnte naschen, bis alles aufgegessen war – was sie aber nie geschafft hatte.

Je näher der Zug der Heimat ihrer Vorfahren kam, desto wärmer wurde Laura ums Herz. Sie freute sich auf das kleine Haus, welches sie schon vor Jahren von ihren Großeltern geerbt hatte; auf Spaziergänge durch bunte, pilzduftende Herbstwälder, Nachmittage auf dem Sofa mit einem Schmöker aus Großvaters Bücherschrank, die gute altmärkische Küche und die Besuche bei ihren Freunden aus glücklichen Kindheitstagen.

Als stünde nichts bevor ...

~ 2 ~

Außer Laura waren nur wenige Reisende in Gardelegen aus dem Zug gestiegen. Die Bahnhofsuhr zeigte auf drei viertel zwölf und die Mitreisenden, die nicht abgeholt wurden, beeilten sich, um den Überlandbus zu erreichen, der auf dem Bahnhofsvorplatz wartete.

Auch Lauras Abteilgefährtinnen nutzten diese preiswerte Möglichkeit, nach Waldau zu gelangen, nicht ohne sich nochmals nach Laura umgesehen zu haben. Vielleicht hatten sie sich doch dunkel an sie erinnert und hofften nun, durch ihr Reiseziel Aufschluss über ihre Person zu erhalten.

In Erwartung des Chauffeurs vom Gut ließ Laura jedoch den Bus abfahren und geduldete sich.

Eine andere Frau schien, wie Laura, verwundert, dass niemand zu ihrer Begrüßung gekommen war. Sie war ungefähr im selben Alter und bequem, aber anspruchsvoll gekleidet. Sie gehörte zu den Frauen, die mit kürzer geschnittenen Haaren wunderbar elegant aussahen. Die dunkelblonden Wellen passten zu dem offenen Gesicht, das man nicht so leicht vergaß. Der bordeauxrote Hosenanzug stand ihr hervorragend, die Schuhe und die Handtasche waren von guter Qualität. Wegen des wärmenden Sonnenscheins hatte die Frau ihren Mantel ausgezogen und sorgsam auf ihre kleine Reisetasche gelegt. Das Gepäck deutete nicht auf einen längeren Aufenthalt hin, wohingegen Laura sich Kleidung für alle Wetter- und Einladungsumstände eingepackt hatte.

Sie warteten nun beide auf dem kurzen Bahnsteig, jede auf einer anderen Bank sitzend, und lächelten einander ab und zu mitfühlend an. Das gleiche Schicksal wirkte verbindend und die Sonnenstrahlen machten das Warten erträglich.

Das Bahnhofsgebäude war recht hübsch. Der rote Backsteinbau verfügte neben der Schalterhalle und den Diensträumen auch über eine kleine Bahnhofswirtschaft mit einem gläsernen Pavillon. Die zahlreichen Geranien, die in Töpfe, Kästen oder Schalen gepflanzt um das Gebäude und auf dem Bahnsteig verteilt waren, der weiß gestrichene Zaun und der uniformierte Bahnbeamte gaben dem Ganzen eine kitschige Note. Sogar Vögel zwitscherten.

Nach ein paar Minuten begann Laura, umherzulaufen. Ihr Gepäck ließ sie im Vertrauen auf die Ehrlichkeit ihrer Schicksalsgenossin unter deren Aufsicht stehen und betrat durch eine kleine Pforte im Zaun den Bahnhofsvorplatz. Alles war ruhig, kein Mensch und – leider – auch kein Auto störten die träge Vormittagsstimmung.

Gerade als sie überlegte, ob sie den Fahrkartenverkäufer bitten sollte, ihr ein Taxi zu rufen, entdeckte sie, dass abseits vom Bahnhofsgebäude, an der Mauer im Schatten einer Hecke, ein auf Hochglanz poliertes Auto stand. Sie erkannte den Wagen vom Gut.

Laura winkte dem darin wartenden Mann rasch zu und eilte auf den Bahnsteig zurück, um ihr Gepäck zu holen. Sie wunderte sich zwar, dass Laurenz Heitmann sich nicht am Zug eingefunden hatte, doch ging sie ganz selbstverständlich davon aus, dass es sich um den von Astrid geschickten Wagen handelte. Na ja, wahrscheinlich machte der Fahrer ein Nickerchen und hatte die Ankunft des Zuges verträumt. Heitmann war nicht mehr der Jüngste.

Als Laura sich mit ihrem Gepäck dem Wagen näherte, stieg er immer noch nicht aus, um ihr die Tür oder den Kofferraum zu öffnen. Sie stellte ihre Koffer ab und klopfte geräuschvoll an die Scheibe. Sie wollte ihn wecken, doch er schien fest zu schlafen. Erst als sie energisch die Fahrertür öffnete, wurde ihr klar, dass ihre Bemühungen umsonst sein würden.

Der Mann war offensichtlich tot.

Nicht nur das! Seine Bekleidung wies dunkelrote, feucht glänzende Flecken auf Brust und Schoß auf. Mehr konnte Laura vorerst nicht wahrnehmen. Sie fühlte ihr Herz vor Schreck bis zum Hals schlagen und konnte keinen klaren Gedanken fassen. Sie stolperte rückwärts über einen ihrer Koffer und wäre fast gestürzt. Dann rannte sie ins verwaiste Bahnhofsgebäude zurück und rief dem Schalterbeamten durch die Glasscheibe zu: »Hallo! Schnell! Wir brauchen ein Telefon!«

Der schien Lauras Aufregung nicht begreifen zu können.

»Ein Toter! Schnell! Die Polizei!«, drängte sie.

»Wie bitte? Das kann nicht sein. Sind Sie sicher?«

»Da draußen sitzt ein toter Mann im Auto. Er ist voller Blut. Nun machen Sie schon und rufen Sie die Polizei!«, verlangte Laura inzwischen energischer. Von der Begriffsstutzigkeit des Fahrkartenverkäufers zum Handeln gezwungen, stürmte Laura schwungvoll in sein Büro und bemächtigte sich selbst des Telefons. Sie wählte die 110. Die Verbindung war wie immer schlecht und Laura musste sich bemühen, langsam und deutlich zu sprechen: »Hier ist der Bahnhof. Ja, hier in Gardelegen. Auf dem Parkplatz draußen steht ein Auto mit einem toten Mann. Ja, er ist ganz blutverschmiert. Was? Wer ich bin? Mein Name ist Laura Perch und ich bin gerade mit dem Zug angekommen. Ja, nun beeilen Sie sich.«

Der Bahnbeamte schaute sie an, als sei sie verrückt geworden und unternahm überhaupt nichts, außer dass er sich auf den nächstbesten Stuhl fallen ließ. Laura fürchtete einen Moment, der Stuhl würde unter dem recht korpulenten Mann zusammenbrechen, doch die filigrane Konstruktion des Möbels erwies sich als äußerst stabil.

Durch ihren Disput und das lautstarke Telefongespräch war die andere Frau auf dem Bahnsteig aufmerksam geworden und kam interessiert heran. »Was ist denn passiert? Kann ich helfen?«

»Ich habe den für mich geschickten Wagen entdeckt und dachte der Fahrer wäre nur eingeschlafen. Aber er ist tot!«, sagte Laura, nun schon etwas ruhiger.

»Tot? Sie meinen ... tot?«

»Ja! Augenscheinlich hat er irgendwo vorn eine große Wunde. Er hat stark geblutet«, berichtete sie.

Ohne ihr weitere Fragen zu stellen, rannte die fremde Frau los und spurtete zum Auto.

Laura war einigermaßen überrascht. Sie war heilfroh, dem Anblick des toten Mannes entronnen zu sein, und diese Frau hatte nichts Eiligeres zu tun, als zum Ort des Verbrechens zu rennen! Dass Leute begierig sind, Katastrophen anzusehen, hatte man ja schon gehört. Doch dass jemand so rasant zum Ort des Geschehens stürzte, hätte sie nicht für möglich gehalten. Eigentlich hatte die Frau doch ganz normal ausgesehen.

Laura setzte sich neben den Bahnbeamten und wollte nun nichts mehr tun, als zu warten, bis die Polizei eintreffen würde. Ihr Urlaub hatte entsetzlich schockierend begonnen.

~ 3 ~

Nach ein paar Minuten kam die Frau zurück und fragte ruhig, aber bestimmt: »Sie haben eben die Polizei gerufen?«

»Ja«, gab Laura Perch zurück.

»Gut. Ich fürchte, wir beide müssen hier nun noch länger verweilen, als wir uns vorgestellt hatten. Kannten Sie den Toten?«

Laura staunte über das rationale Verhalten, mit dem die Frau auf den unverhofften Tod reagierte.

Diese bemerkte Lauras Verwunderung und sagte: »Oh, entschuldigen Sie bitte, ich muss Ihnen ja seltsam vorkommen. Doch ich habe mit einem Mord gerechnet.«

»Wie bitte?«, gelang es Laura zu fragen. »Mit einem Mord? Gerechnet?«

»Ja, ich bin extra deswegen hierher gefahren.«

Der Schalterbeamte ächzte entsetzt auf und Lauras Unbehagen wuchs.

»Nein, nein. Nicht eigentlich hierher. Es sollte eher in Waldau passieren.«

Jetzt war Laura außer sich, schließlich wollte sie dort entspannte Tage verbringen! Stattdessen saß sie nun wegen eines Toten mit dieser seltsamen Person und einem vor sich hinjammernden Fahrkartenmann fest. Reden, dachte Laura, einfach nur reden. Jeden Moment musste ja die Polizei da sein. »Ach, nach Waldau wollten

Sie? Haben Sie dort Verwandte?«

»Nein, doch mit schlimmen Ereignissen musste man dort rechnen.«

Laura gab es auf. Sie wurde aus der Unterhaltung nicht mehr schlau. Ein angekündigter Mord in ihrem Waldau? Endlich wurde das Blaulicht eines Polizeifahrzeuges sichtbar und erlöste sie aus der unangenehmen Situation.

»Wer hat angerufen?«, fragte ein Uniformierter in die Runde.

»Hier«, sagte Laura, »ich war das.«

Der Polizist drehte sich um und erkundigte sich weiter: »Und Sie?«, woraufhin die Frau ihren Namen nannte und meinte: »Ich warte schon eine kleine Weile auf Sie. Wollten Sie mich nicht abholen kommen?«

»Ach, Sie sind das, na dann herzlich willkommen!« Danach wandte der Uniformierte sich wieder Laura zu. »Na, wie ich sehe, hatten Sie Glück. So klappt das nicht jedes Mal.«

Laura war nahe am Verzweifeln. »Glück? Na hören Sie mal! Ein Toter ist wenig beglückend. Wovon reden Sie?«

»Oh, ich dachte, Sie hätten sich bereits bekannt gemacht.«

»Pardon!«, mischte sich die Frau wieder ein. »Entschuldigen Sie bitte, ich habe ganz vergessen, mich vorzustellen. Ich bin Judith Brunner, Hauptkommissarin bei der Morduntersuchungskommission Magdeburg.«

Laura nahm erleichtert ihre ausgestreckte Hand. »Du meine Güte, ich fing schon an, mir Sorgen zu machen. Mein Name ist übrigens Laura Perch.« Dann sagte sie leise: »Der Mann da draußen war hier, um mich abzuholen. Er heißt Laurenz Heitmann und arbeitet auf dem Gut in Waldau als Fahrer.«

Judith Brunner sah Laura Perch ernst an. »Tut mir leid für Sie. Ein Chauffeur, da könnte man unter anderen Umständen richtig neidisch werden. Aber es geht alles zu schnell und kommt aus der falschen Richtung. Mein Gott, ich drücke mich schon wieder furchtbar aus. Entschuldigen Sie nochmals die Verwirrung. Aber ich verspreche Ihnen Aufklärung, ganz sicher. Nur etwas später, bitte.«

Doch Laura hatte ohnehin nicht mit sofortiger Erhellung des Geschehens gerechnet und schickte sich ins Warten.

Der Schalterbeamte schlurfte in Richtung der Bahnhofswirtschaft. Kurz darauf kam er mit einem großen Glas Wasser zurück und begab sich sofort wieder an seinen Arbeitsplatz hinter der Glasscheibe. Dort schlug er irgendetwas nach, obwohl weit und breit kein Reisender zu sehen war. Offenbar wollte er sich durch Routinearbeit ablenken.

Laura beobachtete, wie die Kommissarin einige Anweisungen an den Streifenpolizisten gab, bevor sie sich wieder ihr zuwandte. »Frau Perch, Sie sind eine wichtige Zeugin. Ich fürchte, ich muss Sie bitten, mir noch eine Weile zur Verfügung zu stehen.« Sie sah sich im Schalterraum um und bot freundlich an: »Sie können aber in der Wirtschaft warten, ich komme dann rüber, um Sie zu befragen, einverstanden?«

Laura nickte. Was blieb ihr übrig?

Judith Brunner versuchte sie aufzumuntern: »Ich muss heute ohnehin noch nach Waldau fahren und kann Sie dann im Auto mitnehmen, ja? Während der Fahrt könnten wir uns dann auch unterhalten.«

»Gern«, ging Laura auf den Vorschlag ein. »Ich werde auf Sie warten. Ich muss aber noch einmal zum Auto. In dessen Nähe habe ich mein Gepäck vorhin stehen gelassen.«

»Lassen Sie mal, darum kümmern wir uns schon. Den Tatort sichern und so«, lächelte Judith Brunner vieldeutig. »Ach, und bitte nicht in Waldau anrufen. Wir müssen, solange es möglich ist, Stillschweigen bewahren. Wegen unserer Ermittlungen. Das verstehen Sie sicher.«

Judith Brunner war Laura Perch bis vor die Bahnhofshalle gefolgt und hatte nun einen kurzen Moment Zeit, die Situation zu überdenken. Es war ein ziemliches Desaster. Was war los? Anfang der Woche hatte ihr neuer Vorgesetzter sie zu sich gebeten und mit diesem merkwürdigen Fall beauftragt. Sie wurde in die Provinz geschickt! Und bisher hatte sie keine Erklärung dafür gefunden. Sollte alles mit ihrer längst überfälligen Beförderung zu tun haben? War das eine Art Bewährungsaufgabe? In dem kurzen Gespräch hatte man ihr lediglich die zeitweilige Delegierung nach Gardelegen eröffnet, es wären einige absonderliche Begebenheiten in einem kleinen Dorf namens Waldau zu untersuchen.

»Begebenheiten?«, hatte sie mühsam fragen können. Ihr Chef

hatte ihr eine Mappe mit Unterlagen gegeben und sie um baldmöglichste Abreise gebeten. Die Kollegen in Gardelegen würden schon warten. Schon die Art, wie ihr die Mappe überreicht worden war, hatte sie stutzig gemacht. Und nachdem sie die Unterlagen studiert hatte, war sie nur noch wütend. Was sollte diese »Untersuchung«? Das war kein »Fall«, noch dazu für eine qualifizierte Kriminalkommissarin: Vor drei Monaten war eine Reportage in einer Illustrierten erschienen, die Touristen in die Altmark locken sollte. Von der schönen Landschaft und der guten Küche wurde geschrieben, dazu ein paar Fotos: der schöne Wald, das Waldauer Gutshaus, ein Teil des Gutsparks, die Stelle mit den Blutbuchen. Diese Idylle muss bei jemandem Erinnerungen wachgerufen haben, denn er wandte sich mit einem anonymen Brief an die Redaktion. Schrieb von einem Mord im Wald nahe der Blutbuchen, und dass man nicht ruhen dürfe, bis der gesühnt sei. Man nahm den Brief nicht sonderlich ernst und ging davon aus, dass der Name der Bäume einen fantasievollen Leser zu stark beeinflusst hatte. Erst als nach ein paar Wochen erneut ein Brief kam, wurde die Sache bedrohlicher. Der Anonymus schrieb, dass ein Ermordeter beim Vorwerk Lindenbreite läge. Jetzt informierte die Zeitungsredaktion die Polizei. Man schickte zwei Kollegen der zuständigen Kreisbehörde los, die auf dem Gelände erwartungsgemäß keinen Toten finden konnten. Sie sammelten einige Gegenstände ein, die sie zur Spurensicherung schickten: altes Werkzeug, Gartengeräte, Messer, eben Sachen, die bei einem verlassenen Vorwerk zu finden sind. Mehrere Tage bezog man die Gegend sogar in die Streifenfahrten ein, doch es ergab sich nichts. Noch hätte man alles als bizarren Scherz auffassen können, doch eskalierte die Angelegenheit, als vorgestern in einem nächsten Brief darauf hingewiesen wurde, dass weitere Menschen sterben könnten. Der genaue Wortlaut war: *Schatzsucher sterben nicht im Bett. Bleiben sie stumm, sprechen bleiche Knochen.*

Nun machte der Chefredakteur der Illustrierten Druck und man musste seitens der Polizei etwas unternehmen. Und Hauptkommissarin Judith Brunner schien wunderbar dafür geeignet, in das Dorf geschickt zu werden, um einen Verwirrten von weiterem Unsinn abzuhalten!

Und hier war sie nun. Und tatsächlich war ein Mord passiert.

Fast vor ihren Augen. Na, das würde ihrem Chef wohl nicht gefallen! Und wider Erwarten musste sie lächeln. Ihr gefiel es nämlich. Immerhin bot ihr der Mord die Gewissheit, nicht umsonst hierhin abgeschoben worden zu sein. Das war ihre Ermittlung und keiner würde sich einmischen können. Fast kam so etwas wie Schadenfreude in ihr auf. Sie würde anfangen wie immer: Ein Motiv suchen, den Tathergang ermitteln und dann ergab sich eigentlich fast immer eine Lösung.

Inzwischen war die Verstärkung eingetroffen und jeden Moment musste die Spurensicherung erscheinen. »Haben Sie die Namen und Adressen der Leute vom Bahnhof?«, fragte Judith Brunner einen Kollegen.

Der Streifenpolizist nickte. »Bis auf den Busfahrer, den erwischen wir erst wieder um vier auf seiner nächsten Runde.«

Sie blickte sich um und wies den Polizisten an: »Bitte laufen Sie die Gegend noch mal ab. Sie sollten auch alle heutigen Gäste in der Kneipe erfassen. Es könnte ein wichtiger Zeuge unter ihnen gewesen sein.«

Ein junger Kollege in Uniform trat hinzu und informierte Judith Brunner über den ihm übermittelten Wunsch seines Chefs, das persönliche Gespräch mit ihr auf morgen zu verschieben, da er etwas Dringendes zu erledigen hätte. Er wisse die Angelegenheit in guten Händen, sichere ihr seine Unterstützung zu, und so weiter. »Wir sollen hier alles machen, was Sie sagen.«

Judith Brunner schmunzelte ob dieser Vereinfachung der üblichen Befehlskette. »In Ordnung, sagen Sie ihm bitte, ich fahre erst einmal nach Waldau und melde mich von dort. Morgen Vormittag komme ich, so früh es geht, vorbei.« Ein Besuch bei der Kreisbehörde der Polizei hatte ohnehin auf ihrem Plan für den nächsten Tag gestanden. Nun hatte sich ihre Aufgabe in Gardelegen jedoch zu einer echten Morduntersuchung ausgewachsen, und ob überhaupt eine Verbindung zu den anonymen Briefen bestand, würde sich erst noch herausstellen müssen.

~ 4 ~

In der Bahnhofswirtschaft war Laura Perch ein willkommener Gast.

Einerseits war die Wirtin froh über jeden, der Zeit für ein ordentliches Essen mitbrachte und mehr als ein schnelles Bier und Kartoffelsalat mit Bockwurst bestellte. So konnte sie wenigstens ihre recht passablen Qualitäten als Köchin vorführen. Andererseits bot eine Besucherin, die, nach den Andeutungen des Fahrkartenverkäufers, einen Toten gefunden hatte, außergewöhnlichen Gesprächsstoff. Dazu Berichte über die anwesende Polizei – mit diesem »Tatsachenwissen« konnte sie für mehrere Abende das zu erwartende zahlreichere Publikum fesseln; für den Umsatz sicher ein nützlicher, nicht zu unterschätzender Umstand.

Doch Laura konnte die verständliche Neugier der Wirtin vorerst nicht stillen; sie wollte nicht reden. Die turbulente letzte halbe Stunde hatte sie Kraft gekostet. Außerdem musste sie dringend etwas essen, inzwischen war es längst Mittag und die nächste Gelegenheit für eine Mahlzeit ungewiss.

Die offenbar würdige Vertreterin ihrer Zunft erkannte Lauras Zustand. Sie brachte ihr zur Stärkung erst einmal einen doppelten Korn und schlug ein einheimisches Gericht vor. Der Schwatz musste eben warten.

Laura nahm die Angebote dankbar an. Der Schnaps schmeckte ihr zwar nicht, doch die Geste war nett gemeint und auf einen Sherry oder gar Martini brauchte sie hier nicht zu hoffen, also schüttete sie den Kornbrand runter.

Das wurde genau beobachtet. Zu dieser Stunde waren außer ihr nur wenige Gäste im Raum. Einige Kraftfahrer und zwei Kohlenträger hatten sich zu ihrem üblichen Mittagsbier eingefunden und hofften, wegen des Polizeifahrzeuges neugierig geworden, in der Wirtschaft Näheres zu erfahren. Allerdings schienen sie gleichzeitig durch Lauras Anwesenheit verunsichert, weil die junge Frau hier um die Mittagszeit, wenn sonst nur ihresgleichen in der Bahnhofswirtschaft die Zeit verbrachten, fremd wirkte. Einstweilen tranken sie also ihre Biere, aßen ihre einfachen Mahlzeiten und versuchten, sich abzulenken.

»Ist ja richtig voll hier heute. Besuch aus der Großstadt«, versuchte einer, Aufmerksamkeit zu erlangen.

»Genau«, grinste ein anderer zurück, »und du weißt wieder mal nicht, wo du deine Augen lassen sollst.«

»Ach hör auf, jeder freut sich über solch einen Anblick«, beäugte der nächste unverhohlen die attraktive Frau.

»Lasst sie in Ruhe!«, warnte die Wirtin, »sie hatte keinen guten Tag. Geht wieder an eure Arbeit, na los!«

Die Männer maulten ein bisschen rum, denn eigentlich hatten sie auf exklusive Informationen gehofft, mit denen es ihnen gelingen würde, kurz im Zentrum der Aufmerksamkeit ihrer Kollegen zu stehen. Ein Mord kam in Gardelegen nicht alle Tage vor.

Dann mussten sie sich aber doch der Autorität der Wirtin beugen. »Genug jetzt! Zum Feierabendbier könnt ihr wiederkommen.«

Sie schloss hinter ihnen die Tür und setzte sich zu Laura an den Tisch. »So sind sie eben. Nehmen Sie es nicht übel. Ihr Essen kommt gleich.«

»Ist schon gut. Ich weiß, dass es niemand böse meint. Ich bin nur nicht in bester Stimmung.«

Die Wirtin lächelte verständnisvoll und ging in die Küche. Nach kurzer Zeit kam sie wieder und stellte Laura eine verlockend duftende Rindsroulade mit Rotkohl und mehligen Kartoffeln auf den Tisch. Dann zog sie sich diskret zurück.

Laura war ihr dankbar. Nach dem Essen bestellte sie für sich und die Wirtin Kaffee und merkte, dass sie sich langsam entspannte.

»Na, geht's wieder besser?«

»Doch, das Essen tat gut, es hat wunderbar geschmeckt. Eigentlich habe ich Urlaub und will noch nach Waldau.«

»Der Bus ist ja nun weg. Wie kommen Sie hin? Mit dem am Nachmittag?«

»Die Kommissarin nimmt mich mit, wenn sie draußen fertig ist. Das wird wohl noch ein Weilchen dauern.«

»Der Mann vom Schalter hat vorhin, als er sich ein Glas Wasser für seine Tabletten holte, gesagt, Sie hätten einen Toten gefunden?«, versuchte die Wirtin zum Thema zu kommen.

»Ja, ich dachte erst, er ist eingeschlafen«, berichtete Laura bereitwillig. »Ich wartete schon auf ihn. Er ist der Chauffeur vom Gut. Er sollte mich vom Zug abholen.«

Die Wirtin blickte ungläubig. »Vom Gut in Waldau? Sind Sie sicher?«

Laura nickte.

Nach einer Pause flüsterte die Wirtin mit gebrochener Stimme: »Unmöglich, wer sollte Laurenz etwas antun?«

»Sie kannten ihn auch?«

»Ja, ich kenne ihn schon lange. Manchmal kam er rein zu mir, wenn er auf Gäste wartete und noch Zeit war, weil die Züge Verspätung hatten. Er hat mir dann immer das Neueste vom Gut erzählt. Heute war er aber nicht da. Es ist wirklich traurig«, seufzte sie betroffen.

Laura, die merkte, dass die Wirtin ihn gemocht hatte, versuchte zu trösten: »Sicher findet die Polizei bald heraus, wer es getan hat.«

»Naja«, sagte die Frau bekümmert und ging zur Theke, um Gläser zu polieren. Ein gern gesehener Gast war tot, ermordet. Ihre Wissbegier war mehr als nötig gestillt.

Laura konnte nicht helfen. Sie wusste nicht, worüber sie mit der Wirtin noch reden sollte und vertiefte sich in ihre Reiselektüre, einen Kriminalroman von Margery Allingham. Es gelang ihr sogar, sich auf das Gelesene zu konzentrieren.

»Mehr kann ich im Moment hier nicht tun. Unser Auto kommt gleich.«

Laura blickte auf und benötigte ein paar Sekunden, um in die Wirklichkeit zurückzukommen. »Ihre« Kommissarin setzte sich neben sie und sah schon etwas geschaffter aus.

»Möchten Sie inzwischen vielleicht einen Kaffee zur Stärkung? Oder etwas essen? Es schmeckt gut hier. Da draußen war es sicher anstrengend?«, fragte Laura.

»Ja. Meine Kollegen werden noch weiter machen müssen. Befragungen, Spurensicherung, das komplette Programm. Von Ihnen werden sie sich auch noch die Fingerabdrücke holen müssen«, informierte Judith Brunner erst einmal über ihre Arbeit. Dann ging sie auf den Getränkevorschlag ein. »Einen Kaffee? Eine gute Idee. Aber ein süßer, heißer Kakao wäre mir noch lieber.«

Skeptisch, ob dieser in einer Bahnhofswirtschaft etwas exotisch wirkende Wunsch erfüllt werden konnte, ging Laura zur Theke. Doch zwei Kakao stellten kein Problem dar. Von diesem kleinen

Erfolg beflügelt, wagte sie es, sich nach dem Stand der Dinge zu erkundigen.

»Na ja, viel wissen wir noch nicht. Offenbar ist es im Auto passiert, woanders waren keine Blutspuren zu sehen. Er hat nur eine Wunde in der Brust; der Notarzt meint, es wird eine Stichverletzung sein. Es sei auch noch nicht länger als eine, anderthalb Stunden her. Eine Waffe haben wir bisher nicht gefunden.« Mehr wollte Judith Brunner nicht sagen. Laura Perch war ihr zwar sympathisch und den Gedanken, der ihr kurz gekommen war, sie zu den Verdächtigen zu zählen, hatte sie schnell wieder fallen gelassen. Doch war sie zumindest eine wichtige Zeugin, die sie nicht durch zu viele Informationen beeinflussen wollte. »Wir werden denjenigen schon finden, der ihn ermordet hat.«

»Ich kann es immer noch nicht glauben. Er saß so friedlich da«, reflektierte Laura Perch nachdenklich.

Schweigend tranken die beiden Frauen aus ihren Bechern.

Als Judith Brunner die Ankunft ihres Dienstwagens gemeldet wurde, wandte sie sich an die Wirtin: »Meine Kollegen werden Sie noch befragen. Wir haben draußen viel absperren müssen. Ich kann nicht versprechen, dass Sie zum Feierabendbetrieb wieder normal ausschenken können.«

»Ja, ja. Ist schon in Ordnung. Der Laurenz, mein Gott.« Sie wischte gedankenverloren auf einem Tisch herum.

»Ach, Sie kannten ihn?«

»Ja, er war manchmal hier bei mir, auf einen Schluck oder einen kleinen Happen, heute aber nicht. Mehr weiß ich nicht. Hab ich aber der jungen Frau schon erzählt.«

Aufmerksam sah Judith Brunner zu Laura hinüber, die eben ihren letzten Schluck nahm. »Lassen Sie uns bitte fahren, Frau Perch.«

~ 5 ~

Da der Bahnhof am äußersten Stadtrand lag, mussten die Frauen erst ganz Gardelegen durchfahren, bis sie auf die Landstraße Richtung Waldau gelangten. Laura, die als Beifahrerin Gelegenheit zum Schauen hatte, nutzte dies, um die Veränderungen in der Stadt zu registrieren. Ihre Großeltern waren früher mit ihr hierher gefahren, wenn außerordentliche Einkäufe oder Dinge auf der Bank zu erledigen waren, hin und wieder, um einen Amtsbesuch zu absolvieren. Doch immer hatten sie ihr das Gefühl gegeben, ihretwegen hierher gefahren zu sein, damit sie einen Eisbecher essen konnte, ein neues Buch oder Malheft aussuchen durfte. Später, als ihren Großeltern diese Busausflüge zu strapaziös wurden, war sie stolz gewesen, die von ihnen gewünschten oder nötigen Dinge erledigen zu können; nun brachte sie kleine Geschenke mit. Heute war sie froh, dass sie dies für ihre Großeltern hatte tun können und bei der Fahrt durch die Stadt wurden ihre Ausflüge wieder lebendig. Dank solcher Erinnerungen würde sie Gardelegen immer lieben.

»Na, was ist? Bedrückt?«

»Nein«, sagte Laura, »eher gerührt. Ich bin gern hier.«

»Ach, sie kennen die Stadt?«

»Ich bin hier geboren. Und später bin ich noch oft hier gewesen. Schon als Kind kam ich allein mit dem Zug, stieg Dutzende Male in den Bus nach Waldau. Allerdings saß ich heute das erste Mal seit langer Zeit wieder in der Wirtschaft.« Laura lächelte traurig.

»Na, diese Ankunft wird Ihnen wohl auch sonst unvergesslich bleiben. Sie haben's erstaunlich gut verkraftet. Ich bin froh, Sie als Zeugin zu haben.«

»Oh, danke«, Laura war überrascht. »Ich habe einen ziemlichen Schreck bekommen. Und Ihre Reaktion wirkte auch nicht gerade beruhigend.«

»Ich muss mich wirklich bei Ihnen entschuldigen. Ich habe vorhin nicht daran gedacht, wie mein Verhalten auf Sie wirken musste.«

»Das ist ja auch nicht wichtig. Sie müssen die Mörder finden, da bleibt wenig Zeit für Erklärungen.«

Judith Brunner wusste nicht, wie sie diese Bemerkung deuten sollte. Wollte Laura Perch sie tadeln? Veralbern? Oder hatte sie wirklich Verständnis? Egal. »Die fehlende Zeit ist meist das größte Problem. Auch hier wieder. Der Mann ist möglicherweise erst ein paar Minuten vor Ihrer Entdeckung ermordet worden. Genaueres wird die Obduktion ergeben. Im Gardelegener Krankenhaus arbeitet sogar eine Koryphäe als Rechtsmediziner. Er hatte fest vor, sich hier in der Altmark zur Ruhe zu setzen und stellte dann fest, dass ihm seine Arbeit fehlte. Würde mir wahrscheinlich auch so gehen.«

»Ja? Mögen Sie Ihren Beruf so?«

»Er ist nie langweilig«, wich Judith Brunner etwas aus. »Und, was tun Sie, wenn Sie nicht in den Urlaub fahren?«

»Ich bin Archivarin.«

»Tatsächlich? Interessant. Da sichern Sie ja auch Spuren und klären Schicksale auf. Nur haben Sie wahrscheinlich mehr Zeit dafür.«

Laura freute sich. »Das gibt's doch nicht! Üblicherweise muss ich bei dieser Frage zu langen Erläuterungen ansetzen. Manchmal sage ich sogar einfach, dass ich Historikerin bin. Damit können einige dann doch noch etwas anfangen. Ich bin richtig verblüfft, mal auf jemanden zu stoßen, der meinen Beruf überhaupt kennt.«

»Das liegt daran, dass ich während meiner Ausbildung, wenn keiner Zeit hatte, sich um mich zu kümmern, oft im Polizeiarchiv arbeiten musste. Meist habe ich mich in irgendeiner Akte festgelesen.«

»Glaub ich gern.« Laura schmunzelte.

»Was haben Sie eigentlich in Ihrem Urlaub vor?«

»Ich hatte mit Absicht keine Pläne gemacht, wollte einfach nur Zeit haben für mich, meine Freunde und die Nachbarn.«

»Kannten Sie den Ermordeten eigentlich näher?«

»Näher? Nicht wirklich, nur sehr lange.«

»Ach?!«

»Nun, meine beste Freundin, Astrid Ahlsens, wohnt auf dem Gut in Waldau, wo er arbeitet ... arbeitete.«

»Also sind Ihnen die Ahlsens gut bekannt?«

»Gut? Würde ich nicht sagen, nein. Nur Astrid, denke ich. Wir sind seit unserer Kindheit Freundinnen.«

»Und die anderen?«

»Es sind nur noch drei übrig. Die Ahlsens sind eine alteingesessene Familie und durch die Folgen des letzten Krieges ziemlich in Mitleidenschaft gezogen. Astrid lebt allein mit ihren beiden Onkeln in einem großen Gutshaus mit einem beeindruckenden Park. Sie werden staunen, wenn Sie das Anwesen nachher sehen! Es ist eine wirklich schöne Anlage. Astrids Eltern sind schon früh gestorben, und als ihre Großeltern noch lebten ... nun, sie freuten sich über unsere Freundschaft.«

»Und wovon leben die so?«

»Was meinen Sie?«

»Na, woher kommt das Geld?«

»Ach so, das Vermögen der Ahlsens besteht im Wesentlichen aus Immobilien, glaube ich. Dann sind da die Blumenzucht und die Forstwirtschaft, aber die machen eigentlich nur Arbeit.«

Judith Brunner schwieg einen Moment und überdachte die neuen Informationen. Einiges hatte sie schon bei ihren Recherchen zu dem mysteriösen Illustrierten-Fall gelesen, und war dabei immer wieder auf das Gut und seine Bewohner gestoßen. Sie wandte sich wieder ihrer Beifahrerin zu. »Sie müssen vorsichtig sein und sollten mir immer sofort Bescheid geben, wenn Ihnen außergewöhnliche Dinge in Ihrer Umgebung auffallen. Es kann gefährlich für Sie werden, denn Sie könnten den Mörder noch gesehen haben.«

»Kein Mensch war zu sehen«, widersprach Laura. »Der Platz vor dem Bahnhof war leer. Die nächsten Leute, die ich sah, müssten die Mittagsgäste in der Wirtschaft gewesen sein. Die waren sicher harmlos.«

»So wirken Mörder gewöhnlich, und es kann sein, dass auch dieser Beobachterinnen nicht besonders mag. Vielleicht haben Sie etwas gesehen, das wir erst später einordnen können. Der Mörder könnte das aber jetzt schon als bedrohlich empfinden.«

»Sie meinen, dass ich ...?« Jetzt war Laura doch beunruhigt. Nicht, dass sie sofort Angst spürte, aber allein die Vorstellung, dass ihr jemand Übles wollte, gefiel ihr nicht.

Judith Brunner nickte. »Wissen Sie, in diesem Fall scheint alles möglich. Bisher ist es uns nie gelungen, rechtzeitig etwas zu unternehmen.«

»Sie haben das vorhin schon angedeutet. Was ist überhaupt passiert?«, hakte Laura nach.

Die Hauptkommissarin lächelte wieder. »Hätten Sie etwas dagegen, wenn ich Ihnen das später erkläre? Ich muss selbst erst Ordnung in die Geschichte bringen. Dann muss ich heute noch in Waldau mit dem Ortspolizisten sprechen, aufs Gut, die Ahlsens benachrichtigen und mich um ein Zimmer kümmern. Aber ich verspreche Ihnen, alles ausführlich zu berichten, sobald ich die Zeit finde.« Und etwas mehr über dich weiß, dachte sie im Stillen.

Sie konnte Laura Perch nicht völlig aus ihren Ermittlungen streichen.

»Verzeihen Sie. Sie haben natürlich recht. Aber darf ich Ihnen einen Vorschlag machen? Wohnen Sie doch bei mir. In meinem Haus ist genug Platz. Sie könnten ein eigenes Zimmer haben, und es ist gemütlich dort.«

Das Angebot kam spontan und war ehrlich gemeint. Doch Judith Brunner war nicht ganz wohl bei dem Gedanken, mit Laura Perch unter einem Dach zu wohnen. Theoretisch kam sogar auch sie als Täterin infrage. Sie hatte den Toten immerhin gefunden. Und Judith Brunner erinnerte sich genau, dass Laura sich nicht die ganze Zeit auf dem Bahnsteig aufgehalten hatte, sondern für mehrere Minuten aus ihrem Blickfeld verschwunden war, bevor sie mit der Nachricht in die Schalterhalle gestürmt kam. Was, wenn sich herausstellte, dass die Tat erst kurz vorher geschehen war? Hatte Laura Perch den alten Mann ermordet und war dann kaltblütig genug gewesen, das ganze Theater aufzuführen? Es schien ihr zwar unwahrscheinlich, denn ihr ganzes Verhalten offenbarte ehrliche Bestürzung und wirkte absolut authentisch; zudem wies ihre Kleidung keine sichtbaren Spuren auf. Doch vorerst war es eine mögliche Hypothese. Auf der anderen Seite war ihr die junge Frau sympathisch und so bekam Judith Zweifel, ob sie sie nicht durch eine direkte Ablehnung zu stark brüskieren würde. »Wissen Sie, ich möchte Ihnen nicht zur Last fallen. Ich würde kein rücksichtsvoller Gast sein können: zu den unmöglichsten Zeiten unterwegs, keine pünktlichen Mahlzeiten, viele Telefonate, ungeplante Besucher, von den argwöhnischen Blicken der Dorfbewohner mal ganz abgesehen.«

Laura schmunzelte. »Sie übertreiben, kommen Sie. Ich würde mich freuen.«

»Na gut, Sie haben es so gewollt. Ich kann für nichts garantieren.«

Die Zeit war beim Gespräch schnell vergangen. Sie fuhren gerade am Schweinebusch vorbei, einem kleinen Laubwäldchen vor Waldau, linker Hand zwischen den Feldern, in dem früher die Schweine der Gehöfte weideten. Jetzt gehörten die Eicheln und Bucheckern allein den wilden Artgenossen. Im Frühling wuchsen hier viele Veilchen und Gelbsternchen, sogar Buschwindröschen. Lauras Großeltern hatten angrenzend ein Stück Land besessen, es urbar gemacht und einen kleinen Nutzgarten angelegt. Jetzt war das Land verpachtet und Leute aus dem Dorf bauten hier ihr Gemüse an.

Den Ortseingang von Waldau schmückte rechts eine imposante Fachwerkvilla, gegenüber lag das Haus von Martin Bach, dem Landarzt im Dorf. Schon als Kinder waren er und Laura Freunde geworden, da die Bachs auch aus einer Großstadt stammten und sie viele gemeinsame Interessen hatten. Martin und Laura verband später sogar noch mehr.

Zwei Großbauerngehöfte, beiderseits der Straße gelegen, schlossen sich an; Stallungen, Wohnhaus, Scheunen, Gärten, Garagen – so angeordnet und durch eine Mauer wehrhaft verbunden, als müsste man sich noch immer gegen Angreifer verteidigen können.

Laura bat, nach links abzubiegen und sie fuhren eine holprige, mit Feldsteinen gepflasterte Straße hinauf. Dann wurde schon der Dorfplatz mit der mächtigen Eiche sichtbar. Im Nachmittagslicht war sie in ihrem Herbstschmuck wunderschön anzusehen. Auf der Bank, die rund um den mächtigen Baumstamm gezimmert war, lag ein großer Blumenstrauß. Zu sehen war niemand. Sicher war der Strauß für einen Friedhofsbesuch gekauft worden, denn unmittelbar an den Dorfplatz schloss sich die Kirche mit dem alten Friedhof an. Eine gepflegte Kastanienallee führte zwischen Kirchhof und Eiche zum Dorfladen hin. Auch die Gemeindeverwaltung war hier untergebracht. Das Panorama wurde vervollständigt durch das Pfarrhaus mit einem kleinen Garten davor, dem Gebäude der Dorfschule und einigen kleinen Wohnhäusern, die die straßenseitige Begrenzung kleiner Gehöfte bildeten und zum Platz hin gebaut worden waren.

In einem dieser kleinen Häuser hatten ihre Großeltern gelebt. Das Panorama des Dorfplatzes beeindruckte Laura schon als Kind, zumal man vom Stubenfenster aus das gesamte dörfliche Treiben hatte beobachten können. Auch ihre Großmutter saß oft in ihrem Sessel am offenen Fenster und nutzte die Gelegenheit zu einem Schwätzchen mit ihren Freundinnen, wenn diese zum Einkauf unterwegs waren. Die Anlage der Gebäude machte Waldaus

Vergangenheit als Angerdorf deutlich, und die liebevoll gepflegten Bauten und Gärten ließen Laura hoffen, dass die Moderne noch einige Zeit abgehalten werden konnte.

»Könnten Sie bitte vor dem gelben Häuschen da drüben anhalten? Dort wohne ich.«

Die Kommissarin sah interessiert hin. »Hübsch. Ich glaube, ich bin froh, Ihr Angebot akzeptiert zu haben.«

»Wir laden rasch das Gepäck aus und dann können Sie Ihrer Arbeit nachgehen. Ich werde ein paar Vorräte einkaufen und die Zimmer herrichten. Dann muss ich natürlich die Nachbarn begrüßen.«

»Guter Vorschlag. Sehen Sie, eine Katze wartet schon.«

»Das ist Wilhelmina. Sie gehört eigentlich keinem und alle denken, sie müssen sie verwöhnen. Deshalb geht es ihr immer hervorragend. Sie sonnt sich gerne auf den warmen Steinen vor der Tür.«

Sie hielten und stiegen aus. Wilhelmina kam zutraulich mauzend auf sie zu. Laura kauerte sich nieder und streichelte ihr das Köpfchen. Ein lautes Schnurren belohnte ihre Dienste. Sie schaute sich um. Herrlich war es hier und sie empfand trotz allem ein inneres Glück, angekommen zu sein.

Die beiden Frauen gingen ins Haus und kamen als Erstes in die Küche. Dort war der Herd beheizt und ein Topf mit heißem Wasser simmerte.

»Jemand möchte ihnen einen angenehmen Empfang bereiten, Frau Perch.«

Laura lehnte am Türrahmen. »Sicher Irmgard Rehse, die Schwester meiner Großmutter. Sie wird sich wundern, warum ich jetzt erst komme.«

Sie sahen sich um, als es laut an der Haustür klopfte.

»Hallo Laura, bist du endlich da? Hallo?«

»Ja, hier. Komm her.« Eine betagte Frau kam in die Küche, klein, füllig und mit roten Wangen. Ihr Haar hatte sie mit einem weinroten wollenen Kopftuch geschützt, das sie unter dem Kinn festgebunden hatte. Über einem grauen Wollrock und einer handgestrickten blauen Jacke trug sie eine bunte baumwollene Kittelschürze. Laura beugte sich zu ihr herunter und umarmte sie. »Wie du mich wieder verwöhnst. Schön warm hast du es gemacht.«

Vor Freude und Aufregung sprudelte die alte Frau in platt gleich los: »Laura, meen Deern. Wat schön. Also hev ick doch richtich een Auto jesehn. Tut der Laurenz schon wedder een neuen Wagen fahrn? Ick hev jar nich jehört, wann du jekommen bist. Bist du schon lang da? Ick hev schon Feuer anmacht. Is et jemütlich for ju?«

Laurenz. Was sollte Laura sagen? Sie wollte ihrer Großtante nicht wehtun, die freute sich so. Laura lenkte ab: »Genau richtig. Danke!« Sie bemerkte Tante Irmgards fragenden Blick auf die fremde Frau.

Laura war sich nicht sicher, wie die Kommissarin vorgestellt werden wollte, und sagte zögernd: »Das ist Judith Brunner, eine Bekannte von mir, die ein paar Tage hier wohnen wird.«

Judith nickte dankbar und ging auf die alte Dame zu. »Guten Tag. Ich freue mich, Sie kennenzulernen. Und wie nett Sie alles für Frau Perch vorbereitet haben!«

Mit der Fremden versuchte Irmgard Rehse, hochdeutsch zu reden: »Ach, ich kümmer mich doch gern um Laura. Sie sieht ihrer Großmudder so ähnlich, und die Augen leuchten immer noch, wenn sie hierherkommt«, lächelte sie warm. »Na, ich bin erst mal beruhigt und mach wieder los. Ein wenig hev ick schon inkooft for ju. Wenn du noch wat brukst, Laura, kommst rüver, ja? Ick hev ook Kuchen jebacken«, lockte sie.

»Gern, da kann ich nicht widerstehen. Ich komme nachher vorbei«, versprach Laura.

Vor dem Türschließen schlüpfte Wilhelmina noch schnell ins Haus und sprang erwartungsvoll auf den Küchentisch.

Laura setzte sich und sah Judith an. »Wie soll ich reagieren? Mir ist vor Schreck ganz schlecht geworden, als sie Laurenz erwähnte.« Sofort kamen ihr wieder die Bilder in den Kopf – wie sie ihn in seinem Blut entdeckte.

Die Katze begann, sie beruhigend anzuschnurren.

»Sie haben das gut gemacht. Ich fürchte nur, es wird für viele hier im Ort eine unruhige Zeit werden und nicht immer wird Rücksicht möglich sein ... Ich muss dann auch los, sonst treffe ich keinen mehr an. Vor allem muss ich den Ortspolizisten noch informieren. Wissen Sie, wo er sein Büro hat?«

»Walter? Ja, gleich hier. Oh! Entschuldigung, Walter Dreyer meinen Sie, ich kenne ihn auch schon ewig. Zwei Häuser weiter, in dem Haus mit dem Rotdorn davor.«

»Danke! Und warten Sie nicht auf mich, ich komme schon klar.«

Laura räumte zunächst das Gepäck aus dem Weg. Judiths Tasche stellte sie in das Schlafzimmer, dessen Fenster zum Garten hinausgingen. Sie selbst nahm das Zimmer neben der Stube. Zum Lüften öffnete sie alle Fenster. Die Sonne stand nun schon tief und bald würde es dunkel werden. Sie nahm ihre Lieblingstasse aus dem Schrank, füllte zwei gehäufte Löffel Kaffee hinein und goss das kochende Wasser drüber. Gleich duftete es aromatisch. Sie ging zum Küchenfenster und setzte sich in Großmutters Sessel. Dann fing sie an zu weinen. Es war wirklich zu viel. Der Tag hatte so schön angefangen, die Zugfahrt war angenehm verlaufen. Dann kam Laurenz nicht, stattdessen fand sie seine Leiche und verbrachte Stunden in einer Bahnhofswirtschaft. Und jetzt würden viele Leute Kummer haben. Einzig Wilhelmina war da, um sie zu trösten. Sie sprang auf ihren Schoß, rollte sich zusammen und schnurrte. Laura kraulte sie und trank ihren Kaffee. Was sollte werden? Sie wusste, dass Judith Brunner recht haben könnte. Mörder mögen keine Beobachter.

Das Telefon im Flur klingelte. Widerwillig räumte Wilhelmina ihren Schmuseplatz und Laura konnte den Hörer abnehmen gehen. »Ja, bitte?«

»Laura bist du also doch endlich da? Fein, ich habe mich so auf deinen Besuch gefreut! Was war denn los? Wo bleibt ihr denn? Hatte der Zug Verspätung?«

Laura beschloss, einfach nicht auf die Fragen einzugehen. »Astrid, wie schön dich zu hören! Ich bin gerade rein und hatte mich eben mit einem Kaffee hingesetzt und überlegt, was ich zuerst machen muss, um das Haus wiederzubeleben. Ich war seit einem Vierteljahr nicht mehr hier. Tante Irmgard hat schon geheizt. Und Wilhelmina hat mich natürlich begrüßt.«

»Darauf ist Verlass. Sie hofft auf Leckerbissen«, lachte Astrid, »wann kommst du her? Ich kann es kaum erwarten. So viel ist zu erzählen.«

»Heute wird es wohl nichts mehr. Ich muss noch einkaufen und Tante Irmgard habe ich auch noch einen Besuch versprochen. Aber morgen, nach dem Frühstück, komme ich bestimmt. Ich freue mich auch schon sehr.«

»Sehe ich ein. Grüß Tante Irmgard von mir. Hoffentlich taucht Laurenz auch bald auf, Onkel Botho will noch für morgen etwas mit ihm besprechen. Tschüss.«

Astrid hatte so schnell aufgelegt, dass Laura nicht genötigt wurde, über Laurenz' Tod reden zu müssen. Zumal sie nicht wusste, was sie sagen sollte oder durfte. Judith Brunner musste endlich Zeit finden, mit ihr zu reden!

Wilhelmina mauzte.

»Du hast ja recht. Jetzt bekommst du auch etwas.« Laura bückte sich und kramte in einer Plastetüte. »Hier, guck, extra für dich mitgebracht. Das wird dir schmecken.« Sie öffnete eine Fischbüchse. Für eine Dorfkatze, die überall irgendwelche Reste zu fressen bekam, sicher eine Delikatesse. Zumindest bildete Laura sich das ein. Wilhelminas Appetit schien ihr recht zu geben.

Dann bezog Laura die Betten, legte Handtücher und Pyjamas auf die Decken und beschloss, im Garten noch frische Blumensträuße für die Kommoden zu pflücken. Nach der Inspektion der mehr als reichlichen Vorräte verzichtete Laura auf einen Einkauf. Sie ging gleich nach nebenan, um sich bei Tante Irmgard zu bedanken und sich verwöhnen zu lassen.

~ 6 ~

Judith Brunner hatte das Haus von Walter Dreyer rasch erreicht und klopfte an die solide Holztür. Nichts war zu hören, keine Schritte und auch kein »Herein«. Das Schild neben der Tür deutete, außer auf den Hinweis, dass hier die Polizeistation war, weder auf die Öffnungszeiten noch auf den Verbleib des Büroinhabers hin. Also drückte sie die Klinke und trat ins Haus. Im Flur hingen einige Fahndungsplakate, Hinweiszettel zur Vorbeugung von Straftaten und ein Kalender mit alten Ansichten von Gardelegen. An der rechts liegenden Tür war ein Schild »Büro« festgeklebt. Zwei Stühle an einem kleinen runden Tisch sahen aus, als wären sie noch nie benutzt worden. Sie hörte leises behutsames Reden, wie mit einem Kleinkind. Judith Brunner ging der Stimme nach und gelangte in den Garten.

Walter Dreyer redete mit Wilhelmina, die um seine Beine schlich und schnurrte. »Na, ich hab genau gesehen, dass Laura gekommen ist. Sicher hat sie dir was Leckeres gegeben. Also tu nicht so, als wärest du am Verhungern.« Er bemerkte die junge Frau. »Such dir ein warmes Plätzchen und ruh' dich aus. Ich hab' zu tun.«

Freundlich ging er auf Judith zu und begrüßte sie. »Sie müssen Judith Brunner sein. Die Kollegen aus Gardelegen haben mich schon angerufen.« Er wurde ernst. »Kommen Sie, gehen wir ins Büro. Wir haben sicher allerhand zu besprechen.«

Das Büro sah eher aus wie eine Bibliothek. An den Wänden befanden sich außer einem Aktenschrank und einem kleinen Safe nur Regale voller Bücher, bei Weitem nicht nur Fachliteratur. Ein alter geräumiger Schreibtisch hatte Mühe, den gesamten Papierkram aufzunehmen, sodass sich auf ihm das Telefon nur knapp gegen die Aktenberge behaupten konnte. Mehrere bequeme Sessel luden zum Hinsetzen ein, und aus den zwei Fenstern konnte man den gesamten Dorfplatz sehen.

»Setzen Sie sich, bitte. Darf ich Ihnen etwas anbieten? Ein Wasser oder einen Kaffee?«

Judith bemerkte nun ihren Hunger, doch Essbares war nicht im Angebot. Und sie wollte den Kollegen nicht in Verlegenheit bringen. »Ein Kaffee wäre schön, danke.«

Sie suchte sich einen mit dunkelgrünem Samt bezogenen Lehnsessel aus und betrachtete Walter Dreyer. Ein attraktiver Mann, groß, nicht zu schlank, mit ruhigen Bewegungen. Er mochte vielleicht an die fünfzig sein und wirkte sehr präsent.

»Am Telefon sagte man mir, dass Laurenz Heitmann ermordet wurde. Und dass eine Hauptkommissarin von der Mordkommission zu mir unterwegs ist.« Er lächelte in Erinnerung an die Beschreibung, die sein Kollege ihm gegeben hatte. Dem Trottel war es nicht annähernd gelungen, die Attraktivität dieser Frau zu treffen. So etwas Apartes hatte in diesem Sessel noch nie gesessen, da war Walter sich sicher. »Ich verschwinde rasch in die Küche. Wie möchten Sie den Kaffee?«

»Mit Milch, bitte. Darf ich kurz in der Kreisbehörde anrufen?«

»Selbstverständlich, das ist auch Ihr Büro. Doch der Kollege meinte, dass es nichts Neues gibt.«

»Wie auch, so schnell geht's nun mal nicht.« Ob die Nachricht vom Mord das Dorf schon erreicht hatte?

»Wissen die Leute hier schon Bescheid?«, fragte sie Walter Dreyer, als er den Kaffee vor sie hinstellte. Er benutzte Keramikbecher, die kleine Schönheitsfehler hatten. Die farbige Glasurschicht war ungleichmäßig dicht und die eingeritzten Muster verschieden groß. Eine echte Handarbeit, die Judith gefiel.

Walter Dreyer antwortete: »Bei mir hat noch niemand nachgefragt. Doch von Gardelegen hierher ist es nicht weit, es könnte schon sein. Natürlich bin ich beunruhigt. Ich wollte aber erst auf Sie warten und Genaueres hören, bevor ich etwas unternehme«, fuhr er fort. »Wissen Sie, Heitmann war hier beliebt, stammt aus dem Dorf. Er hatte es verstanden, seine exotische Stellung als Chauffeur in den Hintergrund treten zu lassen. Er gehörte dazu. Die Nachricht von seiner Ermordung wird im Dorf für große Aufregung sorgen.«

»Das kann ich mir gut vorstellen. Allem Anschein nach starb er an einer Brustverletzung, jedenfalls hat er dort eine blutende Wunde. Es wurde bisher keine Tatwaffe gefunden.«

»Und Tatzeugen konnten auch nicht ermittelt werden, sagte man mir am Telefon.« Walter Dreyer musste gute Kontakte zur Kreisbehörde haben, registrierte Judith für sich.

Ihr Kollege fuhr fort: »Die Befragungen hätten nichts ergeben. Außer dem Fahrkartenverkäufer und den Leuten am Frachtschalter ist kein weiteres Personal ständig anwesend und die Putzkolonne war schon morgens wieder weg. Die Wirtin hat wohl auch nichts bemerkt. Sie öffnet gegen zehn und bereitet sich dann auf ihre Kundschaft vor, die jedoch meistens erst in der Mittagsstunde vorbei kommt. Wissen Sie, wann es ungefähr passiert ist?«

»Der Zug kommt laut Fahrplan um 11:45 Uhr an. Er war auch heute pünktlich, ich habe selbst drin gesessen. Da Heitmann nicht zum Bahnsteig gegangen ist, was man wahrscheinlich so fünf Minuten vor Zugankunft täte, würde ich von einer Zeit vor 11:40 Uhr ausgehen.«

»So viel früher wird er nicht da gewesen sein, dann wäre sein Wagen doch jemandem aufgefallen.«

»Also nehmen wir mal an, er war halb zwölf dort. Dann blieben zehn Minuten für die Tat. Ausreichend Zeit.«

»Vielleicht hatte er aber auch noch etwas anderes in Gardelegen vor und hielt sich schon länger dort auf.«

Es entstand eine kleine Pause und Judith wusste nicht, wie sie den intensiven Blick aus Dreyers dunkelbraunen Augen deuten sollte.

Der fuhr fort: »Wissen Sie, es ist irgendwie ... irreal. Ich kannte ihn, lange. Alle hier kannten ihn. Und jetzt ist er ermordet worden. Ich bin hier die Polizei und trage die Verantwortung. Alle werden von mir – Verzeihung, und von Ihnen – erwarten, dass sein Mörder gefasst wird. Ich kenne mich damit aber nicht aus und das macht mir Sorgen. Ich setze voll auf Sie.«

Judith Brunner war einen Moment überrascht, als sie diese Sicht der Dinge hörte. Immerhin leitete sie diese Ermittlungen und war nicht zu Dreyers Unterstützung hier. Das war ihm hoffentlich klar. Sie hatte keine Lust auf Auseinandersetzungen. Und seine guten Beziehungen zur Kreisbehörde ... Sie sah ihren Kollegen eindringlich an. »Und ich werde bei den Ermittlungen Ihre volle Unterstützung brauchen. Wir müssen schnell arbeiten, denn mit diesem einen Mord wird es unter Umständen nicht getan sein.«

»Wie bitte?« Walter Dreyer setzte sich auf. Judith Brunner sah zwar müde, aber voll konzentriert aus, und hatte klar von der Möglichkeit weiterer Morde gesprochen. »Was meinen Sie? Hier? In den letzten Jahren gab es in Waldau keine ungewöhnlichen Todesfälle. Die Leute kennen das nur aus dem Fernsehen!«

»Wissen Sie, das Beängstigende ist, dass wir mehr oder weniger deutlich auf einen Mord hingewiesen wurden. Eventuell haben wir die Angelegenheit auch unterschätzt. Ein Mord ist geschehen, ohne dass wir rechtzeitig etwas hätten unternehmen können.«

Dreyer begriff nicht viel, er spürte nur, dass es ernst war. So erklärte sich auch das rasche Erscheinen der Bezirksbehörde vor Ort. Wie angenehm ihm diese Frau auch schien, hatte er sich schon gefragt, wieso sie derart schnell an den Tatort gelangt war. »Erzählen Sie mir, was los ist«, forderte er sie auf.

Judith Brunner rekapitulierte die Geschichte von den anonymen Briefen, den Warnungen, und erinnerte ihn an die kürzliche Suchaktion in Lindenbreite.

Als sie fertig war, wusste Walter nicht recht, was er damit anfangen sollte. Blutbuchen. Schatzsucher. Bleiche Knochen. Irgendwie absurd! So eine krude Geschichte hatte er nicht erwartet. »Und daraufhin hat man Sie, immerhin eine Hauptkommissarin, losgeschickt?«

Judith hatte nicht vor, auf diese Bemerkung näher einzugehen. »Die Mordkommission wollte zunächst nicht offiziell ermitteln. Schließlich war bisher nichts passiert. Immerhin entschloss man sich, mich loszuschicken, damit ich mich umsehen kann. Nun, ich brauchte ja nicht lange zu suchen.« Sie schloss die Augen und seufzte. »Wer weiß, was noch passiert.«

»Wo ist Heitmann jetzt?«

»Im Kreiskrankenhaus. Dort gibt es jemanden, der die Obduktion machen kann, ein wirklich guter Mann, ein fähiger Spezialist, kultiviert und angenehm.« Judith Brunner musste aufpassen, nicht ins Schwärmen zu geraten.

Dreyer fragte sich angesichts der Sympathie in ihrer Stimme, ob sie vielleicht privat mit ihm …?

Als könne sie Gedanken lesen, fuhr Judith fort: »Ich kenne ihn von früheren gemeinsamen Ermittlungen. Jetzt arbeitet er leider nur noch gelegentlich für die Polizei.«

Rasch wechselte Dreyer das Thema. »Was hat denn damals die Auswertung der Spuren ergeben? Sie sagten doch, es seien Gegenstände in Lindenbreite eingesammelt worden.«

»Keine Ahnung. Das Zeug muss noch in der Kreisbehörde liegen. In meinen Unterlagen befand sich zumindest kein Bericht.«

»Das sind keine schönen Aussichten. Wissen Sie, Lindenbreite ist nach dem Krieg nur noch einige Jahre vom Gut aus bewirtschaftet worden. Seitdem verfällt es. Alte Obstbäume wachsen dort noch, oder Beerensträucher. Die Gebäude aber brechen langsam zusammen und es gibt kaum Wanderer, die sich dorthin verirren, da der Weg am Vorwerk endet. Dahinter beginnt der Wald, der zudem ziemlich dicht ist. Mir ist hier in meiner langen Dienstzeit noch nie etwas zu Ohren gekommen, das zu Ihrer Geschichte passen würde.« Walter Dreyer hoffte auf eine Fehleinschätzung der Magdeburger Polizei bei der Interpretation der Fakten. »Aber möglicherweise hat das alles mit Heitmanns Ermordung gar nichts zu tun. Ein Zusammenhang ist absolut nicht sicher.«

»Natürlich nicht, doch sagten Sie selbst, dass Morde hier nicht häufig vorkommen und es wäre schon ein großer Zufall, wenn hier mehrere derartige Ereignisse unabhängig voneinander aufträten.«

»Gut, das kann ich akzeptieren. Wie wollen Sie also anfangen?«

»Sie kennen die Leute hier, Herr Dreyer, können ihre Reaktionen deuten und ihre Haltung unserer Arbeit gegenüber beeinflussen. Ich wäre froh, wenn wir zusammenarbeiten und Sie mich begleiten könnten. Zuerst wollte ich auf das Gut und die Ahlsens informieren. Dort ist man sicher schon beunruhigt wegen Heitmanns Ausbleiben.«

»Das unter Umständen weniger, denn heute wäre der Abend, an dem sich die Heimatfreunde treffen. Laurenz Heitmann gehörte auch dazu und ging regelmäßig hin. Noch wird ihn also niemand vermissen. Natürlich sollten wir dessen ungeachtet die Ahlsens sofort informieren. Es wird kein leichter Gang werden.«

~ 7 ~

Obwohl der Fußweg auch nicht länger als fünf Minuten gedauert hätte, stiegen sie in Dreyers Dienstwagen, um im Dorf niemandem zu begegnen und in Erklärungsnöte zu geraten. Die Gerüchte würden noch früh genug zu wirken beginnen.

Die Einfahrt zum Gutsgelände von der Hauptstraße aus war noch geöffnet. Es gehörte zu Heitmanns abendlichen Pflichten, das Tor zu schließen. Sie fuhren am linker Hand gelegenen Schwanenteich vorbei. Ein Schwanenpaar fühlte sich belästigt und schwamm stolz zum anderen Ufer. Die Vögel blickten dem störenden Fahrzeug vorwurfsvoll nach. Auf der rechten Seite des Fahrweges, einer alten Buchenallee, waren zwischen den Ziersträuchern und Büschen die Rückfronten der Stallungen zu sehen. Die Allee mündete in einem kleinen, mit einem Rondell verzierten Platz, der die Gartenseite des Gutshauses vom Gutspark trennte.

Sie hielten und Judith Brunner stieg als Erste aus. Sie sah, dass sie bemerkt worden waren. Im als Wintergarten genutzten Pavillon stand jemand auf und öffnete eine Flügeltür. »Darf ich Ihnen helfen? Sie suchen sicher unseren Gasthof. Hier können Sie nicht übernachten, das ist Privatbesitz. Oh, Sie? Guten Abend.« Überrascht blieb der Mann stehen, als er Walter Dreyer sah. »Ich habe das Auto nicht gleich erkannt.« Unsicher blickte er ihnen entgegen. »Was ist los?«

»Guten Abend, Herr Ahlsens. Darf ich Ihnen meine Kollegin, Frau Hauptkommissarin Brunner, vorstellen? Wir müssen mit Ihnen reden.«

Sie reichten sich die Hände und gingen hinein. Inzwischen war auch eine junge Frau in den Pavillon gekommen, die ein Tablett mit Geschirr und Gebäck trug. Sie stellte es ab. »Onkel Botho, du hast gar nicht erwähnt, dass wir noch Besuch bekommen. Oh, Walter, ... ist was passiert?«

Dreyer bat die beiden, sich hinzusetzen. Er wusste nicht recht, wie er das Gespräch beginnen sollte. »Hätten Sie auch für uns eine Tasse Kaffee?«

Astrid Ahlsens lief rasch in die Küche und kehrte mit zwei weiteren Gedecken zurück. Sie ließ sich besorgt neben ihrem Onkel auf einem grazilen hölzernen Sitzsofa nieder, das sehr bequem aussah. Judith Brunner, die mit dem Rücken zur Glaswand auf einem dazu passenden Sessel saß, konnte auch das übrige Mobiliar und die Ausstattung bewundern, welche dem Wintergarten einen unwiderstehlichen Charme verliehen. Üppige Pflanzen, wunderschöne, alte Gefäße und ein rustikaler Steinfußboden bildeten mit den Holzmöbeln ein beeindruckendes Ensemble.

Astrid Ahlsens wurde unruhig. »Ist was mit Laurenz?«

»Wieso fragen Sie? Ist heute nicht sein Heimatfreunde-Abend?«, wunderte sich Judith Brunner.

»Doch, schon. Aber heute Vormittag sprachen wir kurz miteinander, bevor er nach Gardelegen fuhr, um Laura abzuholen. Und da erwähnte er nebenbei, dass er abends etwas anderes vorhabe. Auch wollte er sich beeilen, um rasch mit Laura vom Bahnhof zurück zu sein. Dort müssen sie sich allerdings verspätet haben. Laura ist aber schon eine Weile da; ich habe bereits mit ihr telefoniert. Nur Laurenz hat sich noch nicht zurückgemeldet.«

Dreyer blickte sie ernst an. »Das wird er auch nicht, Astrid. Er ist tot.«

»Oh nein! Wieso?«

»Er wurde ermordet.«

Astrid Ahlsens lehnte sich zurück; ihr Onkel stand auf. »Können Sie das bitte wiederholen? Ermordet? Wer sollte denn den alten Heitmann ermorden? Er hat keiner Fliege etwas zuleide getan!« Er klang richtig wütend ob dieser Ungeheuerlichkeit.

»Beruhigen Sie sich, bitte. Wir wissen auch noch nicht genau, was geschehen ist. Jedenfalls hat ihn jemand heute Vormittag, als er in seinem Auto auf den Zug wartete, ermordet.«

»Heitmann ermordet. Wie denn?« Botho Ahlsens klang, als wäre der Gedanke an Absurdität nicht zu überbieten.

»Das muss erst die Obduktion zeigen. Erinnern Sie sich bitte, ob Ihnen etwas einfällt, das uns weiterhelfen könnte. Frau Ahlsens, was genau hat er heute Vormittag zu Ihnen gesagt?«

Doch die junge Frau reagierte nicht.

Judith Brunner hatte anstelle der bestürzten Gastgeber das Einschenken übernommen und reichte der jungen Frau die Tasse. »Bitte, trinken Sie. Ihre Freundin, Frau Perch, hat Herrn Heitmann gefunden. Sie ist ziemlich geschafft, und vielleicht könnten Sie sich morgen um sie kümmern?«

»Laura? Ja natürlich. Deswegen war sie vorhin am Telefon so ausweichend. Sie klang irgendwie seltsam ... Aber wer tut denn so was?«

Judith Brunner wandte sich an den Hausherrn: »Wir haben bisher mit niemandem darüber gesprochen. Wir wollten uns zuerst mit Ihnen unterhalten. Könnten Sie uns bitte sagen, wie der Arbeitstag Ihres Fahrers üblicherweise aussah und ob heute irgendetwas anders war?«

Botho Ahlsens seufzte und begann: »Ach, wissen Sie, Laurenz Heitmann gehört hier schon zum Inventar. Er hat schon meine Eltern chauffiert und sich um die Fahrzeuge gekümmert. Inzwischen ist er zwar schon recht betagt und die Gesundheit lässt – ließ – nach, doch weder mein Bruder noch ich wären je auf die Idee gekommen, ihn zu ersetzen. Er tat noch, was er konnte, und was er machte, tat er sehr zuverlässig. Heute nun«, Botho Ahlsens dachte einen Moment nach, »heute hatte ich ihn gebeten, sich am Bahnhof am Frachtschalter nach einer Lieferung Zierpflanzen für mich zu erkundigen. Die Pflanzen sind sehr empfindlich. Die letzten verdarben leider im Bahnhof, da man vergessen hatte, mich rechtzeitig zu informieren. Dem wollte ich diesmal vorbeugen. Ich bin sicher, Laurenz hat sich darum gekümmert.«

Ein erster Hinweis. Vielleicht war der Chauffeur noch am Frachtschalter gewesen?

Astrid Ahlsens ergänzte: »Er hatte sich gefreut, Laura abzuholen. Er kennt sie schon lange, denn wir waren bereits als Kinder befreundet und haben hier oft gemeinsam gespielt.«

»Hat er Ihnen gegenüber noch was erwähnt, das uns weiter helfen könnte?«, kam Judith Brunner auf ihre Frage zurück.

Diesmal bekam sie eine Antwort: »Nein, nicht konkret. Er meinte nur, dass er hoffe, alles vor Lauras Ankunft erledigen zu können, damit er nicht noch einmal los müsse. Heute Abend hätte er etwas Wichtiges zu tun und müsse pünktlich sein.«

»Hat er Ihnen gegenüber irgendwie angedeutet, was er Außergewöhnliches vorhatte?«

»Nein.«

»Und Ihnen hat er auch nichts erzählt, Herr Ahlsens?«, fragte Walter Dreyer nach.

»Nein, er erwähnte nur, dass er heute nicht noch mehr in Gardelegen erledigen könne. Um die Pflanzen wollte er sich natürlich kümmern, schließlich sind sie auch sein Steckenpferd.«

»Und Ihr Bruder? Könnte er noch was wissen?«

»Paul ist gar nicht da. Er ist gestern Abend weggefahren, um sich nach neuen Pferden für unsere Zucht umzusehen. Er wird erst in den nächsten Tagen zurück sein.«

»Sagen Sie, Herr Ahlsens, fällt Ihnen jemand ein, dem Sie diese Tat zutrauen würden?«

Entrüstet fragte Botho Ahlsens zurück: »Hier? Na wissen Sie!«

»Haben Sie Auseinandersetzungen bemerkt? Könnte Ihr Fahrer sich Feinde gemacht haben?«

»Nein! Was soll das? Er war beliebt, das wissen Sie doch, Dreyer.«

Judith Brunner mischte sich ein: »Solche Fragen müssen wir stellen, bitte haben Sie Verständnis dafür. Was ist mit den finanziellen Verhältnissen von Laurenz Heitmann? Wissen Sie darüber etwas?«

Ahlsens zögerte. »Nun, er bekam hier sein Gehalt, ein auskömmliches, würde ich sagen«, er sah unsicher zu seiner Nichte, die bestätigend nickte. »Und sonst, na ja, keine Ahnung. Vermögen hatte er sicher nicht. Woher denn?«

»Und Ihr anderes Personal? Vielleicht weiß da jemand etwas. Wir müssten mit Ihren anderen Angestellten reden.«

»Sicher, Frau Hauptkommissarin. Aber das sind nicht viele.

Unser Haushalt ist klein, nur wir drei: Paul, Astrid und ich. Außer Laurenz beschäftigen wir noch eine Putzfrau, die im Dorf wohnt, Thekla Müller. Das Kochen erledigt Astrid für uns, sie macht das sehr gut«, lächelte er seine Nichte an. »Im Gartenhaus wohnt noch unser alter Gärtner, Wilhelm Berger. Er erledigt die groben Dinge, Rasenmähen, Sprengen, Heckenschnitt und so, und betreibt den Gemüseanbau. Die Blumenzucht ist meine Passion und Laurenz hat mir dabei immer geholfen«, schloss er leise.

»Wissen Sie noch, wann genau er hier losgefahren ist?«, erkundigte sich Judith Brunner bei Astrid Ahlsens.

»Wie immer nehme ich an, wenn er zum Zug wollte. Gegen elf vielleicht oder, Onkel Botho?«

»Ich denke vielleicht eine halbe Stunde früher wegen der Pflanzen. Genau weiß ich es auch nicht. Ich hab' nicht so darauf geachtet.«

»Danke, Herr Ahlsens. Wenn wir nun noch einen Blick in das Zimmer von Laurenz Heitmann werfen dürften?«

Die beiden sahen sich erschrocken an. Offenbar wurde ihnen erst jetzt klar, dass eine polizeiliche Untersuchung auf dem Gut stattfand, die den gewohnten Gang der Dinge erheblich beeinträchtigen würde. »Ja, sicher. Kommen Sie mit«, ergab sich Botho Ahlsens in die Umstände. Er stand auf und ging voran.

Vom Wintergarten führten ein paar flache Stufen in die Diele des Gutshauses. Astrid machte das Licht dort an. Auf dem Boden waren große Steinplatten verlegt, die Wände waren über einem hölzernen Paneel cremefarben gestrichen. Auf die Wandfläche war mit einem Stempel ein Muster aus zierlichen Blättern in einem altrosa Farbton aufgebracht. Möbel waren nur wenige aufgestellt worden: eine lange, alte Sitzbank mit Kissen im selben Design wie die Wände, eine Kommode mit drei Schüben und ein Garderobenschrank. Es war ein freundlicher Eindruck, den dieser Raum vermittelte, den man in der Regel zuerst betrat, wenn man in das Gutshaus kam.

Das Zimmer des Chauffeurs lag am Ende eines rechts gelegenen kleinen Flurs mit mehreren Türen. Eine davon war als Badezimmer gekennzeichnet, eine andere war nur angelehnt und der dahinter liegende Raum wurde offenbar als Abstellkammer für die großen Putzutensilien genutzt.

Botho Ahlsens öffnete die letzte Tür und betrat den Raum. Seine Nichte blieb im Flur stehen.

Judith Brunner ging ihrem Kollegen hinterher und sah einen recht altmodisch wirkenden Wohnraum, von dem, durch einen Vorhang abgetrennt, in einem Alkoven die Schlafgelegenheit des Chauffeurs zu sehen war. Das Zimmer wirkte ordentlich, doch nicht allzu aufgeräumt. Die hiesige Tageszeitung, die »Altmärkische Volksstimme«, lag auf einem runden Tisch, um den vier Lehnstühle standen. Über einem hing eine Strickjacke, die schon mehrfach gestopft worden war. Ein Buffetschrank enthielt im oberen Teil einige Gläser, Becher und etwas Geschirr.

Judith Brunner zog die dünnen Gummihandschuhe über und bückte sich, um die unteren Türen zu öffnen. »Würden Sie uns einen Moment allein lassen?«, bat sie Botho Ahlsens.

»Was? Oh. Sicher. Wir sind im Wohnzimmer, wenn Sie uns brauchen. Komm, Astrid!« Ahlsens Nichte war an der Tür stehen geblieben und hatte den Raum achtsam betrachtet, als sähe sie ihn zum ersten Mal.

Walter Dreyer, der das bemerkte und wusste, dass das nicht sein konnte, würde darauf zurückkommen müssen. »Na gut, sehen wir uns etwas um«, wandte er sich seiner Kollegin zu.

»Hier unten ist nichts Besonderes drin. Wäsche, Handtücher, Tischdecken.« Judith Brunner zog eine Schublade heraus. »Seine Papiere. Rechnungen, Belege, ach, die Kontoauszüge.« Sie blätterte rasch den kleinen Hefter durch. »Scheint alles normal zu sein. Zwei Sparbücher. Wir nehmen am besten alles mit.« Judith Brunner schloss den Schrank wieder. »Was ist in der Kommode?«

Walter Dreyer hockte vor den Schubladen. »Das Übliche. Hemden, Pullover und, hier, eine alte Zigarrenschachtel. Ah, mit Fotos!«

»Prima. Die sollten wir auch gleich mitnehmen. Scheinen ganz schön alt zu sein.« Judith Brunner sah sich weiter um. Das Bücherregal enthielt eine Sammlung von Nachschlagewerken und Sachbüchern zu Zierpflanzen, Bücher zur Altmark, etwas Reiseliteratur und im unteren Fach lagen die Zeitungen der letzten Tage. Judith ging zum Alkoven, um den Nachttisch durchzusehen. Doch auch hier war nichts Außergewöhnliches zu finden: Taschentücher, Medikamente.

»Lassen Sie uns gehen. Morgen kann sich die Spurensicherung

hier gründlicher umsehen.«

Er versiegelte den Raum und Judith bemerkte, dass Walter Dreyer sich im Haus offenbar bestens auskannte, denn er ging zügig zum Wohnzimmer und klopfte leise an die nur angelehnte Tür und schob sie auf. Auf Botho Ahlsens fragenden Blick erwiderte er: »Wir sind für heute fertig. Morgen werde ich mit den Technikern zur Spurensicherung herkommen und sie einweisen; und wir werden uns sicher in den nächsten Tagen noch mal gründlicher unterhalten müssen.« Die beiden standen auf und sie reichten sich zum Abschied die Hände. Judith Brunner blickte Astrid Ahlsens an und sagte: »Versuchen Sie trotzdem, ein wenig zu schlafen. Bis morgen dann.«

Als Judith Brunner und Walter Dreyer den kurzen Weg zum Auto gingen, sahen sie beide ganz deutlich hinten im Park, zwischen den Blutbuchen, ein Licht verlöschen.

~ 8 ~

Laura überlegte, was sie sagen sollte, wenn sie nach dem Grund ihrer verspäteten Ankunft in Waldau gefragt werden würde. Ihr fiel nichts ein, was sich im Nachhinein nicht als bloße Notlüge herausstellen würde. Den heutigen Abend wollte Laura ihrer Tante nicht verderben; die schlimmen Nachrichten würden sie noch früh genug erreichen. Doch schon war sie bei Irmgard Rehse angelangt – es waren ja nur ein paar Schritte – und konnte nur hoffen, dass das Thema nicht noch einmal zur Sprache kam.

»Hallo, da bin ich. Hm, das riecht ja verheißungsvoll. Was kochst du denn da?«

»Wirst du wohl vom Herd gehen! Topfgucker habe ich gar nicht gern«, schimpfte Irmgard Rehse, doch freute sie sich, dass Laura das Versprechen, sie heute noch zu besuchen, wahr gemacht hatte. Außerdem gefiel ihr die Unbefangenheit, mit der Laura ihre Küche inspizierte. »Das ist nur ein Huhn; da kannst du noch nichts naschen. Es ist für eine Hochzeitssuppe. Von der kannst du dich dann aber dick und rund essen. Für mich allein lohnt der Aufwand ja kaum, aber wenn du möchtest, können wir morgen Abend gemeinsam essen. Bringe ruhig deine neue Bekannte und Astrid mit.

Ich lade noch Walter Dreyer ein und dann dürften wir genug sein, um die Suppe alle zu bekommen. Einverstanden?« Sie blickte Laura strahlend an.

Laura setzte sich auf die alte, gezimmerte und mit einem Polster versehene Munitionskiste, die eigentlich als Vorratsbehälter für Holz, Kohlen und Papier diente, aber neben dem Herd nahe am Schornstein auch eine gemütliche, warme Sitzgelegenheit bot.

»Wer soll da Nein sagen? Ich komme auf jeden Fall, bei den anderen müssen wir sehen, ob sie Zeit finden. Aber ich denke, wir können sie überzeugen. Deiner Suppe kann doch keiner widerstehen!«

Die alte Frau schmunzelte. »Mach mal hoch, ick bruk Holt«, forderte sie Laura auf. Sie bückte sich und holte gut getrocknetes, klein gehacktes Holz aus der Kiste, an dem hier und da noch kleine Tropfen von Harz klebten.

»Danke für deine Einkäufe und die anderen Leckereien von dir. Du musst mir noch sagen, wie viel Geld du dafür bekommst.«

Irmgard Rehse schüttelte den Kopf.

»Fang bloß nicht an, abzuwehren!«, kam Laura ihrer Ablehnung zuvor. »Es ist schon genug, dass du immer alles so schön vorbereitest«, dankerfüllt schaute sie ihr in die Augen. Das Holz im Herd knackte, der Wassertopf summte. Laura wurde schläfrig und musste gähnen.

»Na Mädchen, ist immer anstrengend so eine Reise, nicht wahr? Wollen wir noch zusammen essen?«

Laura wollte einem gemeinsamen Abendbrot, solange sie nicht wusste, wie sie den Mord verkünden sollte, lieber aus dem Wege gehen. »Ach, ich lege mich besser ein wenig hin, bin wohl gestern zu spät ins Bett«, wehrte sie vorsichtig ab. Der Tag forderte zudem jetzt wirklich seinen Tribut. Sie spürte, dass sie dringend Ruhe brauchte. »Am besten, ich gehe heute zeitiger in die Federn.«

»Mach ruhig, wir haben ja morgen noch Zeit füreinander«, hatte Tante Irmgard Verständnis. Es fiel ihr nicht leicht, den lang erwarteten Besuch ziehen zu lassen, doch sah Laura tatsächlich mitgenommen aus. Wer weiß, was für Sorgen das Mädchen hatte?

Laura war erleichtert, dass sie nicht über Laurenz hatte reden müssen. Gleichzeitig war ihr unwohl bei dem Gedanken, nichts davon erzählt zu haben. Tante Irmgard würde sicher enttäuscht sein, wenn sie später davon erfuhr.

Sie bereitete für sich ein kleines Abendessen vor, und während das Teewasser heiß wurde, ging sie ins vordere Zimmer und sah aus dem Fenster. Inzwischen war es dunkel geworden und die Straßenlaternen warfen ihr diffuses Licht, kaum mehr als winzige Flecken. Laura schaute in die Dunkelheit. Offenbar lag der Blumenstrauß immer noch auf der Bank; ein weißes Band leuchtete im Schatten. Wer hatte ihn bloß dort vergessen? Schade um die schönen Blumen! Sie beschloss, den Strauß zu holen und in eine Vase zu stellen. Vielleicht würde ihn morgen doch noch jemand vermissen, dann könnte sie ihn ja wieder abgeben.

Sie zog sich rasch eine Strickjacke an und ging hinaus.

Niemand war zu sehen. Der Lichtschein aus den Fenstern der kleinen Häuser legte sich knapp bis auf den Fußweg. Zur Eiche drang kein Strahl. Dunkel lag auch die Kastanienallee. Irgendein Hund, wahrscheinlich von einem der Gehöfte am Dorfeingang, bellte den Abend an. Darüber hinaus hörte Laura nur ihre eigenen Schritte. Sie fröstelte und beeilte sich, um schnell wieder ins Haus zu gelangen. Da lag der Strauß, weiße Rosen und Lilien, viel Grün dazwischen. Er war schön gebunden, mit langer, breiter Schleife, aber doch wohl eher für ein Grab als für eine Vase gedacht. Na ja, sie würde ihn morgen an das Gemeindegrab bringen, dort würde er seinen Zweck erfüllen können.

Gerade im Begriff den Strauß aufzuheben, hörte sie ein zischendes Geräusch. Zu spät. Laura konnte nicht einmal mehr den Kopf drehen. Sie spürte den Schlag, den Schmerz im Kopf und wie sie fiel. Dann wollte sie weglaufen, doch sie war zu schwach. Der nächste Schlag, nur heftiger! Oh, nein! Kam denn niemand, ihr zu helfen? Noch ein Schlag! Ging es so zu Ende? Plötzlich gleißendes Licht, das schnell wieder erlosch. Laura stürzte ins Dunkel.

~ 9 ~

»Laura, komm, wach auf. Laura!« Eindringlich versuchte Walter, sie wieder zu sich zu bringen. »Mädchen, was ist los mit dir?« War sie gestürzt? Vorsichtig tastete er sie ab.

Judith Brunner schaute sich aufmerksam um, doch alles war

still. Niemand sonst war zu sehen. Schon merkwürdig. »Was hat sie? Ist sie verletzt?«

»Sieht so aus, sehen Sie, hier.« Walter Dreyer hielt Judith Brunner seine Hand entgegen. »Blut!«

»Oh Gott, kommen Sie. Wir müssen sie schnell ins Haus bringen. Haben Sie einen Arzt hier im Ort?«

»Ja, er wohnt ganz in der Nähe. Ich gehe ihn gleich holen.« Er hob Laura auf und trug sie zum Haus. Judith Brunner hielt ihm die Tür auf und sie legten die Bewusstlose im Wohnzimmer auf das Sofa.

»Nun aber los, wer weiß, was mit ihr ist!«, drängte Judith Brunner ihren Kollegen.

Laura lag ruhig da und gab keinen Laut von sich. Zwar atmete sie regelmäßig, doch war jede Farbe aus ihrem Gesicht gewichen. Judith Brunner war äußerst besorgt. Sie nahm eine Decke vom Sessel und breitete sie vorsichtig über die Verletzte.

Schon kam Walter mit dem Arzt. Ein attraktiver junger Mann, bemerkte Judith. Groß, schlank, braunes glattes Haar. In gewissem Sinne war er sogar elegant. Es müsste ihm als Landarzt und mit seinem Aussehen blendend gehen, doch wie kam der erschreckend resignierte Ausdruck in seine blauen Augen?

Rasch ging er zum Sofa und begrüßte Judith Brunner dabei: »Ich bin Martin Bach. Wie geht es ihr?«

»Relativ gut, denke ich. Sie hat eine Wunde am Hinterkopf, die etwas geblutet hat. Aber es hat schon aufgehört.«

Martin Bach untersuchte Laura gründlich. »Wir müssen sie ins Bett legen. Ich muss sie noch verbinden, und dann sollte in dieser Nacht jemand bei ihr bleiben, falls Komplikationen auftreten. Eventuell müssen wir doch noch den Notdienst rufen und sie ins Krankenhaus bringen lassen.« Er sah besorgt aus.

Gerade als die beiden Männer sie nach nebenan tragen wollten, wachte Laura auf.

»Warte, warte! Stop!«, mahnte Bach den anderen, eine Spur zu laut. Judith wunderte sich, doch Walter Dreyer nahm es gelassen hin.

»Vorsichtig, Laura. Ich bin's, Martin. Hab keine Angst, es geht dir bald besser. Wir kümmern uns um dich«, redete er sanft auf sie ein.

Dankbar blickte sie ihn an und versuchte, sich zu orientieren. Doch ihr war furchtbar schwindlig, und sie hatte wahnsinnige Kopfschmerzen. »Wer war das?«, konnte sie stöhnend hervorbringen.

Martin nahm ihre Hand. »Laura, bleib bitte wach, ich muss dich verbinden. Versuch, dich aufzusetzen. Komm, wir helfen dir.« Er blickte Dreyer auffordernd an, der sofort reagierte. Es fiel Laura schwer, doch gemeinsam bewältigten sie die Anstrengung.

Martin Bach besah sich die Wunde und musste ein paar Haarsträhnen abschneiden, bevor er beginnen konnte, sie zu reinigen. Dabei war er so behutsam, wie es irgend möglich war. Dreyer stützte Laura ab und beruhigte sie: »Es ist nicht schlimm. Gleich geht es dir wieder besser. Martin hilft dir. Bleib tapfer.«

Judith Brunner betrachtete die Szene. Offenbar hatte Laura Perch viele Freunde in diesem Dorf. Der Arzt schien sie auf besonders vertraute Art gern zu haben. Jeder war bisher freundlich zu ihr, bis auf den, der ihr das angetan hatte. Denn Lauras Frage nach einem Angreifer bedeutete, dass ihre Verletzung nicht von einem Unfall herrührte.

»So, geschafft! Wir bringen dich jetzt ins Bett und ich gebe dir etwas gegen die Schmerzen. Du wirst sehen, morgen geht es dir wieder viel besser. Ich werde kommen und nach dir sehen, versprochen.«

Als sie Laura versorgt hatten, sahen die drei sich unsicher nach einer Sitzgelegenheit um. Keiner von ihnen war hier zu Hause, doch sie mussten sich besprechen. Judith Brunner lief umher und entdeckte den gedeckten Küchentisch. »Kommen Sie, setzen wir uns hier hin. Einen Happen zu essen könnte ich auch vertragen. Ich mache uns einen Tee. Das Wasser hatte Frau Perch wohl schon aufgesetzt.« Sie übernahm die Rolle der Gastgeberin. »Setzen Sie sich, Herr Doktor. Kommen Sie, Herr Kollege«, überredete sie die Männer. »Wie geht es ihr, Herr Bach?«

»Es ist nicht so schlimm, wie es aussieht. Nur oberflächliche Hautverletzungen. Sie wird allerdings ein paar Tage Kopfschmerzen haben. Und vielleicht Angstzustände, länger als ein paar Tage. Was ist hier eigentlich los?« Wieder war er etwas zu laut, fand Judith Brunner.

Sie stellte ihm einen Becher Tee hin. »Möchten Sie etwas dazu? Honig oder Milch?«

»Warten Sie, ich weiß, wo ein Schlückchen Rum zu finden sein könnte.« Walter Dreyer ging in die Speisekammer und kam mit einer vollen Flasche tschechischen Rums wieder, den viele bei Winterurlauben im Riesengebirge schätzen gelernt hatten und der hier jedem ein willkommenes Souvenir war. Sein Wissen um die Existenz dieser Flasche beruhte auf der einfachen Tatsache, dass sie im vergangenen Winter sein Mitbringsel für Laura war und er die Flasche selbst ins Regal gestellt hatte. Er goss ihnen allen einen kräftigen Schluck in den Tee.

»Bleib ruhig, Martin. Du hast ihr gut geholfen. Danke. Aber was los ist, wissen wir auch nicht genau. Ich hab dir doch vorhin erzählt, was am Bahnhof in Gardelegen passiert ist. Vielleicht hat Laura etwas vom Mord mitbekommen, was ihr noch gar nicht bewusst geworden war.«

»Weißt du, wenn ihr nicht gerade vorbei gekommen wärt ...? Wir müssen besser auf sie aufpassen, Walter.« Martin Bach schlürfte von dem heißen Getränk.

»Da haben Sie recht«, mischte sich Judith Brunner ein. »Ich wohne hier bei ihr im Haus, sodass ich heute Nacht nach ihr sehen kann. Und für morgen finden wir schon eine Lösung.«

»Wie weit seid ihr eigentlich? Habt ihr schon eine Idee, was mit Laurenz Heitmann passiert ist und warum. Weiß schon jemand davon?«

Walter Dreyer fühlte sich angesprochen. »Na ja, vorhin waren wir auf dem Gut. Andere haben wir noch nicht informiert. Und du erzählst bitte auch niemandem von Laurenz' Ermordung. Geh erst mal wieder nach Hause, wir passen schon auf Laura auf. Glaub mir.«

Jeder hing seinen Gedanken nach.

»Was wollte sie eigentlich da draußen«, fragte Martin Bach, plötzlich aufbrausend, »ich verstehe das nicht!«

»Komm, geh nach Hause! Morgen kannst du dich wieder um sie kümmern. Und beruhige dich bitte!« Walter Dreyer brachte ihn zur Tür.

Nachdem der Arzt gegangen war, klärte Walter Dreyer Judith Brunner auf: »Die beiden waren mal ein Liebespaar. Vor Jahren, noch als Teenager. Wenn Laura in den Ferien ihre Großeltern besuchte, waren sie unzertrennlich. Eine glückliche Zeit. Doch Laura fuhr nach den Ferien wieder in die Großstadt und Martin musste hier im Dorf bleiben, jeder in seiner Welt. Das ging lange gut, bis Lauras Besuche durch ihre Lehrzeit seltener werden mussten. Und Martin konnte Lauras länger werdende Abwesenheit nicht verkraften. Er war zu jung, um zu begreifen, was er da aufgab. Er begann, sich mit Zufallsbekanntschaften zu trösten. Als Laura davon erfuhr, war dies die erste Enttäuschung in ihrem Leben, die ihr ein Mann bereitete. Die Jugendliebe war vorbei.« Walter trank einen Schluck Tee. »Zudem hatte Martin die Macht des Faktischen hier auf dem Dorf unterschätzt. Als Sohn des Arztes war er ein begehrter Junggeselle und eines der Mädchen hatte ihn schnell am Haken. Ein Kind war unterwegs und es wurde geheiratet. Laura fühlte sich um ihre Liebe betrogen. Und Martin wusste das, zumal er so, wie er lebte, gar nicht leben wollte. Keine zwanzig und schon Familienvater. Dann starben Lauras Großeltern und sie kam noch seltener. Aus ihr wurde eine schöne Frau, attraktiv, selbstbewusst und doch für die Leute hier immer noch das Mädchen Laura. Sie hatte hier viele Verehrer, glauben Sie mir. Irgendwann begann Martin in Berlin zu studieren, ausgerechnet in Lauras Stadt. Und natürlich sind sie sich begegnet. Ich weiß nicht, was dort passierte, jedenfalls kam Laura wieder öfter hierher. Sie hatte auch angefangen zu studieren und in ihrer vorlesungsfreien Zeit verbrachte sie hier viele Wochen. Martin besuchte sie oft. Fakt ist, dass Laura noch immer allein lebt und Martin inzwischen noch zwei Kinder hat und mit einer Frau, die er nicht wirklich liebt, verheiratet ist. Er trauert um die Chance mit Laura, doch ich denke, das ist vorbei. Er hat es akzeptiert, in ihrem Leben nicht mehr die Hauptrolle zu spielen.«

Judith Brunner war da eher skeptisch. »Das sah mir eben aber nicht so aus. Er war ziemlich besorgt.«

»Na, ich habe ja auch nicht gesagt, dass er die Zeit nicht wieder zurückdrehen möchte.«

Judith Brunner überlegte. »Was ist mit Bachs Ehefrau? Weiß sie davon?«

»Seine Frau? Warum? Sie glauben doch nicht, dass die etwas mit diesem Überfall zu tun hat?«

»Warum nicht? Das hier muss gar nicht mit dem Fall Heitmann zusammenhängen. Vielleicht war Laura Perch hier jemandem einfach nicht willkommen.«

»Nun muss ich Sie aber mal zitieren, dass Zusammenhänge dieser Art, nein – ›es wäre schon ein großer Zufall, wenn hier mehrere derartige Ereignisse unabhängig voneinander aufträten‹ – Ihre Worte, Frau Kollegin. Und außerdem hat Bachs Frau ein Alibi.«

»Ach ja?«

»Sie ist derzeit in Behandlung, geschlossene Station. Leider ist sie dort öfter, und wie es aussieht, wird sich ihr Zustand dauerhaft nicht bessern lassen.«

»Oh!? Was ist passiert?«

»Genau weiß ich das nicht, auf jeden Fall hat sie schlimme Depressionen. Wollen Sie es genauer wissen?«

»Ja, bitte erkundigen Sie sich morgen bei Herrn Bach danach, und bitte auch direkt in der Klinik, ob seine Frau heute Abend wirklich dort war.«

Walter hielt das für übertrieben, mochte aber keine Diskussion mehr zu dieser späten Stunde beginnen und nickte. »Wird erledigt.«

»Und Sie sind sicher, dass die beiden kein Paar mehr sind?« Judith Brunner ließ nicht locker.

»Doch, doch. Ich kenne sie nun über dreißig Jahre, noch als Kinder sozusagen. Aber fragen Sie doch Laura selbst«, lächelte Walter seine Kollegin an.

»Ja klar«, schmunzelte sie zurück, »hoffentlich kann sie uns morgen etwas erzählen. Die Frage von Herrn Bach war berechtigt: Was wollte sie eigentlich dort auf dem Dorfplatz? Um diese Zeit?«

»Meinen Sie wirklich, jemand wollte sie umbringen? Vielleicht hatte er nur vor, sie zu erschrecken oder ihr eine Warnung zukommen zu lassen.« Er fuhr sich mit der Hand ein paar Mal über den Nacken. Er war müde. »Wie machen wir nun weiter?«

»Ich fahre morgen früh erst mal nach Gardelegen in die Kreisbehörde, sicher haben die dort die ersten Ergebnisse aus den Laboren. Und zur Gerichtsmedizin muss ich ja auch noch. Das wird sicher interessant. Ich freue mich richtig darauf, Dr. Renz wiederzusehen. Mal sehen, wie weit ich dort komme.«

Die Vorfreude war ihr anzumerken. Dr. Renz also. Na ja, Walter

Dreyer war der Name unbekannt. »Und ich?«

»Sie können hier mit den Befragungen weiter machen, Sie kennen die Leute doch gut. Den Gärtner, die Putzfrau und all die Leute, die Heitmann an seinem letzten Tag noch gesehen haben.«

»Hm, gut«, Walter stand auf, »falls Sie mich heute Nacht wegen Laura brauchen sollten – Sie wissen, wo ich wohne.«

»Ich hoffe, das wird nicht nötig sein. Doch es beruhigt.« Judith Brunner erhob sich ebenfalls und begleitete ihn zur Tür. »Danke und gute Nacht.«

Judith überlegte kurz, ob sie ihren Chef so spät noch informieren sollte. Immerhin hatten sich die Dinge recht unerwartet entwickelt. Und morgen früh würde er die Meldung über den Mord auf seinem Schreibtisch vorfinden und von ihr Erklärungen verlangen. Doch viel hatte sie noch nicht vorzuweisen. Außerdem war er um diese Uhrzeit sicher nicht mehr im Büro, und zu Hause wollte sie ihn nun wirklich nicht anrufen. Sie wählte ohne große Erfolgsaussichten seine Dienstnummer. Nur die Bereitschaft meldete sich und Judith hinterließ eine kurze Nachricht. Irgendwie war sie erleichtert, dass es ihr gelungen war, der Form Genüge getan und trotzdem das direkte Gespräch vermieden zu haben.

Sie räumte den Tisch ab, sah nach der Patientin, kontrollierte, ob Tür und Fenster geschlossen waren, und fiel todmüde ins Bett.

Freitag

~ 10 ~

Am nächsten Morgen wurde Laura von den Geräuschen der umherstreifenden Wilhelmina geweckt. Sie hatte wider Erwarten gut geschlafen und genoss den vertrauten Geruch im Schlafzimmer des alten Hauses. Die Düfte von Holz, frischem Leinen und Winteräpfeln hatten sich in seinen Mauern festgesetzt. Und auch das Morgenlicht war typisch. Die noch tief stehende Sonne warf große Schatten von den Kastanien an die Wände und die erzählten vom lauen Wind. Es könnte ein schöner Herbsttag werden, obwohl gestern der Mord passiert war. Und der Angriff auf sie.

Laura wurde richtig wach und wollte aufstehen. Der Versuch missglückte, alles drehte sich, sie hatte das Gefühl, ihr Kopf würde platzen und sie müsse sich übergeben. Ganz langsam setzte sie sich auf und lauschte. »Wilhelmina, wo steckst du? Komm, hilf mir aufstehen! Zu zweit gelingt es besser«, flüsterte sie und versuchte, sich damit Mut zu machen. Sie wand sich vorsichtig hoch und wankte in die Küche, wo Judith Brunner gerade Wilhelmina versorgte. In der Milchflasche hatte sich Rahm abgesetzt und wurde als kleines Extra der Katzenmahlzeit zugeschlagen. »Na nimm, oder hast du schon gegessen?« Wilhelmina gab zwar keine Antwort, nahm aber gnädig das Angebot an und probierte wenigstens etwas vom Servierten. Dann trollte sie sich wieder in Richtung Garten.

Als Judith Brunner Laura bemerkte, eilte sie zu ihr und fasste sie stützend am Arm. »Laura, um Himmels willen, wieso bleiben Sie nicht im Bett? Setzen Sie sich, hier in den Sessel am besten. Wie geht es Ihnen?«

Vorsichtig tappte Laura mit Judiths Unterstützung zum Fenster und setzte sich. Sie musste warten, bis die Küche aufhörte, sich zu drehen, und obwohl es ihr ziemlich schlecht ging, schwindelte sie: »Ganz gut. Wie wär's mit Kaffee?« Der Tag sollte angenehm beginnen.

»Kaffee. Gut. Ich dachte gar nicht, dass Sie frühstücken wollen.

Aber um so besser. Ich nahm schon an, Wilhelmina wäre meine einzige Gesellschaft.« Judith ging auf Lauras Bitte ein, obwohl sie sah, wie elend die sich fühlte. Wahrscheinlich würde sie keinen Schluck trinken. »Tut es sehr weh?« Judith Brunner reichte Laura den Kaffee. »Etwas zu essen?«

Laura schüttelte unvorsichtigerweise den Kopf, was zu erneutem Schwindel führte und ihre Reaktion beantwortete die Frage.

»Oh, entschuldigen Sie. Ich stelle keine Fragen mehr«, versprach ihre Mitbewohnerin mitfühlend.

»Wenn ich still sitze, wird es schon gehen. Über ein paar aufklärende Worte würde ich mich wirklich freuen.«

»Ich verstehe. Sie haben recht. Wir hatten ja noch gar keine Gelegenheit zum Reden.« Judith zog sich einen Stuhl heran, setzte sich zu Laura und begann: »In den letzten Monaten gelangte die Polizei an mehrere anonyme Briefe mit Hinweisen auf ein Verbrechen hier in der Gegend. Ich gestehe, dass die ersten Botschaften nicht ernst genommen wurden, doch dann wurde der Inhalt bedrohlicher und wir entschlossen uns, der Sache nachzugehen. Ich sollte mir die in den Briefen erwähnten Schauplätze ansehen, mir vom hiesigen Ortspolizisten alles zeigen lassen und so vielleicht etwas Klarheit in die Angelegenheit bringen. Und falls die mysteriöse Ankündigung im letzten Brief ernst gemeint war, hofften wir, einen Mord verhindern zu können. Wie Sie wissen, ist das nicht gelungen. Diese Eskalation war irgendwie nicht vorauszusehen und ich muss bekennen, sie überrascht mich immer noch.« Judith war ganz zufrieden mit ihrer Darstellung. Im Großen und Ganzen hatte sie sich an die Wahrheit gehalten und trotzdem nicht zu viel verraten.

»Anonyme Briefe? Und eine Morddrohung?«, musste Laura nachfragen.

Judith Brunner präzisierte: »Nein, nein. Keine Drohung. Eher eine Warnung. Ich kann das alles immer noch nicht deuten. Es passt überhaupt nicht zum Mord an Laurenz Heitmann.«

»Und weiter?«

»Als wir Sie gestern Abend fanden, kamen wir gerade vom Gut«, berichtete Judith.

»Sie waren bei den Ahlsens? Wie geht es Astrid? Sie ist sicher geschockt?« Laura sorgte sich sehr um ihre beste Freundin.

»Na ja, sie war schon sehr betroffen und sie wollte nachher gleich bei Ihnen vorbeischauen. Sie wird einen schönen Schreck bekommen, wenn sie Sie so sieht.«

Mit dem Kopfverband sah Laura wirklich beklagenswert aus; er unterstrich die Blässe der Patientin erheblich.

»Den Mord an Laurenz Heitmann in Ihre seltsame Geschichte einzubinden, ist sicher nicht einfach. Er hat überhaupt nichts Mystisches, nicht wahr?« Laura sprach ihre Schlussfolgerung offen aus: »Vielleicht hätten Sie ihn gar nicht verhindern können? Womöglich hat Laurenz' Ermordung gar nichts mit der anderen Sache zu tun?«

»Das hoffte ich auch. Aber Walter Dreyer meinte, dass alles irgendwie zusammenhängen müsse. So oft wird in der Gegend nicht von Mord gesprochen. Und nun der Überfall auf Sie! Haben Sie denn jemanden bemerkt?«, erkundigte sich Judith Brunner.

»Keinen Menschen, es war alles ruhig, nur ein Hund bellte. Aber haben Sie, als Sie mich fanden, denn nicht jemanden gesehen?«, wollte Laura wissen.

Judith schüttelte den Kopf. »Allerdings, etwas war schon merkwürdig gestern Abend: Als wir nach unserem Gespräch vom Gutshaus zum Auto gingen, sahen wir deutlich ein Licht im Park, und Walter Dreyer wies mich darauf hin, dass dort große, alte Blutbuchen stehen.«

Laura überlegte. »Ich kenne die Stelle. Es ist eigentlich sehr romantisch dort. Zu jeder Jahreszeit sind diese Bäume schön anzusehen. Immerhin war es in der Dämmerung unter den Blutbuchen bereits stockfinster und wir sind auch nur mit Taschenlampen dort gewesen.«

»Wie? Sie waren dort?« Judith Brunner staunte.

»Ja, als Kinder sind wir oft bei den Blutbuchen gewesen. Es war für uns unter den Bäumen wie in einem Schloss. Ein hohes Dach, Innenhöfe, ein großer Saal. Im Herbst haben wir das rote Laub zusammengetragen, unsere Möbel aus Laubhaufen geformt. Tische, Stühle, Betten, sogar in einzelne Räume haben wir alles unterteilt. Im heißen Sommer war es schön kühl, und wenn es regnete, schützte das Blätterdach und wir glaubten immer, niemand könne uns bei Nebel dort entdecken. Wir spielten Hofstaat und waren sicher gute Schauspieler. Es war eine schöne Zeit.«

Judith Brunner spürte, wie liebevoll sich Laura erinnerte. »Das glaube ich gern. Ob dort heute auch noch Kinder spielen?«

»So spät? Ich könnte mich erkundigen. Ich kenne viele Leute hier.«

Judith Brunner lächelte. »Sie bleiben am besten erst einmal im Bett. Wenn Sie sich sehen könnten, wäre Ihnen das auch klar. So sehr eilt es nun auch nicht. Aber wenn es Ihnen wieder besser geht, komme ich gern auf Ihr Angebot zurück.« Sie stand auf. »Ist Ihnen zu dem Angriff sonst noch irgendetwas eingefallen?«

»Nein, ich kann mir die ganze Sache nicht erklären.« Plötzlich fing Laura an zu weinen. »Warum?« Sie schluchzte auf und ihr wurde furchtbar übel. Erst in diesem Moment realisierte sie die Möglichkeit, dass jemand versucht hatte, sie zu erschlagen. Kein schönes Gefühl. »Wann wollte Astrid denn kommen?«, brachte sie mühsam hervor.

»Ich sage ihr gleich Bescheid, dass Sie warten. Rufe kurz von Ihrem Apparat an, ja? Ich muss Sie dann aber verlassen. Wenn ich wieder aus Gardelegen zurück bin, erzähle ich Ihnen die Neuigkeiten, einverstanden?«, versuchte Judith mitfühlend, Laura zu beruhigen. Es tat ihr leid, die Wirkung ihrer Fragen unterschätzt zu haben. Gestern Abend hatte Laura Perch recht gefasst reagiert und nach dem Überfall benommen, aber nicht ängstlich gewirkt. Allerdings setzte so eine Reaktion manchmal verzögert ein, das wusste sie auch.

»Laura, verraten Sie mir bitte noch, was Sie gestern Abend eigentlich da draußen wollten?« Judith Brunner vermied es darauf hinzuweisen, Laura Perch ausdrücklich um Vorsicht gebeten zu haben.

»An der Eiche?« Laura musste nachdenken. »Ach«, fiel es ihr ein, »ich wollte die Blumen ins Wasser stellen.«

»Die Blumen ins Wasser stellen?« Judith fürchtete nun etwas um Lauras Erinnerungsvermögen.

Doch Laura beharrte: »Ja. Haben Sie denn den Strauß nicht bemerkt, der auf der Bank lag?«

Judith schüttelte den Kopf.

Laura sah Judith eindringlich durch ihre Tränen an. »Erinnern Sie sich bitte, als wir gestern hier ankamen und ich Ihnen sagte, dass Sie hier vor diesem Haus anhalten sollen, da lag auf der

Bank ein wunderschöner Strauß. Er fiel mir gleich auf und ich dachte noch, jemand hätte ihn bereitgelegt, um auf dem Friedhof ein Grab zu schmücken und dann sei vielleicht etwas dazwischen gekommen. Na, jedenfalls bemerkte ich abends, dass die Blumen noch dort lagen. Und ich wollte sie retten und wenigstens in eine Vase stellen. Heute hätte man sie immer noch zum Friedhof bringen können.«

Doch Judith Brunner war sich sicher, dass dort keine Blumen gelegen hatten, als sie und Walter Dreyer aus dem Auto gestiegen waren und sich verwundert vor Lauras offener Haustür umsahen. Im Scheinwerferlicht hatten sie dann Lauras Körper liegen sehen. Sie könnte den Arzt noch fragen, ob ihm etwas aufgefallen war. »Wenn der Arzt nach Ihnen sieht, würden Sie ihm bitte ausrichten, dass ich ihn heute Abend noch einmal kurz sprechen müsste?«

»Ja, natürlich«, schniefte Laura, »ich komme schon alleine klar. Jeden Moment könnte auch Tante Irmgard erscheinen, und dann wird sie mich den ganzen Tag bemuttern. Oh Gott, was erzähle ich ihr überhaupt?«

»Das können Sie selbst entscheiden. Ich denke, dass sich schon Gerüchte über Laurenz Heitmanns Tod verbreitet haben. Sie müssen nicht lügen. Aber ich wäre Ihnen dankbar, wenn Sie die Hintergründe für sich behalten würden. Kommen Sie, ich bringe Sie erst mal wieder in Ihr Bett. Sie gefallen mir gar nicht.«

Laura erhob sich folgsam und ließ sich zu ihrem Schlafzimmer führen. »Oh, mir fällt gerade ein, heute Abend sind wir bei Irmgard Rehse zum Essen eingeladen. Bitte kommen Sie hin, es gibt Hochzeitssuppe. Sagen Sie bitte auch Walter Dreyer Bescheid, er wird sofort kommen, wenn er hört, was es zu essen gibt.« Sie legte sich vorsichtig hin. »Sind Sie eigentlich immer erfolgreich, wenn Sie solche, hm, Mordfälle haben?«

»Meistens schon.«

»Und dauert es lange, sie aufzuklären?«

»Das kann man nie sagen, aber in der Regel brauchen wir nur ein paar Tage.« Judith Brunner hoffte, zuversichtlich zu klingen.

~ 11 ~

Judith Brunner schloss vorsichtig Lauras Zimmertür und zog sich an. Es war kühl im Haus, die Öfen waren nicht geheizt. Heute war noch kein guter Geist da gewesen. Zwar hatte der Küchenherd noch Glut gehalten und mit ein paar Holzstücken war es selbst ihr gelungen, ein prasselndes Feuer zu entfachen, doch die Kachelöfen zu heizen traute sie sich nicht so ohne Weiteres zu. Viel zu selten hatte sie eine derartige Arbeit beobachten können, geschweige denn einen Ofen selbst geheizt. Sie würde Walter Dreyer bitten müssen. Ob er da war? Ihr war nicht ganz wohl bei dem Gedanken, Laura Perch allein zu lassen, aber er wohnte nur zwei Häuser weiter und so lief sie rasch los.

Sie traf ihren Kollegen nicht in seinem Büro an, hörte aber aus der Küche leise Geräusche. Das ganze Haus duftete nach frisch gemahlenem Kaffee.

»Guten Morgen«, rief sie ihm in Richtung Küche zu. Sie trat in seinem Büro an einen Beistelltisch, auf dem sich Heitmanns Papiere befanden. Die Fotos, die sie in der Zigarrenschachtel gefunden hatten, lagen ausgebreitet da.

Walter Dreyer kam mit seinem frisch gebrühten Kaffee rein. »Na, da kommen Sie genau im richtigen Moment. Guten Morgen, auch einen Kaffee?«

»Guten Morgen. Nein, danke. Ich habe gerade mit Laura gefrühstückt.« Sie beobachtete die sichere Balance, mit der er den übervollen Becher abstellte, und genoss den Kaffeeduft.

»Setzen Sie sich ruhig schon hin. Ich hole bloß noch die Sahne aus der Küche. Wie ging es denn heute Nacht?«, fragte Dreyer im Weggehen.

»Ganz gut, soweit ich das sagen kann«, rief Judith ihm etwas lauter hinterher. »Sie ist natürlich verunsichert.«

Walter Dreyer kam zurück. »Konnten Sie sie fragen, was sie dort draußen wollte?«

»Ja, einen Blumenstrauß retten, der dort seit dem Nachmittag lag.«

»Einen Blumenstrauß? Seit dem Nachmittag?« Auch er brauchte etwas, um das einzuordnen.

Judith schilderte ihm Lauras Beobachtungen und bat, die Ohren offen zu halten, wenn er heute im Dorf unterwegs war. »Vielleicht haben noch andere den Strauß bemerkt und könnten uns etwas darüber erzählen. Ich habe eigentlich gar keine Zeit, muss wirklich los. Ich wollte Sie nur bitten, drüben zu heizen. Laura ist wahrscheinlich noch zu schwach und ich weiß nicht, wie man es richtig macht.«

Walter musste schmunzeln. Dieses Eingeständnis freute ihn irgendwie. Es war eine verzeihliche Schwäche, die ihm außerdem Gelegenheit bot, sich zupackend zu präsentieren. »Gerne, gleich, ich trinke nur noch rasch einen Schluck, um wach zu werden, und dann kann es losgehen.« Er deutete auf den Tisch. »Mit Heitmanns Papieren scheint alles in Ordnung. Regelmäßig gingen nur sein Gehalt ein und eine kleine Rente. Miete musste er den Ahlsens offenbar nicht zahlen, zumindest taucht hier nichts Entsprechendes auf. Er hob zweimal im Monat Bargeld ab, normale Beträge. Seine finanziellen Verhältnisse scheinen keine Erklärung für den Mord zu bieten.«

»Na, dann müssen wir ein anderes Motiv finden«, konstatierte Judith Brunner.

Sie standen auf und gingen die wenigen Schritte zu Lauras Haus.

Hier war alles in Ordnung. Laura schlief und Wilhelmina leistete ihr Gesellschaft.

Walter begann, unter intensivster Beobachtung von Judith Brunner, die Ofenklappe im Wohnzimmer aufzuschrauben und entfernte die Asche unter dem Rost. »Ich denke, wir sollten zunächst wie vereinbart anfangen. Sie fahren nach Gardelegen und ich rede hier mit den Leuten.« Vorsichtig ließ er die Asche von einer kleinen Schaufel in einen Blecheimer gleiten.

Judith stimmte ihm zu: »Wir müssen mit allen reden, die Heitmann gut kannten. Hatte er jemanden, der ihm nahe stand? Vielleicht wissen die Heimatfreunde etwas. Was ist mit seiner Familie? Irgendwo muss es doch Ansatzpunkte geben.«

»Das wird es sicher auch, aber wir könnten die meisten Mitglieder der Heimatfreunde erst heute Abend aufsuchen, jetzt sind sie arbeiten. Ich muss auch gestehen, dass ich über seine Familie nichts weiß. Seit ich ihn kenne, ist er Chauffeur bei den Ahlsens.« Er legte etwas zerknüllte Zeitung auf den sauberen Rost, ein paar Kienspäne darauf und zwei Stücke Holz. Darauf stapelte er noch drei Briketts und zündete das Papier an.

»Aber er muss doch mal Besuch gehabt haben. Was ist mit Geburtstagen? Was hat er im Urlaub gemacht?«

Walter prustete los: »Urlaub? Laurenz Heitmann? Entschuldigen Sie, aber ich kann mich nicht einmal an einen Kurzausflug erinnern.« Das Feuer brannte ordentlich und der Ofen zog gut. Es war ein lautes Windgeräusch zu hören, als Walter die obere Ofenklappe schloss. Er wurde nachdenklich. »Ich denke, die regelmäßigen Fahrten in die Kreisstadt waren seine einzigen Ausflüge. Aber es ist schon merkwürdig, wie wenig ich über ihn weiß.« Er hielt kurz inne, bevor er fortfuhr: »Auf den Fotos konnte ich keine Anhaltspunkte für Reisen oder Familientreffen finden. Es sind Kinderfotos, eine große Schulklasse, schmächtige Jungen spielen mit einem Ball, beim Baden. Dann erwachsene Paare oder Familien mit Kindern beim Spazierengehen. Eines scheint mir in einem Zoo aufgenommen worden zu sein. Dann gibt es noch ein paar größere Fotos. Die zeigen drei Hochzeiten hier im Dorf. Aber ob uns die Aufnahmen weiterhelfen, wage ich zu bezweifeln. Na ja, fahren Sie ruhig los, ich habe hier auf alles ein Auge, muss sowieso noch nachlegen und dann in einer Stunde die Klappe schließen und den Ofen zuschrauben.«

Auf diese Informationen hatte Judith Brunner noch gewartet. Zukünftig könnte sie sich auch um die Öfen kümmern.

~ 12 ~

Es klopfte. »Laura, bist du endlich aufgestanden?«

»Ich bin hier, im Schlafzimmer, Tante Irmgard.«

»Du liegst also tatsächlich noch im Bett. Oh! Mein Gott, wie siehst du denn aus! Was ist dir passiert?«

»Ich habe mir gestern furchtbar den Kopf gestoßen. Martin war dann da und hat die Wunde versorgt. Er kommt nachher noch einmal vorbei und bringt mir etwas gegen die Kopfschmerzen mit. Komm, hilf mir mal hoch.«

»Soso, Martin war hier. Und du hast dir den Kopf gestoßen.« Skeptisch blickend stützte sie Laura und ging mit ihr in die Küche. Irmgard Rehse hatte ein Glas Brombeergelee mitgebracht.

Laura wollte die alte Frau nicht unnötig aufregen. Sie nahm alle Kraft zusammen, tat unbefangen und drückte ihr einen Kuss auf die Wange. »Nun guck nicht so, glaub mir ruhig. Oder denkst du, mir hat jemand eins übergezogen?«, versuchte Laura zu flachsen. Tatsächlich ging es ihr schon etwas besser. Offenbar hatte Irmgard Rehse noch nichts von dem Mord an Laurenz Heitmann gehört. Wie sollte sie es ihr sagen? »Komm trink einen Kaffee, ich leiste dir Gesellschaft. In der Frühe habe ich schon mit meinem Gast, der Frau Brunner, einen getrunken.«

Tante Irmgard schmunzelte. »Du hast sicher noch geträumt, musst erst mal ein paar Tage ausschlafen. Du bist auch wieder schmaler geworden, siehst blass aus.«

Auch diese Bemerkungen über Lauras Aussehen gehörten seit ihrer Kindheit zum Ritual. Obwohl die Waage die vermeintlichen Beobachtungen Lügen strafte, entsprach es sicher den Tatsachen, dass sie blass aussah. Jedenfalls hatten schon die Großeltern stets ihren ganzen Ehrgeiz daran gelegt, sie in den Ferien wieder aufzupäppeln, was ihnen immer mühelos gelungen war. Diesen Anspruch übernahm nun Tante Irmgard schon seit einigen Jahren, und Laura war ihr dankbar.

»Erzähl mal. Was gibt's Neues bei dir. Was macht die Liebe? Immer noch solo?«, fragte Tante Irmgard ungeniert.

»Ach, hör auf! Mach dir wegen Martin nicht gleich wieder Sorgen. Mir geht es gut, so wie ich lebe. Bisher war einfach noch nicht der Richtige dabei. Erzähl du mir lieber, was sich in den letzten Wochen in Waldau getan hat. Zu Astrid wird nicht so viel Klatsch getragen und ich bin doch so neugierig. Bitte!«, lenkte Laura ab. Sie wollte nicht über den Mord reden. Noch nicht. So konnte sie die ungetrübte Stimmung noch etwas genießen.

Irmgard Rehse begann, Brot abzuschneiden.

Laura hatte nie aufgehört zu bewundern, wie die Frauen freihändig, den dreipfündigen Brotlaib vor die Brust geklemmt, mit einem Messer gleichmäßig dicke Scheiben selbst von frischem Brot abschneiden konnten. Ihr gelang das nicht einmal auf einem Tisch.

»Was soll hier schon los sein, Mädchen. Herbst ist's geworden. Da passiert bei dir in der Stadt sicher mehr«, zierte sie sich. Doch dann begann Tante Irmgard zu erzählen.

Laura hörte über eine Stunde lang den belanglosen Neuigkeiten aus der Umgebung zu: Im übernächsten Dorf hatte es gebrannt. Zwei Nachbarkinder waren in die Stadt gegangen, um dort einen Beruf zu lernen. Das Haus von Heuers aus dem Oberdorf war fertig geworden, und es hatte ein lustiges Fest gegeben. Die »jungen Leute« waren dabei natürlich zu laut gewesen und hatten zudem im Park »rumgemacht«. Tante Irmgard nahm einen Schluck Kaffee und fuhr fort: »Also, ein paar Tage nachdem du das letzte Mal weggefahren warst, erschien eine Zeitung mit Werbung für die Altmark. Für Leute aus der Stadt, du weißt schon. Seitdem waren tatsächlich ein paar Touristen im Dorf. Einige wollten hier sogar ein Haus kaufen, oben, an der Pflaumenallee. Andere haben überlegt, ob ausreichend Platz für neue Häuser wäre. Na ja, das wird wohl alles noch dauern. Jedenfalls waren allerhand Fremde unterwegs und der Umsatz im Gasthof stieg.«

Laura wollte mehr wissen. »Was für Leute waren das denn so?«

»Ach, na alle möglichen eben. Meistens kamen sie im Auto und fuhren langsam durchs Dorf. Schon ein bisschen älter die meisten, aber auch junge darunter. Stell dir vor, einige hatte sogar Kameras dabei! Und ohne zu fragen, fotografierten sie drauflos, als gäbe es hier was zu sehen. Erna Zuber hat sie ausgeschimpft und vor ihrem Garten weggescheucht, doch die haben bloß über sie gelacht. Und einer ist sogar gleich hier geblieben. Ein junger Lehrer«, betonte sie stolz. »Er ist in das alte Hirtenhaus gezogen, das stand ja sowieso schon ewig leer.«

Jetzt konnte Laura den Grund für das Geschimpfe der Winter-Schwestern auf die jungen Lehrer erahnen, das sie im Zug unfreiwillig mitbekommen hatte. »Und sonst, wer hat sich noch so interessiert?«, fragte Laura beharrlich weiter.

»Na ja, irgendwelche großen Betriebe wollten wohl gleich die ganze Wiese hinten am Schäferberg kaufen und dort solche Bungalows für ihre Belegschaften und Touristen aufstellen, damit die sich hier am Wochenende von ihrem Stress erholen können. Als ob hierher jemand freiwillig kommen würde!« Irmgard Rehse schüttelte ungläubig den Kopf.

Laura hoffte, dass Tante Irmgard recht behielt, denn ihr behagte die Vorstellung von einem Waldau, das mit Wochenendtouristen bevölkert wurde, gar nicht.

»Am meisten haben wir Ollen uns aber über die zwei jungen Männer gewundert, die aus dem Wald kamen und sich nach dessen Besitzer erkundigten. Was wollen die denn mit einem Stück Wald?«

Gute Frage, dachte Laura. »Was für Wald denn?«

»Na der hinten, bei Lindenbreite. Ich kann mir auch nicht denken, dass die in diese Ruine noch Geld stecken wollen. Aber sie waren im Dunklen dort, und vielleicht haben sie nicht so genau erkennen können, dass die Gebäude nicht mehr nutzbar sind.«

»Und, ist was daraus geworden?«

»Das war ja das Merkwürdige. Abends saßen sie im Gasthof und haben sich mit Alfi Schuler angefreundet – was ja nicht schwer ist, wenn man dem ein paar Schnäpse spendiert«, musste Tante Irmgard hinzufügen, »und sind spät nachts wahrscheinlich noch weggefahren. Hier hat sie jedenfalls keiner wieder gesehen.«

Laura fragte skeptisch: »Wie sollen die denn nachts aus Waldau weggekommen sein? Hier, wo nur tagsüber ein Bus verkehrt.«

»Ich weiß auch nicht. Aber es ist schon seltsam. Keiner hat sie mit einem Auto gesehen und mit dem Bus sind sie auch nicht gekommen, das wüsste ich!«

Laura glaubte ihr das unbesehen. Immerhin hatte sie jetzt einen Anhaltspunkt, der Judith und Walter bei ihren Ermittlungen vielleicht weiterhelfen konnte. Die Männer mussten noch anderen Bewohnern im Dorf aufgefallen sein.

»Naja, vielleicht entschließen sich doch ein paar vernünftige Leute, hier ab und zu Urlaub zu machen. Ein bisschen mehr Betrieb hin und wieder könnte Waldau auch nicht schaden. Wäre interessanter hier«, lenkte Laura ein.

Sie schwiegen beide. Die Vormittagssonne schien schon warm, und von draußen hörte man die geschäftigen Geräusche dörflichen Alltags – Schritte, die von schweren Filzstiefeln hörbar wurden, hier und da wurden Grüße über die Straße gerufen, Traktoren tuckerten vorbei, von den Höfen war das triumphierende Gackern der Hühner nach erfolgreicher Eiablage zu vernehmen.

Laura sah Tante Irmgard an und ihr wurde unbehaglich zumute, wenn sie an den unvermeidlichen Bericht über ihre Ankunft in Gardelegen und den Anschlag dachte. Sie wollte ihr nicht wehtun, doch konnte sie nicht länger mit dem Wissen dasitzen und so tun, als sei nichts geschehen. Sie holte tief Luft. »Tante Irmgard, ich muss dir noch was erzählen. Nichts Schönes.«

»So schlimm wird's schon nicht sein. Was ist passiert? Du hast dich nicht gestoßen, stimmt's? Hast du dich mit Martin getroffen und bist gefallen? Hat er nicht aufgepasst?«

»Nein, nein, mit Martin hat das nichts zu tun. Es geht um Laurenz Heitmann.«

»Laurenz? Unser Laurenz? Wieso, hattet ihr einen Unfall gestern? Ich habe dir gar nichts angemerkt.« Irmgard Rehse klang erschrocken.

Laura machte eine Pause. Sie musste mit der Wahrheit herausrücken, sonst würden die Missdeutungen nicht aufhören. Sie stand langsam auf und ging um den Tisch, setzte sich neben ihre Tante. »Gib mir mal deine Hände und sieh mich bitte an. Es tut mir leid, doch Laurenz ist tot«, sagte sie leise.

Sie spürte, wie die alte Frau erstarrte.

»Er ist tot. Es ist schon am Bahnhof passiert, gestern.« Sie hielt sie weiter fest. »Deswegen ist meine Bekannte mit hier. Sie ist von der Polizei.«

»Polizei? Bedeutet das ...?«

»Ja. Er wurde ermordet. Und ich habe ihn gefunden.« Laura fing wieder an zu weinen; die Anspannung der letzten vierundzwanzig Stunden brach erneut durch. Und auch das elende Gefühl, ihrer Tante diesen Kummer machen zu müssen, ließ die Tränen fließen.

Auch Irmgard Rehse konnte ihre Tränen nicht zurückhalten und klagte: »Ach Kind, so ein Unglück.« Aus ihrer Schürzentasche beförderte sie ein großes Taschentuch und reichte es Laura.

»Danke. Ich konnte gar nichts tun. Und hier« – Laura zeigte auf ihren Verband – »hat der Mörder es vielleicht noch mal versucht.« Sie weinte weiter.

»Wie? Hier in Waldau?« Ungläubig blickte die alte Frau auf. »Mein Gott. Hier? Wer tut uns so etwas an?« Ihre Stimme brach.

Ab und zu seufzten die beiden noch, doch langsam beruhigten sie sich.

Laura nahm wieder Tante Irmgards Hand und versuchte, zu

trösten: »Mir ist doch nichts Schlimmes passiert. Walter hat mich zum Glück gleich gefunden und Martin geholt. ... Sie werden den Mörder finden, glaub mir. Judith Brunner, die Hauptkommissarin von der Mordkommission, und Walter Dreyer haben mit der Arbeit schon begonnen. Und ich werde ihnen helfen, wo ich kann. Immerhin war Laurenz am Bahnhof, um mich abzuholen.«

»Pass bloß auf dich auf, Laura. So was hatten wir hier noch nie und wer weiß, was das zu bedeuten hat. Gib mir bitte immer Bescheid, wenn du weggehst, ja? Versprich es mir!«, forderte Irmgard Rehse besorgt. Dann erinnerte sie Laura: »Und denk an das Essen heute Abend bei mir. Wirst du überhaupt kommen können?«

»Aber sicher, es gibt schließlich mein Lieblingsessen. Bis dahin geht es mir sicher wieder besser.« Laura hoffte wirklich auf das, was sie da sagte.

Nicht ganz überzeugt, ermahnte Irmgard Rehse sie nochmals: »Ruh dich aus. Und bleib im Haus, hörst du!«

Laura sah sie an. »Astrid kommt noch her. Wir haben uns so viel zu erzählen, und vielleicht erfahre ich ja auch etwas über Laurenz' Angelegenheiten. Denn niemand wird ihn ermordet haben, weil er mich abholen wollte.«

~ 13 ~

Astrid Ahlsens wurde von Wilhelmina begrüßt, die sich, in Hoffnung auf ein paar Streicheleinheiten und Futter, von der Fußmatte erhob und ihr zum Vorgartentor entgegenlief.

»Na, was ist? Bist du ausgesperrt? Komm, ich nehme dich mit rein.« Die Tür war nicht abgeschlossen. »Laura, wo steckst du?«

»Hier. Im Schlafzimmer. Krieg bitte keinen Schreck!« Laura bewunderte erneut Astrids Schönheit, als die Freundin das Zimmer betrat. Ihr Haar war rotbraun und leuchtete immer, egal zu welcher Tages- und Jahreszeit und egal zu welcher Frisur es geformt war, es war einfach wunderbares Haar, das mit Astrids braunen Augen und ihrer gesunden Hautfarbe ein tolles Bild abgab. Ihre Kleidung war apart, trotz der Grenzen, die die Umstände des Landlebens der Bekleidung zu setzen schienen. Ein langer anthrazitfarbener Wollrock, in dem sich der lindgrüne Farbton der Jacke in kleinen

Sternen am Saum wiederfand. Ein Anblick, der Laura gut tat, obwohl der Schreck Astrid anzusehen war.

»Um Himmels willen, was ist dir denn passiert? Bist du gestürzt?« Besorgt setzte sich Astrid auf die Bettkante.

»Schön, dass wir uns endlich sehen können, auch wenn ich mit meinem Anblick im Moment keinen Staat machen kann.«

Die Freundinnen umarmten sich, so gut es ging.

»Hilf mir hoch, ich versuche aufzustehen«, bat Laura, »lass uns in die warme Küche gehen.«

Astrid stütze sie, und abgesehen von den Kreuzgängen Wilhelminas vor ihren Füßen, gelang das Gehen eigentlich ganz gut. Im gemütlichen Sessel verging ihr das Schwindelgefühl recht bald, und während Astrid sich auch hinsetzte, sagte Laura: »Ich bin überfallen worden. Gestern Abend.«

»Was?! Hier? Du? Von wem?«

»Keine Ahnung. Jedenfalls hat er mehrfach zugeschlagen und wahrscheinlich nur aufgehört, weil er dachte, ich bin schon tot, oder weil Walter und seine Kollegin gerade kamen. Ich hatte meine Haustür offen stehen gelassen und die beiden haben glücklicherweise sofort nach mir gesucht, als sie mich nicht im Haus finden konnten.«

»Wie bitte?« Astrid wurde blass. »Auch dich wollte jemand umbringen? Das ist unfassbar! Was ist hier nur auf einmal los?«

Wie vorher schon Irmgard Rehse saß jetzt ihre beste Freundin verzweifelt auf dem Küchenstuhl und Laura hatte das Gefühl, auch sie trösten zu müssen. »Die Polizei hat schon mit der Untersuchung begonnen. Sicher werden wir bald wissen, worum es überhaupt geht. Mach dir wegen mir keine Sorgen. Martin ist rührend um mich besorgt, und die Kriminalkommissarin wohnt mit mir unter einem Dach. Es wird mir nichts mehr passieren. Hol dir ruhig ein Glas aus dem Schrank. Mir ist nicht danach, doch du könntest offenbar eine Stärkung gebrauchen. Wie geht es dir eigentlich?«

Astrid erklärte: »Ach, schon wieder ganz gut. Ich kann immer noch nicht glauben, was passiert ist. Laurenz ermordet! Ich bin total verwirrt und manchmal möchte ich heulen, aber es geht schon, wirklich.«

Laura war froh, dass ihre Freundin die Situation so gut verkraftete, und wurde sich ihrer eigenen Schwäche wieder bewusst. »Ich möchte mich lieber wieder hinlegen. Setzt dich zu mir und lenk mich etwas ab, ja? Ich platze vor Neugier, was es hier Neues gibt. Dein letzter Brief war ja voller Andeutungen.«

Astrid Ahlsens seufzte tief und begleitete ihre Freundin zurück zum Bett. Vorsichtig deckte sie sie zu, zog sich einen Stuhl heran und begann, dem Wunsch ihrer Freundin nachzukommen. »Weißt du, ich habe schon ungeduldig auf dich gewartet. Ich brauche nämlich deinen Rat. Irgendetwas stimmt hier nicht mehr. Mit Onkel Paul! Und nun ... Es waren nur Kleinigkeiten, die mir auffielen, doch so oft wie in letzter Zeit hat Onkel Paul sich nie mit Laurenz unterhalten. Und einmal habe ich gesehen, wie Laurenz ihm einige Papiere gab. Und jetzt ist Laurenz tot und Onkel Paul weg.«

»Wohin ist er denn?«

»Das ist ja das Problem. Ich weiß es nicht. Und Onkel Botho auch nicht. Er hat gestern Abend Walter und seiner Kollegin irgendeinen Unfug vom Pferdekaufen oder so erzählt. Als hätten wir je Pferde gezüchtet! Keine Ahnung, was das sollte!?«»Und du vermutest, dein Onkel Paul hat Laurenz ...?«

»Nein! Ja! Was weiß denn ich! Ich mache mir wirklich Sorgen.«

»Astrid, du kennst die beiden doch! Ich halte es für ausgeschlossen, dass dein Onkel ihm etwas angetan hat. Im Gegenteil, sie verstanden sich doch gut. Hast du etwas von ihren Gesprächen mitbekommen können?«

Astrid schüttelte den Kopf.

»Hast du wenigstens Walter davon erzählt?«, fragte Laura.

»Wie sollte ich denn! Dann hätte Onkel Botho vor der Hauptkommissarin ganz schön blöd ausgesehen mit seiner Geschichte!«

»Hast du deinen Onkel heute Morgen nicht danach gefragt?«

»Nein, das ging gar nicht. Er war die ganze Nacht unterwegs; lief ständig im Haus umher. Als ich aufstand, war er noch nicht aufgetaucht. Ich nehme an, er schläft sich jetzt aus.«

»Was hat die Polizei denn gestern Abend gesagt?«

»Nun, dass Laurenz Heitmann in Gardelegen ermordet wurde und du ihn gefunden hast. Sie wollten wissen, was er für Aufträge erledigen sollte, und ob wir wüssten, was er gestern noch alles vorhatte.«

»Und, was hatte er zu tun?«

»Eigentlich sollte er nur dich abholen und bei der Gelegenheit noch nach einer Lieferung Pflanzen für Onkel Botho fragen. Was er sonst noch so erledigen wollte, weiß ich nicht.«

»Wann ist er denn losgefahren? Hatte er viel Zeit in Gardelegen?«

»Genau wissen wir das beide nicht; aber viel früher als nötig, um rechtzeitig zum Zug zu kommen, war es sicher nicht. Das wäre uns aufgefallen.«

Jetzt berichtete Laura von dem Ereignis in Gardelegen: »Ich fand Laurenz, als ich zum Auto kam. Seit der Ankunft des Zuges waren schon ein paar Minuten vergangen. Der Bus war längst abgefahren. Und ich fing an, herumzulaufen. Da war er schon tot.«

»Du hast ihn im Auto gefunden? Nicht draußen irgendwo?«

»Nein, wieso?«

»Ich war davon ausgegangen, dass er auf den Bahnsteig gegangen war, um dich zu empfangen und dass es irgendwie auf dem Weg dahin passiert ist.«

»Aber Astrid, das wäre doch bloß der kurze Weg über den Platz.«

»Eben. Das hat mich ja so verwundert. Wenn er noch im Auto saß, würde das bedeuten, dass er schon eine kleine Weile vor der planmäßigen Ankunftszeit des Zuges ermordet worden sein musste, denn er wäre sonst sicher ausgestiegen, um auf dem Bahnsteig auf dich zu warten.«

»Und wenn er nicht viel eher als nötig losgefahren ist, blieb eigentlich nicht viel Zeit, um ihn umzubringen«, spekulierte Laura.

»Du meinst, es passierte eher zufällig, eine improvisierte Tat? Zur falschen Zeit am falschen Ort?« Astrid schüttelte ungläubig den Kopf.

»Vielleicht hatte er dort eine Verabredung?«, mutmaßte Laura.

»In Gardelegen? Er kennt doch überhaupt keinen Menschen, hatte nie Besuch.« Dann kam Astrid ein Gedanke: »Unter Umständen hat er zufällig einen alten Bekannten getroffen.«

»Der ihn dann spontan umbringt? Klingt auch nicht besser!«

»Ach, Laura. Was überlegen wir hier eigentlich? Es kann keinen Grund geben, den alten Heitmann umzubringen. Möglicherweise war es eine Verwechslung?«, hoffte Astrid.

»Am helllichten Tag, vormittags? In dem Auto?«

»Na ja, stimmt. Aber es ist alles so unwahrscheinlich. Und nun der Überfall auf dich! Wie soll man sich das erklären?«

»Ich weiß es auch nicht. Frau Brunner vermutet, dass ich als Zeugin für den Mörder eine Gefahr darstelle, dabei habe ich gar nichts gesehen. Ich habe ja die ganze Zeit auf dem Bahnsteig gewartet. Aber vielleicht hat sie recht?«

»Hm, möglich wäre auch, dass dich niemand ermorden wollte, sondern nur warnen«, wagte die Freundin einen Beschwichtigungsversuch.

Doch Laura wusste genau, dass dies nicht den Tatsachen entsprach. Die Schläge waren unbarmherzig gewesen, sie sollten töten und nicht erschrecken.

~ 14 ~

Judith Brunner ging, in Gardelegen angekommen, zuerst zu den Kollegen der Kreisbehörde der Polizei. Sie wollte sich frühzeitig persönlich vorstellen, denn immerhin ermittelte sie in deren Zuständigkeitsbereich.

Doch schon am Empfang lief nichts wie geplant. Eine äußerst gesund aussehende junge Frau, deren weibliche Formen ihre Uniform sehr gut füllten, informierte sie: »Es tut mir sehr leid, aber der Chef ist nicht da.«

Judith vermutete, dass dies die übliche Reaktion auf unangemeldete Besuche war, suchte ihren Dienstausweis hervor und versuchte es auf diese Art: »Ich bin Hauptkommissarin Judith Brunner und brauche seine Unterstützung bei einer Ermittlung.«

Die junge Frau sah ehrlich betroffen aus. »Oh, Sie sind das. Guten Tag! – Er ist wirklich nicht da. Gestern wollte er nur kurz ins Krankenhaus zu einer Routineuntersuchung, wie er sagte; die Ärzte haben ihn dann nicht mehr gehen lassen ... Aber er hat einen Stellvertreter.« Froh, damit helfen zu können, bot sie mit einer freundlichen Geste an: »Wenn Sie bitte dort warten möchten. Ich versuche, ihn gleich für Sie zu finden.«

Judith Brunner schlug das nette Angebot aus, denn sie wollte keine Zeit verlieren. »Danke nicht nötig. Könnten Sie mir stattdessen verraten, wo ich die Kollegen von der Technik finde? Ich frage mich von dort dann weiter durch.«

»Unsere Technik?! Ach, ja richtig, die haben sogar schon was für Sie, glaube ich.«

Judith Brunner musterte die junge Polizistin und fragte überrascht: »Woher wissen Sie, was ich benötige? Können Sie hellsehen?«

Mit einem offenen, verschmitzten Lächeln wies sie hinter sich auf Regale und Tische mit allen möglichen Geräten. »Ich bin nicht nur für den Empfang zuständig, sondern auch für die Poststelle, die Ablage und die Telefonvermittlung, wissen Sie. Wenn Sie also mal irgendeine Information brauchen, was im Hause gerade so los ist, oder wenn Sie jemanden suchen, fragen Sie mich ruhig.« Sie gab Judith Brunner nach einem raschen Blick auf den Dienstausweis das Dokument wieder. »Alle müssen an mir vorbei, egal ob rein oder raus; in den Keller oder unters Dach. Bisher konnte ich noch jedem helfen, Frau Hauptkommissarin Brunner.«

»Danke, werde ich mir merken, Frau ...?«

»Oh, ich bin Lisa Lenz.« Sie errötete leicht, als sie das Versäumnis, sich nicht vorgestellt zu haben, bemerkte.

»Danke für Ihre Angebot, Frau Lenz, und wie finde ich nun die Technik?«

»Die Männer sitzen überall verteilt, aber Sie gehen am besten hier hinter, bis fast zum Ende vom Gang, in unsere Fahrzeughalle. Da steht der Wagen vom Ermordeten. Die Kollegen sind seit gestern dran und waren vor einer Stunde fertig damit«, berichtete Lisa Lenz stolz.

Judith Brunner registrierte, dass sie die internen Berichte nicht nur ablegte, sondern offensichtlich auch gründlich las.

In der Kriminaltechnik war in der Tat rund um die Uhr gearbeitet worden; bei so einem Fall konnten die Mitarbeiter ihre Fähigkeiten wenigstens mal unter Beweis stellen.

Der Kollege in der Halle zeigte Judith Brunner Heitmanns Auto. Er begegnete ihr nicht unfreundlich, doch ziemlich kurz angebunden: »Hier, Blut, nur auf seinem Sitz. Ein bisschen noch auf der Fußmatte. Sonst nichts!«

Judith Brunner konnte es nicht recht glauben, deshalb vergewisserte sie sich noch einmal: »Nichts an der Tür? Hat er nicht versucht, raus zu kommen?«

»Nichts an der Tür!«

»Und sonst noch etwas? War der Tank voll? Das Auto in Ordnung? Sie wissen schon.«

»Tank war halb voll. Hätte er locker zurück geschafft. Mit dem Auto immer. Tipp topp, alles bestens gepflegt.«

»Faserspuren?« Judith Brunner redete nun auch im Telegrammstil.

»Ja. Fasern. Sackleinen, altes Sackleinen. Und schwarze Wollfasern. Und andere. Ist alles im Labor. Fragen Sie besser dort.«

»Wen denn? Ich bin zum ersten Mal bei Ihnen.«

»Laborchef ist Dr. Grede, der macht das alles dann auch zu Ende. Einfach eine Etage nach oben, ins letzte Zimmer rechts im Gang.«

»Danke. Und sonst ist Ihnen außer diesen Spuren noch was anderes am Wagen aufgefallen?«, wollte Judith Brunner sichergehen, auch alle Informationen erhalten zu haben.

Der Techniker überlegte. »Na ja, der Beifahrersitz war zurückgeschoben, ganz weit, bis zum Anschlag, als hätte dort ein besonders großer oder extrem beleibter Mensch gesessen, oder als hätte man mit dem Luxuswagen was transportieren wollen.«

»Gut, danke. Ich melde mich, falls ich noch eine Frage habe, ja?«, verabschiedete sich Judith Brunner.

Eine Etage höher wurde ihr vom anderen Ende des Flurs schon zugewunken. Ein Mann kam ihr freundlich entgegen. »Hauptkommissarin Brunner, nicht wahr? Sie sehen, hier funktioniert der Flurfunk hervorragend. Ich habe gerade Wasser aufgesetzt. Möchten Sie auch einen Tee?« Neben dem Arbeitszimmer bemerkte Judith das Schild »Dr. Horst Grede, Abteilungsleiter II«. Sein Zimmer war äußerst nüchtern mit Möbeln verschiedener Zeitepochen der Bürokratie eingerichtet und sah keine Möglichkeit vor, Besucher komfortabel zu empfangen. Dr. Grede bedeutete ihr, auf dem Stuhl neben seinem Schreibtisch Platz zu nehmen. Überall stapelten sich Akten; Fotos, Plastetüten, Röhrchen mit Aufklebern zeugten von der hauptsächlichen Beschäftigung des Büroinhabers während seines Arbeitsalltags: begutachten, lesen und schreiben. Vielleicht noch telefonieren.

»Nein, danke schön. Ein Glas Wasser wäre mir lieber, wenn das möglich ist«, ging Judith Brunner auf das Angebot ein.

»Kein Problem!« Dr. Grede öffnete eine Flasche Mineralwasser und reichte ihr ein gefülltes Glas.

Als er auf seinem Stuhl Platz genommen hatte, kam Judith Brunner gleich zur Sache: »Herr Dr. Grede, was können Sie mir bereits zum Mordfall Heitmann sagen?«

Der Mann suchte eine leere Stelle auf seinem Schreibtisch, um das Teeglas abstellen zu können. Der Beutel färbte das Wasser in interessanten Wolken dunkelbraun. Grede griff zu einigen Formularen. »Scheint nicht kompliziert zu sein. Na ja, nur eine Blutgruppe: AB. Nichts Außergewöhnliches. Also wahrscheinlich nur vom Opfer.«

»Der Kollege in der Garage erzählte etwas von gefundenen Fasern.«

»Ja! Verschiedene. Identifiziert haben wir bisher schwarz gefärbte Wollfasern, möglicherweise von einem Hosen- oder Mantelstoff, robuste Qualität. Und Sackleinen, das hier in der Gegend in jedem Wagen vorkommen dürfte. Die Leute nutzen die Säcke für den Transport der unterschiedlichsten Dinge, vor allem für ihr Tierfutter, selbst für Kleintiere, oder auch für Felle und Knochen.«

»Kleintiere?«

»Ja«, schmunzelte er, »wenn Sie zum Beispiel Kaninchen züchten wollen, weil sie Ihnen gut schmecken, bitten Sie ihren Nachbarn, der einen Rammler hält, mal vorbei zu kommen. Der steckt das Vieh dann in einen Sack, bringt ihn zur Häsin, dann dauert es ein paar Minuten, in denen man einen Klaren oder auch zwei zusammen trinken kann. Sie passen auf, dass sich das Gewünschte tut, und beim Abschied drücken Sie Ihrem Nachbarn einen Zwanziger in die Hand. Für solche Dinge werden eben Säcke gebraucht.«

»Interessantes Beispiel. Was ist mit den Knochen oder Fellen?« Judith Brunner ahnte, dass dieser Fall in mehr als einer Hinsicht außergewöhnlich sein würde.

»Felle hebt hier fast jeder auf, weil man die gut verkaufen kann. Bleiben wir bei unseren Kaninchen. Die meisten ziehen den Balg gleich nach dem Schlachten selbst auf und trocknen ihn an der Luft. Dafür haben sie sich hölzerne Gestelle gebaut.« Er formte mit den Händen einen spitzen Winkel. »Achten Sie mal drauf, wenn Sie auf die Höfe gehen. Zumeist hängen die Gestelle unter den Vordächern an den Schuppen. Also, wenn die Felle trocken sind und sich genügend angesammelt haben, stecken sie die in einen Sack und fahren zum Bahnhof.«

»Zum Bahnhof?«

»Ja, hierher nach Gardelegen. Neben dem Frachtschalter ist auch die ›Zentrale Sammelstelle für Tierprodukte‹ unseres Kreises untergebracht. Dort bekommen sie dann für jedes Fell etwas Geld und fahren zufrieden wieder auf ihre Dörfer. Man wird sicher nicht reich damit, doch lohnen muss sich die Fahrt hierher schon, sonst würden die Bauern es nicht machen.«

»Haben Sie etwas gefunden, das uns helfen könnte, herauszufinden, was Laurenz Heitmann in einem Sack in dem Auto transportiert haben könnte? Es ist immerhin ein luxuriöser Personenwagen. Auf dem Gut, wo er arbeitete, gibt es für Transporte der Art, die Sie beschrieben haben, sicher andere Fahrzeuge. Obwohl ...«, hielt Judith Brunner kurz inne.

»Obwohl?«, wollte Dr. Grede jetzt wissen.

»Er sollte zum Frachtschalter gehen, das wissen wir. Er hatte den Auftrag, sich nach einer Lieferung Pflanzen zu erkundigen, die dringend erwartet wurde.«

»Die würde man doch aber nicht in einem Sack transportieren.«

»Nein, aber vielleicht wollte er den Sack auch nur zum Verpacken nehmen oder als Unterlage«, gab Judith Brunner zu bedenken.

»Mit der Auswertung sind wir noch lange nicht fertig. Aber wir könnten darauf achten, ob sich Erdspuren oder ein spezielles Dünger-Substrat nachweisen lassen.«

»Gut. Und Knochen?«

»Knochen?«

»Sie sagten, auch Knochen würden so transportiert.«

»Oh, richtig! Dabei handelt es sich in der Regel um Knochen größerer Tiere, von Rindern oder Schweinen. Nach dem Schlachten bleiben zumeist nur die blanken Knochen übrig, alles andere wird verarbeitet. Die Bauern bringen die Knochen dann ebenfalls zur Sammelstelle, wo sie entsprechend des Gewichtes etwas Geld kassieren. Warum interessiert Sie das so?«

»Wissen Sie, ...« Judith Brunner wusste nicht recht, wie viel von ihrem fragwürdigen Ermittlungsauftrag Dr. Grede bekannt war.

Er kam ihr zu Hilfe: »Man hat mich informiert, dass Sie kommen würden, um diesen Hinweisen vom Sommer nachzugehen. Ich habe schon mal veranlasst, dass meine Leute sich die Fundgegenstände noch einmal genauer ansehen.«

Judith wusste, dass es wenig Sinn hatte, darauf hinzuweisen, dass dies längst hätte geschehen müssen. Ihre Dienststelle hatte die Sache schließlich auch nicht ernst genommen und war von einem makabren Scherz ausgegangen. »Danke. Ich habe hier die zum Fall gehörenden Briefe. Würden Sie die auch noch mal genauer untersuchen? Die Mitarbeiter im Bezirk hatten dazu bis jetzt keine Veranlassung gehabt.«

»Gerne, wenn Ihnen das hilft. Wissen Sie, ich fürchte aber, wir können nicht so richtig mithalten mit dem Tempo, das Sie in Magdeburg gewohnt sind. Ich habe nur wenige Leute und die haben natürlich kaum Erfahrung mit Mordermittlungen. Höchstwahrscheinlich fehlt uns auch moderne Technik.«

»Oh! Entschuldigen Sie, ich wollte nicht drängen. Ich denke zwar nicht, dass wir unter Zeitdruck stehen, was aber nicht heißen soll, dass wir uns Zeit lassen können. Also sagen Sie mir bitte einfach, was geht, und was nicht. Und dann überlegen wir zusammen, ja?«

Damit konnte der Laborchef leben. »Ich rufe Sie umgehend an, wenn wir mit unseren anderen Tests weiter sind.« Er goss ihr Wasser nach. »Die Techniker haben mit dem Staubsauger im Auto jeden Millimeter abgesucht, wir finden sicher noch mehr.«

Judith Brunner fand den Mann ausgesprochen angenehm; Dr. Grede war unkompliziert, bezog sich auf die Sache, und hatte kein Problem damit, ihre Arbeit zu unterstützen. »Was ist mit Fingerabdrücken?«

»Wenige, und wir sind mit dem Abgleich auch noch nicht fertig. Der Wagen war gut gepflegt und innen und außen auf Hochglanz poliert. Am Lenkrad und am Kofferraum sind nur die vom Opfer, innen hinten ein paar andere. Wir müssen noch abklären, ob wir sie schon zuordnen können. Ich schicke heute noch jemanden nach Waldau, der uns Vergleichsabdrücke von allen Leuten auf dem Gut holt.«

»Haben Ihre Leute außerhalb des Wagens noch brauchbare Spuren gefunden?«

Horst Grede schüttelte den Kopf. »Nein, gar nichts; weder im Bahnhofsgebäude noch auf dem Bahnsteig oder in den Anlagen des Bahnhofsvorplatzes. Ich denke, Sie können sicher davon ausgehen, dass der Fundort, ich meine das Auto, auch der Tatort ist.«

»Laurenz Heitmann wurde erstochen. Und wenn Sie keine Waffe gefunden haben, hat der Mörder sie wohl wieder mitgenommen.«

Dr. Grede nickte.

Nun spekulierte Judith Brunner weiter: »Ich gehe bis jetzt davon aus, dass der Mörder neben Heitmann gesessen haben muss, als er zustieß. Genaueres erhoffe ich mir vom Gerichtsmediziner, Dr. Renz, im Kreiskrankenhaus. Der erwartet mich schon.«

»Sie kennen Dr. Renz?«, fragte Dr. Grede erstaunt.

»Ja, von früher. Ich wusste, dass er jetzt hier arbeitet, und gestern hat er sich gleich bereit erklärt, mir zu helfen.«

»Hoffen wir, dass wir ihn nicht allzu oft beschäftigen müssen. Grüßen Sie ihn bitte von mir.« Dr. Grede stand auf, um ihr die Tür zu öffnen.

»Mach ich, gerne. Ich fürchte, ich habe noch mehr Arbeit für Sie. Gestern Abend wurde nämlich die Zeugin, die Heitmann aufgefunden hat, in Waldau überfallen. Es ging zum Glück glimpflich ab. Wir brauchen aber die Spurensicherung auch dort. Abgesperrt ist alles bereits.« An der Tür blieb Judith Brunner kurz stehen und fragte: »Wie finde ich denn den Kollegen, der Ihren erkrankten Chef vertritt? Ich möchte mich ihm wenigstens persönlich vorstellen, wenn ich schon seine Leute für meine Ermittlungen einspanne.«

Dr. Grede sah sie amüsiert an. »Das geht schon in Ordnung. Ich bin derjenige, der hier momentan die Verantwortung trägt, und ich finde, wir hatten einen guten Start!«

»Oh«, Judith Brunner musste ihm zustimmen und lächelte zurück, »dann muss ich Sie aber nochmals belästigen. Ich wollte mir noch die Befragungsprotokolle der Tatortzeugen ansehen.«

»Hier«, er griff zielsicher eine Mappe von seinem Schreibtisch, »nehmen Sie die ruhig mit. Ich hab schon einen Blick reingeworfen.«

»Und, ist was dabei herausgekommen?« Judith Brunner hatte kaum Hoffnung, sonst hätte Dr. Grede ihr sicher schon etwas gesagt.

»Ich stecke nicht so drin wie Sie, habe aber den Eindruck, keiner hat etwas gesehen oder gehört. Wie immer, wenn man so sagen darf. Die zwei am Frachtschalter geben sich gegenseitig ein Alibi, die Wirtin hat sogar mehrere Zeugen, der Busfahrer hatte keine Wartezeit und fuhr gleich wieder los«, fasste Dr. Grede zusammen.

»Könnten Sie jemanden beauftragen, der Heitmanns Finanzen überprüft?« Judith Brunner entnahm ihrer Tasche einen Ordner und setzte fort: »Hier sind die Unterlagen aus seiner Wohnung, nichts Auffälliges, doch möglicherweise kann die Sparkasse uns noch etwas mitteilen.«

»Ja, dafür hätte ich jemanden«, kam prompt die Antwort.

»Danke. Wir hören voneinander.« Und trotz der eher mageren Ergebnisse ihres Vorstellungsbesuches ging Judith Brunner beschwingt davon.

~ 15 ~

Im Kreiskrankenhaus wurde Judith Brunner von einer Schwester in den Keller begleitet, der recht tief liegen musste, denn sie gingen über drei Treppenabsätze hinunter. Die Stufen waren neu belegt und auch die Wände wirkten frisch renoviert. Sogar Rahmen mit Postern von Blumenarrangements hatte man aufgehängt. Diese Bemühungen halfen jedoch nur bedingt, wenn man um die Identifizierung von Leichen gebeten wurde oder eine Obduktion auszuwerten hatte. Hier bekam jeder Fremde ein mulmiges Gefühl in der Magengegend.

Dennoch freute sich Judith Brunner auf das Wiedersehen mit Dr. Renz. Sie hatte ihn seit seiner Verabschiedung in den Ruhestand nicht mehr gesehen und erinnerte sich an ihn als freundlichen und kompetenten Kollegen, der ihr immer hilfsbereit und vorurteilsfrei begegnet war.

Die Schwester blieb vor einer Schwingtür stehen. »Hier rein, den Gang lang und hinten links liegen sie.«

»Ich wollte eigentlich zu Dr. Renz.«

»Ah, dann gleich rechts. Alles Gute.«

Judith Brunner drückte den Türflügel auf und sah sofort durch eine wandgroße Glasscheibe Dr. Renz an seinem Schreibtisch sitzen.

Er blickte auf und kam ihr lächelnd entgegen. »Hallo, Frau Brunner, so sieht man sich durch einen Mordfall wieder. Darf ich sagen, dass ich mich trotzdem freue?« Er geleitete sie zu einer kleinen Sitzecke, die im Gegensatz zu den nüchternen Büromöbeln aus dunklem, braunem Holz gefertigt war. Vier kleine, mit schwarz-grünem Vichykaro bezogene Sessel standen um einen runden Tisch, den ein passender Beistelltisch ergänzte. Darauf stand eine wunderschöne Lampe mit mattiertem Schirm, die ein behagliches Licht auf die Möbel und einen dunkelgrünen Teppich warf.

»Ich freue mich auch. Danke. Und ich hoffe, Sie können mir viel erzählen«, freute sich Judith Brunner über den herzlichen Empfang.

»Setzen Sie sich doch bitte erst einmal. Darf ich Ihnen etwas anbieten?«

Judith erbat sich auch bei Dr. Renz nur ein Glas Mineralwasser und setzte sich entspannt hin.

Er begann vorsichtig: »Ich muss gestehen, ich habe mich etwas gewundert, als ich gerüchteweise erfuhr, dass man beabsichtigte, Sie wegen dieser seltsamen Angelegenheit hier herzuschicken.« Natürlich hatte er noch seine Kontakte zur alten Dienststelle. »Ich fragte mich, ob Ihr Können nicht für anspruchsvollere Aufgaben in der Bezirksstelle gebraucht würde. Und nun dieser Mord mit all den Ermittlungen! Eine ganz ordentliche Aufgabe, nicht wahr?«

Das war eine deutliche Nachfrage, doch ließ Dr. Renz Judith Brunner die Möglichkeit auszuweichen.

»Offen gesagt, warum ich wirklich hergeschickt wurde, weiß ich bis heute nicht, und wie die Dinge jetzt liegen, muss ich mich darüber nicht mal ärgern. Zumal der Fall offensichtlich anspruchsvoller ist, als es anfangs schien.«

Dr. Renz wollte mehr wissen. »Wie sieht die Sache denn aus?«

»Wir haben noch nicht viel«, musste Judith Brunner zugeben und berichtete vom bisherigen Ermittlungsstand. »Deshalb erhoffe ich mir einiges von meinem Besuch bei Ihnen«, lächelte sie Dr.

Renz an.

»Na, dann will ich mal sehen, wie ich Ihnen helfen kann. Manches ist noch im Labor, da melde ich mich dann morgen mit den Untersuchungsergebnissen. Also: Der Mann war leidlich gesund für sein Alter. Nur die üblichen Dinge, verschlissene Gelenke, Arteriosklerose. Es gab eine alte, recht gut verheilte Verletzung am Oberschenkel, vielleicht ein Unfall. Gestorben ist er durch einen einzigen Stich ins Herz, der Blutverlust war ziemlich hoch. Sie sagten, er wurde in seinem Wagen gefunden. Wie? Könnten Sie mir eventuell schon ein Tatortfoto zeigen?«

»Leider noch nicht«, bedauerte Judith Brunner. »Die Entwicklung der Fotos dauert noch. Aber da ich zufälligerweise sofort am Tatort war, kann ich versuchen, ihn zu beschreiben: Für mich saß er ganz normal auf dem Fahrerplatz. Es sah aus, als schliefe er nur.«

»Wissen Sie, der Stichkanal verläuft nicht von oben nach unten, eher waagerecht von der Seite.«

»Dann müsste er ja aufrecht gesessen haben, und eine neben ihm sitzende Person stach zu«, bestätigte Judith Brunner die Auffindesituation.

»Im Sitzen? Wäre ungewöhnlich, aber machbar. Vielleicht war der Täter auch etwas kleiner als das Opfer. Es ist wenig Platz in so einem Auto zwischen dem Fahrer und dem Lenkrad. Wenn dann mit einem Messer gezielt zugestochen werden soll, na ja, ... Auf jeden Fall musste der Täter solide Kenntnisse haben, wohin genau er stechen muss. So zwischen den Rippen das Herz zu treffen, ist nicht ganz einfach, schon gar nicht im Sitzen.«

»Der Mörder hat also nur einen Stoß gebraucht?«

»Es sieht nach allerhand Erfahrung aus, wenn Sie mich fragen. Die Wunde war schlitzförmig, mit spitzen Winkeln, also war die Tatwaffe einem Stilett nicht unähnlich. Eine anderthalb Zentimeter breite Klinge; der Wundkanal ca. 13 cm lang. Die Waffe war gut gewählt für das Vorhaben. Geht rein wie in Butter, wenn man weiß, wie man zustechen muss, wie gesagt.«

»Hat Heitmann Abwehrverletzungen?«

»Keine, er muss vom Angriff überrascht worden sein.«

»Das denke ich auch. Er wähnte sich also nicht in Gefahr, sonst hätte er doch seinen Mörder nicht einsteigen lassen! Er könnte ihn sogar gekannt haben! Bluten derartige Wunden eigentlich immer so stark? Ich meine, ist so eine Tat überhaupt möglich, ohne dass der Täter sich mit dem Blut des Opfers befleckt?«

»Die äußere Wunde ist nicht sehr groß. Wenn ein Opfer dann nach vorn zusammensackt, könnten die Wundränder aneinander gedrückt und verschlossen werden, und es läuft nur wenig Blut heraus. Was in unserem Fall aber offensichtlich nicht passierte. Dagegen kann auch nicht ausgeschlossen werden, dass der Täter vorbereitet war. Möglicherweise trug er Handschuhe. Die kann er nach der Tat ausgezogen haben, eine Jacke, einen Mantel, was auch immer, ebenfalls.«

»In der Umgebung des Bahnhofes wurde bisher keine Kleidung gefunden«, wusste Judith Brunner. »Aber Ihre Hypothese würde ja bedeuten, dass die Tat geplant war. Mit so einem Messer läuft man auch nicht zufällig umher, sogar Handschuhe sind bei dem Wetter ungewöhnlich.«

»Stimmt absolut, und solch ein Messer gibt es üblicherweise nicht an jeder Ecke zu kaufen. Wir haben hier nur einen Laden, wie ich seit Kurzem weiß, der derartiges führt, Waffen-Moritz in der Reutergasse, gleich rechts hinter dem Rathaus. Vielleicht kann man Ihnen dort weiterhelfen?« Dr. Renz schaute auf die Uhr. »Gleich zwei Uhr. Da haben die meisten Läden sowieso noch geschlossen. Wollen Sie nicht erst einmal mit mir gemeinsam Mittag essen? Sie müssen mir noch allerhand von meinen alten Kollegen aus dem Bezirk erzählen.«

»Ein nächstes Mal gern, aber ich habe noch einiges vor, und wir treffen uns sicher bald wieder«, musste Judith Brunner Dr. Renz vertrösten.

~ 16 ~

»Scharf muss es sein, das ist das Wichtigste. Sonst krieg ich das Fell nicht ordentlich runter. Also schleif diesmal richtig!«

Als Judith Brunner den durchgängig geöffneten Laden betrat, stieß sie fast mit einem massigen Mann zusammen, der seine Forderung lautstark ins Geschäft brüllte.

Wessen Fell war wohl gemeint, überlegte Judith. Der Mann

schien eine extreme Wut im Bauch zu haben.

Waffen-Moritz entpuppte sich als korpulente Frau mittleren Jahrgangs, die hinter dem Verkaufstresen stand und sich mühte, ein Messer in eine Pappschachtel zu bekommen, deren Ausmaße jedoch diesem Handwerkszeug nicht genügten. Kurzerhand nahm sie eine alte Zeitung und wickelte es damit ein.

»Wofür kann man das denn brauchen?«, fragte Judith Brunner einigermaßen beeindruckt von der riesigen Klinge des Messers.

»Slachten.«

»Wie bitte?«

»Schlachten!«

»Schlachten? Ach Tiere, ja, ja«, Judith Brunner rügte sich im Stillen für ihre Begriffsstutzigkeit, zumal die Ladeninhaberin, denn dafür hielt Judith sie, nun ihrerseits etwas verdutzt fragte: »Wofür denn sonst?«

Das Gespräch drohte, absurd zu werden. Judith Brunner versuchte, sich rasch dem Grund ihres Besuches zuzuwenden. Wer weiß, wann der nächste Kunde kam und stören würde. »Ich bin Hauptkommissarin Brunner von der Polizei und würde Ihnen gern einige Fragen stellen.« Während sie diesen Satz zum sicher tausendsten Mal im Leben sagte, wühlte sie – sicher zum ebenso vielten Mal – in ihrer Handtasche nach dem Dienstausweis.

Waffen-Moritz sah sich das Dokument mit Judith Brunners Foto genau an, um dann zu bemerken: »Sieht Ihnen nicht ähnlich. Weiß aber, dass Sie die von der Polizei sind.«

»Woher denn?«

»Hat mir die Wirtin von der Bahnhofswirtschaft erzählt. Hat Sie gut beschrieben und so.«

Neuigkeiten überbrachte Judith Brunner hier offenbar niemandem mehr. »Dann wissen Sie ja sicher, weswegen ich hier bin«, stellte sie nüchtern fest und setzte fort: »Ich möchte überprüfen, welche Waffen Sie in letzter Zeit verkauft haben. Besonders an Messern bin ich interessiert.«

Mit einem Seufzer holte Frau Moritz die Unterlagen über den Verkauf von Schusswaffen unter dem Ladentisch hervor. »Hier. Für Messer hab ich so was nicht. Wonach suchen Sie denn?«

Judith hatte sich vorgenommen, die Kompetenz der Waffenhändlerin zu nutzen, obwohl sie den Beruf prinzipiell abstoßend fand, und die Frau ihn nicht gerade sympathischer machte. »Schmale Klinge, beidseitig geschliffen, ca. 13 cm lang.«

Waffen-Moritz überlegte. »Bei mir hat keiner so etwas gekauft. Nicht in den letzten Wochen. Aber das kann man ja auch selbst machen. Ich meine, ein Messer so zurechtschleifen, wie es gebraucht wird.«

Der Gedanke war gar nicht so abwegig. Sicher, das könnte auf dem Lande fast jeder halbwegs Begabte mit einfachsten Mitteln in seiner eigenen Scheune schaffen. Also ein selbst geschliffenes Stilett. Ein vager Ansatzpunkt.

Bevor sie nach Waldau zurückkehrte, versuchte Judith Brunner im Bahnhof am Frachtschalter noch die fehlenden Informationen zu Heitmanns Auftrag vom Vortag zu bekommen, doch hier war geschlossen, sodass sie die Befragung verschieben musste.

~ 17 ~

Wilhelm Berger, der Gärtner, gehörte zu Laurenz Heitmanns Generation, und auch er war schon lange bei den Ahlsens beschäftigt. Er tat im Garten noch, wozu seine Kräfte reichten; für andere Arbeiten mussten eben Aufträge an Leute aus dem Dorf gegeben werden. In seinen Aufgabenbereich fiel auch der Park. Er veranlasste die benötigten Baumschnitte oder gar Fällungen, die Mahd der Wiesen oder die Wartung der Wege.

Walter Dreyer erhoffte sich von seiner Befragung vor allem Aufschluss über die privaten Kontakte Heitmanns. Die beiden Männer hatten neben ihrem Alter und ihrer Arbeitsstelle möglicherweise noch mehr Gemeinsamkeiten.

Nachdem Walter Dreyer die Gardelegener Kollegen der Spurensicherung mit den Örtlichkeiten vertraut gemacht hatte, wollte er seine heutige Befragungsrunde mit dem Gärtner beginnen. Im Gartenhaus hatte er den alten Berger nicht angetroffen und so vermutete er ihn irgendwo im Park oder Gemüsegarten. Aber auch dort hatte er kein Glück. Schließlich blieb noch eines der alten Gewächshäuser. Das offensichtlich noch benutzte Glashaus war von außen schwer einzusehen. Schwülwarme Luft und ein intensiver

Geruch nach Erde, Pflanzen und chemischem Dünger empfingen ihn. Da er niemanden sah, aber deutlich Geräusche vernahm, rief er: »Hallo, Herr Berger, sind Sie hier?«

Keine Antwort; stattdessen hörten die Arbeitsgeräusche, wie sie beim Umtopfen von Pflanzen entstehen, sofort auf: das Schaben einer Metallschippe an Ton, das Festklopfen von Substrat, das Plätschern von Gießwasser. Er ging weiter und auf einmal erschien Wilhelm Berger im Gang. »Ach, Sie sind's. Na, kommen Sie. Ich dachte schon, es hätte sich wieder jemand verlaufen und verschwindet, wenn ich mich melde.«

»Was meinen Sie?«, fragte Walter Dreyer etwas verwirrt.

»Na vorhin, ruft auch jemand nach mir, und wie ich zurückrufe, höre ich nur noch die Tür fallen und niemand ist zu sehen. Da dachte ich diesmal, gehst erst mal gucken, wer da was will.«

Walter fragte: »Sie haben also nichts gesehen? Wer soll denn hierherkommen, und wenn er Sie antrifft, wieder verschwinden? Merkwürdig, nicht?«

Wilhelm Berger bot eine Erklärung an: »Na ja, vielleicht hatte jemand ein Rendezvous hier drin geplant, das kommt öfter vor und ich finde am nächsten Morgen Zigarettenkippen oder auch mal ein Taschentuch. Womöglich wurde auch was vergessen. Hatte bestimmt nichts zu bedeuten, denke ich.« Dann verstummte er und sah den Ortspolizisten traurig an.

»Herr Berger, Sie wissen sicherlich, weshalb ich hier bin«, begann Walter Dreyer und sah sich nach einer Sitzgelegenheit um. »Können Sie mir irgendetwas sagen, was uns in Bezug auf den Mord an Laurenz Heitmann weiterhelfen könnte?«

Er nahm eine alte Holzkiste und der Gärtner nutzte seinen Schemel.

Der alte Mann schwieg weiter, wie um Kraft für das schwierige Gespräch zu sammeln. »Laurenz war sogar zwei Jahre älter als ich, aber noch besser beieinander, wissen Sie«, begann er. »Nun hat ihn jemand ermordet. Botho Ahlsens hat's mir heute Morgen gesagt. Ich konnte in dem Moment an gar nichts denken und ehrlich gesagt, kann ich es auch jetzt noch nicht. Ich habe mir einfach eine ungestörte Ecke gesucht und vor mich hin gearbeitet.«

Einen Moment blieb es still. »Sie kannten sich lange, Herr Berger. Haben Sie eine Idee, was passiert sein könnte?«

»Wissen Sie, ich denke nicht gern über den Tod nach, und in meinem Alter ist er auch schon zu nahe, um unbekümmert darüber zu reden. Wenn dann noch jemand umgebracht wird, den man Jahrzehnte kennt und mit dem man täglich zu tun hatte, ist das total lähmend. Und beim Laurenz kommt noch dazu, dass wir, obwohl er Chauffeur war, hervorragend zusammen arbeiten konnten. Er interessierte sich für alte, vergessene Pflanzensorten. Da hat er manchmal mit mir gefachsimpelt, das hat uns beiden viel Spaß gemacht. Er durfte Botho Ahlsens sogar bei dessen Hobby assistieren und das bedeutete ihm viel. Sie hatten sich wieder einige neue Pflanzen kommen lassen und wollten sehen, ob Stecklinge gelingen würden. Laurenz sollte sie gestern abholen, und nun ... tot.«

Walter fragte nach: »Was für Pflanzen waren das? Gemüse?«

»Nein, nein. Botho Ahlsens züchtet Blumen! Sehen Sie sich doch mal um, wie schön unsere Kübel und Rabatten aussehen«, lud der alte Mann stolz ein und erhob sich.

Walter Dreyer schloss sich ihm gern an. »Das ist also das große Geheimnis. Sie wissen doch, das viele schon immer gerätselt haben, woher die schönen und vor allem seltenen Blumen auf dem Gut kommen? Niemand sonst in Waldau konnte seinen Garten damit schmücken, es gab sie einfach nirgendwo zu kaufen.«

»Ja«, gab Berger schmunzelnd zu, »manchmal ist uns wirklich was geglückt. Sehen Sie hier, das ist eine sehr alte Duftrose aus England. Sie ist etwas anfällig für den Rost und so hat Botho Ahlsens lange Versuche unternommen, um die Rose etwas widerstandsfähiger zu machen. Und – es hat geklappt. Außerdem duftet sie wirklich wunderschön, was die heutigen Hochzüchtungen kaum noch tun. Rosen ohne Duft, welch ein Unsinn«, empörte er sich.

Walter Dreyer gab ihm recht. Er kam zwar selten in die Verlegenheit, unbedingt Rosen kaufen zu müssen, doch ihm war auch schon aufgefallen, dass die Sträuße meist geruchlos waren.

»Oder hier, diese Clematis, ist auch eine alte Zucht, wächst hier schon eine Ewigkeit. Und hat sie nicht eine tolle Farbe? Dieses dunkle Lila ist einmalig. Sie fängt erst im August an zu blühen, dann aber lange bis in den Oktober hinein. Es ist ziemlich schwierig, sie zu vermehren. Auf jede Teilung reagiert sie empfindlich.

Doch dem Botho Ahlsens ist es ein paar Mal geglückt.«

Wilhelm Berger flüchtete sich in die Botanik. Und Walter Dreyer wusste nicht, wie er wieder zum Thema kommen sollte, ohne den alten Mann, den er gut verstand, zu verletzen. Und doch blieb ihm keine große Wahl; er hatte einen Mord aufzuklären, und, wenn die Ereignisse sich zusammenführen ließen, einen Mordversuch an einer Zeugin.

»Herr Berger, wir haben gestern Abend noch mit Botho Ahlsens und mit Astrid gesprochen. Beide konnten uns keine direkten Hinweise geben, doch wussten sie, dass Laurenz am Abend etwas Außergewöhnliches vorhatte und nicht zu den Heimatfreunden gehen wollte. Hat er Ihnen vielleicht erzählt, was das war?«

Während er die Frage hörte, war der Gärtner stehen geblieben. »Gestern, sagen Sie, hätte er was vorgehabt? Abends? Was soll das gewesen sein? Außer den Heimatfreunden und dem Wirtshaus ist hier nicht viel los. Es wird doch nicht ...?«

»Was meinen Sie?«

»Na ja, es ist schon eine Weile her, noch im Sommer, da war er einmal abends weg und hatte mir vorher gesagt, dass es spät werden könnte und er möglicherweise erst am nächsten Morgen nach Waldau zurückkäme – nur falls sich jemand nach dem Wagen erkundigen würde.«

»Und?«, Walter Dreyer hoffte auf eine Spur.

»Nichts! Er war ganz normal wieder hier; sicher ist aus seinem Vorhaben nichts geworden. Ich habe ihn nicht weiter gefragt.«

18

Laura Perch machte es sich im Wintergarten des Gutshauses bequem. Ihre Freundin Astrid hatte darauf bestanden, sie bei sich zu behalten, um für bessere Betreuung und vor allem auch Ablenkung zu sorgen.

Heute Vormittag hatten die beiden kaum begonnen, die dörflichen Neuigkeiten und Ereignisse zu besprechen, da war Martin gekommen, um nach seiner Patientin zu sehen. Astrid hatte ihm die Tür geöffnet und ihn in Lauras Schlafzimmer gebracht. Er lehnte einen Kaffee ab und hatte es offenbar eilig, Laura untersuchen zu können. Astrid verließ taktvoll das Zimmer. Sie kannte beider Gefühle füreinander und spürte erneut eine gewisse Trauer um dieses vertane Glück. Eine Zeit lang hatte sie geglaubt, alles wäre noch zu richten, doch dann kamen die Krankheit von Martins Frau dazu und noch zwei weitere Kinder, da wusste sie, dass es mit den beiden kein Happy End geben könnte.

»Laura, wieso ruhst du dich nicht richtig aus?« Martin setzte sich in den Sessel an Lauras Bett. »Wie war die Nacht?«

»Besser, als ich dachte, wirklich. Ich habe gut geschlafen. Du hast alles, was du konntest, für mich getan. Danke.«

»Laura, weißt du, ich ...«

»Hör bitte auf damit Martin, das führt zu nichts. Und es tut uns nur weh.«

»Wir müssen miteinander reden«, bat Martin mit verzweifeltem Blick.

»Ach Martin, wir haben es doch schon so oft besprochen.«

Das wusste er auch. Doch jedes Mal, wenn Laura wieder hierwar, erfassten ihn Zweifel. Rational war er schon lange bereit, die Dinge zu akzeptieren. Außerdem liebte er seine Kinder. Und seine Frau brauchte ihn. Das alles war ihm klar. Dennoch hoffte er immer wieder, es gäbe eine Chance, die Zeit zurückzudrehen. »Na gut. Lassen wir das. Zeig mal her, deinen Dickschädel.«

Laura war erleichtert, dass diesmal das alte Thema so schnell fallen gelassen wurde. Sie respektierte Martin unter anderem auch wegen seiner Art, Verantwortung zu übernehmen. Brav erhob sie sich; ihr Schwindelgefühl war schon merklich geringer. Sie half sogar beim Abnehmen des Verbandes mit. Die körperliche Nähe zu Martin war ihr bewusst, allerdings verspürte sie schon länger keine Sehnsucht mehr. Eventuell Vertrautheit, doch keine Liebe.

Auch Martin war jetzt wieder ganz der Arzt. »Sieht wirklich besser aus. Vielleicht musst du nicht ins Krankenhaus und es reicht, wenn du zum Röntgen gehst.«

»Was?!« Damit hatte Laura nun wirklich nicht gerechnet. »Krankenhaus? Was redest du?«

Martin beharrte: »Na hör mal, hast du wirklich geglaubt, ich lasse dich einfach so, mit nur einem Verband um den Kopf, herumlaufen? Du wurdest gezielt angegriffen, Laura! Jemand schlug dir heftig auf den Kopf. Gott sei Dank war es ein stumpfer Gegenstand, wie die Polizei immer so schön sagt, sonst hättest du auch noch eine viel größere Hautverletzung gehabt. Erstaunlicherweise scheint es dir wirklich besser zu gehen. Trotzdem muss ich, als dein Arzt, darauf bestehen, dass du noch zum Röntgen gehst.«

Auch Walter Dreyer hatte ihn darum gebeten, als er Martin gestern Abend noch einmal anrief. Wegen der Ermittlungen, zur Beweissicherung, wie sagte er. Seinem Tonfall war deutlich anzuhören, dass er es ernst meinte.

Martin blätterte in seinen Unterlagen. »Die radiologische Praxis in Wenden hat heute geöffnet. Ich rufe gleich an und bespreche das Nötige. Kann Astrid dich begleiten?«

»Ja, sicher. Ruf sie doch bitte herein, dann können wir sie selbst noch fragen.«

Und so waren sie den späten Vormittag über unterwegs gewesen. Zum Glück hatte man beim Röntgen nichts Besorgniserregendes festgestellt und die jungen Frauen waren zuversichtlich zum Gut gefahren.

Martins Zufriedenheit mit ihrem Zustand, die Aussage des Röntgenarztes und der frische Kopfverband bewirkten bei Laura zwar eine gewisse Beruhigung, doch psychisch ging es ihr immer schlechter. Der Angriff war brutal, und je länger Laura darüber nachdenken konnte, desto banger wurde ihr zumute.

Astrid Ahlsens erkannte diese Veränderung an ihrer langjährigen Freundin sofort und handelte. Sie wusste um die ausreichenden Vorräte für einen exquisiten Imbiss in der Küche des Gutshauses und war fest davon überzeugt, dass ein gutes Essen noch jede Stimmung heben könnte.

Nun saßen sie beim Kaffee. Laura hatte ihre erste Mahlzeit nach dem Überfall leidlich genossen, und ihre Gedanken richteten sich wieder auf den Vormittag. »Astrid, wie geht es Martin eigentlich wirklich?«

»Also doch!«, platzte die Angesprochene laut heraus.

»Was, also doch? Ich will ja nur wissen, wie deutlich ich gegebenenfalls werden kann, wenn es nötig würde, ihm wieder einmal zu erklären, dass wir nur Freunde sind.«

Astrid lachte verhalten. »Du kennst meine Meinung dazu. Es gibt keine Freundschaft zwischen Mann und Frau. Das ist meine feste Überzeugung. Dieses ›wir sind nur gute Freunde‹ ist Blödsinn. Meiner Meinung nach hält der Satz die Nummer eins unter allen Ausreden, wenn zwei Menschen sich nicht durchringen können, die Wahrheit zu akzeptieren. Entweder steckt immer noch mehr dahinter, und es fehlt ihnen der Mut, dazu zu stehen, oder die Beziehung ist aus.«

»Aber wir verstehen uns wirklich gut!«, beharrte Laura.

»Meinst du?«, fragte Astrid skeptisch nach. »Was verstehst du eigentlich darunter? Ein paar nette Worte alle paar Monate? Und selbst wenn es so wäre, hoffst du, darauf passt die Bezeichnung Freundschaft? Hast du Martin auch nur einmal von ›guten Freunden‹ reden hören?«

Das traf. Das Gespräch war unerwartet ernster geworden, als beide es beabsichtigt hatten. Laura begann sich zu wundern, warum Astrid so empfindlich war.

Doch die fuhr nach einer kleinen Pause verstimmt fort: »Abgesehen davon, hat er, seit du das letzte Mal hier warst, keine Probleme hinzubekommen.«

»Und seine Frau?«, erkundigte sich Laura.

»Sie ist mal wieder in der Klinik. Dort ist sie doch öfter. Das ist für Martin nichts Neues und vergiss bitte nicht, er ist Arzt! Mit den Kindern kommt er zurecht, Laura. Also, du musst dich nicht um ihn sorgen.«

Das klang irgendwie vorwurfsvoll und Laura glaubte, sich rechtfertigen zu müssen: »Ich hatte heute Morgen das Gefühl, dass da noch etwas mehr war. Na, vielleicht bin ich auch nur etwas überempfindlich wegen meines Kopfes«, lächelte sie entschuldigend. Sie wollte Astrid nicht verärgern, was auch immer der Grund für deren Stimmungsumschwung war.

»Tut mir leid Laura, ich durfte dich nicht anfahren. Ich bin nur mit den Nerven zu Fuß.« Einen Moment schien es, als wollten Astrid die Tränen kommen. »Laurenz ermordet, du überfallen und ...«, sie schluckte.

»Ja?«, fragte Laura leise nach.

Doch ihre Freundin wechselte mit einem gequälten Lächeln das Thema.

~ 19 ~

Bei ihrer Rückkunft in Waldau begegnete Judith Brunner niemandem. Das Haus war leer. Besorgt sah sie sich in Lauras Zimmer um; wo war sie? Es wird doch nichts passiert sein? Sie musste bei Walter Dreyer oder den Ahlsens anrufen.

Beim Telefon fand sie dann eine Nachricht: »*Hallo Frau Brunner, Astrid fährt mich zum Röntgen. Bitte das Abendessen bei Frau Rehse nicht vergessen. Bringen Sie Walter Dreyer mit. L. P.*« Na gut, es schien ihr besser zu gehen, wenn sie schon wieder mit dem Auto gefahren werden konnte.

In Ruhe stellte Judith sich nun einen Imbiss zusammen, um sich zu einem entspannten, wenn auch etwas verspätetem Mittagsmahl hinzusetzen. Die Stille war unglaublich wohltuend. Und zu ihrer eigenen Überraschung stellte sie fest, dass es ihr hier irgendwie gefiel. Dieses kleine Bauernhaus mit den winzigen Zimmern, die Leute, die sie bisher kennengelernt hatte, das Essen, und, auch das musste sie zugeben, dass sie auf einen realen Mordfall gestoßen war, bei dem sie wieder die Ermittlungen leiten konnte. Es war ihre Arbeit und sie machte sie gern. Aus ihrer Sicht hätte es wirklich schlimmer kommen können.

Als das Telefon läutete, schreckte Judith hoch. Hatte sie in Gardelegen etwas vergessen? Meldete sich Laura Perch? Doch es war Walter Dreyer, der wissen wollte, ob sie da war und ob es etwas Neues gäbe. Sie verabredeten sich in Lauras Küche und kaum hatte Judith den Kaffee gebrüht, auf die Art, wie sie dachte, dass ihr Kollege ihn mochte, war der auch schon da.

»Mm, gute Idee. Danke.« Er freute sich über die Aufmerksamkeit. »Wollen wir uns auf die Bank nach draußen setzen. Noch ist es wunderschön sonnig.«

Judith folgte dem Vorschlag gern. Sie holte die Unterlagen aus ihrer Tasche, klemmte sich alles unter die Achsel und nahm die beiden Becher.

Als sie vor die Tür traten, hatte die Herbstsonne eine Atmosphäre gezaubert, die nicht zu der Arbeitsbesprechung passen wollte. Judith Brunner atmete tief die frische Luft ein und setzte sich. »Wer fängt an?«

»Sie zuerst, immerhin waren Sie in der Kreisstadt.«

Judith war sich nicht sicher, ob er sie auf den Arm nahm oder sich wirklich etwas von ihren Besuchen dort versprach. »Ich habe ein paar Befragungsprotokolle mit, die Sie sich schon mal ansehen können.«

Walter Dreyer nahm einen großen Schluck Kaffee und begann die Papiere zu überfliegen. Nach kurzer Zeit fragte er Judith Brunner: »Die Spurensicherer sagen, der Beifahrersitz war ganz nach hinten geschoben?«

»Ja.« Judith Brunner nickte.

»Und Heitmann wurde im Auto sitzend erstochen?«

»Hm.« Mit Sicherheit bestätigen wollte sie dies noch nicht.

»Das Auto stand auf einem Stellplatz mit dem Heck zur Mauer, sichtgeschützt durch eine Hecke, stimmt's? Den Wagen hatte er also in Richtung auf den Vorplatz geparkt, sodass Heitmann alles hatte einsehen können.«

»Ja, genau«, bestätigte Judith Brunner aus eigener Erinnerung.

»Nehmen wir mal an, Heitmann sitzt im Auto und wartet auf den Zug. Dann sieht er jemanden auf sich zu kommen. Er öffnet nicht die Tür, um auszusteigen, sondern bleibt sitzen.«

»Vielleicht wurde ihm bedeutet, im Wagen zu bleiben, mit einer Handbewegung oder so«, stellte Judith Brunner sich vor.

»Na, und wenn er die Fahrertür öffnete, sodass sie sich genau zwischen ihm und dem Täter befand, hätte sie wie ein Schutzschild gewirkt. Da konnte niemand plötzlich zustechen. Und rasch an der Tür vorbei, kam auch niemand, die Hecke hätte dies verhindert.«

»Und von hinten herum wäre es auch nicht ohne Weiteres möglich gewesen, da steht eine Mauer«, verstand Judith Brunner jetzt, worauf Dreyer hinaus wollte.

»Genau! Heitmann sah den Täter also kommen und ließ ihn unbefangen einsteigen. Er hätte ja auch verriegeln können.«

»Ich fragte mich auch, wieso der Täter so nah an Heitmann herankam. Und ihm keine Möglichkeit zur Flucht blieb«, gab Judith Brunner zu.

»Wenn der Mörder direkt neben ihm saß, wäre es möglich, dass sich beide gut kannten!«

»Oder, dass Heitmann eingenickt war und plötzlich überrumpelt wurde«, formulierte Judith Brunner eine weitere Hypothese.

»Oder, und dafür spricht die Parkplatzwahl, Heitmann und er haben sich getroffen, ohne dass sie öffentlich zusammen gesehen werden wollten«, konnte Walter Dreyer eine weitere Annahme hinzufügen.

»Womit wir wieder bei unserem fehlenden Motiv wären ...«

»Und einen Verdächtigen haben wir nicht einmal ansatzweise.«

»Haben Sie in Waldau etwas mehr erfahren können?«, hoffte Judith Brunner.

»Wenig.« Walter Dreyer berichtete von dem Gespräch mit dem Gärtner. Als er den seltsamen Besucher erwähnte, schränke er auch gleich wieder ein: »Vielleicht hat Berger sich auch verhört und heute früh hat ihn gar niemand gerufen.«

»Und Heitmanns geplanter Ausflug im Sommer?«, fragte Judith Brunner interessiert.

»Wer weiß, wir müssen uns erst noch etwas mehr umhören, denke ich. Wir wollten doch sowieso die Heimatfreunde befragen. Die waren zudem gestern Abend im Dorf unterwegs, vielleicht hat jemand von denen was vom Überfall auf Laura mitgekriegt.«

Dreyer hatte natürlich recht, doch Judith wäre am liebsten in der Sonne sitzen geblieben. Hätte sich mit ihm unterhalten, Zusammenhänge aus den wenigen Fakten geknüpft und einen weiteren Kaffee getrunken. Stattdessen fragte sie entschlossen: »Wohin müssen wir?«

»Es ist nur ein kleiner Fußmarsch, vielleicht fünf Minuten. Oder wollen wir mit dem Auto fahren? Dann schließen wir Begegnungen mit wissbegierigen Dorfbewohnern aus, die uns möglicherweise aushorchen wollen.«

Judith Brunner widersprach: »Nein, nein. Lassen Sie uns laufen. Das könnte uns weitere Hinweise bringen. Dann sehe ich gleich noch etwas vom Dorf und kann mir eine bessere Vorstellung machen.«

»Also los. Beginnen wir bei den Schwestern Winter, Anne und Emily. Sie sind mit Laurenz Heitmann die ältesten Mitglieder der Heimatfreunde. Da haben sie gleich zwei ganz besondere Exemplare der hiesigen Einwohnerschaft vor sich. Sie tun beide gern etwas vornehm und meinen, im Dorf was Besonderes darzustellen. Außerdem sind sie der festen Überzeugung, dass große Schauspielerinnen an ihnen verloren gegangen sind. Deswegen pflegen sie auch nur Kontakt zu bestimmten Leuten. Ich nehme an, Heitmann war auserwählt, weil er einerseits auf dem Gut arbeitete und man ihn so besser aushorchen konnte, was Laurenz – dafür war er viel zu schlau – sicher gut umgehen konnte, und andererseits war er nun mal das älteste Mitglied der hiesigen Heimatfreunde-Gruppe. Ich denke, es wird ein interessanter Besuch für Sie werden«, war sich Walter Dreyer sicher.

Sie liefen den Weg an der Dorfstraße entlang und Judith Brunner besah sich die kleinen Häuser mit ihren Vorgärten, die alle vom gärtnerischen Ehrgeiz ihrer Bewohner geprägt waren. Üppige Dahlienrabatten, Rosenstöcke, liebevolle Anpflanzungen von Studentenblumen und Astern, an den Lattenzäunen stets einige hohe Stockrosen, die diesen Bauerngärten zu einer weiteren Etage verhalfen. Einige Waldauer waren unterwegs, um die täglichen Einkäufe zu erledigen. Andere liefen in Arbeitskleidung in die Ställe oder fuhren mit schwerem Gerät in Richtung Felder.

Die Leute, die ihnen begegneten, waren Walter Dreyer gegenüber freundlich, reagierten jedoch zurückhaltend angesichts seiner Begleitung. Trotzdem war ihre Neugier nicht zu übersehen.

Ein gebrechlicher alter Mann saß vor seinem Haus auf einer Bank; er schien nur auf den Polizisten gewartet zu haben und sprach ihn mit Vornamen an: »Tach, Walter.« Er erhob sich mühsam, sich auf einen Stock stützend, und kam zum Gartentor gehumpelt.

Walter Dreyer blieb aufmerksam stehen und erwiderte: »Schöner warmer Tag, nicht? Da zwicken die Knochen nicht so sehr.«

»Na ja, ick versuch ooch, mich damit zu trösten. Abber sech mal, stimmt et, wat man över Laurenz hören tut? He is dood, umjebracht?«

»Was soll ich Ihnen sagen. So etwas denkt sich ja niemand aus. Leider ist es wahr«, bestätigte Walter das Gerücht.

Sie sahen, wie die dick geschwollene Hand des Mannes sich fester um den Stock krampfte. »Wie schade. Nun sin wi wedder een weniger.« Leise fügte er hinzu: »Wer brukt dat, Walter?«

»Ich würde gern morgen zu Ihnen kommen, und mich mit Ihnen über Laurenz Heitmann unterhalten, ja? Bitte überlegen Sie bis dahin, ob Ihnen etwas Ungewöhnliches einfällt, das uns helfen kann. Wir sind für jeden Hinweis dankbar.« Walter wollte ihm etwas Zeit geben.

Die Ratlosigkeit des alten Herren berührte Judith tief. Sie konnte ihm nichts sagen, was Trost spenden würde.

Als sie sich ein Stück entfernt hatten, klärte Walter Dreyer auf: »Der frühere Waldauer Dorflehrer, Johannes Meiring. Ich kenne ihn schon eine Ewigkeit. Es nimmt ihn ganz schön mit. Er ist, wenn ich mich recht erinnere, ungefähr Heitmanns Jahrgang und war einer seiner wenigen Freunde. Möglicherweise kann er uns etwas über Heitmanns Familie erzählen.«

»Er schien wirklich betroffen. Woher er es wohl weiß? Warum hat uns sonst niemand nach Heitmann gefragt?«, registrierte Judith Brunner.

»Seien Sie nicht böse, aber das liegt an Ihnen. Die Leute brauchen ein wenig Zeit, um sich an Fremde zu gewöhnen, noch dazu, wenn die von der Polizei kommen und in einem Mordfall ermitteln. Das wird sich schon geben. Keine Bange«, munterte er seine Kollegin auf. »Und schon sind wir am Ziel.«

~ 20 ~

Judith Brunner und Walter Dreyer standen vor einem ungewöhnlichen Haus, eher einer Miniaturburg. Dicke Mauern, kleine, schmale Fenster, Zinnen und ein Turm. Ein stattlicher Bewuchs mit wildem Wein vervollständigte den Eindruck.

Als Walter Dreyer an die mit dicken Metallbändern beschlagene Holztür klopfte, bewegte sich zunächst ein Vorhang hinter einem der Fenster im Erdgeschoss, bevor nach einer geraumen Zeit eine ältere Dame die Tür öffnete.

Die Besucher wurden von harten Augen gemustert. Die Frau war dünn, hatte ihr Haar zu einem Knoten gedreht und am Hinterkopf mit Haarnadeln festgesteckt, wodurch sie noch schmaler aussah. Sie trug über einem altrosa Pullover und einem mauvefarbenen Kleiderrock einen grobmaschig gestrickten goldfädigen Mantel. Obwohl sie gesehen haben musste, wer vor der Tür stand, begrüßte sie die beiden Besucher, als wären sie Fremde. »Ja, kann ich Ihnen irgendwie behilflich sein?«

Judith Brunner sah im Augenwinkel, wie Walter Dreyer sich zusammennahm.

Er senkte seine Stimme: »Guten Tag, Frau Winter. Sie brauchen nicht so zu tun, als würden wir uns nicht kennen. Ich gehe davon aus, Sie ahnen, warum wir hier sind. Dürfen wir reinkommen?«

»Schon gut, schon gut, ich wusste ja nicht, ob ich vor der Dame«, sie beäugte Judith Brunner argwöhnisch, »gleich reden kann. Sie hätte ja auch eine Fremde sein können.«

Sie betraten einen, im Gegensatz zum äußeren Erscheinungsbild des Hauses, kleinen Flur. »Darf ich Ihnen meine Kollegin vorstellen? Frau Brunner ist Hauptkommissarin aus Magdeburg. Ich denke, Sie sollten ihr helfen, so gut es geht.«

»Natürlich, natürlich. Aber kommen Sie doch weiter«, bat die Frau die Besucher und ging voran. Doch sowohl ihr Tonfall als auch ihre Körperhaltung ließ keinen Zweifel daran, dass beide nicht willkommen waren.

Walter Dreyer lächelte Judith Brunner beschwörend zu und legte einen Finger auf die Lippen. Sie gelangten in einen einigermaßen gemütlich eingerichteten Raum, der zur Vorderfront des Gebäudes lag: Ihn schmückte die Art Vorhänge, die sich eigentlich nur wirklich wohlhabende Leute leisten können – elegant fallender, üppig vorhandener und klassisch gemusterter, schwerer Samt. Dazu zwei einladende Sofas und – was letztlich den Ausschlag für die Wirkung gab – einige wunderschöne Hockerlampen mit plissierten Schirmen.

Die Polizisten wurden jedoch nicht zu den Sofas gebeten; Emily Winter wandte sich einem runden, rustikalen Tisch in Esstischhöhe zu, um den Lehnstühle gruppiert waren.

Sie setzten sich. Die Stühle waren überraschend bequem.

Aus einem anliegenden Raum kam Anne Winter, die etwas kleiner als ihre Schwester war und sich auch nicht so extravagant kleidete. Sie hatte ein schlichtes Baumwollkleid an und eine farblich nicht passende Strickjacke darüber gezogen, weil es in den dicken Mauern ziemlich kühl war. Anne Winter trug eine silberne Halskette als Schmuck. Die unverkennbare Ähnlichkeit der Schwestern wurde durch ihre gleichartige Frisur noch betont. Diese Art, die Haare zu tragen, schien hier sehr beliebt, dachte Judith, denn sie war ihr schon bei mehreren Frauen im Dorf aufgefallen.

»Der Herr Dreyer ist wegen Laurenz Heitmann hier«, erläuterte Emily ihrer Schwester ohne Umschweife und wandte sich ihm zu. »Wir hören?«

»Guten Tag, Frau Winter«, begrüßte Walter Dreyer zunächst die Hinzugekommene, um dann äußerst entschieden fortzufahren: »Wenn Sie erlauben, möchte ich Sie beide bitten, mit dem Theaterspielen gar nicht erst anzufangen. Wir wissen alle, dass es hier um einen echten Mord geht. Insofern ist keine Zeit für Schauspielereien. Verstehen wir uns?«

Die Schwestern schwiegen empört.

»Haben wir uns verstanden?«, wiederholte Walter Dreyer. »Wir haben uns der Tatsache zu stellen, dass Herr Heitmann ermordet wurde und es möglicherweise jemand getan hat, den wir alle gut kennen und vielleicht sogar mögen. Meine Kollegin und ich werden herausfinden, wer es getan hat. Sie können uns dabei helfen und einige Fragen beantworten.«

Judith Brunner war einigermaßen verblüfft angesichts dieser Ansprache, aber sie ließ sich nichts anmerken. Ihr Kollege würde schon wissen, was er tat.

Anne Winter stand abrupt auf. »Lassen Sie's mal gut sein. So schlimm war's ja nun auch wieder nicht. Übertreiben Sie nicht etwas?«

»Ich wollte nur einem Laienspiel vorbeugen und uns allen viel Zeit sparen, Frau Winter. Wollen wir nun anfangen?«

Anne Winter setzte sich wieder, blickte ihre Schwester an und nickte Walter Dreyer zu.

»Danke. Also zunächst erst einmal, woher wissen Sie von Heitmanns Ermordung?«

»Tja nun, gestern Abend hatten wir doch unser Heimatfreunde-Treffen. Jeder ist mal Gastgeber; so sparen wir uns den Vereinsraum. Diesmal haben wir uns bei den Hartmanns getroffen. Und als wir beide hinkamen, waren alle anderen so merkwürdig.«

»Gestern Abend schon?« Judith Brunner war erstaunt.

»Ja, und als wir fragten, was los sei, also Anne hat gefragt, sagte Heini Müller, dass Laurenz Heitmann in Gardelegen erstochen worden ist.«

Die beiden Polizisten sahen sich überrascht an, bevor Walter Dreyer nachfragte: »Heini Müller wusste, dass Laurenz Heitmann in Gardelegen erstochen worden war?«

»Ja. Er sagte es uns ganz leise und wir hatten natürlich keine Lust mehr, unseren Heimatfreunde-Abend wie üblich fortzusetzen. Sie wissen doch, wie wichtig Laurenz für den Verein war.«

Walter Dreyer nickte und präzisierte: »Als Sie gestern Abend zu den Heimatfreunden kamen, wusste man dort also schon Bescheid. Wann war denn das?«

Unsicher sahen sich die beiden an. »Wann war das wohl? Sicher wie immer, gegen halb acht. Wir hatten uns nicht verspätet.«

»Hm. Halb acht also. Wer war dabei, Frau Winter?«, wandte Judith Brunner sich an Anne, die ihr irgendwie sympathischer war.

»Nun, bis auf Laurenz«, sie stockte unsicher, »waren wohl fast alle da.«

»Würden Sie mir bitte die Namen nennen?«, hakte Judith Brunner nach und holte ihren Notizblock aus der Tasche.

Obwohl nicht angesprochen, antwortete Emily Winter ihr: »Wir sind momentan nur elf Heimatfreunde. Also Anne und ich. Dann Rosi Hartmann und ihr Mann Meinhard, der aber gestern nicht da war. Dann die alten Bachs, der junge Schulz mit seiner Freundin, Max Schwarz, unser Neuer«, schaffte sie, mit großer Missachtung in der Stimme, zu betonen, »Heini Müller ... ja, und Laurenz Heitmann.«

»Und alle wussten von der Ermordung Heitmanns?«

»Ja. Aber keiner wusste etwas zu sagen. Jeder hatte seine eigenen Gedanken zu ordnen. Na ja«, blickte Emily Winter entschieden auf, »nach kurzer Zeit entschlossen wir uns, wieder nach Hause zu gehen.« Ihr Ton deutete an, dass sie das Gespräch für beendet hielt.

Doch Judith Brunner hatte sehr wohl mitbekommen, dass das vorzeitige Ende des Heimatfreunde-Treffens ungefähr mit dem Anschlag auf Laura Perch zusammengefallen sein musste, und fragte unverblümt: »Und, haben Sie das getan?«

»Was?«

»Sind Sie nach Hause gegangen?«

Herablassend antwortete Emily Winter: »Mein Fräulein, was denken Sie, tut eine ältere Dame sonst hier am Abend? Warum wollen Sie das überhaupt wissen? Meines Erachtens war Laurenz Heitmann da schon lange tot. Ich weiß nicht, was die Frage soll, und ich bin etwas konsterniert.«

Judith Brunner ließ sich nicht provozieren. Sie wusste zwar nicht, wieso, aber Walter Dreyer hatte vorhin deutlich gemacht, wie hier geredet werden musste, um weiter zu kommen. »Dafür gibt es keinen besonderen Grund, Frau Winter. Alle Fakten sind in einer Mordermittlung wichtig, und Ihre Informationen waren für uns sehr wertvoll. Sie werden verstehen, dass wir jedem, der gestern Abend Ihrem Treffen beigewohnt hat oder dem Mordopfer in der Vergangenheit sehr nahe stand, Fragen stellen müssen. Warum nutzen wir nicht die Gelegenheit und fangen bei Ihnen an? Und bitte, nennen Sie mich nicht Fräulein. Ich bin Frau Brunner oder«, sie lächelte entgegenkommend, »Frau Hauptkommissarin, wenn Sie möchten.«

Die Schwestern Winter wussten nun immerhin, dass sie auch Dreyers Kollegin ernst nehmen sollten, und Judith Brunner hoffte, dass dies auch im Dorf bekannt wurde.

Sie führte die Befragung fort: »Sie sind also beide gegen acht wieder nach Hause gegangen.« Niemand widersprach. »Welchen Weg haben Sie genommen?«

Diesmal antwortete Anne Winter. Wahrscheinlich war Emily noch etwas verstimmt. »Von Hartmanns hierher geht es ein kurzes Stück die alte Dorfstraße hinauf, über den Dorfplatz und dann hier die Straße lang. So sind wir auch gelaufen.«

»Wie lange dauert das? Eine Viertelstunde? Sind Sie jemandem begegnet?«

»Die Zeit könnte zutreffen. Wen haben wir getroffen? Die Kinder kamen vom Chor und fuhren mit den Fahrrädern die Straße runter. Alfi Schuler und der alte Berger waren wie immer auf dem Weg ins Wirtshaus. Hast du noch jemanden bemerkt?«

Emily hatte sich entschlossen, wieder mitzureden: »Du hast Max Schwarz vergessen, er überholte uns und fuhr mit seinem Fahrrad nach hinten zum Hirtenhaus.«

»Richtig. Wir konnten ihn sehen, als wir von der alten Dorfstraße abbogen.«

Auffordernd sah Judith Brunner zu ihrem Kollegen hinüber.

Walter Dreyer reagierte prompt: »Können Sie uns zu Laurenz Heitmann etwas Persönliches sagen? Schließlich kannten Sie ihn lange.«

Die Schwestern sahen sich an und Emily antwortete kurz angebunden: »Nicht dass wir wüssten. Außer bei unseren Heimatfreunde-Treffen sind wir uns kaum begegnet. Und erzählt hat er nie von sich. Wir wollten es, ehrlich gesagt, auch nicht wissen. Er war nicht unser Umgang, wenn Sie verstehen?«

Walter Dreyer wusste zwar nicht, was damit angedeutet werden sollte, hatte aber das Gefühl, dass sie heute nicht mehr viel erfahren würden. Die Atmosphäre war nicht nur wegen der fehlenden Heizung unterkühlt. Er wollte das Gespräch so schnell wie möglich beenden und sagte: »Eine letzte Frage hätte ich noch. Hat jemand von Ihnen an der Kastanienallee etwas bemerkt?«

»Was meinen Sie? Wie bemerkt?«

»Na, lag etwas herum oder gab es irgendein Geräusch?«

Beide Frauen dachten nach, doch es wollte ihnen nichts dazu einfallen. Sie schüttelten nur missmutig ihre Köpfe.

Walter Dreyer erhob sich. »Danke vorerst. Ihre Auskünfte werden uns möglicherweise sehr nützlich sein. Wenn Ihnen noch etwas einfällt, Sie wissen ja, wo mein Büro ist.«

Emily Winter überließ das Hinausbegleiten nun ihrer Schwester. Sie hatte sich gar nicht erst bemüht, aufzustehen.

Äußerst unhöflich verabschiedete auch Anne Winter die Besucher: »Hoffentlich müssen Sie uns nicht wieder belästigen, Frau Hauptkommissarin, Herr Dreyer.«

~ 21 ~

»Puh, was war denn das für eine Vorstellung?«, konnte sich Judith Brunner, kaum vor der Haustür stehend, nicht verkneifen zu fragen. Inzwischen war es fast Abend geworden und durch das eisige Klima drinnen war sie irgendwie froh, wieder draußen zu sein, wo die untergehende Sonne immerhin die Illusion von Wärme spendete.

Walter Dreyer grinste vergnügt. »Wir haben das doch gut hinbekommen. Unsere erste gemeinsame Befragung lief ganz achtbar. Aber ich kläre Sie nur unter einer Bedingung auf.«

»Jede, die Sie stellen«, ging Judith Brunner gerne darauf ein.

»Wir gehen ins Wirtshaus und essen zusammen einen Happen.

Ich hab heute noch nichts Richtiges in den Magen bekommen. Dort können Sie mit Sicherheit auch ein paar von den Leuten sehen, von denen eben die Rede war. Die trinken jetzt ihr Feierabendbier.«

Judith bekam einen Schreck. »Oh, ich fürchte, wir sind heute Abend schon zum Essen eingeladen, bei Irmgard Rehse. Es soll Hochzeitssuppe geben. Laura Perch hatte mir extra noch einen Zettel zu Erinnerung hinterlegt. Entschuldigung, ich hatte das einfach vergessen.« Es war ihr wirklich unangenehm.

»Ich brauche trotzdem eine Kleinigkeit. Bis dahin halte ich es sonst nicht mehr aus oder ich falle bei Tisch gleich über sämtliche Schüsseln her, und das gehört sich auch nicht, oder?«

»Akzeptiert«, gab Judith Brunner zurück. »Aber ich darf Sie einladen!« Sie wollte ihr schlechtes Gewissen beruhigen.

»Nichts da! Was meinen Sie, wie mein Ansehen hier schwindet, wenn ich mich von einer Kollegin einladen ließe, noch dazu von einer so charmanten Frau. Nein, nein. Sie müssen sich schon anderweitig revanchieren.«

Während sie so freundschaftlich disputierten, waren sie fast am Wirtshaus »Zur altmärkischen Schweiz« angelangt. Es lag auf ungefähr halber Strecke zwischen dem Ober- und dem Unterdorf in einem präsentablen, zweistöckigen Gebäude. Sogar einige Gästezimmer waren vorhanden. Das schöne Herbstwetter hatte den Wirt ermuntert, einige Tische und Stühle ins Freie zu stellen. Judith und Walter fanden einen Platz mit den letzten Sonnenstrahlen, geschützt an der Hauswand, wo man noch ein paar Minuten verweilen konnte. Gegenüber, an der kleinen Anpflanzung zwischen der Straße und dem Teich des Gutsgeländes, hielt gerade ein Bus und einige Fahrgäste stiegen aus. Walter beobachtete interessiert die Ankommenden und wusste zu berichten: »Das ist der Bus, der nachmittags aus Gardelegen kommt, mit Schülern und mit Leuten, die dort arbeiten oder einkaufen. Er wartet am Bahnhof immer noch auf den Zug, mit dem aber um diese Zeit kaum noch jemand kommt, der nach Waldau möchte. Die Fahrer sind über die kleine Pause froh und manchmal reicht die Zeit sogar, um auf einen Kaffee und einen Schwatz in die Bahnhofswirtschaft zu gehen. Vormittags ist es übrigens dieselbe Prozedur, nur sind die Leute dann mittags hier. Und wer gleich früh morgens in die

Stadt fährt, hat den ganzen Vormittag Zeit, seine Angelegenheiten zu erledigen und kann mittags wieder hier sein. Der Bus ist mit seinen nur vier Runden sehr beliebt, wobei der Spätbus aber nicht immer fährt.«

Judith schwieg und sah den Leuten zu, die sich nun, nach Abfahrt des Busses, verliefen. Zwei Männer, die Walter Dreyer grüßend zunickten, setzten sich an einen anderen Tisch, und sahen nun ihrerseits neugierig zu ihnen herüber. Nicht etwa verstohlen, nein ganz direkt und eigentlich auf eine erklärende Bemerkung von Dreyer spekulierend.

Doch der tat nicht dergleichen und sah nur Judith Brunner wieder an. »Nun, ich denke, ich erzähle Ihnen etwas mehr von den Winter-Schwestern.«

Doch ausgerechnet in dem Moment kam der Gastwirt und fragte nach ihren Wünschen. Auch er blickte Dreyer auffordernd an, seine Tischnachbarin vorzustellen. Dem Wirt tat er den Gefallen. Anschließend bestellte er für sich ein Bier und Semmelwürste. Judith Brunner nahm nur eine Weinschorle. Während sie warteten, begann er: »Wissen Sie, die beiden sind wohl gleich nach dem Krieg hierher gekommen, bezogen das vornehmste Haus im Oberdorf und tun im Übrigen so, als gehöre das Anwesen schon seit Generationen ihrer Familie. Als ich meinen Dienst bei der Polizei aufnahm, interessierten mich die Schwestern nicht. Im Dorf aber waren sie schon eine gewisse Attraktion. Fremd, unnahbar und völlig anders als die Altmärker im Allgemeinen, und so dauerte es nicht lange, bis die merkwürdigsten Gerüchte im Umlauf waren. Von verarmten polnischen Adligen über geflohene ostpreußische Gutsherrinnen war alles vertreten. Sie mieden unnötigen Kontakt zu den Dorfbewohnern und empfingen nur selten Besuch. Das ist übrigens heute noch nicht viel anders. Nun gut. Ein paar Jahre später kehrte ich nach einem Kurzlehrgang nach Waldau zurück und war nun Vorsteher der Ortspolizeistation. In der Zwischenzeit hatten sich mehrere Diebstähle ereignet, nichts Wertvolles, aber für die Betroffenen ärgerlich. Natürlich ging niemand davon aus, dass es einer von hier war und mangels anderer Fremder waren Anne und Emily Winter schnell als Schuldige ausgemacht.«

Walter Dreyer machte eine Pause, als die Getränke serviert wurden. Sie prosteten sich zu und er fuhr fort: »Ich begann, wegen der

Diebstähle intensiv zu ermitteln. Es war schließlich mein erster Fall, und tatsächlich stieß ich im Wald auf Spuren von Landstreichern, irgendwer hatte sogar gewildert und aus den Gärten verschwand Gemüse. Alle im Dorf waren jetzt auf der Hut. Schon bald hatte jemand Männer beobachtet, wie sie von den verlassenen Gebäuden des Vorwerks, nahe am Wald, flohen. Danach hörten die Vorfälle schlagartig auf. Doch das Misstrauen im Dorf gegenüber den Schwestern blieb. Die Sache selbst verlief aber im Sande«, unterbrach Walter Dreyer kurz seine Erzählung. Mit freundlichen Worten nahm er dem Wirt die Würste ab. »Ah, mein Essen. Danke!«

Judith Brunner lobte: »Die sehen aber lecker aus. Guten Appetit! Und wo ist der Haken an der Geschichte?«

»Der Haken? Sie haben offenbar eine Begabung zum Zuhören, Frau Brunner. Natürlich gab es einen Haken. Ich war unerfahren und die Winter-Schwestern hatten mich mehrfach belogen. Sie liebten es offensichtlich, sich durch kleine Flunkereien einen besonderen Ruf zu schaffen, auch wenn der nicht immer positiv für sie ausfällt. Sie besitzen in der Tat etwas schauspielerisches Talent. Ich habe ihnen damals ihre kleinen Lügenmärchen abgekauft und aufgehört nachzuforschen. Den Verdacht gegen sie habe ich aber auch nicht ausräumen können.«

»Aber die Geschichte bot doch eine Erklärung für die Diebstähle und die Wilderei.«

»Richtig, doch Emily und Anne Winter schlossen mich seither nicht in ihr Herz. Und falls ich in all den Jahren, die inzwischen vergangen sind, genötigt war, die beiden etwas zu fragen, wichen sie mir aus oder haben mich angelogen. Ich wollte vorhin nur nicht wieder eine Räuberpistole aufgetischt bekommen«, beendete Walter Dreyer seine Geschichte.

»Klingt ja wirklich eigenartig. Eine Mischung aus Argwohn, Fantasie und realen Vergehen. Die beiden scheinen recht nachtragend zu sein«, setzte Judith Brunner hinzu. Sie lehnte sich zurück und trank hastig die letzten Schlucke ihrer Schorle.

Walter Dreyer fragte aufmerksam: »Noch ein Glas?«

»Nein, danke. Ich bin, ehrlich gesagt, etwas unruhig. Wir sind noch nicht viel weiter als gestern um die Zeit«, lehnte Judith Brunner lächelnd ab.

»Na, ganz so schwarz würde ich da aber nicht sehen. Wir wissen doch schon eine ganze Menge.«

»Ja? Was denn?«

»Na die Tatzeit, den Tatort und wir haben eine Vorstellung von der Tatwaffe.«

»Von der haben wir nur eine vage Ahnung«, fiel Judith ihm ins Wort. Sie war mit einem Mal unzufrieden. Sie hatte sich von dem gemächlicheren Tempo hier auf dem Dorf einfangen lassen. »Und was wir nicht haben, ist viel wichtiger. Wir haben kein Motiv. Und keine Verdächtigen.«

Walter überlegte. Eigentlich hatte er weiter argumentieren wollen. Doch als der Wirt den Nachbartisch bediente, beglich er rasch bei ihm die Rechnung, und ehe sich seine Kollegin weiter in ihre miese Stimmung vertiefen konnte, schlug er vor: »Kommen Sie, wir machen einfach weiter, befragen die Leute. Am Weg liegt das Haus, in dem Thekla Müller, die Putzfrau der Ahlsens wohnt. Was meinen Sie?«

Judith war richtig froh, wieder etwas tun zu können.

»Es ist eine kleine Kate, die sie mit ihrem Sohn Heini bewohnt. Vielleicht ist der auch zu Hause und wir können ihn gleich mit befragen. Er hat immerhin gestern Abend schon gewusst, wie Heitmann ermordet worden war!«

~ 22 ~

Als Judith Brunner und Walter Dreyer das winzige Fachwerkhaus erreicht hatten und die Gartenpforte öffneten, lief ihnen ein kleiner struppiger Hund entgegen und bellte aufgeregt.

»Ruhig Kleiner, was ist denn los? Ach, Sie sind's«, erkannte eine Frau mittleren Alters Walter Dreyer und sah ihnen von der Haustür entgegen. »Sie kommen wegen Laurenz Heitmann, stimmt's?«

»Ja, das ist Hauptkommissarin Brunner, und wir würden Sie gern einiges fragen. Hätten Sie etwas Zeit für uns?«

»Ich warte auf meinen Sohn, wir wollten noch rasch in den Wald, Holz holen. Bis dahin können wir reden.« Sie blickte unruhig auf ihre Armbanduhr. Lange würde es nicht mehr hell genug sein. »Kommen Sie rein.«

Sie wurden in die Küche geführt und setzten sich um den Tisch. Welch ein Kontrast zu dem Haus der Winter-Schwestern! Alte, abgenutzte Möbel, die nicht zusammenpassten. Die Wände und Fenster lange nicht vorgerichtet. Verbeultes Kochgeschirr, gesprungenes Steingut. Und doch hatte die Frau es vermocht, mit geringen Mitteln die Tristesse aufzulösen: Geraffte Baumwollvorhänge mit kleinen Streublümchen, auf dem Fensterbrett ein kleiner Asternstrauß, und der Tisch war mit einem zu den Vorhängen passenden hübschen Wachstuch bedeckt.

»Danke, Frau Müller«, eröffnete Dreyer das Gespräch. »Es dauert ja auch nicht lange. Woher haben Sie eigentlich von dem Mord erfahren?«

»Von Heini, meinem Sohn. Er brachte die Nachricht gestern Abend mit. Ich war sehr erschrocken.«

»Wann genau kam Ihr Sohn mit der Nachricht nach Hause?«, erkundigte sich Judith Brunner.

»Kurz nach acht ungefähr. Er hatte seinen Heimatfreunde-Abend und wir hatten uns vorher nicht gesehen.«

»Wie lange arbeiten Sie schon im Gutshaus?«

Thekla Müllers Gesichtsausdruck wurde angespannt. »Als mein Mann vor Jahren verschwunden ist, musste ich mir eine Arbeit suchen, bei der ich den kleinen Heini noch versorgen konnte. Viel gab es da in der Gegend nicht. Eigentlich bin ich gelernte Rinderzüchterin, doch mit der Schichtarbeit ging es nicht weiter. Na ja, schließlich wurde bekannt, dass man auf dem Gut jemanden suchte. Ich hatte keine große Wahl, fragte nach und wurde genommen. Wir zogen nach Waldau; das Haus vermietet uns die Gemeinde.«

»Entschuldigen Sie, wenn ich nachfrage. Ihr Mann ist verschwunden?«, unterbrach Judith Brunner den Redefluss.

Verzweiflung und Ratlosigkeit zeichneten so plötzlich Thekla Müllers Gesichtszüge, dass Judith fast ein schlechtes Gewissen bekam. Doch so war ihre Arbeit.

»Seit Jahren schon. Wir lebten in der Stadt; er fuhr eines Morgens zur Arbeit und kam nicht zurück. Alles Suchen der Polizei war nutzlos. Keine Spur, er hatte uns verlassen. Ich konnte es irgendwann akzeptieren, er war eben weg. Doch Heini war noch klein und niemand konnte ihn trösten. Wir reden nicht drüber, also wenn Sie ihn bitte damit in Ruhe lassen.«

»Sicher, wenn das geht. Wie alt ist Ihr Sohn denn jetzt?«, fragte Judith Brunner mit milderer Stimme. »Siebzehn gerade geworden. Er hat eine Lehre in Gardelegen angefangen. Es war eine Umstellung für uns, doch er packt das, da bin ich mir sicher.«

»Sagen Sie, Frau Müller, was genau haben Sie im Gutshaus zu tun?«

Sie zögerte. »Nun, eigentlich mache ich nur sauber, immer vormittags. Fußböden, Fenster, wische Staub, solche Dinge eben. Manchmal kaufe ich auch ein, wenn Astrid Ahlsens mich bittet. Aber oft erledigt sie das selbst oder jemand anderes, der die Gelegenheit hat. Es ist ein großes Haus aber nur ein kleiner Haushalt, und ich komme gut zurecht.«

»Sie meinen, Sie schaffen die Arbeit gut, oder sollte das heißen, Sie kommen mit den anderen Angestellten gut aus?«

»Beides, wir verstehen uns.«

»Dann können Sie doch sicher einiges über Laurenz Heitmann erzählen. Wie verlief sein Tag? Was hatte er zu tun?«

»Warum fragen Sie nicht auf dem Gut nach? Ich hatte nicht viel mit ihm zu schaffen.« Thekla Müller schien, auf die Frage nicht antworten zu wollen.

»Das haben wir bereits getan, aber Sie kennen ihn sicher von einer anderen Seite als die Ahlsens. Versuchen Sie es doch bitte«, vermittelte Walter Dreyer.

»Wissen Sie, er ist – war – wesentlich älter als ich. Er hat bereits Jahrzehnte auf dem Gut zugebracht. Als ich dort anfing, war es nicht einfach, sich gleich zurechtzufinden. Erst der Wechsel von der Stadt hierher. Die ungewohnte Arbeit und Heini war noch klein. Er musste manchmal mitkommen, wenn ich im Gutshaus war. Natürlich konnte ich mich dort nicht um ihn kümmern und manchmal, na ja, dann hat der Heitmann sich seiner angenommen. Er hat ihn im Auto mitfahren lassen oder ihm Geschichten erzählt. Anfangs wusste ich nicht, ob das die Ahlsens dulden würden, doch Heitmann hatte gewisse Freiheiten. Jedenfalls wechselten wir damals immer ein paar Worte über den Jungen. Ich war auch dankbar, dass keiner nach seinem Vater fragte, und redete nicht mehr als nötig mit anderen. Und als Heini selbstständiger wurde und andere Interessen hatte, ließen seine Aufenthalte auf dem Gut von allein nach. Doch Persönliches, ich meine richtig

Privates, habe ich mit Herrn Heitmann nie besprochen. Da kann ich Ihnen nichts zu sagen.«

»Bekam er denn keinen Besuch oder mal einen Brief?«, regte Judith Brunner an.

»Sämtliche Post erhalten Paul oder Botho Ahlsens immer persönlich und verteilen sie dann. Ich nehme an, auch Laurenz Heitmann erhielt so seine Briefe. Und Besuch für ihn habe ich nie gesehen.«

»Die ganzen Jahre über nicht? Bitte überlegen Sie noch einmal. Hatte er keine Familie?«

Thekla Müller schien unschlüssig zu sein.

»Fällt Ihnen etwas ein?«, fragte Judith Brunner hoffnungsvoll.

»Na, vielleicht? Einmal, nur einmal habe ich ihn gesehen, wie er sich mit zwei jungen Männern unterhielt; gar nicht so lange her, erst im Sommer. Es war nachmittags und ich war im Oberdorf unterwegs. Sie standen vor dem Wirtshaus und unterhielten sich. Das Gespräch dauerte aber nicht lange, ich sah Heitmann noch weitergehen. Ich habe mir überhaupt nichts dabei gedacht.«

»Natürlich nicht«, hatte Walter Dreyer Verständnis und fragte: »Haben Sie zufällig etwas von dem Gespräch mitbekommen?«

»Nein, nein, ich war zu weit weg. Doch die beiden schienen ..., nun, sie waren unzufrieden, denke ich, oder nein, eher verärgert.«

»Das ist interessant. Haben Sie die Männer erkannt?«

»Nein, die waren nicht von hier. Aber abends sollen sie in der Wirtschaft großzügig gewesen sein. Dort sollten Sie nachfragen. Mein Junge war einer der Eingeladenen. Er kam angetrunken nach Hause und prahlte mit der Großzügigkeit der Fremden. Ich war ziemlich wütend, immerhin musste er am nächsten Tag zur Berufsschule. Aber es kam ja nicht wieder vor.« Sie sah auf ihre Armbanduhr. »Wo der Junge nur bleibt?«

Judith Brunner wurde sich der Unruhe der Frau bewusst und beschloss, das Gespräch vorerst zu beenden: »Vielen Dank, Frau Müller. Wenn Ihr Sohn kommt, richten Sie ihm bitte aus, er soll sich möglichst bald im Polizeibüro melden. Wir möchten mit ihm reden, ja?«

Die Polizisten standen auf und gingen gemeinsam zur Gartentür. Der kleine Hund meldete sich diesmal nicht.

~ 23 ~

Der späte Nachmittag war lange vorbei. Walter Dreyer saß mit seiner Kollegin im Büro. Judith Brunner rekapitulierte die Dinge: »Was haben wir? Anonyme Drohungen, einen Mord an einem alten Mann und einen Überfall auf diejenige, die das Mordopfer gefunden hat, auf der einen Seite. Andererseits haben wir bis jetzt nur wenig Konkretes über das Opfer. Kaum jemand scheint etwas wirklich Interessantes über Heitmann zu wissen.«

»Wir wissen, dass er etwas vorhatte, das ihn an der Teilnahme am Heimatfreunde-Treffen hindern würde«, ergänzte Walter Dreyer. »Über seine genauen Pläne hat er offenbar mit niemandem geredet.«

Judith Brunner schüttelte den Kopf. »Ich kann das nicht glauben. Meine Vorstellungen von dörflicher Nähe implizierten eigentlich, dass jeder von jedem alles weiß.«

»Damit haben Sie sicher auch teilweise recht. Zumindest in seiner Generation werden über Heitmann schon Dinge bekannt sein. Doch bringen die Leute das nicht mit dem Mord in Verbindung.«

»Was ist mit den zwei Männern, von denen Thekla Müller uns erzählt hat? Sind die auch anderen aufgefallen?«, wollte Judith Brunner wissen.

»Das werden die beiden sein, die ... Ich erinnerte mich vorhin daran. Ich konnte nämlich ihre Wohltaten nicht übersehen, da sie das halbe Dorf reichlich mit Bier abgefüllt hatten und einige der Zecher dann nicht nach Hause wollten. Der Wirt musste mich rufen, um sich ausreichend Autorität zu verschaffen, damit seine letzten Gäste sich endlich trollten. Und die beiden Spender des Gelages waren rascher verschwunden, als die Polizei erlaubt. Ich bin ihnen jedenfalls nicht mehr begegnet.«

Judith Brunner machte auf einen Widerspruch aufmerksam: »Thekla Müller wusste nicht, worum es bei dem Gespräch, das Heitmann mit den Fremden führte, ging, doch schienen ihr die Männer danach verärgert. Und dann feiern die abends mit dem halben Dorf? Seltsam!«

»Na, ich frage noch mal im Wirtshaus nach, vielleicht kann sich jemand erinnern, was da eigentlich los war«, schlug Walter Dreyer vor.

Judith Brunner überlegte laut, wer noch als Täter infrage kommen konnte: »Was ist mit dem Gärtner? Das ist Heitmanns Generation. Und er war gestern Abend unterwegs.«

Das konnte sie nicht ernst gemeint haben! Walter Dreyer war fassungslos. »Ach, einfach absurd. Was hätte er für ein Motiv? Er frönte mit Heitmann einem gemeinsamen Hobby, der Pflanzenzucht, dem sich auch ihr Arbeitgeber, Botho Ahlsens, verschrieben hatte. Heitmann und Ahlsens waren offensichtlich erfolgreich, doch hatte ich nicht den Eindruck, dass der alte Berger irgendwie eifersüchtig oder gar neidisch war.«

Judith hatte es auch nicht ernst gemeint, sie wollte bloß auf das launige Klischee vom mordenden Gärtner anspielen. »Auf Blumen? Das wäre ja wohl auch etwas übertrieben. Doch unterschätzen Sie das Temperament von Gärtnern nicht.«

»Und außerdem würde sich der Neid wohl eher auf die Akzeptanz oder gar die Wertschätzung des Dienstherrn erstrecken, oder?«, hatte Walter Dreyer im Moment keinen Sinn für Ironie.

»Meinetwegen. Also nicht der Gärtner! Wen hätten wir denn noch?«

Im selben Moment klingelte das Telefon. Walter Dreyer reichte ihr den Hörer. »Für Sie.«

Lisa Lenz war dran: »Frau Hauptkommissarin, im Labor hat man was gefunden, warten Sie, ich verbinde.«

Ein kurzes Klicken, dann meldete sich Dr. Grede. Er hatte wirklich eine Überraschung in petto: »Bei der Untersuchung der Kleidung des Toten konnten meine Kollegen im oberen Bereich, wo die Waffe den Stoff durchtrennte, Rückstände von Silber ermitteln.«

»Silber?«, fragte Judith Brunner erstaunt.

»Ja, und zwar nur an der Stelle, die dem Stich ins Herz entspricht«, bestätigte Dr. Grede.

»Hm, soll das bedeuten, die Tatwaffe war ein silbernes Messer? Bizarr.«

»Wem sagen Sie das. So etwas hatte ich auch noch nicht. Ich melde mich wieder, wenn ich weitere Ergebnisse habe.«

Judith Brunner bedankte sich und legte auf.

Walter Dreyer war von den Neuigkeiten begeistert. »Na, das ist doch mal was. Diese Tatwaffe dürfte nicht so häufig vorkommen.«

»Allerdings!«, stimmte Judith Brunner zu. »Wussten Sie eigentlich, dass Thekla Müllers Mann vermisst wurde?«

»Wurde? Er wird es, so weit ich weiß, immer noch. Doch ich habe den Eindruck, sie kommt inzwischen gut damit klar, so weit das eben geht. Auf dem Gut hat sie auskömmliche Arbeit, und der Junge macht immerhin eine Lehre, da hat sie dann bald eine Sorge weniger. Warum?«

Judith Brunner wiederholte sich: »Uns fehlen Motiv und Verdächtige. Ich suche einfach nach Möglichkeiten.«

Walter schlug vor: »Hm, machen wir eine kleine Pause und sehen uns dann bei Irmgard Rehse zum Abendessen?«

Judith war einverstanden. Ihr fiel jetzt sowieso nichts Brauchbares mehr ein. »Wann ist es denn üblich zu erscheinen?«

»Hier essen die Leute nicht so spät. Die meisten müssen früh raus. Also, auch bei Irmgard Rehse gibt es spätestens um sieben das Essen, obwohl sie schon ein paar Jahre nicht mehr arbeiten geht.«

»Schön, bis nachher dann.«

~ 24 ~

Der Tisch war in der guten Stube, die wie bei den anderen Häusern auch den Blick auf die Straße bot, gedeckt. Irmgard Rehse hatte ihre damastene Tischdecke aufgelegt, welche sie schon mit ihrer Aussteuer bekommen, seither bestens gepflegt und für besondere Gelegenheiten gehütet hatte. Darauf standen tiefe, geschwungene Teller mit Goldrand. Schwere Löffel mit Silberauflage, extra für diesen Anlass geputzt, lagen daneben. Irmgard Rehse hatte schließlich nicht jeden Tag eine Kommissarin zum Essen. Und Laura war inzwischen auch wie eine Besucherin aus der Stadt. Bei den Weingläsern hatte sie lange mit sich gerungen und sich dann doch entschieden, Gläser mit verschiedenem Schliff hinzustellen, da sie sie hübscher fand, als die zusammenpassenden Kelche, die ihr eine Freundin hätte borgen können. Als Kompott hatte sie Birnen ausgewählt und zwei Gläser aus dem Keller geholt. Sie waren noch vom vergangenen Jahr, und da Irmgard Rehse im Moment die neue Ernte verarbeitete, hatte sie die Glasschalen großzügig füllen können. Die Gäste konnten kommen. Ein bisschen bange war ihr trotzdem, denn dass es ein fröhliches Essen werden würde, war sicher ausgeschlossen. Sie hoffte wenigstens auf etwas Ablenkung und, das gestand sie sich dann auch ein, auf einige exklusive Neuigkeiten, denn dichter dran an der Aufklärung der Ereignisse war an diesem Abend niemand.

Astrid und Laura kamen als Erste. Astrid hatte ihrer Freundin beim Ankleiden geholfen und dabei versucht, sie beide aus ihrer missmutigen Stimmung zu holen: Jedes Stück aus Lauras Gepäck war lobend kommentiert worden und verschiedene Teile hatte sie sogar selbst anprobiert.

Allerdings half diese Ablenkung nur etwas, denn Laura war – nicht ganz zu Unrecht – überzeugt, mit ihrem Kopfverband und dem hohläugigen, grauen Gesicht jeden modischen Eindruck zu beeinträchtigen. Sie hatte sich letztlich für eine schwarze, klassisch geschnittene Bundfaltenhose und einen brombeerschwarzen Rollkragenpullover entschieden. Auf dem kurzen Weg zu Irmgard Rehses Haus hatte Laura dann lediglich ein buntes Schultertuch übergeworfen, das ausreichend wärmte. Ihre Freundin trug unter einem leichten Mantel einen schicken rehbraunen Wildlederrock und ein Twinset, das sie in Lauras Kleiderschrank entdeckt hatte.

Die Frauen legten nach einer herzlichen Begrüßung ab und gingen in die gute Stube. Das Zimmer war extra geheizt worden, und Wilhelmina hatte sich bereits eingefunden und den Platz auf der Sessellehne am Ofen belegt. So hatte sie alles gut im Blick.

»Hoffentlich kommen die anderen bald. Das sieht ja schon gut aus hier«, lobte Laura ihre Tante. Der Tisch war ausgezogen und mehr in die Mitte des Raumes gerückt worden, sodass ausreichend Platz für die Gedecke gegeben war und jeder Gast bequem sitzen konnte. Die sechs unterschiedlichen Stühle waren Erbstücke und entstammten den Nachlässen mehrerer Vorbesitzer. Mit ihren dunklen, verschieden gestalteten hölzernen Rückenlehnen und den gleichartig mit einem zurückhaltend gemusterten Stoff gepolsterten Sitzflächen boten sie ein durchaus ansehnliches Ensemble. Der herrliche Asternstrauß, der sonst in der Mitte des Tisches stand, war auf die Anrichte an der linken Zimmerseite gestellt worden. Von dort leuchteten seine rotgoldenen Blüten im

Licht einer kleinen Tischlampe. Daneben standen zwei Flaschen Weißwein und der Korkenzieher lag bereit.

»Ja, setzt euch am besten schon mal hin. Ich gehe wieder in die Küche, damit nicht noch was passiert. Das fehlte ja noch, das Haus voller Gäste und das Essen nicht fertig.«

Laura musste schmunzeln, denn dieser Fall war ausgeschlossen. Es gehörte zu ihren verlässlichsten Erfahrungen, dass ein Essen für Gäste in diesem Hause stets perfekt und liebevoll vorbereitet war. »Wer kommt denn noch?«, rief sie der entschwindenden Gastgeberin nach. Immerhin waren sechs Gedecke aufgelegt und mit ihnen beiden sowie Judith Brunner und Walter wären sie zu fünft. Doch bekam Laura keine Antwort. »Wo wollen wir uns hinsetzen?«, fragte sie Astrid.

»Lass uns hier an der Wand sitzen. Du sitzt am besten da hinten, wo du einigermaßen geschützt bist. Keiner läuft dann hinter dir lang und stößt dich an.« Astrid geleitete ihre Freundin zum Platz. Kaum saßen sie, klopfte es erneut.

Sie hörten die Stimme von Martin Bach: »Guten Abend, hallo!«

Laura reagierte leicht verstimmt. Also hatte Tante Irmgard es immer noch nicht aufgegeben, nach so vielen Jahren! Sie würde ein paar deutliche Worte mit ihr sprechen müssen. Martin einzuladen! Am meisten ärgerte es sie jedoch, dass er überhaupt gekommen war! War sie heute Morgen nicht deutlich genug gewesen?

»Hallo, Frau Rehse! Wissen Sie, wo Laura steckt? Ich wollte nach ihr sehen und drüben ist sie nicht«, hörten sie ihn weiter rufen.

Astrid bemerkte, wie sich ihre Freundin sofort entspannte und sogar wieder lächelte. »Hier sind wir, heute ist Begrüßungsabend«, rief sie.

Martin trat in die Stube und ging auf Laura zu. »Na, dann scheint es dir ja wirklich gut zu gehen. Übertreib es nicht gleich. Du gehörst eigentlich immer noch ins Bett. Ich sollte nur ein paar Medikamente für Frau Rehse vorbeibringen und dachte, ich sehe vorher kurz bei dir rein.« Er setze sich neben Laura und sah sie aufmerksam an. »Guck mal bitte nach oben. Gut. Nach rechts. Nach links. Danke.« Professionelle Arztstimme. Dann prüfte er behutsam, ob ihr Verband noch richtig festsaß, und stand wieder auf. »Eigentlich hast du noch Bettruhe«, betonte er nochmals, wieder einnehmend werdend. »Mach bloß nicht so lange. Wenn dir schlecht wird, ruf mich bitte an, ja? Ich komme dann, so schnell ich kann. Auf jeden Fall sehe ich morgen wieder nach dir.« Ohne Verabschiedung, nur mit einem kleinen Winken, ging er hinaus.

Die Hausherrin blickte ihm nachdenklich hinterher. Sie bedauerte, dass er sich nicht eingeladen hatte. Ihr schöner Plan war nicht aufgegangen.

Judith Brunner und Walter Dreyer trafen kurz nacheinander ein und hatten sich auf die Plätze gegenüber den jungen Frauen gesetzt. Irmgard Rehse nahm vorn am Tischoval Platz. Sie meinte, so den kürzeren Weg in die Küche zu haben, wenn ein Gang nötig würde. Das sechste Gedeck hatte sie wortlos vom Tisch genommen und niemand hatte gefragt, für wen es gedacht war. Die Suppe wurde in einer großen Terrine serviert.

Judith kannte das Gericht nicht und ließ ihre Augen interessiert über die gefüllten Teller schweifen. »Das sieht ja nicht nur gut aus, es duftet auch wunderbar appetitlich.«

»Na dann, lassen Sie es sich schmecken. Und ihr anderen auch«, gab Irmgard Rehse das Zeichen zum Essen.

Walter hatte den Wein eingeschenkt und sie stießen an. Die Gläser klangen zart und die Vorfreude auf einen schönen Abend gewann endlich die Oberhand. Sie genossen ihr Essen und das Gespräch drehte sich um die Zutaten der Suppe und die Traditionen altmärkischer Küche. Judith Brunner lauschte interessiert den Schilderungen der stolzen Gastgeberin. »Wenn eine Hochzeit gefeiert wird, treffen sich drei bis vier Frauen am Tag vorher und bereiten das Festmahl, das aus mehreren Gängen besteht, vor. Die Hochzeitssuppe ist der erste Gang und die Suppeneinlagen werden auch zuerst vorbereitet. Das ergibt sich so, weil als zweiter Gang ein Frikassee vom Huhn folgt, bei dessen Vorbereitung die Hühner sowieso länger kochen müssen, und so hat man die Brühe für die Suppe. Während dessen hat man Zeit für die kleinen Klößchen. Hunderte müssen gemacht werden. Also frisches Hackfleisch muss her, das Semmelmehl, Eier und natürlich Gewürze. Alles in großen Mengen, denn schon beim Mischen und Abschmecken gibt es den ersten Schwund, der sich dann beim Formen fortsetzt. Besonders wenn Naschkatzen«, hier warf sie einen Blick auf die Laura und Astrid, »mit ›helfen‹. Keiner verrät natürlich sein Rezept und so schmecken sie immer wieder anders.

Die Klößchen werden dann noch in leicht kochendem Wasser gegart und bis zum nächsten Tag kaltgestellt.«

Walter Dreyer ergänzte: »Dasselbe Problem gibt es beim Eierstich. Auch da helfen Naschkatzen gern mit. Wenn die Milch und die Eier gestockt sind, muss die Masse vorsichtig aus dem Topf genommen und in Würfel geschnitten werden. Es duftet herrlich nach Muskat und man braucht schon einen eisernen Willen, um nicht gleich darüber herzufallen. Für das Schneiden nimmt man übrigens ein Messer mit gewellter Klinge, damit die Würfel hübscher aussehen.«

»Es ist wirklich köstlich. Auch die kleinen Würstchen sind wunderbar«, schwärmte Judith Brunner.

»Die gibt's beim Metzger gratis, wenn man genügend Hackfleisch kauft«, verriet ihr Walter Dreyer. »Als Laura ein Kind war, hat sie immer am liebsten Buchstaben-Nudeln gehabt und damit versucht, ihren Namen auf dem Tellerrand zu legen. Aber die Sternchen tun es sicher auch.«

»Und ich finde das Gemüse immer am leckersten«, offenbarte sich Astrid jetzt.

»Ja, aber nur, wenn du die Schoten nicht auspahlen und die Möhren nicht putzen musst«, scherzte Laura.

»Richtig, und den Spargel nicht schälen.«

Judith Brunner gab mit Freuden zu, einen weiteren Teller Suppe zu vertragen, und auch die anderen baten um Nachschlag. Selbst Laura entwickelte einen gesunden Appetit, und als das Dessert aufgetragen wurde, waren alle rundum zufrieden. Selbst Wilhelmina, die in der Küche für sich ein Schüsselchen Frikassee gefunden hatte, wusste nicht, ob sie dösen oder schnurren sollte, und versuchte beides.

»Sie haben übrigens sehr hübsche Löffel, Frau Rehse. Was ist das für ein Wappen hier?« Judith betrachtete interessiert die Prägung am Stiel.

»Ach, das weiß ich nicht genau. Die Löffel sind Teil von einem Besteck, das wir nach dem Krieg im Wald gefunden haben.«

»Im Wald gefunden? Wie das?«

»Na, viele von uns, und auch Fremde, die hier auf der Flucht durchkamen, haben ihre Wertsachen vergraben, um sie vor den anrückenden Truppen oder Plünderern zu verstecken. Natürlich hatten die Ahlsens das meiste zu verstecken, aber auch einfachere Familien wie meine wickelten ihre wenigen Silberteile, Schmuck oder sogar Bilder in Ölpapier ein, um sie zu retten.«

»Mein Großvater erzählte mir, dass er sogar Würste und Schinken vergraben hatte, damit die Soldaten sie nicht finden konnten.« Laura hatte seinen Geschichten immer mit Inbrunst gelauscht.

Walter bestätigte: »Das haben viele gemacht, stimmt. Und die Polizei hatte nach dem Krieg zu tun, die Streithähne auseinander zu bringen, die sich die Kisten untereinander abspenstig machen wollten. Alle hatten Hunger und viele hatten Haus und Hof verloren. Besonders die Flüchtlinge und später die Vertriebenen waren arm dran. Oft ohne das Nötigste bei Nacht und Nebel davon, kaum das Leben gerettet. Wem wollte man da das Graben verübeln?«

»Wichtig war auch, den richtigen Zeitpunkt zum Ausgraben seiner Sachen zu finden. Die Truppen oder ihre versprengten Einheiten mussten schon in sicherer Entfernung sein, doch zu viel Zeit durfte man sich auch nicht lassen. Sonst drohte die Plünderung durch andere oder die Lebensmittel verdarben«, wusste Irmgard Rehse noch aus eigener Erfahrung. »Wir haben jedenfalls noch Jahre danach im Wald Sachen gefunden. Ein Nachbar brachte mir jedenfalls diese Besteckteile mit, als er Holz schlagen war. Sie waren in ein Tuch gewickelt und ganz schwarz angelaufen. Nach dem Putzen aber sah man dann, wie fein sie gearbeitet waren.«

»Sehr schöne Löffel, wirklich«, bewunderte Judith Brunner das Besteck. Dann wandte sie sich Laura zu. »Frau Perch, was könnte das denn für ein Wappen sein?«

»Ich denke, das ist kein echtes Wappen, sondern wurde lediglich zur Zierde entworfen. Es fehlt zum Beispiel ein ausgearbeitetes Schild, was in den meisten Fällen üblich war. Und das Motiv, diese Blumenranke, ist auch eher untypisch für ein Familienwappen. Damit sollte sicher kein Eigentum gekennzeichnet werden. Aber es sieht hübsch aus.«

Alle hielten ihren kleinen Löffel in der Hand und besahen sich seinen Stiel. Judith Brunner schien ihren besonders angestrengt zu betrachteten, doch das täuschte. Ihr hatte sich ein Gedanke aufgedrängt. »Herr Dreyer, das ist ein Silberbesteck!«

Die anderen sahen sie verwirrt an, angesichts dieser offensichtlichen Tatsache.

»Richtig, Frau Kollegin, Sie haben recht. Es war doch auf jeden Fall ein silbernes Messer!«

»Was für ein Messer? Wovon redet ihr?«, wollte Laura wissen.

Nach einem kurzen Seitenblick auf seine Kollegin erklärte Walter Dreyer der Runde die Angelegenheit.

Laura fragte bei Judith Brunner nach: »Und jetzt vermuten Sie, dass es sich bei der Tatwaffe auch um einen Teil eines vergrabenen Bestecks handelt?«

»Warum nicht? Zumal in einem anonymen Brief von Schatzgräbern die Rede ist. Vielleicht ist ja auch heute noch jemand unterwegs, um nach Kisten zu suchen?«

»Nach so vielen Jahren? Wo sollte man da denn suchen?«, war Laura eher skeptisch.

Walter Dreyer sah das anders. »Na, es wohnen noch viele Leute hier, die die Zeit miterlebt haben, sowohl das Vergraben als auch das Ausgraben. Zugegeben, sie sind inzwischen nicht mehr die Jüngsten, doch müssen sie ja nicht selbst suchen. Was ist, wenn sich jemand heute noch an Stellen erinnert oder ihm jetzt erst wieder was einfiel?«

Judith Brunner gab ihm recht: »Der Sache sollten wir unbedingt nachgehen. Mit wem könnten wir uns darüber unterhalten, Frau Rehse?«

»Ach, naja. Viele werden sich noch erinnern. Der alte Meiring, die Ahlsens, ich, fast alle in unserem Alter.« Plötzlich brach ihre Stimme: »Laurenz hätte sicher auch was gewusst.«

Judith sah ihren Kollegen an. Ergab sich da etwa eine konkrete Spur?

Die Gastgeberin ging hinaus, um Kaffee zu kochen. Astrid war mit aufgestanden, um das Geschirr abzuräumen, und deckte den Tisch mit den bunten Sammeltassen, die ebenfalls auf der Anrichte bereitgestanden hatten. Der Kaffee war gut und die Gäste unterhielten sich weiter. Doch alle spürten nun die Anstrengungen des Tages, besonders Laura hatte wieder heftiges Kopfweh. Und so entschloss man sich zum baldigen Aufbruch.

Walter Dreyer begleitete Astrid noch zum Gut. Er nutzte die Gelegenheit, seine Frage loszuwerden: »Astrid, gestern als wir in Laurenz' Zimmer gegangen sind, da hast du da gestanden, als sähest du es zum ersten Mal. Was war denn los?«

Die junge Frau blieb still.

»Erinnerst du dich nicht?«, fragte Walter nach.

»Doch schon. Ich hatte nur nicht bemerkt, dass dir das aufgefallen ist.« Sie druckste herum.

»Verrätst du mir trotzdem, was los war?«

»Na, ja, es fehlte was, glaube ich.«

Walter war neugierig. »Es fehlte etwas? Was denn?«

»Ach weißt du, ich bin mir nicht einmal sicher, vielleicht hat Laurenz ihn auch schon ein paar Tage eher weggeräumt und ich habe es nur vorher nicht bemerkt. So oft bin ich ja auch nicht bei ihm im Zimmer.«

»Was denn nun, Astrid?«

»Na ja, seine Fotos fehlten.«

»Seine Fotos? Nein, die waren doch da. Wir haben sie mitgenommen. Wo stand denn sonst die Schachtel?«

»Ach Walter, ich meine nicht eine Schachtel. Er hatte so einen Rahmen auf dem Fensterbrett stehen, mit mehreren kleinen Fotos. Alte, nur schwarz-weiß.«

Walter Dreyer dachte nach. Ein Rahmen war ihm wirklich nicht aufgefallen. Zumindest stand er nicht mehr sichtbar herum. Er würde noch mal gründlich danach suchen müssen. »Ich komme morgen vorbei, dann sehe ich mich danach um, ja?« Er gab ihr einen Kuss auf die Wange. »Grüß deinen Onkel. Und träume schön.«

Astrid wusste, dass sie nicht gut schlafen würde. Hätte sie Walter auch von ihren Befürchtungen wegen Onkel Paul erzählen sollen?

Sonnabend

~ 25 ~

Für jemanden, der vorgestern erschlagen werden sollte, fühlte sich Laura beim Erwachen erstaunlich gut in Form. Martin wollte wieder nach ihr sehen kommen, und sie würde den Tag mit Tante Irmgard verbringen, was sollte also passieren? Ob Walter oder seine Kollegin heute herausfanden, wem sie so im Weg gewesen war? Aus der Küche hörte sie die vertrauten Geräusche von Geschirrklappern und auf und zu gehenden Schranktüren. Sie konnte schon wieder gut allein aufstehen, wenn sie es nur langsam angehen ließ.

»Ach, habe ich Sie doch geweckt. Tut mir leid. Frühstücken wir zusammen?« Judith Brunner deckte gerade den Tisch. Nachdem sie gestern Walter Dreyer aufmerksam beim Heizen beobachtet hatte, war ihr eigener Versuch heute Morgen erstaunlich unproblematisch verlaufen. Das Feuer lohnte ihre Bemühungen mit einem geräuschvollen Knacksen und Ziehen.

»Gern. Machen Sie sich bitte keine Vorwürfe. Ich habe gut geschlafen. Es geht mir schon ein ganzes Stück besser.«

»Schön. Möchten Sie einen Kaffee?«

»Vielen Dank!«, Laura nahm ihre Tasse entgegen und fuhr mit einem geheimnisvollen Lächeln fort: »Wissen Sie, ich habe mir da was überlegt.«

»Ja?«

»Möglicherweise hat ja Irmgard Rehse recht, und Laurenz Heitmann hat etwas Wichtiges aus der Vergangenheit gewusst?«

Judith Brunner ging zunächst nicht auf ihre Überlegungen ein und kümmerte sich weiter um das Frühstück. »In der Speisekammer habe ich Pflaumenmus gefunden. Ich hoffe, es ist in Ordnung, wenn ich das herzuräume?«

»Bedienen Sie sich bitte, ich muss die Vorräte sowieso noch prüfen. Oder möchten Sie lieber etwas Herzhaftes essen? Da müsste einiges im Kühlschrank sein.«

»Nein, danke, ich bin völlig zufrieden«, lehnte Judith Brunner lächelnd ab. »Natürlich habe ich auch über unser Tischgespräch gestern Abend nachgedacht. Wenn Heitmann etwas Brisantes gewusst hat, ist es immerhin merkwürdig, dass er es so viele Jahre für sich behalten hat. Und was für ein Geheimnis hütete Heitmann, welches jetzt, nach Jahrzehnten, noch für jemanden so gefährlich ist, dass er dafür mordet!?«

»Vielleicht teilte er sein Wissen mit einem anderen und wollte anfangen zu reden?«, konnte Laura Perch sich vorstellen.

Judith schluckte etwas Kaffee und meinte: »Machen Sie weiter, jede Idee ist mir willkommen.«

»Doch wenn«, Laura zögerte, »ich meine, wenn es hier um etwas geht, das lange Jahre zurückliegt, dann müsste sein Mitwisser, also der mit dem Mordmotiv, auch in Heitmanns Alter sein. Das halte ich für ausgeschlossen. Bringen sich so alte Leute gegenseitig um? Was hätten sie noch davon?«

Judith musste schmunzeln. »Hm, betagte Mörder sind eher selten. Das stimmt. Und prinzipiell kann es auch jemand gewesen sein, der selbst an den früheren Ereignissen nicht beteiligt war, nun aber aus anderen Motiven heraus zum Handeln gezwungen wurde.«

»Haben Sie schon von den zwei Fremden gehört, die im Sommer hier waren?«, bot Laura Perch neue Verdächtige an.

»Ja. Was wissen Sie denn über die? Waren Sie zu der Zeit auch im Dorf?«

»Ach nein, Tante Irmgard hat sie nur erwähnt, weil sich die Leute im Dorf bisher keinen Reim auf die Männer machen konnten. Waren wohl nur einmal hier. Sie haben im Wirtshaus alle frei gehalten und sind dann angeblich nie wieder aufgetaucht.«

»Seltsam, Thekla Müller hat sie auch erwähnt. Sie hat sogar beobachtet, wie sie mit Laurenz Heitmann geredet haben.«

»Die beiden? Hm. Was sollte der ihnen verkaufen?«

»Wieso verkaufen?«, konnte Judith Brunner nicht verstehen.

»Irmgard Rehse meinte, die hätten sich nach dem Besitzer des Waldes bei Lindenbreite erkundigt. Und da im Sommer alle möglichen Leute hier auftauchten, die Land kaufen wollten, hat sich auch keiner was dabei gedacht.«

»Noch Kaffee?«, bot Judith an.

»Ja, bitte, aber nur eine halbe Tasse. Er ist Ihnen sehr gelungen.

Schön kräftig.«

»Freut mich. Ich trinke ihn am liebsten so.« Judith Brunner wollte Laura Perch auch noch auf ein traditionelleres Motiv verweisen. »Es wäre auch denkbar, Heitmann hat etwas unbewusst beobachtet oder jemanden gesehen, was für den anderen eine existenzielle Gefahr darstellte. Dann war derjenige zum Handeln gezwungen, wenn er das Risiko der Entdeckung nicht eingehen wollte; also wäre der Mord eine simple Zeugenbeseitigung.«

»Und warum bringt er ihn dann in Gardelegen um und nicht hier, wenn es schon so einfach sein soll?«, warf Laura Perch ein.

»Dort ist der Mörder möglicherweise nicht bekannt. Fühlt sich dadurch sicherer. Vielleicht hat er schon lange auf eine Gelegenheit gewartet, Heitmann außerhalb zu treffen«, spekulierte Judith Brunner weiter.

»Oder es war purer Zufall, dass die beiden sich dort begegnet sind.«

Judith Brunner blickte skeptisch. »Das kann ich mir bei dieser Tat nicht vorstellen. Immerhin müssen wir jetzt annehmen, dass der Täter ein offenbar eigens für den Mord gefertigtes Messer dabei hatte.«

Laura Perch stellte sich die Situation wahrscheinlich etwas zu dramatisch vor, denn sie sagte: »Laurenz Heitmann muss den Täter doch bemerkt haben, als der auf ihn zukam.«

»Ganz bestimmt. Entweder kannte er ihn oder derjenige machte einen vertrauenswürdigen Eindruck. Vielleicht wollte Heitmann, um sich die Zeit zu vertreiben, ein Schwätzchen halten, bis der Zug kommt, oder er wollte jemandem den Weg erklären, oder so. Da gibt es unendlich viele Möglichkeiten«, verdeutliche Judith Brunner ihr die alltägliche Szene.

»Das würde aber auf jeden Fall bedeuten, dass er zu früh am Bahnhof war. Das ist aber wiederum unwahrscheinlich. Er kennt doch den Weg und die Zeiten aus dem Effeff«, konnte Laura Perch aus eigenem Erleben hinzufügen.

»Na ja, ein paar Minuten sind schon möglich«, stellte Judith Brunner klar. »Er sollte noch für Botho Ahlsens zum Frachtschalter. Das wollte er noch vor Zugankunft erledigen. Ich muss da heute unbedingt vorbei, um nachzufragen.«

»Sie sind also den ganzen Tag unterwegs?«, wollte Laura wissen.

»Ich denke schon, dass ich ein paar Stunden brauche. Vorher gehe ich noch kurz zu Walter Dreyer und dann fahre ich los. Warum?«

»Ich habe nur wegen des Mittagessens überlegt.«

»Um Himmels willen, ich ziehe gleich wieder aus, wenn Sie sich solche Sorgen machen«, wehrte Judith Brunner dankend ab. »Ich finde schon was zu essen, und Sie erholen sich bitte weiter.«

Auch heute Morgen musste Judith Brunner Walter Dreyers Kaffeeangebot ablehnen, obwohl das Getränk wieder aromatisch duftete. »Ich habe gerade gefrühstückt, danke. Laura Perch geht es übrigens bedeutend besser. Und geheizt habe ich auch schon«, berichtete sie nicht ohne ein klein wenig Stolz.

Walter Dreyer setzte sich mit seiner Tasse in der Hand in den gemütlichsten Sessel und sah sie mit einem Blick an, der neugierig wirkte, aber auf recht private Art.

Judith Brunner überlegte, ob er wohl auch lieber süß frühstückte oder eher Kräftigeres bevorzugte.

»Also, Frau Kollegin, wie sieht der Plan für heute aus?«

»Na, ich fahre nach Gardelegen, wie besprochen. Und Sie gehen bitte wieder unter die Leute. Sicher diskutieren die Waldauer über den Mord und eventuell steht auch was in der Wochenendausgabe der Tageszeitung. Vielleicht erfahren wir so noch etwas Neues. Und Laura meinte vorhin, Irmgard Rehse hätte ihr erzählt, dass die beiden Fremden im Sommer hier waren, um Grundstücke zu kaufen. Und immer wieder taucht dieses Lindenbreite auf!«

Walter Dreyer nickte. »Na, wie auch immer, ich werde mich umhören und auf alles achten. Astrid Ahlsens hat mir gestern auf dem Heimweg noch von einer interessanten Beobachtung berichtet. In Heitmanns Zimmer hätte immer ein Rahmen mit Fotografien gestanden. Und der war gestern nicht mehr da.«

»Wirklich interessant. Wann ist ihr denn das aufgefallen?«, wollte Judith Brunner wissen.

»Keine Ahnung«, sagte Walter Dreyer bescheiden, ohne seinen Anteil an der Neuigkeit zu erwähnen, »ich sehe mich heute auf jeden Fall noch mal gründlich dort um. Und vielleicht ist Paul Ahlsens ja inzwischen wieder da. Da kann ich ihn noch zu Laurenz Heitmann befragen.«

»Laura Perch bezweifelt übrigens, dass unser Mörder aus Heitmanns Generation stammt, da ihr offensichtlich die Vorstellung von einem Mörder im höheren Lebensalter nicht behagt.«

»Bleibt mal wieder die Frage nach dem Warum«, machte Walter Dreyer erneut auf das fehlende Tatmotiv aufmerksam.

»Wir müssen uns bei den Älteren noch genauer umhören. Was ist mit Ihrem Lehrer? Ob der was weiß? Oder den Frauen ...? Gab es da irgendwelche Geschichten?«

»Über Heitmann?« Walter Dreyer schaute überrascht. »Darüber habe ich noch nicht nachgedacht. Heitmann und Frauen kam irgendwie nicht vor. Es liegt außerhalb meiner Erfahrungen, dass hier in Waldau zwei über sechzigjährige ein Verhältnis hätten, und dann noch eines, das tragisch endet. Sie meinen wirklich, dass ...?«

Judith Brunner lächelte. »Man sollte es nicht völlig ausschließen. Aber ich meinte eher ein Verhältnis in früheren Jahren. Bisher haben wir noch kein Motiv, möglicherweise finden wir eines, das in seiner Jugend liegt?«

»Möglicherweise. Na gut«, nickte Walter ihr freundlich zu. »Dann will ich mich mal auf den Weg machen. Ich fange am besten mit Meiring an, der ist immer schon früh auf. Der Heini Müller war noch nicht da, aber ich lass ihn noch ein bisschen schlafen, ist schließlich Wochenende.«

»Ich fahre auch gleich los«, Judith Brunner erhob sich ebenfalls. »Die Kollegen der Spurensicherung müssten weitere Ergebnisse haben. Ich will mich selbst noch mal am Bahnhof, besonders am Frachtschalter umhören.«

»Und zum Gerichtsmediziner müssen Sie auch, nicht vergessen«, erinnerte Walter Dreyer seine Kollegin, mit einem Unterton, der seine Erleichterung über ihre Arbeitsteilung deutlich werden ließ.

~ 26 ~

Judith Brunner parkte in der Nähe des immer noch durch Bänder abgesperrten Tatorts. Zunächst erst einmal musste sie den Frachtschalter heute geöffnet vorfinden. Ein Schild neben dem Eingang zum Bahnhofsgebäude führte die Öffnungszeiten auf und wies mit einem dicken Pfeil nach rechts. Auch am Sonnabend war geöffnet, aber erst ab zehn. Judith sah auf die Uhr. Es war noch nicht so spät, doch hoffte sie, schon jemanden dort anzutreffen. Es waren gut zweihundert Meter auf einer mit Feldsteinen gepflasterten Straße zu laufen, bis Judith am Rand des Bahngeländes auf ein flaches, breites Gebäude stieß, das sich durch eine Laderampe und eine große Toreinfahrt durchaus als Lagerhaus nutzen ließ. Ob es hier einen Eingang zum Frachtschalter gab? Zu sehen war niemand, den sie fragen konnte. Und im Übrigen herrschte rund um den Bahnhof völlige Stille. Vormittage auf dem Gardelegener Bahnhof waren wahrscheinlich nie sehr ereignisreich, dachte Judith bei sich, es sei denn, jemand wurde ermordet.

Sie kletterte eine kleine Steigleiter zur Laderampe hinauf und drückte eine ungehobelte Schiebetür zur Seite. Gleich roch es nach einer Mischung aus Tierfutter und Baustoffen. Dann betrat sie einen großen dämmerigen Lagerraum und sah an seiner rechten Stirnseite einige abgetrennte fensterlose Räume, die offensichtlich als Schalter genutzt wurden: Über zwei großen Luken mit flachen Tischen, die gleichzeitig die Begrenzung zum Lagerraum bildeten, stand in alten Schrifttypen »Lebende Fracht« und »Stückgut«. Eine dritte Luke war mit zwei Holzläden verschlossen.

Judith Brunner sah, dass in diesem Bereich Licht brannte, und sie konnte Radiomusik und Stimmen hören. »Hallo, kann mich da hinten jemand hören? Hallo!«

Sofort wurde die Musik leiser und ein Mann mittleren Alters kam an den Tisch. »We ham noch nich offen. Erst ab zehn. Warten noch uff den Oebisfelder. Is eh noch nix hier.«

»Ich möchte nichts abholen. Ich bin von der Polizei aus Magdeburg, ermittle aber von Waldau aus.« Sie zog ihren Ausweis aus der Tasche. »Mein Name ist Judith Brunner. Ich möchte mich mit Ihnen unterhalten, wegen des Mordes vor zwei Tagen hier am Bahnhof.«

Inzwischen war ein zweiter Mann hinzugetreten. »Kommen Sie am besten mit nach hinten.« Er hob ein mit Scharnieren befestigtes Brett am Frachttisch hoch, sodass ein Durchgang entstand.

»Danke.« Judith Brunner hoffte, dass es dahinter nicht mehr so zog. Der Lagerraum hatte zwar keine offenen Wände, doch schlossen die großen hölzernen Schiebetüren nicht dicht, sodass durch den stetigen Luftzug auch drinnen die Temperaturen ziemlich frisch waren. Sie trat näher und sah nun einen stabilen großen Tisch, um den mehrere Stühle verschiedenster Bauart standen. Eine schon lange benutzte Wachstuchtischdecke hatte ihre schmückende Funktion längst eingebüßt und konnte lediglich noch die Tischplatte schützen. An manchen Stellen war von dem aufgedruckten Dekor nichts mehr zu sehen und das Untergewebe war sichtbar geworden. Gedeckt war mit dem üblichen Geschirr – von zu Hause mitgebrachten Einzelteilen. Ein großer Teller mit frischem Hefekuchen, mehrere Zigarettenschachteln, ein Aschenbecher und zwei verschiedene Tageszeitungen vervollständigten das Stillleben.

»Steht denn da was zum Mord drin?«, fragte Judith Brunner, um gleich zum Thema zu leiten.

»Ne, heute nich. Gestern, da war schon eine kleine Notiz, aber nich mal ein Bild«, maulte der Jüngere von beiden.

»Stimmt nich, ein Bild war schon, bloß nur vom Bahnhof.« Auch sein Kollege klang enttäuscht.

»Was wollten Sie denn sehen? Die Leiche?«, fragte Judith Brunner ungläubig.

»Nee, so nu auch nich. Aber wir kannten den Heitmann doch. Da will man schon Bescheid wissen, wer's war. Da könnte schon mehr in der Zeitung stehen.«

»So weit sind wir leider noch nicht. Aber Sie können mir helfen! Wollen wir uns hinsetzen?«

Zögernd ließen sich die beiden Männer auf die Stühle nieder.

»Darf ich fragen, wie Sie heißen und was Sie hier genau zu tun haben?«

»Ham wa allet schon Ihren Kollegen jesacht.«

»Darf ich Sie trotzdem darum bitten? Manchmal hilft es mir, die Geschichte selber zu hören und nicht nur das Protokoll zu lesen«, versuchte Judith Brunner ihnen eine Begründung zu geben.

Immerhin wurden die beiden gesprächsbereit. »Das hier ist der Ernst Schmidt, er hilft mir. Mein Name ist Horst Kraus, bin hier sozusagen der Chef. Wir schmeißen den Laden allein. Nur wenn mal was Besonderes los ist, holen wir Leute. Wir fragen dann in der Wirtschaft nach, ob nach Feierabend jemand helfen kommen kann. Machen die dann alle gerne. Gibt ja was extra.« Er rieb die unsichtbaren Geldscheine zwischen seinen Fingern.

Judith Brunner fiel auf, dass er nun, beim offiziellen Teil des Gespräches, nicht mehr plattdeutsch sprach. Der junge Mann sah nicht so aus, als wollte er noch was ergänzen.

Die Hauptkommissarin begann mit ihrer Arbeit. »Wir haben erfahren, das Laurenz Heitmann am Donnerstag den Auftrag hatte, sich hier nach einer Lieferung zu erkundigen. War er hier?«

Beide sahen sich an und Kraus nickte. »Ja, er kam kurz rein. Saß da, wo Sie jetzt sitzen.«

»Ach, kannten Sie sich so gut, ja?«

»Doch, schon. Er kam ja seit Jahren her und hat hier alles fürs Gut erledigt. Was gebracht oder abgeholt, je nachdem. Gab auch immer ein gutes Trinkgeld, und manchmal hatte er sogar Zeit zum Klönen. Das lief schon gut mit ihm.«

»Hatte er am Donnerstag auch Zeit?«

»Ne, da kam er nur her, um nach den Pflanzen zu fragen. Die Ahlsens warteten wohl schon. Dabei hätten wir schon angerufen, wenn sie da sind«, setzte er hinzu, als hätte ihm jemand eine Unterlassung vorgeworfen.

»Und trotzdem hat er sich hingesetzt?«

»Hm, wir hatten Kundschaft vorne, da hat er hier den Moment gewartet. Waren bloß ein paar Minuten; geht schon in Ordnung.«

Kundschaft? Judith horchte auf. Das war neu. Also war hier zur Tatzeit noch eine Person gewesen, die bisher niemand erwähnt hatte. »Wer war denn dieser Kunde?«

»Wer das war?« Kraus blickte seinen jungen Kollegen an. »Mit dir hat er doch geredet. Weißt du noch was?«

Ernst Schmidt überlegte und stand dann auf. Er langte in das erste Fach am Regal und holte eine Kladde an den Tisch. »Mal sehen ...«, blätterte er, »hier ist der Donnerstag.«

Judith Brunner war erleichtert, dass nur wenige Einträge auf der Seite standen. »Darf ich mit reinschauen?«

Er drehte ihr das Buch zu. »Sehen Sie, hier, am Donnerstag. Bloß fünf Aufträge abgeholt. Gleich um sechs nach dem Morgenzug kommt immer die Post und holt ihre Lieferung. Dann war was für den Fernsehfritzen dabei, den haben wir im Laden angerufen. Der kam dann gegen zehn. Na und die beiden nächsten, die haben bloß Futter abgeholt. Waren ein paar Säcke Weizen und die Zusatzfütterung für Schweine. Das war dann, als der Heitmann hier war. Und am Nachmittag, das war für den Bauhof neuer Zement. Mehr war nicht.«

Judith sah zu ihrer Freude, dass die Adressen der Abholer in einer Spalte notiert waren, sogar die genaue Uhrzeit der Abholung, und suchte in ihrer Handtasche nach Stift und Papier. »Ich schreibe mir rasch die Adressen ab, ja?«

Niemand erhob Einwände. Die Männer schwiegen fast andächtig.

»Sagen Sie, wissen Sie vielleicht noch, wann genau Laurenz Heitmann hier ankam?«, erkundigte sie sich.

»Na, der eine Kunde war gerade beim Aufladen. Also war das gegen ...«, er schielte in die Kladde, »halb zwölf.«

»Hm, und wie lange ist er geblieben?« Judith Brunner hoffte auf präzise Schätzungen.

»Höchstens fünf Minuten. Er wollte ja eigentlich jemanden vom Zug abholen und hier nur schnell nachfragen, ob die Lieferung schon da ist.«

»Ach, das hat er erwähnt?«

Kraus bejahte: »Er freute sich auf den Besuch, hatte ich den Eindruck.«

Auch Schmidt nickte.

»Hat er erwähnt, ob er schon länger hier war?«

»Wie, länger?«

»Na hier, am Bahnhof. Kam er an und ist gleich zu Ihnen gekommen, oder hatte er vorher noch was erledigt? Hat er zufällig gesagt, wann genau er von Waldau losgefahren ist?«, half Judith Brunner den beiden Männern beim Nachdenken.

»Ne, gesagt hat er nichts«, war Horst Kraus sich sicher.

Kopfschütteln auch bei Ernst Schmidt.

»Fragen Sie doch mal in der Wirtschaft«, schlug Kraus vor.

»Mach ich, danke. Wenn Ihnen noch etwas einfallen sollte, können Sie jederzeit bei der Polizei anrufen. Meine Kollegen sagen mir dann Bescheid und ich komme zu Ihnen her.« Sie stand auf. »Nochmals vielen Dank für Ihre Hilfe.«

Kraus begleitete sie noch bis zur Leiter an der Rampe. »Ach und sagen Sie doch bitte noch mal in Waldau Bescheid, die Pflanzen werden hier nämlich nicht besser.«

Judith Brunner suchte gerade Halt auf der obersten Sprosse. »Wie bitte?«

»Na die Pflanzen, die Heitmann schon am Donnerstag mitnehmen wollte. Die kamen dann gestern endlich, habe ich doch dem Paul Ahlsens gesagt. Er wollte sie noch holen kommen.«

»Paul Ahlsens war hier? Gestern? Was hat er hier gewollt?« Judith Brunner war immer noch überrascht und bemühte sich, das Gehörte einzuordnen.

»Ja, vormittags. Er war wohl in der Nähe und dachte sich, fragst mal nach den Pflanzen. Hat er uns zumindest so erzählt. Er hatte aber seinen Wagen nicht hier, der stand wohl am Marktplatz. Ahlsens wollte auf dem Rückweg hier vorbeikommen und alles einladen. Wir gießen ja schon mal, aber nun sollten die Pflänzchen längst in der Erde sein. Morgen ist Sonntag und niemand hier.«

Judith Brunner stieg wieder auf die Rampe. Das waren ja wirklich Neuigkeiten! Wenn Paul Ahlsens gestern hier gewesen war, wo hielt er sich auf? Wusste er, dass Laurenz Heitmann ermordet worden war? Oder hat er es hier erzählt bekommen? Judith Brunner musste mehr erfahren.

»Haben Sie mit ihm über den Mord gesprochen?«

»Ja, kurz, hab ihm gesagt, dass es mir leidtut mit dem Heitmann.«

»Und, was hat er gesagt?«

»Nichts weiter. Erst war er ganz still und dann meinte er, dass es schade um ihn ist.«

Judith Brunner musste schleunigst nach Waldau zurück. Auf das Gut war Paul Ahlsens gestern nicht zurückgekehrt. Wo war er? Das musste dringend geklärt werden! »Wissen Sie, ich hole gleich meinem Wagen vorne vom Parkplatz her, dann können Sie die Pflanzen einladen. Ich fahre heute sowieso noch bei den Ahlsens vorbei, dann sparen wir ihnen einen Weg.« Und ich habe einen Grund, dort aufzutauchen, ohne die beiden gleich zu beunruhigen, dachte sie.

Kraus ging gern auf den Vorschlag ein, denn er war froh, die Verantwortung für die mickernden Pflänzchen los zu sein.

Vorsichtig fuhr Judith die Pflasterstraße vom Frachtschalter zum Bahnhofsvorplatz zurück, um ihre Ladung nicht noch weiter zu beschädigen. Sie hatte zwar keine Ahnung von der Gärtnerei, doch dass diese Pflanzen dringend in die Erde mussten, sah selbst sie.

Das Gespräch war richtig ergiebig gewesen. Dass Paul Ahlsens gestern hier am Bahnhof das letzte Mal gesehen wurde, sich aber danach zu Hause nicht meldete, beunruhigte sie mehr, als sie sich erklären konnte. Außerdem hatte sie einen Hinweis auf neue Akteure zur Tatzeit bekommen. Vielleicht hatten die beiden Bauern etwas bemerkt. Oder war sogar ein Verdächtiger dabei? In der Kreisbehörde konnte sie schon mal nachfragen, ob zu den beiden Frachtkunden etwas aktenkundig war. Man konnte nie wissen. Judith Brunner beschloss, rasch von der Bahnhofswirtschaft aus dort anzurufen.

Als sie die Gaststube betrat, schien die Zeit stehen geblieben zu sein. Das Bild war dasselbe: Niemand saß an den Tischen, einige Arbeiter standen mit ihren Bieren am Tresen, allerdings in Zivil und nicht in ihren Arbeitsklamotten, außerdem lag derselbe Geruch nach Bockwürsten und Senf im Raum. Alle blickten neugierig zur Tür, als Judith Brunner eintrat. Doch merkte sie deutlich, dass sie nicht die erwartete Person war. Wahrscheinlich fehlte noch ein Kumpel zur Komplettierung der Runde.

Die Wirtin begrüßte sie freundlich: »Hallo, Frau Kommissarin. Kommen Sie, nehmen Sie hier Platz.« Sie wies ihr einen schönen Tisch am Fenster zu, von dem aus man den gesamten Bahnhofsvorplatz einsehen konnte. »Gibt es denn was Neues?«

»Nein. Ich hab mich bloß beim Frachtschalter umgehört. Nicht viel los da hinten, was?«, wollte Judith Brunner unverbindlich bleiben.

Nicht nur ein Kopfnicken bestätigte ihren Eindruck. »Nein, heute sowieso nicht, am Sonnabend«, wusste die Wirtin aus langjähriger Erfahrung. »Die beiden haben natürlich zu tun, wenn gerade mal ein Zug gehalten hat und irgendwas zu verladen ist. Aber das kommt ja nicht so häufig vor. Die Bahner gehen manchmal in ihren Pausen nach hinten, oder die beiden holen hier ihr Kaffeewasser. Dann wechseln wir ein paar Worte. Möchten Sie denn etwas?«

»Ich müsste rasch telefonieren, geht das? Und inzwischen, wenn Sie mir einen Becher Kakao bringen könnten? Und haben Sie etwas Süßes dazu? Kuchen?«

»Gern. Das Telefon ist da neben der Tür zur Toilette. Frischen Apfelkuchen vom Blech? Mit Streuseln.«

Judith Brunner nahm gerne an.

In der Kreisbehörde erreiche sie nur Lisa Lenz. Judith Brunner gab ihr die Namen der eventuellen Tatzeugen durch. »Ich melde mich heute Nachmittag, ob Sie schon etwas wissen, ja? Und grüßen Sie Dr. Grede bitte, ich muss erst mal wieder nach Waldau zurück.«

An ihren Tisch zurückgekehrt, staunte sie wieder über das gute Angebot, das der äußere Schein der Wirtschaft so nicht erwarten ließ. Judith ließ es sich jedenfalls schmecken.

Die Männer aber fühlten sich in ihrem Tun offenbar beeinträchtigt, denn aus der vorher lautstarken Runde war kein Gespräch mehr zu vernehmen. Schweigend tranken sie ihre Gläser aus, wollten augenscheinlich aber auch nicht gehen. Hatten sie nichts zu tun? Keinen Garten? Kein Vieh? Warteten sie auf Neuigkeiten? Die Wirtin hatte den guten Einfall, das Radio anzumachen, sodass nun wenigstens Blasmusik die Stille ausfüllte. Dann kam sie zu Judith Brunner an den Tisch.

Die Kriminalkommissarin nutzte die Gelegenheit für ein paar Fragen: »Haben Sie in den letzten Tagen noch irgendwas gehört? Die Leute reden hier doch sicher über den Mord?«

»Das schon, aber alle rätseln, wie das wohl passiert sein könnte. Und keinem fällt ein Grund ein. Niemand hat etwas bemerkt oder gesehen, zumindest hat nicht einer so was erzählt.«

Judith überlegte kurz, wie weit sie die Befragung ausdehnen konnte, ohne dass die Zuhörer vorne am Tresen allzu viel mitbekamen. Nach ihrer Einschätzung war die Musik aber laut genug und traf offenbar den Geschmack des zahlenden Publikums. »Sagen Sie, kennen Sie die Ahlsens aus Waldau?«

»Kennen? Nein. Die sieht man hier nicht, fahren ja nicht mit dem Zug.«

»Hm, schade. Horst Kraus vom Frachtschalter hat mir eben erzählt, dass sich Paul Ahlsens gestern Vormittag hier am Bahnhof aufgehalten hat.«

»Hier in der Wirtschaft war allerhand los, weil ja am Donnerstag der Laurenz ...«, die Frau schluckte, »aber Fremde waren nicht hier.

Das wäre mir schon aufgefallen.«

»Und hier auf dem Bahnhof? War alles so wie sonst?«, fragte Judith Brunner beiläufig. Auch sie hatte schon Täter erlebt, die unbedingt an den Ort des Verbrechens zurückkehren mussten.

»Ja, da ändert sich doch nie was. Das ist alles Routine, höchstens hat ein Zug mal ein paar Minuten Verspätung. Aber sonst? Alles wird vom Fahrplan bestimmt: wann morgens aufgeschlossen wird, wann der Fahrkartenschalter geöffnet ist, sogar meine Schankzeiten. Und wir kennen uns alle seit Jahren. Mir würde auffallen, wenn sich etwas ändert.«

»Ja, ganz bestimmt«, pflichtete Judith Brunner ihr bei. »Darf ich dann bitte bezahlen? Ihre anderen Gäste werden schon ungeduldig.«

~ 27 ~

Judith Brunner traf Walter Dreyer in seinem Büro an, wie er die Protokolle erneut studierte. »Na, haben Sie noch etwas entdeckt?«, fragte sie mit einem freudestrahlenden Gesicht.

»Nein, leider nicht. Ein paar Zeugen fehlen wohl noch. Ich bin noch nicht ganz fertig. Was ist, Sie sehen so aus, als hätten Sie etwas herausgefunden?«

»Sieht man mir das wirklich an? Na schön, also, gestern Vormittag war Paul Ahlsens am Frachtschalter. Und außerdem gibt es noch zwei Zeugen, die zur selben Zeit wie Heitmann vorgestern am Bahnhof waren!«

»Moment, das muss ich erst verdauen. Paul Ahlsens war gestern dort?« Walter Dreyer war perplex. »Sollte der nicht verreist sein? Wo ist er jetzt? Aufs Gut war er bis vorhin nicht zurückgekehrt. Was wollte er am Bahnhof?«

»Genau das frage ich mich auch. Den beiden am Frachtschalter hat er erzählt, er wäre in der Nähe gewesen und hat einfach die Gelegenheit genutzt, um nach den Pflanzen zu fragen.«

»Woher wusste er, dass Botho Ahlsens sie immer noch nicht hatte?«, wunderte sich Walter Dreyer.

»Hm, gute Frage. Seinen Wagen, so erzählten mir die Leute vom Frachtschalter, hatte er am Rathaus geparkt und wollte von dort zurückkommen, um die Stiegen einzuladen.«

»Also waren die Pflanzen gestern endlich da. Und wo ist er mit ihnen hin?«

»Das ist ja das Rätsel: Er ist nämlich nicht zurückgekommen!«, betonte Judith Brunner. »Ich habe die Pflanzen nun dabei. Zum Gut müssen wir ohnehin, da bot sich das an.«

Walter Dreyer wusste: »Da ist jetzt aber niemand, die Ahlsens sind erst am Nachmittag zurück. Astrid und Botho Ahlsens wollten Einkäufe erledigen. Ich habe mit ihnen das Haus verlassen, nachdem ich mich noch einmal im Zimmer von Laurenz Heitmann umgesehen hatte.«

»Nun gut, dann fahren wir später vorbei«, musste Judith Brunner sich bremsen lassen. »Aber die Pflanzen müssten schleunigst aus meinem Auto raus. Ich weiß eh nicht, ob die noch zu retten sind.« Dann hoffte sie: »Waren Sie denn wenigstens erfolgreich bei Ihrer Suche vor Ort?«

»Wie man's nimmt. Ich habe einen leeren Rahmen entdeckt, ohne die Fotos.«

»War er versteckt?«

»Ich denke nicht, nein. Er lag einfach oben auf dem Schrank. Unbeschädigt. Doch die Fotos waren nicht mehr drin.«

»Warum hat er sie wohl rausgenommen?« Judith erwartete keine Antwort.

Walter Dreyer sah auf seine Uhr. »Kurz nach elf. Ich wollte gerade los zu Johannes Meiring.«

»Darf ich Sie begleiten?«, fragte Judith Brunner und schloss sich ihrem einladend die Tür aufhaltenden Kollegen an.

Der alte Dorfschullehrer saß wieder vor seinem Haus auf der Bank, neben ihm stand eine alte Henkeltasche am Boden. Er war gerade vom Einkaufen im Dorfladen zurück; Brot war zu sehen, Milch, Butter und ein paar Bierflaschen. Ein Paket mit Wurstwaren lag obenauf.

»Ah, kommen Sie.« Das Aufstehen fiel ihm sichtlich schwer. Er öffnete seine Haustür. »Wir gehen besser rein in die Stube, da können wir auch alle sitzen.«

Dreyer nahm die Einkaufstasche und folgte den anderen hinein. Er kannte sich im Haus gut aus, denn schon als Schüler hatte er sich hier oft aufgehalten. Zur Nachhilfe oder bei kniffligen Hausaufgaben. Auch hatte Walter Dreyer die Bibliothek des Lehrers quasi als Leihbücherei genutzt und gelesen, was die zu bieten hatte. Seine Eltern hatten für Bücher kein Geld ausgegeben, und durch Meirings Großzügigkeit konnte er das kompensieren. Noch heute liehen sich die beiden Männer gegenseitig so manches Buch.

In der Mitte des Zimmers, in das sie geführt wurden, stand ein großer runder Tisch, der bei Bedarf ausgezogen werden konnte, wie Walter Dreyer wusste. In der Ecke neben der Tür befand sich der Kachelofen, der auch in diesem Haus ins Nachbarzimmer reichte. Linkerhand zogen sich Bücherregale an der Wand entlang. Ein alter Schreibtisch, ein Schrank und ein lederbezogener Studierstuhl vervollständigten die Einrichtung. Dies war offensichtlich kein Wohnraum, den Meiring täglich nutzte, sonst hätte er heute schon geheizt.

Sie setzten sich um den Tisch und Walter Dreyer begann: »Wir sind gekommen, um mehr über Laurenz Heitmann zu erfahren. Wir wissen kaum etwas über seine Familie und konnten bis jetzt noch keine Angehörigen ermitteln. Könnten Sie uns da eventuell weiterhelfen?«

»Angehörige? Er hatte eine wesentlich ältere Schwester, die sich nach auswärts verheiratet hat. Wo die lebt, weiß ich nicht. Und, ob überhaupt? Mehr Familie war da nicht. Seine Eltern lebten in ihren letzten Jahren in Breitenfeld, die Mutter hatte dort einen Hof geerbt, der dann irgendwann verkauft werden musste. Na ja, und Laurenz wohnte ja hier auf dem Gut.«

»Hatte er nie eine Frau?«, fragte Judith Brunner.

»Nein. Ich weiß auch nicht, warum. Aber er hat nicht geheiratet. Als junge Männer haben wir natürlich geflirtet, hier beim Tanz und so. Aber was Festes? Nicht dass ich mich erinnern könnte. Dann kam der Krieg.«

»Und später, danach, als Erwachsener, er war doch im besten Alter?«, Judith Brunner ließ nicht locker.

»Nein, er war nicht ...«

»... an Frauen interessiert?«, wollte Judith Brunner helfen.

»Nein, nein. So war es nicht. Eher war er äußerst vorsichtig den Frauen gegenüber, höflich, aufmerksam, aber irgendwie misstrauisch!«

»Und Freunde?«

»Freunde. Ja, wissen Sie, er war beliebt, denke ich. Hier im Dorf auf jeden Fall und sonst sicher auch. Ich habe nie etwas anderes gehört, niemals gab es Streit mit jemandem. Freunde? Wir kannten uns seit der Kindheit, gingen zusammen zur Schule. Wir haben uns fast jeden Tag gesehen und ein paar Worte gewechselt, manchmal haben wir auch zusammengesessen. Ich denke, ich war sein Freund.« Der alte Mann schien nicht zu bemerken, dass ihm eine Träne zu laufen begann.

Die Besucher schwiegen und ließen ihm Zeit für seine Gedanken.

»Herr Meiring, Sie kennen ihn wahrscheinlich am besten von allen hier. Können Sie sich einen Grund vorstellen, warum ihn jemand umgebracht haben sollte?«, fragte Judith Brunner nach einer kleinen Pause.

»Wissen Sie, gleich, als ich es erfuhr«, er seufzte, »habe ich gedacht: War es wirklich so schlimm?«

»Wie meinen Sie das? Was war schlimm?«

»Im Sommer fing es an. Wenn wir uns trafen, wirkte er manchmal zerstreut, als könne er irgendetwas nicht verstehen. Wenn ich ihn danach fragte, winkte er ab, er müsse viel nachdenken.«

Das interessierte Walter Dreyer. »Was könnte die Ursache gewesen sein? Machte er keine Andeutungen?«

»Nein. Dann fragte er mich nach alten Geschichten aus. Das wunderte mich etwas, denn er war hier genauso zu Hause wie ich.«

»Was für Geschichten?«, Judith Brunner wurde hellhörig.

»Na ja, unsere Schulzeit betreffend. Mit wem wir zur Schule gegangen sind. Was aus den anderen geworden ist und so weiter. Ich dachte erst, er hat es wirklich vergessen und machte mir schon Sorgen um seine Gesundheit. Doch dann habe ich die alten Fotos raus gekramt und merkte, ihm fielen sogar noch mehr Namen ein als mir.«

Walter Dreyer und Judith Brunner sahen sich an. Wieder Fotos! Bei Heitmann waren welche verschwunden. Fragte er seinen Freund deshalb?

»Alte Fotos? Dürfen wir die vielleicht auch mal sehen?«

»Kein Problem! Ich suche die Schachtel gerne raus. Es waren meist Klassenfotos. Ich habe viele davon aufgehoben, schließlich bin ich hier der Lehrer gewesen«, blickte er stolz in Judith Brunners Richtung. Das Aufstehen fiel ihm wieder schwer, doch zog er sich an der Tischkante mit der einen Hand hoch und mit Unterstützung des Stockes gelangte er in einen, wenn auch unsicheren, Stand. »Hilf mir mal Walter, hier unten müssen die Schachteln sein, da rechts.« Er wies auf einen geschlossenen halbhohen Schrank mit zwei Türen. Walter Dreyer öffnete die rechte Tür und sah, dass der gesamte Schrank mit Schachtel unterschiedlichster Größe gefüllt war. »Meine Güte, das müssen ja Generationen sein. Wie finden wir die Fotos wieder?«

»Oh«, Meiring wirkte überhaupt nicht ratlos, »ich habe sie einfach reingestellt. Sind es nicht die oberen?«

»Na, ich versuche mal, die richtige zu finden.« Walter Dreyer kniete vor dem Schrank nieder und begann, die oberen Schachteln zu durchsuchen.

Judith Brunner half dem betagten Mann, sich wieder hinzusetzen, und ließ ihm Zeit.

Unvermittelt setzte Johannes Meiring fort: »Jetzt fällt es mir wieder ein: Von heut auf morgen wurde Laurenz aktiver. Lief mehr als sonst im Wald herum! Alleine wandern war sonst nicht seine Art.«

Auch ohne das Besondere an dieser Aussage zu verstehen, fragte Judith Brunner gespannt nach: »Wann war das, können Sie sich daran erinnern?«

Meiring erzählte weiter: »Ach, das war alles in diesem Sommer. Doch so in letzter Zeit bemerkte ich, dass ihn das Wandern nicht entspannte; dass er irgendwie wütend war, nur fand ich keine Erklärung, worauf. Sogar Hass habe ich bei ihm bemerkt. So etwas kannte ich bis dahin nicht von ihm und es beunruhigte mich schon mächtig.«

»Haben Sie ihn gefragt, was los war?«

»Ja, natürlich!«

»Und, hat Heitmann es Ihnen gesagt?«

»Er sagte, und es war merkwürdig, mit welcher Entschlossenheit, dass es Gerechtigkeit geben muss, auch wenn es nicht mehr allen helfen kann.«

»Gerechtigkeit? Was könnte Ihr Freund damit gemeint haben?«

»Keine Ahnung, unter Umständen wollte er es mir vorgestern

anvertrauen, doch daraus wurde ja nichts mehr.«

Alle drei schwiegen einen Moment.

»Vorgestern? Hatten Sie etwas geplant?«, fragte Judith Brunner nach. Kamen sie dem außergewöhnlichen Vorhaben Laurenz Heitmanns für den Donnerstagabend endlich auf die Spur? Bisher hatten sie niemanden gefunden, dem Heitmann seine Absichten anvertraut hatte.

Johannes Meiring fing erneut an zu erzählen: »Vorgestern war unser besonderer Abend. Eigentlich albern, doch wir haben ihn all die Jahre beibehalten.«

Walter sah seine Kollegin an und bedeutete ihr zu schweigen. Dann setzte er sich leise wieder an den Tisch.

»Wir waren drei. Der Laurenz Heitmann, der Emil Winter und ich. Wir wuchsen zusammen auf, gingen hier zur Schule. Als der Erste von uns zehn wurde, der Emil, haben wir uns abends bei den Blutbuchen getroffen. Er hatte schon Tage vorher vom gelungenen Stibitzen einer Flasche Obstwein aus den Beständen seines Großvaters berichtet und wir waren voller Vorfreude. Wir haben wie immer viel geredet und Pläne fürs Leben geschmiedet; der Alkohol tat sicher sein übriges dazu, und dann schlug Emil vor, egal was das Leben noch bringt, sich jedes Jahr an diesem Tag bei den Blutbuchen in Waldau zu treffen. Jeder sollte versuchen, hierher zu kommen. Es ist uns gelungen, diese Verabredung sogar während der Kriegsjahre einzuhalten! Doch beim ersten Treffen im Herbst danach fehlte Emil Winter. Ohne Nachricht. Emil blieb verschwunden und wurde zehn Jahre später für tot erklärt. Doch der Laurenz und ich, wir haben uns weiter dort getroffen, an Emils Geburtstag. Wir haben an unseren Freund gedacht, und dann haben wir meistens noch im Wirtshaus bei einem Glas zusammengesessen.«

»Und vorgestern hatten Sie vor, sich wieder abends dort zu treffen?«

»Ja, ich war auch da, doch Laurenz ... Ich habe lange gewartet, bis es dunkel war. Gut, dass ich meine Taschenlampe dabei hatte.«

Judith sah Walter Dreyer an. Nun hatte sich immerhin das Licht erklärt, das sie nach ihrem Besuch bei den Ahlsens im Park gesehen hatten.

»Ein schöner Brauch«, versuchte Judith Brunner zu trösten. Ihnen allen war bewusst, dass es ein weiteres Treffen nicht geben konnte.

»Hat Emil Winter bei Ihrem letzten Treffen vielleicht etwas erwähnt, hatte er Pläne?«, fragte Walter Dreyer nach.

»Pläne? Er war kein Zivilist. Was hat man im Krieg für Pläne? Er musste zurück an die Front!« Meiring lächelte auf einmal. »Fragt mal die Irmgard. Irmgard Rehse. Die beiden waren schon als Kinder eng befreundet und haben viel zusammen gespielt. Wir kannten uns alle gut, und als wir dann älter wurden, haben sich da zarte Bande geknüpft, wenn du verstehst, was ich meine.«

»Sie meinen Irmgard Rehse und der Emil Winter?« Walter Dreyer hörte das zum ersten Mal.

Meiring meinte: »Ja, bloß nicht sonst was denken, wir waren jung, und der Emil wusste, dass auch andere Mütter schöne Töchter hatten.«

»Ach. Hat Emil Winter dazu was erzählt?«, hoffte Walter Dreyer und blickte seinen alten Lehrer aufmunternd an.

»Na weißt du! Was meinst du, worüber wir uns bei unseren Treffen unterhalten haben? Die Frauen spielten immer eine große Rolle«, er lächelte vorsichtig, »wenn auch oft nur in der Fantasie.«

Walter musste grinsen, so etwas würde sich niemals ändern. »Und nie wieder hat jemand etwas über diesen Emil Winter gehört?«

»Nein, irgendwann galt er halt als verschollen. Das war kein außergewöhnliches Schicksal damals, hab ich ja schon gesagt.«

Walter Dreyer nickte und als er merkte, dass die Geschichte ihr Ende gefunden hatte, fragte er leise: »Darf ich die obere Fotoschachtel mitnehmen und in Ruhe durchsehen? Ich habe so rasch nichts finden können.«

»Ja, mach nur. Du müsstest auch auf einigen zu sehen sein. Bring sie mir aber bitte wieder.«

Es gab vorerst nichts mehr zu fragen. Walter Dreyer erhob sich und half seinem einstigen Lehrer auf, der seine Besucher verabschieden wollte.

»Da fällt mir noch ein: Laurenz erkundigte sich vor Kurzem, ob ich ihm ein Buch über das Brauchtum in der Altmark borgen könnte. Das hatte mich etwas verblüfft, denn ich dachte, er hat durch die Heimatfreunde eine Menge Broschüren und so. Doch er wollte was viel Älteres, aus den vorigen Jahrhunderten, nachschlagen. Er muss das Buch bestimmt noch haben.«

»Wir werden nachsehen und ich bringe es dann zurück«, versprach Walter Dreyer.

Johannes Meiring ließ es sich nicht nehmen, die beiden hinauszubegleiten und setzte sich wieder auf die Gartenbank.

Das Gespräch hatte seine Zeit gedauert, und als sie nun aus dem Haus traten, war es wieder Mittagszeit, wie bei Judith Brunners Ankunft vor zwei Tagen auf dem Bahnhof in Gardelegen. Immer noch schien mild die Sonne und gaukelte ungetrübte Herbststimmung vor. Judith störte das irgendwie. So ein schönes Wetter, aber keine Muße, es auch zu genießen.

»Bringen wir die Fotos rasch ins Büro? Ich möchte sie nicht irgendwo noch verlieren. Und außerdem liegt es am Weg«, schlug Walter Dreyer vor.

»Gern. Wer weiß, was wir noch so herausbekommen. Das war eben ein wirklich interessantes Gespräch, nicht?«, erkundigte sich Judith Brunner.

»Fand ich auch«, konnte Walter Dreyer nur bestätigen. »Ich kenne die alten Herren ja nun schon eine Ewigkeit, doch habe ich vieles nicht gewusst. Von diesem Emil Winter höre ich heute zum ersten Mal. Ich frage mich, ob er mit den Winter-Schwestern verwandt ist. Es war nie die Rede davon, dass sie hier Verwandte hätten. Wir sollten unbedingt noch mal zu ihnen.«

»Es ist wirklich traurig für Johannes Meiring, dass er die beiden Freunde in seinem Leben unter ungeklärten Verhältnissen verloren hat«, meinte Judith Brunner mitfühlend.

»Zumal er recht hat, dass es aus seiner Generation nun nicht mehr viele gibt.« Walter Dreyer merkte, dass ihm Meirings Kummer sehr nahe ging.

~ 28 ~

Nach kurzem Zwischenaufenthalt im Polizeibüro brauchten Judith Brunner und Walter Dreyer nur ein kurzes Stück die holperige Dorfstraße hinunter in Richtung Ortseingang zu gehen. Hier lag der Hof des Großbauern Hartmann. Rosi und Meinhard Hartmann waren beide nicht nur langjährige Mitglieder bei den Heimatfreunden, sie hatten sich auch im Vorsitz des Vereins abgewechselt. Judith Brunner glaubte zwar nicht, dass in der Mitgliedschaft von Laurenz Heitmann der Grund für seine Ermordung lag, doch fand sich im Vereinsleben möglicherweise die Erklärung für sein plötzliches Interesse an seiner Jugendzeit oder am altmärkischen Brauchtum.

Walter Dreyer hatte vom Büro aus ihren Besuch telefonisch angekündigt und dabei erfahren, dass Rosi Hartmann allein zu Hause war. Ihr Mann war unterwegs und wurde erst gegen Abend zurückerwartet.

Der Bauernhof war straßenseitig von einem Bollwerk an Gebäuden umgeben. Eine haushohe Konstruktion aus gewaltiger Toreinfahrt mit darüber liegenden Wohnräumen für saisonale Aushilfen verband die zur linken Hand befindliche Scheune mit den rechts liegenden massiven Stallwänden. Der einzige Zugang zum Hof wurde Besuchern durch eine kleine Tür in der stabilen Holzkonstruktion des riesigen Einfahrttores gewährt.

Als sich die beiden Polizisten dieser Tür näherten, begann dahinter ein – wie Judith Brunner glaubte – riesiger Hund, die Besucher anzubellen, ohne sich wieder zu beruhigen.

Selbst als Walter Dreyer, immerhin Einheimischer und dem Tier nicht unbekannt, auf ihn einredete, erreichte er nichts.

Judith Brunner überlegte, dass hier das Warnschild wirklich angebracht gewesen wäre, welches sie schon mehrfach an Gartenzäunen gesehen hatte: »Hier wacht jemand, der seine Aufgabe wirklich ernst nimmt!« Eine Haustürklingel war auf diesem Hof entbehrlich.

Erst als eine weibliche Stimme den Hund anherrschte, verstummte der kläffende Hüter. »Das ging aber schnell, ich dachte ich hätte noch ein paar Minuten«, entschuldigte sich die Hausherrin und öffnete die Tür. Sie strich sich verlegen über ihre Kittelschürze, die sie vielleicht noch hatte ablegen wollen.

Der Hund blickte die Besucher nur knurrend an.

»Kommen Sie, gehen wir ins Haus«, lud Rosi Hartmann die Besucher ein.

Erst nach ein paar Schritten, an der Remise entlang, wurde das Wohnhaus, auf der rechten Seite hinter den Ställen gelegen, sichtbar. Dem imposanten Gebäude sah man seine ursprüngliche Bestimmung als Behausung einer Großfamilie deutlich an. Zum zentral gelegenen Eingang führten zwei breite Steinstufen hinauf. Beidseitig waren jeweils vier Fenster zu sehen, alte Doppelfenster, zweiflügelig und mit Oberlichtern.

Sie wurden in einen kalten Raum geführt, der sehr aufgeräumt wirkte und keine Spur von einem kürzlichen Aufenthalt eines Bewohners erkennen ließ. Es war Judith Brunner schon mehrfach aufgefallen, dass die Leute eine »gute Stube« hatten, die nur bei besonderen Gelegenheiten genutzt wurde. Ihren Alltag verbrachten sie in ihren Wohnküchen oder in einer zweiten, meist kleineren Stube.

Hier nun war eine städtische Möblierung angestrebt worden: massige dunkle Schrankwand, Sitzgruppe aus schwarzem Leder, gekachelter Couchtisch; sicher alles recht teuer. Hellbraune Tapete ließ den großen Raum klein wirken. Die Dekoration bestand aus zwei gerahmten Van-Gogh-Reproduktionen im Goldrahmen, die Judith Brunner auch schon in Arztpraxen und in einem Café hatte hängen sehen. Sie fühlte sich wie in einer schlecht beleuchteten Möbelausstellung. Die Zimmerausstattung bewies Judith Brunner, dass sich Geld und Geschmack nicht immer treffen müssen. Als sie gebeten wurden, sich auf einen der Sessel zu setzten, zog die Kühle des Polsters sofort in ihren Körper. Sie fröstelte.

Die Hausherrin setzte sich auf die tadellos aussehende Couch, ganz vorn auf die Kante, als würde das Sitzmöbel ihr nicht gehören.

Walter Dreyer begann: »Frau Hartmann, wir kommen zu Ihnen, weil wir hoffen, dass Sie als Vorsitzende der Heimatfreunde uns etwas über Laurenz Heitmann erzählen können. Er war, wie wir gehört haben, lange Mitglied bei Ihnen.«

»Was soll ich Ihnen da groß erzählen?«, sagte Rosi Hartmann zögernd. »Er machte eben mit. Und fehlte fast nie.«

»Können Sie mir bitte beschreiben, womit sich Ihr Verein genau beschäftigt?«, fragte Judith Brunner.

Jetzt lebte die Frau etwas auf. »Nun, wir versuchen, hier in unserem Dorf etwas Abwechslung zu organisieren. Wissen Sie, eigentlich leben alle ganz gern in Waldau, doch fehlt schon hin und wieder ein bisschen Zerstreuung, etwas, was den Alltag eben bereichert. Also gibt es im Verein Leute, die Diavorträge über ihre Urlaubsreisen zeigen, oder wir organisieren die Heimatfeste mit; Ostern gestaltet die Freiwillige Feuerwehr immer mit uns das Osterfeuer. Sie wissen schon«, schaute sie Walter Dreyer an. Als der nicht reagierte, wandte sie sich wieder Judith Brunner zu: »Einmal im Jahr organisieren wir eine Busreise für die Älteren im Dorf, die nicht so viel rumkommen. Ach ja, und manchmal fragt die Schule an, ob wir an den Wandertagen oder bei besonderen Veranstaltungen mitmachen.«

»Ach so, es ist also kein Geschichtsverein?«, fragte Judith Brunner erstaunt.

»Nein, wir sind mehr mit Organisieren und so beschäftigt. Das heißt nicht, dass sich nicht einige Mitglieder auch mit historischen Dingen befassen. Vor ein paar Jahren haben wir eine Sammlung von alten Kochrezepten herausgegeben oder wir haben für den jährlichen Heimatkalender einige Beiträge geschrieben«, berichtete Rosi Hartmann stolz.

»Und Laurenz Heitmann? Was hat der genau gemacht?«, wollte Judith Brunner wissen.

»Genau? Nun, er erledigte zum Beispiel Autofahrten oder übernahm Transporte, falls die nötig wurden. Dafür hatte er die Erlaubnis der Ahlsens. Er organisierte auch Spaziergänge mit den Schulkindern und erklärte ihnen dann den Wald. Wer soll das nun machen?« Rosi Hartmann sah sie an, als erwarte sie allen Ernstes darauf eine Antwort.

Was sollte Judith Brunner sagen?

Walter Dreyer bedachte seine Kollegin mit einem bittenden Blick und sie fragte zügig weiter: »Nun, was hatten Sie denn als Nächstes vor?«

»Es ist Erntezeit, da wollten wir auf dem Dorfplatz einen Verkaufsstand mit Konfitüren und Gelees organisieren, auch andere Konserven können mitgebracht werden. Manche sollten Obst oder Kartoffeln anbieten oder einfach Pilze mitbringen. Sicher können wir wieder mit Leuten aus der Stadt rechnen, die kaufen immer gern von uns. Und mit dem Geld wollen wir uns dann irgendwas für die Adventszeit überlegen.«

»Haben Sie vor, dafür alte Bräuche zu beleben?«, versuchte Judith Brunner zu klären.

»Nein, wie meinen Sie das? Dazu hat auch niemand einen Vorschlag gemacht.«

Woher rührte Heitmanns Interesse dann, überlegte Judith Brunner im Stillen. Dann stellte sie die übliche Routinefrage: »Könnten Sie sich einen Grund vorstellen, warum jemand Laurenz Heitmann umgebracht haben könnte?«

Doch der Frau fiel nichts ein. Sie schüttelte nur ratlos den Kopf.

»Vielen Dank, Frau Hartmann. Sagen Sie bitte Ihrem Mann, dass er uns anrufen möchte oder bei Herrn Dreyer vorbeischaut. Wir möchten ihn auch noch befragen«, entschloss Judith Brunner sich, das Gespräch zum Ende zu bringen.

Als sie gingen, saß der Hund auf der unteren Stufe der Treppe und blickte sie argwöhnisch an. Aber diesmal blieb er ruhig und so kamen sie ungeschoren vom Hof.

»Wie kommen solche Leute dazu, noch einen Heimatverein zu leiten?« Judith Brunner war wirklich verwundert. Ein deutlich bäuerliches Leben mit Feldwirtschaft und Gemüsegärtnerei, dazu die Viehzucht, ganz bestimmt über den Eigenbedarf weit hinaus – diese Lebensweise schien ihr keinen Raum für ein aufwendiges Freizeit-Engagement zu bieten.

Walter Dreyer lächelte. »Sie vergessen, dass die Hartmanns einen der größten Höfe in Waldau besitzen. Sie gehören sozusagen zu den oberen Zehntausend hier. Und sie betrachten ihre Verpflichtungen, denke ich, eher als Wohltätigkeit. Das machen die Ahlsens auch so. Sie haben doch gehört, wie sie Heitmanns Vereinstätigkeit fördern. Es gibt in Waldau noch ein paar Großbauern. Außerdem sind sie nicht ungebildet. Auch hier gibt es Bedürfnisse kultureller Art und Talente. Sie haben ein paar klitzekleine Vorurteile, nicht wahr? Bauern und Kultur?«

»Wie kommen Sie darauf?«, wies Judith die Bemerkung unwirsch von sich. Wie konnte er das sagen! Wütend lief sie etwas schneller. Doch dann hielt sie inne und lenkte ein: »Hm, möglich wär's. Ich kenne mich auf dem Lande nicht so gut aus.«

»Entschuldigen Sie bitte. Ich hab das nicht vorwurfsvoll gemeint«, sagte Walter Dreyer und setzte aufmunternd fort: »Ich finde, Sie kommen hier doch gut zurecht. Die Leute reden mit Ihnen und das ist nicht selbstverständlich.«

Judith Brunner fand eine andere Erklärung: »Das liegt sicher daran, dass Sie dabei sind. Sie kennen die meisten Leute seit Jahrzehnten.«

»Möglich, das spielt sicher eine Rolle. Doch eigentlich, denke ich, werden wir überall so aufgeschlossen empfangen, weil die Leute wirklich wollen, dass wir den Mörder von Laurenz Heitmann finden. Er war einer von ihnen. Sie wollen wissen, wer ihm das angetan hat. Und sie wollen vor allem Gewissheit, dass es keiner von ihnen war.«

Judith Brunner spürte, dass sie über einige Dinge nachdenken musste. »Könnten wir eine kleine Pause machen. Ich habe Hunger.«

Sie waren wieder auf dem Dorfplatz angekommen und Wilhelminas energisches Mauzen vor Lauras Haus enthob Walter einer Antwort.

»Sehen Sie, ich werde auch schon erwartet!«, freute Judith sich.

»Na dann«, rief Walter Dreyer ihr zu, »ich hole Sie nachher wieder ab.«

~ 29 ~

Als Judith Brunner das Haus von Laura Perch betrat, stellte sie fest, dass sie alleine war. Wo sich ihre Gastgeberin aufhielt, wusste sie nicht. Zuerst versorgte Judith die Katze mit einem Schälchen Milch. Dabei konnte sie in aller Ruhe die Vorräte inspizieren und sich etwas zu essen machen. Für ein aufwendiges Gericht war keine Zeit, außerdem knurrte ihr Magen zu sehr. Sie nahm ein paar Eier, welche ihr hier doppelt so groß wie die aus der Kaufhalle vorkamen, und bereitete sich daraus Rühreier, dazu ein Butterbrot. Milch war auch noch übrig, das reichte ihr.

Die Katze kam zu ihr gelaufen in der Hoffnung auf etwas feste Nahrung. Doch Judith hatte alles aufgegessen. Was tun? Wilhelmina sah nicht gerade abgemagert aus, doch wartete sie hartnäckig auf eine menschliche Reaktion. Die Katze gewann, wie immer. Judith schmierte auch ihr ein Butterbrot und schnitt es in kleine Häppchen. Als sie den Teller auf den Fußboden stellte, stürzte sich Wilhelmina darauf, als hätte sie tagelang nichts zu fressen bekommen.

Dann räumte Judith das Geschirr zur Spüle und setzte sich in den Sessel. Sie wollte ein bisschen nachdenken, denn ihr stand am Nachmittag noch ein unangenehmes Telefonat mit ihrem Magdeburger Chef bevor. Sie musste ihn endlich über den Stand der Ermittlungen informieren. Darauf wollte sie besonders gut vorbereitet sein. Aber welche gesicherten Erkenntnisse konnte sie ihm bieten? Ein wenig mehr als gestern hatte sie schon: Laurenz Heitmann war in Gardelegen am Bahnhof ermordet worden, erstochen in seinem Wagen. An seiner Kleidung waren um das Einstichloch Silberspuren gefunden worden. Am Abend hätte Heitmann den jährlichen Traditionsabend mit seinem Freund begangen. Wollte das jemand verhindern? Sie und ihre Kollegen hatten ihre Ermittlungen – neben den Untersuchungen am Tatort – auf Heitmanns Umfeld in Waldau konzentriert, doch in seinem Privatleben bisher nur wenige Ansatzpunkte für ein Mordmotiv gefunden. Eine kleine Spur konnten sie jetzt aufnehmen: Heitmann hatte sich seit dem Sommer verändert, was aber anscheinend nur seinem engsten Freund, Johannes Meiring, aufgefallen war. Niemand sonst erwähnte etwas Derartiges. Heitmann hatte begonnen, sich für die Menschen aus seiner Jugendzeit zu interessieren, sah sich alte Fotografien an und erkundigte sich nach altmärkischen Bräuchen. Das war an sich nicht ungewöhnlich, doch glaubte Meiring, auch Wut und Hass bemerkt zu haben. Das war ein wichtiger Hinweis. Heitmann hatte sich im Sommer ebenfalls mit den Fremden getroffen, wie Thekla Müller berichtete. Wer waren diese ominösen Männer gewesen? Judith Brunner hatte noch viel zu tun, bevor sie wieder zurück in ihre Dienststelle konnte.

Zurück, wie das klang. Und was würde sie bei ihrer Rückkehr erwarten? Die lange fällige Beförderung? Eher nicht, hatte sie irgendwie im Gefühl. Der Spott der Kollegen? Schließlich hatte man sie, die nachweislich erfolgreiche Kriminalistin einer Mordkommission, auf den Fall eines anonymen Briefeschreibers angesetzt. Ihr Mitleid? Von einer Dorfpolizeistation aus zu agieren, war schon etwas ungewöhnlich. Oder gar ihre Schadenfreude, wenn sie den Fall nicht löste? Sie konnte auf alles gut verzichten. Die Gedanken bedrückten sie und lenkten sie vor allem von ihrer Aufgabe ab: Sie musste einen Mörder fassen!

Judith Brunner schreckte hoch.

Es wurde energisch an die Haustür geklopft.

War sie ein paar Minuten eingeschlafen? Sie musste sich kurz sammeln.

Walter Dreyer stand vor der Tür. »Hier«, hielt er ihr etwas entgegen, »das dürfte das geborgte Buch sein. Ich bin rasch auf dem Gut gewesen. Paul Ahlsens ist immer noch nicht da. Ich habe inzwischen ein bisschen darin geblättert, es ist besonders interessant, weil ...«, Walter Dreyer unterbrach seinen euphorischen Redefluss. »Judith was ist los, haben Sie geweint?« Unbeabsichtigt hatte er sie beim Vornamen genannt.

»Ach wo«, lenkte Judith Brunner ab. Hatte sie wirklich ...? »Kommen Sie endlich rein. Trinken wir einen Kaffee!« Sie wollte nicht über sich reden. »Was ist so interessant an dem Buch?«, nahm sie den Faden wieder auf.

»Nun, es ist mehr ein Nachschlagewerk. Eine nach Stichworten geordnete Geschichte der Altmark. Personen, Gebäude, Ereignisse. Und wissen Sie, wo ich ein Eselsohr gefunden habe?«

»Wo?«, drehte sich Judith Brunner zum Herd um und bemerkte: »Das Wasser kocht gleich.«

»Bei M, M wie Mord«, betone Walter Dreyer, als wenn er damit den Fall gelöst hätte.

»Sie scherzen doch! Da kommt ›Mord‹ drin vor?« Sie suchte große Tassen aus dem Schrank und gab reichlich gemahlenen Kaffee hinein.

»Na ja, Mord nicht gerade, aber ›Mordkreuze‹.«

»Mordkreuze? Was soll das denn sein?« Judith begann, genauer hinzuhören und wollte es mit eigenen Augen sehen. »Zeigen Sie bitte mal her. Was steht da?«

Sie nahm Walter das Buch aus der Hand und las laut: »›Morast‹, ›Morchel‹, ›Mord- oder Totenkreuz‹ – ›Bezeichnet auch in der Altmark eine Stelle, wo jemand ermordet oder eines plötzlichen Todes verstorben ist‹. Mehr nicht? Und das soll Heitmann interessiert haben?« Einen Moment hatte sie das Kaffeekochen vergessen.

Walter Dreyer goss das siedende Wasser in die Tassen und stellte sie auf den Küchentisch. Als er zum Kühlschrank ging, um die Milch herauszuholen, deutete Wilhelmina das als Signal, auf sich aufmerksam zu machen und sprang vom Fensterbrett. Sie hatte gründlich die Butter von den Brothäppchen geleckt und beschnupperte nun mäkelig die Reste. Selbstverständlich erhielt sie erneut etwas Milch in ihr Schälchen.

»Nur an dieser Seite war ein Eselsohr«, machte Walter Judith aufmerksam.

»Hm, Mordkreuze. Klingt, als wäre es eine Erkundigung wert. Gibt es eins in der Nähe?« Judith wurde neugierig.

»Ich weiß es nicht, wir müssen weiter fragen. Ich selbst höre zum ersten Mal davon«, gab Walter Dreyer zu. »Weder vom Aussehen noch von der Größe solcher Mordkreuze habe ich irgendeine Vorstellung.«

Ein Schweigen entstand, welches Walter Dreyer gern genutzt hätte, seine Kollegin nach dem Grund für ihre Traurigkeit zu fragen. Sie hatte geweint, da war er sich jetzt ganz sicher. Wie sollte er sie trösten? Er kannte sie ja kaum. Die Arbeit mit ihr war trotz der Umstände angenehm. Und da war irgendwie auch noch mehr! Von der ersten Sekunde an fühlte er sich zu ihr hingezogen. Walter wollte keinen Fehler machen, und sich ihr aufdrängen. So wandte er sich diskret von ihr ab und Wilhelmina zu.

Die Katze nahm seine ungeforderten Streicheleinheiten gerne an.

»Wo ist Laura eigentlich?«, fragte er, um das Gespräch wieder aufzunehmen.

»Keine Ahnung, ich habe sie seit heute Morgen nicht gesehen. Sie hatte Pläne, wollte mit ihrer Großtante etwas unternehmen. Machen Sie sich Sorgen?«

»Nicht mehr als üblich«, gab er lächelnd zu, »aber Laura kennt sich doch mit Geschichte aus. Vielleicht kann sie etwas über die Mordkreuze herausfinden?«

»Eine gute Idee, ich werde sie fragen, wenn wir von den Ahlsens zurückgekommen sind.«

»Bis dahin könnten wir noch etwas Licht in die Angelegenheit mit den spendablen Fremden bringen. Ich dachte, wir fragen zuerst im Wirtshaus nach. Dort haben die beiden doch gesessen, und den ganzen Laden freigehalten. Merker macht um vier seinen Ausschank auf. Na los, lassen Sie uns auf ein Bier gehen«, schlug Walter Dreyer vor und hoffte, Judiths Stimmung wieder zu beleben.

~ 30 ~

Das Wirtshaus »Zur Altmärkischen Schweiz« gehörte zu den größten Gebäuden im Ort. Judith Brunner kannte bisher nur den Biergarten und war neugierig, wie es wohl drinnen aussehen würde. Über eine relativ steile Steintreppe gelangte man mittig in einen Flur, von dem rechts eine breite Tür in den Gastraum führte. Gegenüber hatte die Poststation des Ortes ihre Dienststelle eingerichtet. »Öffnungszeiten montags bis freitags 7:00 Uhr bis 8:00 Uhr« war auf einer handgeschriebenen Pappe zu lesen, die mit vier Reißzwecken an der Tür befestigt war.

Walter Dreyer bemerkte Judith Brunners zweifelnden Blick. »Um acht kommt das Postauto. Bringt die neue Post mit und holt die ab, die zuvor abgegeben wurde. Dann fährt Lucie Merker, unsere Postfrau, mit ihrem Fahrrad los und verteilt sie im Ort. Damit kommen alle gut klar. Wer es eilig hat, muss nach Gardelegen zur Hauptpost. Früher war hier noch das einzige Telefon im Ort, über das Ferngespräche vermittelt werden konnten. Da stand hier morgens schon öfter mal eine Schlange. Na ja, und schwere Pakete werden im Gastraum hinterlegt, die können sich die Leute dann zum Feierabend abholen. Die Kneipe führt ihr Mann. Das klappt, glauben Sie mir.«

»Mach ich ja«, lächelte Judith, »die Postfrau und der Wirt. Ich bin jetzt richtig interessiert, wie es drinnen zugeht.«

Walter Dreyer öffnete die Tür und ging voran. Laut grüßte er in den Raum und Judith schloss sich an. Lediglich Wolfgang Merker, der Wirt hinter der Theke, grüßte vernehmlich zurück. Die drei Männer am Stammtisch nickten immerhin. Am Tisch neben dem Tresen saßen zwei Jungs, die die Eingangstür gut im Blick hatten. Sie waren zu alt, um sie noch als Kinder bezeichnen zu können, doch Männer waren sie noch lange nicht. Diesen Eindruck versuchten sie, mit gespielter Ignoranz der Umwelt gegenüber wettzumachen. Sie sahen zu jung aus für das Bier, vor dem sie saßen, doch gehörte die Durchsetzung des Jugendschutzes nicht zu Judith Brunners vordringlichen Aufgaben, daher übersah sie es einstweilen. Die Polizisten hatten unverkennbar die Aufmerksamkeit aller Anwesenden.

»Lassen Sie uns den Tisch in der Ecke nehmen«, schlug Walter vor und rückte Judith dort den Stuhl zurecht. Sie mochte solche Zeichen der Aufmerksamkeit sehr und hatte schon mehrfach die höflichen Gesten an ihrem Kollegen bemerkt. Dann registrierte sie, wie klug der Sitzplatz gewählt war. Sie hatte von hier aus alles im Blick, den ganzen Raum, sogar die Hintertür.

Der Wirt schaute fragend zu ihnen rüber und Walter Dreyer signalisierte ihm: zwei Pils!

Während sie warteten, hielten die Leute vom Stammtisch es nicht mehr aus. »Na, schon wat utkrigt?«

Dreyer ging darauf ein: »Na, we hebben noch keen fangen. Awer we hebben schon Ergebnisse.«

»Wat denn? Is hei wirklich erstochen?«

»Ja, is hei. Int Auto.«

Das Bier war gezapft und Dreyer stand auf, um es vom Tresen zu holen. »Danke«, sagte er und nickte dem Wirt freundlich zu.

Wieder meldete sich ein Mann vom Stammtisch: »Na, un wat nu? Wat sacht denn die anner Lüt aufm Gut?«

Mit den Bieren in der Hand blieb Dreyer stehen. »De sinn erschrocken, warum? Ju weist doch, dass er dohin jehörte. Hei fehlt nu.«

»Ja, dat is woll wahr. Hei fehlt!« Und dann hoben die Männer ihr Bier und stießen auf das Andenken ihres Nachbarn an.

Als Walter Dreyer sich wieder setzte, schlug er Judith vor: »Warum befragen Sie nicht Heini Müller? Er sitzt da mit Horst Wede.« Er nickte so auffällig zu den beiden, dass die wohl erkannten, was bevorstand. Angestrengt blickten sie in ihre fast leeren Gläser. »Ich gehe noch mal kurz zum Stammtisch.«

Was sollte Judith Brunner zu dieser Arbeitsteilung sagen? Freundlich lächelnd näherte sie sich dem Tisch der jungen Männer. »Hallo, ich bin Hauptkommissarin Brunner. Darf ich mich zu Ihnen setzten? Ich hätte ein paar Fragen.«

Immerhin fassten die Jungs so viel Mut, dass sie hochblicken konnten.

Judith Brunner nahm Platz. »Danke.« Leider wusste sie nicht genau, wer nun wer war, doch der Schmalere schien ihr Ähnlichkeit mit Thekla Müller zu haben. »Sie machen Ihre Lehre in Gardelegen?«

»Ja«, nickte der Angesprochene.

»Beim Bau«, ergänzte der andere.
»Beide?«, fragte Judith Brunner.
»Ja, wir machen das zusammen. Ich bin aber schon Zweites. Der Heini hat grad angefangen.«
Dem Heini machte diese Unterscheidung nichts aus. Ihm sah man allerdings den zukünftigen Beruf nicht an; die Statur seines Nebenmanns überzeugte Judith Brunner schon eher, einem Bauarbeiter gegenüberzusitzen.
»Herr Müller, Sie wissen sicher, dass wir den Mord an Laurenz Heitmann untersuchen.«
Beide nickten.
»Sie waren doch auch bei den Heimatfreunden. Kannten Sie ihn näher?«
»Nö, ich war erst kurz dabei. Wegen meiner Mutter. Sie wollte, dass ich hier im Dorf was mache.«
»Ich hab dir gleich gesagt, dass das blöd ist. Lauter Alte!« Horst Wede konnte sich den Kommentar nicht verkneifen.
Judith Brunner hatte sich über Heini Müllers Interesse an den Heimatfreunden zwar auch schon gewundert, doch konnte sie das Bemühen der Mutter, ihren erwachsen werdenden Sohn in der Nähe zu haben, verstehen. Erst der Mann weg, nun wurde der Junge selbstständig. »Wie lange machen Sie schon mit?«
»Seit dem Sommer, nach der Schule.«
»Was haben Sie seitdem dort gemacht?«
»Fragen Sie besser die anderen, ich war immer nur dabei.«
»Wobei?«
»Na, bei den Treffen und so.«
»Ah, ja. Und am Donnerstag? Da waren Sie abends auch dort?«
»Aber klar, da hatte Heini doch mal wat zu erzähl'n, wat?«, munterte ihn sein Freund auf.
»Ja, was denn?«, fragte Judith Brunner, obwohl sie es längst wusste.
»Na, das mit dem Heitmann. Hatte ich doch schon in der Firma gehört.« Nun klang auch Heini begeistert.
Aha. In der Firma also. »Von wem denn?«, fragte Judith Brunner interessiert.
»Na, vom alten Schröder, der macht immer aufm Bahnhof Mit-

tag und da hat er's mitgebracht.«

Vielleicht hatte Judith Brunner diesen Schröder sogar gesehen, als sie dort ihre Untersuchung begann. Sie musste dessen Aussage in den Vernehmungsprotokollen nachlesen, aber die Geschichte des Jungen klang plausibel. »Und Sie, Herr Wede, kannten Sie Herrn Heitmann?«

»Ich? Nö. Ich wohn nich hier. Ich komm aus Breitenfeld. Paar Kilometer mit 'm Mofa noch.«

»Aber Sie sind doch sicher öfter hier?« Judith deutete mit einer Geste auf die Gaststube.

»Ja, und?«

»Na, war Herr Heitmann nie hier? Ich habe da etwas anderes gehört.«

»Ach, so meinen Sie das. Stimmt schon, wir trinken hier unser Feierabendbier und dann mach ich los nach Hause. Und bestimmt saß er hier drin. Aber geredet ham wa nich zusammen.«

Heini nickte und Judith Brunner wollte es mit der Befragung gut sein lassen. »Danke für Ihre Mithilfe.«

Sie ging zurück an ihren Tisch und wartete auf Walter Dreyer. Doch der schien in ein heftiges Gespräch im hiesigen Dialekt verwickelt, dem sie nur bedingt folgen konnte, und so sah sie sich den Schankraum näher an. Über der Eingangstür hing ein großes, mit lindgrüner Farbe grundiertes Holzschild, auf das mit schwarzer Farbe eine örtliche Weisheit gemalt war: »*Wo ein Brauhaus steht, kann kein Backhaus stehn*«. Verziert war das Ganze mit Hopfendolden und -ranken. Neben der unzweifelhaften Wahrheit des Satzes, musste Judith lächelnd denken, waren damit eindeutige Prioritäten gesetzt. Ihr war die Leidenschaft der Bewohner zur Präsentation von Lebensweisheiten schon in mehreren Häusern im Ort aufgefallen. In Lauras Küche gab es einen Handtuchhalter, der von einem mit »*De tied, de löppt, un wi löppt mit*« bestickten Tuch geziert wurde. Und bei dem alten Lehrer hatte im Flur ein Holzschildchen an einem Nagel gehangen: »*Ohne Denken und Sinnen musst du nichts beginnen.*«

»Was schmunzeln Sie so?« Walter Dreyer sah sie amüsiert an. »Haben Sie die Lösung unseres Falles?«

»Nein, leider nicht. Aber ich dachte über die hiesige Volksweisheit nach.« Sie nickte in Richtung der Tür.

»Ich verstehe. Aber das stimmt, was da steht«, verteidigte Dreyer seine Landsleute scherzhaft.

»Unbedingt«, gab Judith zu und deutete auf ihr leeres Glas.

»Oh!«, Dreyer orderte zwei neue Pils. »Schmeckt es Ihnen?«

»Ja, sehr schön würzig.«

»Ist von hier, aus Gardelegen, das ist nämlich eine alte Bierbrauerstadt. Im Mittelalter gab es Hunderte Braustellen dort. Und was heute davon übrig ist, braut gutes Bier.«

Die Gaststube füllte sich langsam mit weiteren Männern. An der Theke warteten einige auf ihr Bier und nickten Dreyer zu, als er das für Judith und sich abholte.

»Danke schön. Haben Sie etwas erfahren können?«, fragte sie, bereits neugierig geworden.

»Ja, ich denke, das Gespräch war ganz aufschlussreich.« Er trank einen Schluck Bier. »Die Stammtischbesatzung hatte sich die Fremden gut eingeprägt. Offenbar waren die nicht zum ersten Mal in der Gegend. Sie sind schon vorher mal dem einen oder anderen aufgefallen, auch in den Nachbardörfern.« Walter Dreyer legte wieder eine kleine Pause ein, damit die Spannung stieg. »Wissen Sie, was die hier wollten: Bauernmöbel, Trödel und so ’n Kram!«

»Nach dem Motto – Dachbodenfund mit Gebrauchsspuren?«, wusste Judith Brunner sofort was damit anzufangen.

»So etwa. Bringt das in der Großstadt wirklich so viel Geld?« Walter Dreyer schaute noch nicht ganz überzeugt drein.

»Sicher, wenn man es geschickt verkauft. Traditionelles Wohnen ist ja ein beliebter Stil. Wobei ich Landhausstil in Stadtwohnungen immer irgendwie traurig finde. Sehnsucht nach der ländlichen Idylle«, tat Judith ihre Meinung kund.

Walter war da etwas anderer Auffassung: »Solange sich die Leute wohlfühlen, ist das doch in Ordnung. Und die Sammler, die über die Dörfer tingeln, scheinen davon offensichtlich gut zu leben. Immerhin kehrten sie mit schöner Regelmäßigkeit im Sommer stets wieder, wie die Stammtischrunde wusste.«

»Und die beiden spendablen Trödler hat in letzter Zeit niemand wieder gesehen?«

»Nein, vielleicht ist es eine Art Saisonarbeit. Im Herbst und Winter werden die Sachen dann aufgemöbelt.«

»Und was hatte Heitmann mit denen zu schaffen?«

»Das genau ist die Frage. Gekauft haben sie nichts von ihm. Er hatte kaum eigene Möbel oder entbehrliche Stücke. Sie kennen ja sein Zimmer.«

»Unter Umständen wusste Heitmann aber, wo sie im Dorf fündig werden konnten?«

»Möglich. Angeblich haben die Hartmanns und die Richters etwas weggegeben. Denkbar, dass die uns etwas mehr über die beiden Männer erzählen können. Wir sollten versuchen, sie zu finden.« Walter sah zur Theke und zögerte; dort herrschte viel Betrieb. »Möchten Sie noch eins?«

»Nein, danke. Ich bin eigentlich keine große Biertrinkerin.« Sie stand auf. Als sie zur Tür gingen, spürte Judith die musternden Blicke der Männer, und einer rief hinterher: »Meen Deern!«

»Sprechen das noch viele Leute hier?«

»Platt? Ja, doch. Es ist die Alltagssprache, wenn Sie so wollen. Untereinander verständigen sich die Einheimischen immer so. Es ist ein schöner Dialekt, nicht wahr?«

»Er klingt angenehm, man hört sich bloß schwer rein. Ehrlich gesagt verstehe ich kaum etwas.«

»Das eben war ein Kompliment, glauben Sie mir.« Walter griente.

»Wir müssen noch mal zu den Ahlsens. Ich will endlich die Pflanzen abliefern. Da können wir dann gleich noch mal nachfragen, ob sich Paul Ahlsens inzwischen gemeldet hat, vielleicht ist er ja auch längst wieder zu Hause«, hoffte Judith Brunner.

Beim Gut angekommen, öffnete ihnen auf ihr Klopfen hin niemand die Tür.

»Immer noch unterwegs. Na ja, ist ja auch ein schöner Nachmittag gewesen. Ich sehe mal nach, ob ich den Gärtner finde«, schlug Walter Dreyer vor. »Er wird hoffentlich irgendeine Karre haben, mit der wir die Pflanzen ins Gewächshaus bringen können.«

Doch Berger kam in diesem Moment um die Ecke. »Ach, Sie beide«, erkannte Wilhelm Berger den Besuch. »Ich fürchte, Botho Ahlsens und Astrid sind noch nicht zurück.«

»Und Paul Ahlsens, können wir den irgendwo finden?«, wollte Judith Brunner erfahren.

»Der ist doch immer noch unterwegs. Dauert wohl etwas länger mit seinen Geschäften.«

»Was sind das denn für Geschäfte, die ihn so lange aufhalten? Hat er Ihnen gegenüber etwas erwähnt?«

»Nein, nicht genau. Nur dass er ein paar Tage weg muss, er hätte sich um was zu kümmern. Mehr hat er mir nicht gesagt.«

»Ich war heute noch mal am Bahnhof und habe Ihnen die Pflanzen mitgebracht.« Der alte Gärtner tat Judith Brunner leid, zumal der Zustand der Pflanzen dessen Betrübnis sicher nicht lindern würde.

Mit einem Seufzer sah er in ihren Kofferraum. »Das soll die Lieferung sein? Furchtbar.«

Das stimmte, wie Judith Brunner nur bestätigen konnte.

»Wie soll ich daraus noch was machen? Ob die überhaupt noch anwachsen?« Berger hob die Pflanzenpaletten aus dem Wagen und stellte sie auf die Eingangsstufen.

Walter Dreyer packte schnell mit zu.

»Das wird sich der Botho Ahlsens wohl auch fragen. Er wollte die Pflanzen doch über den Winter vermehren, damit im nächsten Frühjahr alles blüht. Ich muss erst mal meine Karre holen. Das wird noch eine mühselige Arbeit heut'. Na, abends sind dann sicher alle wieder da«, nickte Berger den beiden zu und verschwand wieder hinter der Hausecke.

»Fahren wir noch mal in Ihr Büro«, machte Judith Brunner einen Vorschlag. »Vielleicht haben die Kollegen in Gardelegen etwas Neues.«

»In Ordnung, eine gute Idee. Was hat Heini Müller eigentlich erzählt?«, fiel Walter Dreyer noch ein zu fragen.

»Er hat die Information von einem Arbeitskollegen, der in der Bahnhofswirtschaft immer seine Mittagspause verbringt. Der Mord war die Neuigkeit schlechthin in seiner Firma.«

»Glaub ich gerne. Und sicher nicht nur dort«, mutmaßte Walter Dreyer.

»Ja, bei Waffen-Moritz wusste man auch am selben Tag Bescheid.«

»Na ja, Gardelegen ist eine Kleinstadt, und die Altmark drum herum gehört dazu. Hier bleiben Morde nicht lange geheim.«

Sie näherten sich dem Dorfplatz.

Walter bemerkte sofort: »Bei Laura ist immer noch kein Licht. Hoffentlich kommt sie bald nach Hause, sonst beginne ich doch noch, mir ernsthaft Sorgen zu machen.«

Judith sah ihm an, dass dieser Zeitpunkt schon längst erreicht war.

Nachdem Judith Brunner vor dem Haus des Dorfpolizisten gehalten hatte und sie ausgestiegen waren, öffnete er ihr die Haustür und schloss sein Büro auf. Er verwies Judith zum nächsten Sessel. »Ich komme gleich nach«, sprach er und verschwand.

Judith nutzte die Zeit für einen Anruf bei der Kreisbehörde. Freundlich wurde sie vom Empfang an Dr. Grede weitervermittelt, obwohl sie vermutete, dass Lisa Lenz ihr ihre Fragen auch hätte beantworten können. »Guten Tag, Dr. Grede. Haben Sie etwas Neues für uns?«

»Nun, wir sind mit den Fingerabdrücken durch. Also, es gibt am Wagen nur die Abdrücke des Opfers und die von Laura Perch. Sonst keine weiteren.«

»Und noch was?« Judith hoffte auf mehr.

»Aus dem Labor gibt es noch nicht viel Neues. Im Staubsaugerbeutel fand sich zwar allerhand. Doch nichts, was man als ungewöhnlich bezeichnen könnte bei einem Wagen, der für ein Gut fährt. Es gibt kaum Spuren im Wagen und schon gar nichts, was auf den Mörder hindeuten könnte. Erinnern Sie sich an die schwarze Faser? Das haben die Kollegen als Material für einen strapazierfähigen, warmen Stoff identifizieren können. Das Opfer trug nichts dergleichen. Also vielleicht eine Spur zum Mörder?«

Judith hörte es rascheln und konzentrierte sich auf das Geräusch.

Walter Dreyer hatte sich leise in sein Büro geschlichen, um das Telefonat nicht zu stören.

Dr. Grede blätterte eine Seite in seinen Unterlagen um. »Das mit dem Silber hatte ich Ihnen schon berichtet. Der Täter hat uns sonst keinen Ansatzpunkt zurückgelassen. Allerdings ist die Tatsache, dass er kaum Spuren verursachte, an sich auch schon beachtenswert.«

Judith Brunner überlegte laut: »Hm. Das heißt also, der Mörder war äußerst geschickt. Oder er hatte viel Glück!«

»Oder er war gut organisiert«, warf Dr. Grede ein, »hatte sich perfekt vorbereitet, alles gut geplant.«

»Ja, es scheint so, als hätten wir es mit einer geplanten und systematisch vorbereiteten Tat zu tun«, schloss sich Judith Brunner seiner Meinung an.

»Haben Sie schon ein Motiv?«, wollte Dr. Grede wissen.

Damit hatte er genau den wunden Punkt ihrer Ermittlungen angesprochen. Es war ihnen bisher nicht gelungen, ein Motiv für den Mord an Laurenz Heitmann zu finden. Alles, was sie hatten, waren vage Vermutungen. Und die Annahme, dass es sich um eine gezielte Tat, ohne Spuren vom Mörder, handeln sollte, machte die Sache nicht gerade einfacher. »Nein. Wir sind noch nicht wesentlich weiter. Doch es könnte sich um etwas handeln, das in seiner Vergangenheit, vielleicht seiner Jugendzeit, liegt«, teilte Judith Brunner ihren derzeit besten Anhaltspunkt mit.

»So lange her? Und jetzt wird er dafür ermordet? Dann muss es schon einen ziemlich wichtigen Grund dafür geben«, stellte Dr. Grede sachlich fest.

Judith Brunner berichtete ausführlich von ihren Ermittlungen. »... Paul Ahlsens ist noch immer nicht aufgetaucht und ich muss gestehen, dass mir das nicht gefällt. Ich würde gern hier bleiben und warten, bis auf dem Gut wieder jemand zu Hause ist. Oder brauchen Sie mich in Gardelegen?«

»Soweit ich das beurteilen kann, gibt es nichts, was Sie in der Dienststelle dringend erledigen müssten.«

»Danke. Haben Sie zu den Männern, die zur Tatzeit am Frachtschalter waren, etwas herausgefunden?«

»Bis jetzt nicht viel. Beide Namen waren bei uns nicht aktenkundig. Ich habe gestern noch jemanden losgeschickt, sich mit ihnen zu unterhalten. Er müsste seine Berichte eigentlich fertig haben. Sie können sich sicher am Montag ein Exemplar mitnehmen, einverstanden?«

Judith bedankte sich nochmals und wünschte Dr. Grede ein schönes Wochenende. Am Sonntag würde in der Kreisbehörde nichts passieren, und sie hatte keine Veranlassung, Überstunden für die Kollegen zu erbitten. Es war ja nicht von einem weiteren Mord auszugehen.

Walter hatte offenbar einen Teil des Gesprächs mitbekommen,

denn er sinnierte: »... schwarzer Stoff?« Dann informierte er Judith: »Ich mache mich morgen auf die Suche nach den Trödelhändlern und gehe noch mal bei Wolfgang Merker vorbei. Die Wirtschaft ist ja auch am Sonntag geöffnet. Und die Protokolle von unseren heutigen Befragungen tippe ich auch. Die können Sie am Montag dann nach Gardelegen mitnehmen.«

Offenbar kam sie in Walter Dreyers Sonntagsplänen nicht vor. Judith spürte plötzlich eine heftige Enttäuschung, ohne genau zu wissen, wieso. »Hätten Sie etwas dagegen, wenn ich mich zurückziehe?« Sie wartete seine Zustimmung nicht ab. »Ich werde mir mal die Fotografien von Laurenz Heitmann mitnehmen. Vielleicht bekomme ich dadurch noch eine Idee. Und mit Laura Perch werde ich wegen der Mordkreuze reden. Sie hatten doch vermutet, dass sie uns helfen könnte.« Judith lächelte entschuldigend und ging rasch.

Walter Dreyer spürte, dass ihm ihr überhasteter Abgang nicht gefiel. Was war denn plötzlich los?

~ 31 ~

Das Haus von Laura Perch war immer noch leer, nur die Katze lag auf dem Küchensessel und träumte. Zwei benutzte Tassen standen an der Spüle und es roch leicht nach Kaffee. Laura Perch hatte also Besuch gehabt und war wieder weggegangen.

Judith Brunner war das ganz angenehm, denn so konnte sie das leidige Telefonat mit ihrem Vorgesetzten ungestört hinter sich bringen. Sie musste dafür seine private Nummer wählen, denn der war sicher längst im Wochenende. Erstaunlicherweise gab er sich mit ihren Erklärungen zufrieden, und ohne groß nachzufragen, beendete er grußlos das Gespräch.

Erleichtert wollte Judith nun versuchen, nachzudenken und weitere Verbindungen in ihrem Mordfall herzustellen. Sie breitete alle Fotos auf dem großen Tisch in Lauras Küche aus, fand einen Sender im Radio, der ruhige Musik spielte, und holte sich einen Obstsaft aus der Speisekammer. Sie sah sich die Fotos genauer an. Alle schwarz-weiß und ein wenig gebogen. Solche kleinen, quadratisch mit einem weißen Rand, der gezackt geschnitten war, kannte sie auch aus den Alben ihrer Familie. Als sie gerade die Rückseiten nach Beschriftungen absuchte, kam Laura Perch mit Irmgard Rehse ins Haus.

»Hallo«, rief sie ihnen zu.

Beide kamen neugierig näher.

»Was ist das denn Interessantes?« Laura Perch zog ihre Jacke aus.

Irmgard Rehse nahm ihr Kopftuch ab.

Sie waren offenbar von einem Spaziergang zurück.

Judith Brunner erläuterte: »Die Fotos fanden wir im Zimmer von Laurenz Heitmann. Und da uns kaum jemand etwas über seine Familie erzählen kann, versuche ich, etwas darauf zu erkennen, das uns weiter helfen könnte. Und vielleicht könnten Sie, Frau Rehse, auch einen Blick drauf werfen.«

Die ließ sich nicht lange bitten. »Ach, die Schartmann-Hochzeit. Mein Gott war das schön. Ich kann mich noch genau an das Kleid erinnern. Sah sie nicht elegant aus? Und erst der stolze Bräutigam! Und hier, das ist ihre Schwester. Die hat dann den Schuster aus Wiepke geheiratet. Gar nicht lange danach. Und das hier? Ach ja. Auch so ein schönes Fest.«

Laura freute sich, wie die vergangene Zeit für Tante Irmgard wieder lebendig wurde. Auch ihr kamen die Hochzeitsfotos irgendwie vertraut vor. Ihre Großmutter hatte immer alle Beteiligten gut gekannt und zu jedem etwas erzählen können. Bei den Hochzeiten schienen sich mindestens das halbe Dorf und das halbe Nachbardorf eingefunden zu haben.

»Ich vermute, Sie kannten Laurenz Heitmann auch schon lange?«, bemerkte Judith Brunner.

»Ja, schon. Ich bin doch auch von hier. Sehen Sie, das Foto hab' ich auch. Wir Kinder wurden alle fein gemacht für das Schülerfoto. Das war immer ein Ereignis, alle auf ein Bild zu bekommen. Seht hier, unsere Lehrer!« Irmgard Rehse verstummte plötzlich, als sie ein kleines, verblasstes Foto mit weiß geriffeltem Rand in die Hand nahm. Sie legte es weg, nahm es wieder, schüttelte den Kopf und verglich es mit dem vom Zoo-Besuch. Dann seufzte sie vernehmlich.

»Was ist? Was haben Sie?«

Die alte Frau holte tief Luft, dann sah sie Judith Brunner mit ernstem Gesicht an. »Das sind nicht Laurenz' Fotos. Die haben nichts mit ihm zu tun. Das sind Fotos von ... nein, woher kommen die denn jetzt?«

»Was ist? Was meinst du?« Laura war verwirrt.

»Nun, eigentlich, mein Kind«, Irmgard Rehse atmete schwer, »sind das wohl die Fotos von Emil Winter.«

»Emil Winter? Wer ist denn das?«

»Den kannst du nicht kennen, Laura. Er kam aus dem Krieg nicht mehr zurück. Aber deine Großeltern kannten ihn gut. Wir gingen alle zusammen zur Schule. Warum hatte Laurenz diese Fotos?« Sie sah die Hauptkommissarin ratlos an.

Judith war verblüfft. »Woher wissen Sie, dass dies Winters Fotos sind? Sie meinen doch Emil Winter, den Jugendfreund von Laurenz Heitmann und Johannes Meiring?«

»Genau, den meine ich. Ich denke schon, dass es seine Bilder sind. Sehen Sie hier. Dies ist vor dem Haus seiner Eltern und die Leute, es sind immer seine Eltern oder deren Geschwister. Und hier, das war sein Hund. Warum sollten Fremde diese Fotos haben? Nein, nein, jetzt bin ich mir sicher, dass es Emils Fotos sind. Und die haben Sie bei Laurenz gefunden? Warum hat er mir nie erzählt, dass er sie hat?« Irmgard Rehse setzte sich und schüttelte den Kopf.

Laura hatte den Eindruck, als beginne sie gleich zu weinen. Was war denn plötzlich mit Tante Irmgard los? »Das ist wirklich seltsam, meinen Sie nicht, Judith?«

»In jedem Falle«, gab die nachdenklich von sich. War die Tatsache, dass Laurenz Heitmann die privaten Fotos von seinem verschollenen Freund heimlich aufbewahrte, ein ernst zu nehmender Ansatzpunkt für ihre Ermittlungen? »Das muss ich gleich mit Walter Dreyer besprechen.«

»Der ist unterwegs zum Gut, wir haben ihn vorhin getroffen«, stoppte Laura Judith im Losgehen.

Dann musste sie sich eben gedulden. Judith überlegte und wandte sich wieder an Irmgard Rehse: »Hm. Darf ich Sie dann gleich noch etwas fragen?«

Ein jetzt schon wieder neugieriges Nicken war die Antwort.

»Gibt es hier in der Gegend Kreuze?«

»Kreuze?«, wunderte sich Irmgard Rehse.

Auch Laura schaute erwartungsvoll.

»Ja, aus Stein oder Holz.« Judith Brunner wusste ja selbst nicht genau, was sie sich vorstellen sollte.

»Kreuze. Na ja, oben auf dem Stakenberg haben wir eines. Ist aber mehr ein Turm, der nur wie ein Kreuz aussieht. Er ist aus Holz. Nur für die Feuerwacht.«

»Nein, ich meine eher zum Gedenken an Verstorbene oder so«, präzisierte Judith Brunner.

Irmgard Rehse ließ sich Zeit. »Ja hinten, an der Straße nach Schwiesau. Da geht rechts der Forstweg zur Schwiesauer Heide ab und dort ist das Eiserne Kreuz für die umgekommenen Forstleute.«

Judith Brunner nickte und überlegte: War das mit »Mordkreuz« gemeint? »Wie umgekommen?«, musste sie noch wissen.

»Na, im Krieg gefallen, verstehen Sie.« Eine andere Möglichkeit schien für Irmgard Rehse ausgeschlossen.

»Ja. Und für einzelne Leute fällt Ihnen da was ein?«

»Da kenn ich nur die auf dem Friedhof. Einzelne? Nein, nur da. Ah, und auf dem Kirchhof, den nehmen wir aber nicht mehr zum Begraben. Trotzdem, alte Gräber finden Sie auch dort. Und alte Kreuze!«

Judith Brunner merkte schon, dass diese Art Kreuz wohl nicht gemeint sein konnte, fragte aber dennoch nach: »Seit wann wird der Kirchhof nicht mehr benutzt?«

»Ach, das hörte schon bald nach dem Krieg auf. War einfach zu wenig Platz. Es kamen doch eine Menge neue Leute her. Viele hatten kein Zuhause mehr, Sie wissen ja. Und viele waren krank und schwach, sind dann einfach gestorben. Da war dann der neue Friedhof nötig.« Irmgard Rehse überlegte noch einmal. »Ah«, blickte sie auf, »hinten, kurz vor Lindenbreite war immer ein olles Steinkreuz. Ganz klobig. Das steht inzwischen sicher nicht mehr. Wer weiß, ob man das noch findet. Ich war lange nicht mehr da.«

»Wo soll das denn sein, Tante Irmgard? Ich habe dort nie eins gesehen«, bemerkte Laura.

»Konntest du auch nicht. Es ist nicht groß und nicht am Weg. Man sieht es nur, wenn man weiß, wo es ist, oder zufällig beim Pilzesuchen oder Blaubeerenpflücken darauf stößt. Früher stand es noch aufrecht mitten im Wald, dann später habe ich es noch mal schief stehen gesehen, ist aber auch schon Jahre her. Selbst ich müsste wahrscheinlich lange suchen, um es wiederzufinden.«

Judith blickte aus dem Fenster. Stockdunkel! Das musste also bis morgen warten. Doch klang es interessant. Sie hatte ihrem Kollegen wirkliche Neuigkeiten zu berichten und gegen einen gemeinsamen Sonntagsspaziergang hatte er sicher nichts einzuwenden. Über die Mordkreuze wollte sie mit Laura allein reden. Es war nicht nötig, die betagte Frau weiter zu beunruhigen. Ohnehin schien ihr das Auftauchen von Emil Winters Fotos recht nahe gegangen zu sein. Die Einschätzung von Meiring zur Verbindung der beiden in ihrer Jugend stimmte offensichtlich. Sie sammelte die Fotografien wieder ein und steckte sie in die Schachtel zurück. »Danke, Frau Rehse, Sie haben mir wirklich geholfen.«

Das Lob tat ihr gut, seltsam genug war das schon mit Emils Bildern. »Ich geh dann mal zu mir rum, Laura. Ihr habt noch genügend zum Essen da?«

»Du hattest doch reichlich vorgesorgt. Oder wollten Sie in die Wirtschaft gehen, Judith?«

»Oh nein, da habe ich schon den Nachmittag verbracht. Danke. Mir wäre es recht, wir könnten hier zu Abend essen.«

»Siehst du, alles ist in bester Ordnung. Ich bringe dich noch rasch nach Hause, und Sie könnten ja schon mal den Kühlschrank ausräumen«, schlug Laura ihrem Gast vor.

~ 32 ~

Judith Brunner hatte Kräutertee gefunden und aufgebrüht, sodass es nach Pfefferminz und Melisse duftete, als Laura Perch nach wenigen Minuten zurückkam. »Er muss noch ziehen. Sehen Sie, ich habe einen Handkäse und einen Ring Leberwurst gefunden. Riecht die aber lecker.«

»Stimmt. Ich hole uns noch ein Glas saure Gurken aus dem Keller, dann müssten wir gut versorgt sein.«

Sie setzten sich und begannen zu essen.

»Ich habe das Gefühl, es hat mir lange nicht mehr so gut geschmeckt«, lobte Judith Brunner. »Muss wirklich was dran sein, an dem guten Appetit und der Landluft.«

»Das geht mir hier immer so«, bestätigte Laura Perch. »Ich nehme prinzipiell zu, aber ohne Reue. Das gute Essen gehört einfach dazu. Es wäre eine Schande, es nicht zu genießen.«

Nachdem sie die erste Stulle voller Appetit verspeist hatte, begann Judith Brunner: »Wir haben immer noch keinen Hinweis zum Überfall auf Sie, Laura. Keiner hat etwas gesehen oder gehört. Die Spurensicherung hat nichts Brauchbares finden können, die Blumen wurden nicht in Waldau gekauft, und wir müssen immer noch annehmen, dass Sie als Zeugin ausgeschaltet werden sollten. Bitte achten Sie also weiter darauf, nicht allein unterwegs zu sein, ja?«

Judith Brunner schmierte sich die nächste Schnitte. Angesichts ihrer Ermahnung eben kam ihr ihre Bitte fast unanständig vor. »Sagen Sie, ob ich Sie vielleicht für meine Ermittlungen beanspruchen dürfte? Ich weiß, Sie machen eigentlich Urlaub hier und sind dazu immer noch verletzt.«

Laura wehrte rasch ab: »Kein Problem. Natürlich helfe ich gern. Das würde mich sogar freuen, wenn ich das darf. Was kann ich denn für Sie tun?«

»Ich brauche Informationen über Mordkreuze.«

»Mordkreuze? Darum ging es vorhin also. Was sollen das denn für Kreuze sein?«

»Genau das ist mein Problem. Ich habe keine Ahnung und dennoch das Gefühl, es könnte wichtig sein, mehr darüber zu wissen.«

»Und wie kommen Sie darauf, wenn ich fragen darf?«

»Aber sicher doch«, lächelte Judith Brunner. »Laurenz Heitmann hatte sich ein Nachschlagewerk bei Johannes Meiring geborgt. Ganz speziell hatte er Herrn Meiring nach Literatur über alte Bräuche in der Altmark gefragt. Und wir haben das Buch nun bei ihm gefunden, mit einem Eselsohr bei ›Mordkreuze‹. Leider steht dort nicht gerade viel darüber geschrieben.«

»Sind Sie sicher? Er kann nach was ganz anderem gesucht haben. Was steht denn noch auf der Seite?«, fragte Laura Perch nach und gab auch gleich die Antwort: »Sehr wahrscheinlich noch mehr mit M.«

Judith Brunner nickte. »Das ist mir schon klar. Und auch das Eselsohr könnte von einem anderen Leser stammen. Es wirkt schon etwas an den Haaren herbeigezogen. Aber ich will dem kleinsten Hinweis nachgehen, verstehen Sie? Und ich kann niemanden sonst bitten, seine Zeit darauf zu verwenden. Wenn ich mich dann bis auf die Knochen blamiere, bleibt das wenigstens unter uns«, bat Judith Brunner mit einem Blick, »und vielleicht ist ja wirklich nichts dran und ich möchte ...« Meinen Kollegen keinen Grund zum Lästern geben, hätte sie fast hinzugefügt, doch Laura Perch kannte ihre Probleme gar nicht, und Judith wollte sie damit auch nicht belasten. Deshalb fügte sie einfach hinzu: »... keine unnötigen Überstunden veranlassen.«

»Ist schon in Ordnung, es klingt doch sehr interessant. Und, wer weiß, vielleicht hat es wirklich eine Bedeutung. Ich muss dann aber nach Gardelegen in die Bibliothek. Hier habe ich nicht genug Auswahl«, deutete sie in Richtung der kleinen Urlaubsbibliothek, die im Wohnzimmerregal stand.

»Ich muss am Montag sowieso wieder hin, da nehme ich Sie morgens gleich mit, einverstanden?«, machte Judith Brunner erfreut den Vorschlag.

»Fein. Sie haben mich richtig neugierig gemacht. Hat das auch etwas mit dem Emil Winter zu tun, den Tante Irmgard kannte?«

»Da bin ich mir noch nicht ganz sicher. Wir haben den Namen nur einmal von Johannes Meiring gehört. Selbst Walter Dreyer kannte ihn nicht. Ich frage gleich am Montag nach, ob es in der Kreisbehörde irgendwas zu ihm gibt.« Judith wechselte plötzlich das Thema. »Wie geht es Ihrer Freundin eigentlich?«

»Astrid? Sie nimmt es ganz gut, soweit ich das beurteilen kann. Aber ...«

»Aber?«

»Ist Paul Ahlsens schon zurück?« Laura war zwischen ihrer eigenen Unruhe, was Astrids Befürchtungen betraf, und dem Bedürfnis, diese zu verschweigen, hin und her gerissen. Schließlich hatte Astrid sehr vertraulich mit ihr gesprochen, auf der anderen Seite ihr aber auch nicht das Versprechen abgenommen, es für sich zu behalten.

»Nein, soweit wir wissen nicht. Warum fragen Sie?«

»Hm ...«, druckste Laura immer noch herum.

»Was ist los?« Forschend blickte Judith sie an. »Ist Ihnen etwas eingefallen?«

»Nein, das nicht. Ich weiß nicht, wo er sein könnte. Nur ...«

»Was nur? Sie können offen mit mir reden«, wurde sie ermutigt.

»Na, ja, Astrid war seltsam beunruhigt, was ihren Onkel betraf. Sie konnte sich nicht erklären, wozu er weggefahren sein sollte, denn ein Pferdekauf sei es bestimmt nicht gewesen.«

»Nein!?«

»Sie wusste nichts von derartigen Plänen. Sonst haben die drei immer alle Angelegenheiten des Gutes gemeinsam beraten. Sie war wirklich erstaunt, als ihr Onkel Botho Ihnen diese Geschichte auftischte.«

»Vielleicht sollte es eine Überraschung werden?« Judith Brunner wusste, wie unwahrscheinlich diese Möglichkeit war, doch wollte sie sich ihre erneut aufkommende Besorgnis nicht nur nicht anmerken lassen, sondern sie sogar vertreiben. So recht konnte sie an Paul Ahlsens als Tatverdächtigen nicht glauben; als Zeuge war er hingegen sehr wichtig. »Ich muss sowieso noch mal bei Walter Dreyer nachfragen, was auf dem Gut los war. Er weiß ganz sicher mehr.«

Gesättigt beendeten sie ihr Essen und räumten den Tisch ab.

Judith ging zum Telefon und rief bei ihrem Kollegen an. Sie hoffte, nicht allzu vorwurfsvoll zu klingen, als sie fragte: »Warum sind Sie ohne mich los?«

»Oh, ich sah Laura gerade zurückkommen und dachte, Sie wollten sie gleich wegen der Mordkreuze fragen?« Ob sie die Notlüge bemerkte? Ihm war einfach nach einem längeren Spaziergang zumute gewesen, nachdem Judith so überstürzt aufgebrochen war. Er hatte Glück. »Hm, ja ... und ist Paul Ahlsens nun da?«, fragte Judith Brunner gespannt weiter.

»Nein, er hat sich noch nicht gemeldet. Seltsam, nicht?«

Judith stimmte ihm zu und berichtete von Irmgard Rehses Entdeckung.

»Das ist ja unglaublich!« Walter war begeistert. »Die Fotografien gehörten Emil Winter! Ist schon merkwürdig, ich habe im Ort noch nie von diesem Mann gehört, und dann begegnet mir sein Name heute gleich öfter.«

»Und Irmgard Rehse meinte, in der Nähe von diesem Lindenbreite sei vielleicht so ein Kreuz im Wald.« Mit einem Mal kamen Judith Brunner Bedenken, ob die Idee mit dem gemeinsamen Spaziergang im Wald so glücklich wäre. Sie kannte Walter Dreyer doch gar nicht. Er gefiel ihr, gestand sie sich zwar ein, aber sie fürchtete auch, aufdringlich oder gar forsch zu wirken. Sie würden sich in zwei, drei Tagen wieder trennen und sich wahrscheinlich nie wieder sehen. Brauchte sie wirklich noch mehr Unruhe in ihrem Leben? Was sollte das also? »Bis dann, und melden Sie sich bitte, wenn es was Neues gibt. Ich bin den ganzen Sonntag hier.« Betrübt legte Judith Brunner den Hörer auf.

Doch Laura hatte einen angenehmen Vorschlag: »Wollen wir noch eine Flasche Wein zusammen trinken? Nachher kommt eine Reportage im Fernsehen über Expeditionen im Himalaja, da könnten wir uns einen gemütlichen Sofaabend machen.«

Judith Brunner stimmte unbefangen zu: »Warum nicht?« Wann hatte sie das letzte Mal auf diese Art einen Tag beschlossen?

Sonntag

~ 33 ~

Judith freute sich, endlich mal wieder ausschlafen zu können. Das hatte sie wochenlang schon nicht mehr gekonnt. Diesen Tag brauchte sie nur für sich. Zuviel hatte sich angesammelt, worüber sie gründlich nachdenken musste. Es sollte ihr privater Tag bleiben.

Und Laura Perch hatte sich wieder mit ihrer Tante verabredet. Auch sie hatte keine Pläne gemacht. Immer noch spürte sie ihre Verletzungen und brauchte liebevollen Zuspruch. Und Tante Irmgard wusste, was helfen konnte:

Um einen einfachen Sonntagskuchen zu zaubern, benötigen alle Liebhaber altmärkischer Backtradition für einen leckeren Butterkuchen vom Blech etwas Zeit und folgende Zutaten:

500 g Mehl
80 g Zucker
100 g Butter
20 g Hefe
230 ml lauwarme Milch
1 Ei
eine Prise Salz

Daraus wird ein Teig geknetet, der dann mindestens eine Stunde an einem warmen Ort gehen muss, bevor er auf einem Backblech ausgerollt wird. Dann mit den Fingerspitzen kleine Vertiefungen in die Teigplatte tupfen und mit einer Gabel mehrfach reinpiken.

Und weiter geht's:

150 g zerlassene Butter auf die Teigplatte streichen, 150 g Zucker nach Gutdünken mit Zimtpulver mischen und darüber streuen.

Das war's schon. Nun das Blech in einen heißen Backofen schieben, bei ungefähr 180° C eine halbe Stunde backen. Das wird besonders für Naschkatzen eine schlimme Zeit, denn nach zehn

Minuten fängt es an, unwiderstehlich zu duften, und sie werden beginnen, intensiv darüber nachzudenken, wann wohl das erste Stück gegessen werden kann. Doch Vorsicht, wusste Tante Irmgard, den Kuchen nicht zu heiß essen, das könnte zu unangenehmen Bauchschmerzen führen. Und man will doch am Nachmittag Gäste bewirten und nicht mit einer Wärmflasche das Sofa hüten! Also: Geduld und Willensstärke sind gefragt. Nach dem Abkühlen kann man den Kuchen in rhombenförmige Stückchen schneiden, dann sieht er noch appetitlicher aus. Wenn man dann noch heißen Kakao oder Kaffee dazu anbietet, brauchte man sich über die Aufbewahrung von Resten keine Gedanken mehr zu machen.

Montag

~ 34 ~

Walter Dreyer überreichte Judith Brunner am Montagmorgen stolz die fertigen Protokolle und berichtete ihr von seinem Sonntagsspaziergang und der nicht ganz zufälligen Begegnung mit Anne und Emily Winter.

Er hatte sie Sonntagvormittag bei herbstlichen Arbeiten im Vorgarten angetroffen, wo sie die Blumen ausschnitten. Harke und Laubbesen standen für weitere Arbeiten bereit.

»Guten Tag, darf ich Sie noch einmal sprechen?«, fragte Walter Dreyer freundlich vom Gartentor aus.

Mit deutlich vorwurfsvollen Gesichtern drehten sie sich ihm widerwillig zu. Emily Winter ergriff die Initiative und tadelte: »Ja, es muss ja wichtig sein, wenn Sie am Sonntag um diese Zeit auftauchen.«

»Danke schön«, versuchte Dreyer, höflich zu bleiben.

Die Schwestern waren in ihrem Garten stehen geblieben.

So hatte er sich selbst die Pforte geöffnet und war zu ihnen getreten. »Sie wohnen doch nun schon sehr lange hier in Waldau«, hatte er das Gespräch begonnen.

Keine Reaktion von beiden.

»Wie lange eigentlich?«

»Warum ist das wichtig, Herr Dreyer?«, fragte Emily Winter jetzt.

»Nun, wir suchen immer noch Leute, die Heitmann auch in seiner Jugendzeit kannten.«

»So? Na, wir kamen erst nach dem Krieg hierher, gemeinsam. Waren aus dem Osten geflüchtet.«

Walter Dreyer hatte genug über diese Zeit und die Flüchtlingstrecks gelesen, um zu wissen, dass dies kein leichtes Schicksal war. Auf einmal taten ihm die beiden ein wenig leid. Es war sicher nicht einfach für sie gewesen, wieder Fuß zu fassen. Und das erklärte vielleicht auch ihre verschrobene Art. Und dass sie nie Besuch erhielten. Wer weiß, was mit ihrer Familie geschehen war? Aber er war nicht hierher gekommen, um darüber zu reden.

»Wenn Sie damals schon hier waren, müssten Sie mit Herrn Heitmann auch bekannt geworden sein?«

»Ja, gesehen haben wir ihn schon, aber nicht näher kennengelernt. Das haben wir Ihnen doch alles schon gesagt.« Emily klang hart.

Ob sie das wusste? Dreyer war schon klar, dass nicht alle Dorfbewohner immer auch befreundet waren, doch nach dem Krieg wird es so viele junge Leute in Waldau nicht gegeben haben, und zwei fremde Frauen hätten sicher das Interesse der örtlichen Mannsbilder geweckt. »Und ein Emil Winter aus Waldau, war Ihnen der bekannt? Ich frage nur, da Sie den gleichen Namen tragen.«

Emily Winters Augen verengten sich, als sie finster antwortete: »Aus unserer Familie stammt er nicht. Wir haben alle durch den Krieg verloren! Und Winter kann ja jeder heißen. So selten ist der Name nicht!«

Walter Dreyer zuckte mit den Schultern. »Schade, aber trotzdem vielen Dank für Ihre Zeit.«

Anne Winter hatte bis jetzt überhaupt nichts gesagt, deswegen war er ein wenig überrascht, als sie ihn im Weggehen fragte: »Glauben Sie, dass die alten Zeiten mit all dem zu tun haben?«

Dreyer war stehen geblieben und hatte sich noch einmal umgedreht. »Fällt Ihnen denn dazu etwas ein?«

»Nein, nein, das haben Sie missverstanden. Nur weil Sie nach Heitmanns Jugend fragten«, wiegelte Anne Winter ab.

»Doch sie hat wachsam geklungen, Judith, ganz gewiss!«, erinnerte sich Walter.

»Für einen Sonntag waren Sie wirklich fleißig. Und außerdem haben Sie sogar noch etwas über die Winter-Schwestern erfahren.« Judith Brunner wollte nicht verletzt klingen, doch seit er ihre Gesellschaft verschmäht hatte, fühlte sie sich schlecht.

Walter Dreyer schien das zum Glück nicht zu bemerken. »Ach, das geht schon in Ordnung. Wissen Sie was, wenn Sie jetzt nach Gardelegen fahren, schaue ich mich inzwischen mal bei Lindenbreite um. Vielleicht finde ich das Mordkreuz?« Er klang richtig abenteuerlustig und zwinkerte ihr so offen zu, dass sich ihre Laune schlagartig besserte. Er hatte ihren Tag gerettet.

~ 35 ~

Laura fuhr mit Judith bis zur Kreisbehörde und spazierte von dort durch die Gardelegener Altstadt zurück zur Stadtbibliothek. Trotz zweier Stadtbrände im 17. Jahrhundert waren erfreulich viele Fachwerkhäuser und die mächtigen Kirchen erhalten geblieben. Selbst der Grundriss der fast 800-jährigen Stadt mit ihrem Wall, den Stadttoren und Marktplätzen war immer noch deutlich erkennbar.

Laura war noch nie in dem Gebäude der Stadtbibliothek gewesen und es schien ihr recht klein. Doch kaum hatte sie das Foyer betreten, wurde ihr deutlich, dass die denkmalgeschützte Fassade eines alten Bürgerhauses lediglich den Eingangsbereich bildete und sich dahinter zweckmäßige Neubauteile anschlossen.

Ein recht junger Mann, vielleicht noch ein Lehrling, der am Aufsichtstisch saß, half ihr bei den Anmeldeformalitäten, zeigte ihr den Katalograum und Laura begann zu suchen. Doch ließen sich hier keine Stichworte ermitteln, die sie ihren Mordkreuzen näher brachten. »Ich konnte hier nichts finden. Gibt es noch andere Kataloge?«, fragte Laura Perch leise. Sie wollte die anderen Leser nicht stören.

Der Jungbibliothekar musste diese Rücksichtnahme noch üben. Er sprang geräuschvoll von seinem Stuhl auf und meinte: »Da muss ich erst fragen.«

»Bitte, Sie würden mir helfen«, sagte Laura, sich für den Lärm entschuldigend umblickend.

Kurz darauf erschien ein Mann, in dem sie den Bibliotheksleiter vermutete, und sie hatte recht. Er stellte sich vor: »Ich bin Peter Kreuzer, der hiesige Stadtbibliothekar. Sie wollten unsere Sondersammlungen nutzen?«

So hieß das also hier. Na gut. Ein Pluspunkt für den jungen Mann, er hatte das Richtige gefragt. »Ja, mich interessieren Brauchtum und Traditionen in der Altmark.«

Kreuzer verzog keine Miene. Solche Anfragen hatte er offensichtlich täglich zu bearbeiten.

Laura Perch merkte, dass sie deutlicher werden musste, um voranzukommen: »Insbesondere zum Totengedenken.«

»Nun, dann müssen wir wirklich tiefer graben.« Ein langer, prüfender Blick ruhte auf Laura Perch. Nach kurzem Zögern und mit einem zwischen Neugier und Herablassung schwankenden Gesichtsausdruck bat Peter Kreuzer sie, ein paar Schritte zu gehen. Der Bibliothekar schloss eine vom Katalograum abgehende Tür auf und ließ ihr den Vortritt. »Darf ich nach dem Zweck Ihrer Forschungen fragen?«

Schon als Laura den Raum betreten hatte, war ihr klar geworden, dass dies kein üblicher Leseraum war. Regale bis unter die Decke, vollgestellt mit Kartons, viele von ihnen einige Jahrzehnte alt, und auffällig wenige Bücher für eine Bibliothek. Sie konnte die Frage ihres Gegenübers verstehen; er wollte wissen, ob er ihren Beweggründen folgen und ihr die sichtbar alten Materialien anvertrauen konnte. »Ich bin hier in der Gegend aufgewachsen. Jetzt mache ich Urlaub und wollte etwas Heimatgeschichte betreiben. Ich bin fast eine Kollegin von Ihnen, eine Archivarin.« Sie hoffte, dass die Nennung ihres Berufs ihr diesmal half.

»Na, dann ist das ja ein wirklich glücklicher Umstand, dass Sie zu uns gekommen sind.« Plötzlich war Peter Kreuzer wie ausgewechselt. »Dann können Sie diesen Schatz ja nutzen!« Er zeigte mit der rechten Hand an den Regalen lang. »Unser Stadtarchiv. Zumindest ein Teil davon. Die Sammlungen. Die Akten liegen woanders; gesichert, aber nicht nutzbar. Nachdem man den letzten Archivar in Rente geschickt hat, ist es der Stadt nicht mehr gelungen, diese Position neu zu besetzten, Sie wissen sicher, was ich meine.«

Laura kannte das Problem nur zu gut. Fachkräfte zu finden, noch dazu in diesem etwas exotischen Beruf, war für kleinere Städte mit Finanznot ungleich schwieriger als für größere staatliche Archive.

Immerhin lagen die Archivalien hier halbwegs zugänglich bereit, und für Laura sollte es möglich sein, erfolgreich zu recherchieren. Sie blickte den Bibliothekar freundlich an und nickte.

Der hatte nur noch eine kleine Bitte: »Würde es Ihnen etwas ausmachen, mich über Ihre Fortschritte zu informieren? Ich kann Ihnen die Sachen nämlich nicht ausleihen, Sie müssten also hier lesen.«

Laura sah sich um, entdeckte einen kleinen Lesetisch, einen vernünftigen Stuhl und bestätigte: »Das hier ist schon in Ordnung, ich denke, ich versuche erst mal, das Ordnungssystem zu verstehen. Zur Not komme ich morgen wieder.«

Schon im Gehen teilte Peter Kreuzer ihr noch mit: »Wenn Sie mich brauchen, fragen Sie einfach vorne nach mir. Ich bin in der Regel im Hause.« Er ließ sie unter Hinweis auf die Öffnungszeiten allein.

Laura hatte eine konkrete Vorstellung, wie sie suchen musste. Neben der Archivierung von Handschriften, Amtsbüchern und Verwaltungsakten war es vielen Stadtarchiven auch gelungen, ergänzend dazu Druckschriften, Zeitungen, Fotos und Literatur zu sammeln, die sie meist nach sachlichen Prinzipien ordneten.

In diesem kleinen Raum lagen die Materialien in mit Zeitungspapier ausgelegten, grob gehobelten Holzregalen. Darin stapelten sich zumeist beschriftete Kartons: »Altmark allgemein«, »Güter« oder »Forsten«, doch auch konkretere Titel, sogar »Waldau« und »Ahlsens«. Hier fing Laura ihre Suche an. Zu Waldau waren vor allem alte Pläne und Abrechnungen zusammengetragen worden, zwei Bekanntmachungen zu Gemeinderatswahlen, ein paar Fotos von der Kirche, eine Postkarte mit kleinen Abbildungen von Gasthaus, Bushaltestelle und Dorfplatz. Sorgfältig aufgeklebte Zeitungsausschnitte ergänzten die Sammlung. Es machte zwar Spaß, diese Dinge durchzusehen, doch half es ihr im konkreten Fall nicht weiter.

Als Laura sich auf den Stuhl stellte und den Karton »Ahlsens« aus dem oberen Fach des Regals ziehen wollte, verlor sie fast das Gleichgewicht, denn der war viel zu leicht und offensichtlich leer. Nur altes Zeitungspapier segelte ihr entgegen. Sollte dazu nichts gesammelt worden sein?, fragte Laura sich. Schwer vorstellbar, denn sie wusste, dass die Ahlsens eine alteingesessene, einflussreiche Familie waren. Sie blickte ratlos in das leere Behältnis und dann wieder ins Regal. Vielleicht gab es noch einen Karton »Familien« oder sie müsste »Güter« durchsehen? Als sie vom Stuhl stieg, fiel ihr Blick auf die alte, herabgefallene Zeitungsseite. »Die Mordkreuze in der Altmark« – säuberlich herausgeschnitten und die Titelzeile sogar mit einem großen Bleistiftkreuz hervorgehoben. Es schien sich also nicht um die Regalauflage zu handeln, wie sie zuerst vermutete. Laura hob den Ausschnitt auf, setzte sich und begann zu lesen:

»In vielen Gegenden Deutschlands finden sich auf freiem Felde steinerne Kreuze, sie werden Mord- oder Totenkreuze genannt und sollen die Stelle bezeichnen, wo jemand ermordet oder eines plötzlichen Todes verstorben ist. Wenn man die Leute in der Umgebung fragt, so sagen sie, das habe schon immer da gestanden und das sei vom Kriege her. Damit meinen sie dann verschiedene Schrecken der Vergangenheit. Hier und da weiß man von einem Offizier oder General, der da sein Grab gefunden habe; auch Märchen von vermessenen gotteslästerlichen Wetten, von Mordtaten oder sittentreuem Märtyrertod einer Jungfrau werden aus Anlass der frommen Stiftung weitererzählt. An ihrem hohen Alter bestehen kaum Zweifel. Die jüngsten dürften vor 400 Jahren gesetzt sein, die ältesten sollen bis zu 1000 Jahren zurückreichen. Keine Inschrift, keine Jahreszahl, keine festen regelmäßigen Formen, nur eben ein grobes, plumpes, unscheinbar graues Sandsteinkreuz mit Rissen, abgestoßenen Kanten, rauher Oberfläche und einigen Rillen oder Furchen an der Vorderseite. Betrachtet man diese Einkerbungen näher, und gegebenenfalls bei seitlicher Sonnenbeleuchtung, so formen sie sich offenbar zu kindlich einfachen Strichzeichnungen, aus denen Schwert, Dolch, Rad, Spieß, Beil, Lanze, Wolfsangel, Armbrust, Knüttel oder irgendein anderes Mordinstrument zu erkennen ist.

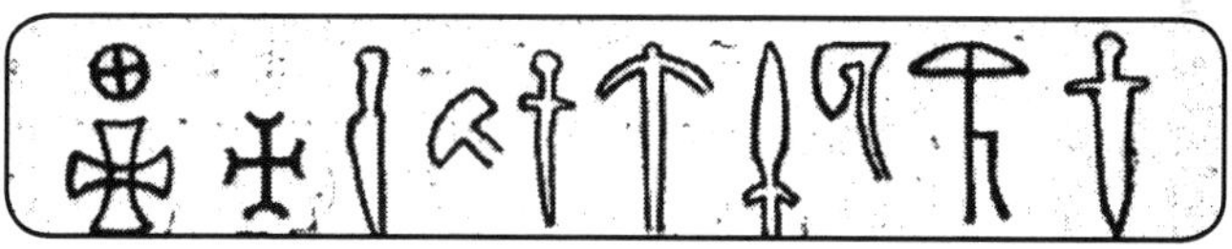

Ebenso verschieden ist die Größe und Form der Kreuze; sie gleichen einem gewöhnlichen Balkenkreuz, einem eisernen Kreuz, einem Tatzen- oder Kleeblattkreuz, einem Rad- oder Reifenkreuz und ähnlichen Abarten.

Mannigfach scheint schließlich auch die Art ihres Vorkommens. Hier und da stehen sie in Gruppen von zwei, drei und noch mehr Stücken dicht vereinigt, zumeist dagegen trifft man sie einzeln. Auch die Altmark besitzt eine Anzahl von Mordkreuzen, mit denen Sagen verknüpft sind welche auf ihre Entstehung hindeuten: Die meisten finden sich im Kreis Stendal, im Kreise Gardelegen befindet sich das einzige in Lindstedt. Der Zeitraum, aus dem die altmärkischen Mordkreuze herrühren, umfasst ungefähr zweihundert Jahre, vom Anfang des 14. bis um Anfang des 16. Jahrhunderts.«

Das war recht interessant. Laura stand wieder auf und schaute sich erneut um. Aus welchem Karton mochte der Zeitungsausschnitt stammen? »Aberglaube, Sitte, Gebräuche« – der könnte es sein. Auch der war völlig leer. Merkwürdig. »Der Tod«, hier vielleicht. Auch nichts. Bestimmt hatte jemand versucht, die Sammlung neu zu ordnen und dabei die Kartons umsortiert, schlussfolgerte Laura.

Sie ging nach draußen, um nach Peter Kreuzer zu fragen. Er konnte ihr eventuell etwas mehr zur Überlieferungslage und dem Verbleib der Kartoninhalte sagen. Ihr junger Helfer meinte jedoch: »Mein Direx ist grade mal raus. Zur Mittagspause. Kann etwas dauern.«

Laura wollte aber nicht warten. »Und sonst gibt es niemanden im Haus?«

»Wir sind bloß zwei, der Direx und ich. Wenn er nich da ist, mach ich alles.«

Trotz dieser stolzen Behauptung glaubte Laura nicht, dass ihr der hilfsbereite junge Mann wirklich weiter helfen konnte. »Vielen Dank. Ich bin mit meinen Recherchen schon so gut wie fertig. Richten Sie Ihrem Direktor bitte aus, dass ich ihn heute Nachmittag anrufen werde?«

Der junge Mann nickte etwas enttäuscht; seine Fachkenntnis war nicht gefragt.

»Ich möchte mich noch persönlich bei ihm bedanken, Sie beide waren ungeheuer hilfreich.«

Ihr kleiner Trost wurde mit einem strahlenden Lächeln belohnt.

Laura wusste nicht, wie lange Judith Brunner noch brauchen würde. Sie hatten sich nicht konkret verabredet. Ein Blick auf die Uhr verriet ihr, dass der Bus in ein paar Minuten vom Rathausplatz losfahren würde. So beschloss Laura, diese Möglichkeit zu nutzen. Sie wollte rasch nach Waldau zurück – auf Mordkreuzsuche!

~ 36 ~

In der Kreisbehörde wurde Judith Brunner von Lisa Lenz begeistert begrüßt: »Guten Tag. Hatten Sie einen schönen Sonntag? Gibt es denn was Neues?«

Ohne auf ihre Neugier weiter einzugehen, bat Judith Brunner: »Sie könnten mir helfen, Frau Lenz. Haben Sie Zeit für eine kleine

Recherche? Nur hier im Haus, in den alten Unterlagen?«

Ein nettes Lächeln war Dank und Antwort zugleich. »Klar. Was wollen Sie denn wissen?«

»Na ja, alles über einen Emil Winter. Er gilt seit dem Krieg als verschollen und er stammt aus Waldau, Jahrgang 1910. Mehr hab ich leider nicht. Rufen Sie mich an, wenn Sie etwas gefunden haben, ja? Ist Dr. Grede oben?«

»Er hat sich eben seinen Tee gekocht«, gab Lisa Lenz bekannt.

Woher wusste sie das hier am Empfang?

»Sicher bekommen Sie noch eine Tasse ab. Dr. Grede hat aber nie Milch da«, konnte sie auch noch ergänzen.

Judith Brunner bedankte sich lächelnd, und als sie sich zur Treppe wandte, konnte sie den Duft des Tees auch riechen. Lisa Lenz hatte eine feine Nase.

Auf ihr Klopfen wurde sie von Dr. Grede freundlich hereingebeten. »Möchten Sie eine Tasse Tee mit mir trinken? Wie mögen Sie ihn?«

»Danke, gern. Pur ist er mir am liebsten.«

»Finde ich auch, da schmeckt man ihn schön klar. Haben Sie Neuigkeiten für uns?«

Judith Brunner berichtete ihm von der Entdeckung der Fotos, die aus Emil Winters Besitz stammen mussten. Die Geschichte mit dem Mordkreuz erwähnte sie mit aller Vorsicht: »Wir wollen allerdings keine Möglichkeit auslassen. Wie sieht es hier aus?«

»Na, über den Sonntag hat sich nichts ergeben. Wir müssen sehen, was heute von der Technik an Spurenauswertung kommt.«

»Paul Ahlsens ist immer noch nicht aufgetaucht«, setzte Judith Brunner hinzu.

»Hat er Laurenz Heitmann ermordet? Ist er auf der Flucht?«, war die nächstliegende Schlussfolgerung Dr. Gredes.

Die Kommissarin war sich da nicht so sicher. »Wir haben kein Motiv!«

»Lange können wir nicht mehr warten, dann müssen wir ihn suchen lassen. Wenn er in den nächsten paar Stunden nicht auftaucht, geben wir ihn in die Fahndung.«

»Einverstanden.« Judith Brunner wechselte das Thema. »Ich habe Lisa Lenz gebeten, wegen Emil Winter etwas zu recherchieren. Geht das in Ordnung?«

Dr. Grede stimmte zu: »Das macht sie sicher gern. Rumtelefonieren, Kollegen scheuchen. Sie wird schon etwas herausfinden!«, doch dann schränkte er trotzdem noch ein: »Bloß weg darf sie da unten nur, wenn sie sich eine Vertretung organisiert.«

»Geht klar, ich sage ihr noch mal Bescheid. Danke. Haben Sie die Protokolle der Befragungen der beiden Kunden vom Frachtschalter schon?«

Dr. Grede zog gezielt eine Aktenmappe aus einem Bodenstapel hervor.

Er musste also ein System in seiner Ablage haben, das er beherrschte, stellte Judith Brunner bewundernd fest.

»Ich hatte den Eindruck, dass die beiden keinen Schimmer hatten. Warten Sie«, Dr. Gredes Blick suchte die entscheidende Information auf dem Blatt, »was schreibt denn unser Kollege, ah, hier: Bla, bla, ›... *hat von dem anderen Kunden nichts bemerkt, er hatte es eilig und wollte keine Zeit verschwenden. Abwiegen, aufladen, bezahlen und ab.*‹ So, und der andere ähnlich. Er kannte weder den zweiten Kunden noch hat er eine weitere Person bemerkt. Nichts. Offenbar galt die Aufmerksamkeit mehr den genauen Gewichten ihrer Säcke als dem Bahnhof. Ist ja auch verständlich.« Er reichte den Bericht an Judith Brunner weiter.

Die blätterte die wenigen Seiten durch; eigentlich hatte sie sich schon mehr erwartet. »Schade. Hätte ja sein können, wir erhalten einen Hinweis. Warten Sie! Was sind denn das für Fragen? Personalien, in Ordnung, Zeit am Frachtschalter, auch. Aber dann sehen Sie, er hat die Zeugen tatsächlich nur gefragt, ob ihnen am Parkplatz etwas Ungewöhnliches aufgefallen ist. Jedoch nicht die kompletten Zeitabläufe und Begegnungen mit anderen Personen erfragt! Fehlt noch ein Teil vom Bericht?«

Dr. Grede schaute sie schuldbewusst an. »Nein, tut mir leid. Aber ich weiß, was Sie meinen. Es waren ja fast schon Suggestivfragen. So bekommt man keine zusätzlichen Informationen. Ich werde sofort einen anderen Kollegen losschicken.«

Judith Brunner lehnte ab: »Nein, nein, es ist meine Schuld, ich hätte auch Vorgaben für die Befragung machen können. Ich fahre selbst vorbei!« Sie deutete auf die erste Seite. »Die Adressen habe ich ja hier. Und ärgern Sie sich bitte nicht zu sehr, wir kriegen das schon hin«, wandte sie sich zum Abschied aufmunternd dem zerknirscht aussehenden Dr. Grede zu.

Der erste Zeuge, ein Hans Wilke, 52 Jahre alt und Viehbauer von Beruf, wohnte gleich im ersten Ort nach Gardelegen in Richtung Waldau. Dass dieses Dorf noch nicht eingemeindet worden war, glich einem Wunder. Nur wenige Kilometer von der Kreisstadt entfernt, keine zweihundert Einwohner zählend, kein nennenswertes Gewerbe, noch nicht einmal eine Schule. Nur ein Gasthaus an der Hauptstraße zeugte von öffentlichem Leben. Dem hiesigen Gemeinderat musste es auf wundersame Weise gelungen sein, sich der Okkupationen durch die nahe Stadt zu erwehren. Dem Dorf jedenfalls sah man an, dass seine Bewohner sich hier wohlfühlten. Die Häuser, Höfe und Gärten waren sämtlich in gepflegtem Zustand und würden erstklassige Motive für jede Ansichtskarte hergeben.

Vor dem Gasthaus konnte Judith parken und lief in Richtung der Dorfkirche. Sie hoffte, unterwegs jemanden nach dem genauen Weg zum Hof von Wilke fragen zu können. Ein Junge kam ihr mit einem Fahrrad entgegen, an beiden Lenkerseiten und auf dem Gepäckträger voluminöse Beutel mit Grünfutter, und deshalb zu Fuß unterwegs. Er schien geübt darin und machte keinen angestrengten Eindruck, sodass Judith es wagen konnte, ihn anzusprechen. Sie bekam die benötigte Auskunft und schon der übernächste Hof erwies sich als der gesuchte Ort.

Judith Brunner öffnete die Gartentür und ging die wenigen Meter zur Tür des Hauses, das zur Straße stand. Hier liebte jemand die Herbstastern. In allen Farben und Größen blühten die Körbchen und wetteiferten um die Aufmerksamkeit der Betrachter. Wunderschön. Judith klingelte, stellte sich vor und schilderte ihr Anliegen. Wilkes Ehefrau, zumindest nahm Judith an, dass es sich um diese handelte, da sie ihr die Haustür öffnete, sagte: »Hei is hinnen«, und deutete auf die hübsche Bank, die im Vorgarten neben der Haustür stand.

Sie nahm Platz und hoffte, den Hausherrn bald zu sehen. Nach einiger Zeit hörte sie rechts von sich Schritte und sah erwartungsvoll zur Hausecke. Zuerst erschien eine schwarz-weiße Katze, die vorsichtig um die Ecke blickte. Dann kam sie neugierig auf die Besucherin zu, wählte für deren Besichtigung jedoch nicht den direkten Weg, sondern wanderte durch den schönen Blumengarten. Sie ließ sich unter einer bordeauxroten, hohen Herbstaster nieder und harrte erwartungsvoll der kommenden Ereignisse.

Judith Brunner stand auf, als nun auch Hans Wilke sichtbar wurde. »Guten Tag.« Sie stellte sich erneut vor und begann: »Ich muss Sie bitten, mir einige Fragen zu beantworten. Es haben sich neue Aspekte ergeben«, begründete sie das erneute Erscheinen der Polizei.

Der Bauer wirkte nicht unfreundlich, doch blieb er unentschlossen stehen. Er war mit derben Schuhen, blauschmutziger Arbeitshose und einem karierten Hemd, dessen Farbe unbestimmbar war, gekleidet. Er bemerkte Judith Brunners Blicke und sah sich zu einer Erklärung genötigt: »Ick bin in Stall. Hev keene Tied.«

Die hatte Judith Brunner auch nicht im Übermaß. »Bitte, es ist wirklich wichtig.«

»Komm Se mit up'n Hof, da sinn Stühle.« Wilke lief voran, um die Ecke und an der Giebelseite vom Haus vorbei. Als Judith ihm folgte, bemerkte sie den enttäuschten Blick der Katze, die offenbar auf mehr gehofft hatte und sich nun zu einer anderen Unterhaltung aufmachte.

Um einen rechteckigen Kunststofftisch standen mehrere Gartenstühle. Bunte Kissen sorgten für Bequemlichkeit.

Beide setzten sich und Judith Brunner begann ohne Umschweife mit der Befragung: »Herr Wilke, Sie wissen doch noch, es geht um letzten Donnerstag. Wann genau waren Sie am Bahnhof? Und wie lange haben Sie sich dort aufgehalten?«

Nun wurde es offiziell und der Bauer versuchte, Hochdeutsch zu reden: »Na, ich war hier auf dem Hof erst mal fertig, im Stall und alles. Ich habe mich noch frischjemacht, einen Happen jejessen und bin dann los. Muss so viertel zwölf gewesen sein. Dann nach Gardelegen, hin zum Bahnhof – vielleicht fuffzehn Minuten. Also, halb zwölf war ich da. Bin gleich hinter jefahren und hab nach meine Säcke jekuckt. War alles in Ordnung. Die Waage hat jeklappt. Also uffjeladen, bezahlt und wedder los. Vielleicht ne Viertelstunde?« Er überlegte noch und meinte dann: »Ja. So war 's!«

»Haben Sie in der Zeit jemanden gesehen?«

»Ne, hab ich doch schon jesacht.«

»Ich meine nicht jemand Fremden oder so, sondern wen Sie überhaupt gesehen haben.«

»Ach so.« Es blieb still.

»Fällt Ihnen niemand ein?«

»Na, wen hab ich jesehen. War ja nich inne Kneipe. Also hinten am Schalter die beiden, die da immer sind. Und als ich kam, da saß noch einer am Tisch, konnte man sehen. Mehr nich.«

Judith Brunner sah ihn aufmerksam an. »Wie sah der Mann aus, können Sie sich daran erinnern?« Immerhin. Ein möglicher Augenzeuge für Heitmanns Anwesenheit!

Wilke bemühte sich, so gut es eben ging. Er war der Aufgabe, Leute zu beschreiben, nicht gewachsen. Außer einem Achselzucken kam nichts.

»Und als Sie zurückfuhren, ist Ihnen da noch etwas aufgefallen?«, fragte die Kommissarin nach.

Erfreut, dass ihm noch etwas einfiel, meinte Wilke: »Mir iss eener entjejen jekommen, als ich wegfuhr.«

»Haben Sie ihn erkannt oder könnten Sie ihn mir beschreiben?«, fragte sie hoffnungsvoll.

»Ne, ich hatte ja keene Tied zum Kucken, musste nach Haus, war doch schon lange Mittag.« Judith Brunner hatte eher den Eindruck, dass in dieser Bemerkung ein wenig das Bedauern über die verpasste Möglichkeit zur Einkehr in die Bahnhofswirtschaft mitschwang.

Zum zweiten Kunden musste sie in Richtung der nächsten Kreisstadt fahren, also erst einmal auf der Hauptstraße weiter und dann im übernächsten Dorf nach rechts. Der Adresse konnte sie entnehmen, dass Georg Dallner am Dorfplatz wohnen musste. Aus dem Wissen um die Dimensionen, die sie aus Waldau kannte, würde die Ermittlung dieses Hofes nicht übermäßig schwierig sein. Genau drei Häuser standen zur Auswahl und beim dritten Gehöft sah sie einen Mann, der gerade das Tor zu einer Hofeinfahrt öffnete, um einen Traktor hineinfahren zu können. Sie stellte ihren Wagen ab und es gelang ihr, den Mann noch anzusprechen, bevor er das Hoftor wieder schloss. »Darf ich Sie kurz sprechen? Sind Sie vielleicht Georg Dallner?«

»Wat iss'n los?« Ein schmuddeliger, leicht nach Alkohol und

deutlicher nach Schweiß riechender Mann unbestimmbaren Alters stellte sich breitbeinig auf. Er nickte zwar, wirkte aber nicht entgegenkommend.

»Ich bin von der Polizei und hätte noch ein paar Fragen«, versuchte Judith Brunner mit einem freundlichen Lächeln, das Eis zu brechen.

»Hab schon alles gesagt!« Er wollte das Tor schließen.

»Wenn Sie jetzt keine Zeit haben, kommen Sie bitte gleich morgen früh zur Kreisbehörde nach Gardelegen«, wurde die Kommissarin nun doch energischer.

Die Aussicht auf einen Vormittag auf einem Amt behagte Dallner wohl noch weniger als das bevorstehende Gespräch mit dieser Frau, die ihn beharrlich bedrängte. »Wat brauchen Se denn noch?« Er machte die Tür hinter sich zu und stand nun mit ihr vor dem Tor, von jedem Vorübergehenden gut zu beobachten. Das schien den Bauern weniger zu stören, als eine Fremde auf seinen Hof zu bitten.

Judith Brunner stellte dieselben Fragen wie zuvor bei Hans Wilke. Georg Dallner bestätigte, jemandem auf der Zufahrt zum Frachtschalter begegnet zu sein. Da er ihn beschreiben konnte, war Judith Brunner klar, dass es sich nur um Wilke handeln konnte. Darüber hinaus konnte Dallner sich auch erinnern, das Auto vom Gut gesehen zu haben. Als er zurückfuhr, hatte er flüchtig den geparkten Wagen Heitmanns wahrgenommen – »so eine vornehme schwarze Kutsche« – , und dann zwei, drei Leuten beim Verlassen der Bahnhofswirtschaft hinterher geschaut. Heitmann selbst hatte er nicht bemerkt.

Das Gespräch verlief wenig behaglich und Judith wollte es nicht unnötig ausdehnen. Sie bedankte sich und ihr Gesprächspartner verschwand unerwartet gewandt hinter der großen Holztür.

Was hatte sie nun erfahren? Wenig, aber Judith Brunner wusste, dass die Gäste der Wirtschaft sich unter den bereits Befragten befanden, ebenso der Fahrkartenverkäufer. Um sicher zu sein, dass dabei nicht ebenfalls Fragen vergessen wurden, wollte sie auch diese Protokolle noch einmal gründlich analysieren und gegebenenfalls nachhaken. Es entsprach ihrer Erfahrung, dass das kleinste Detail zum Täter führen konnte. In Waldau könnte sie sich auf jeden Fall nützlich machen. Und das Mordkreuz interessierte sie auch.

~ 37 ~

Walter Dreyer hatte sich eingestehen müssen, dass ihn die Berichte über die Mordkreuze faszinierten, obwohl sie ihm bizarr erschienen. Nachdem sich Judith Brunner nach Gardelegen auf den Weg gemacht hatte, zog er sich um, damit er für seinen Waldspaziergang besser gerüstet war. Wanderstiefel, eine derbe Hose und eine dunkle Allwetterjacke sollten Gebüschen und nassem Gras besser gewachsen sein als seine Uniform.

Er war lange nicht beim Vorwerk Lindenbreite gewesen, wo mittlerweile nur noch eine Ruine vom früheren Gehöft zeugte. Der Weg dorthin war hingegen völlig in Ordnung. Die Bäume an beiden Seiten – nicht nur Linden – bildeten eine Allee. Sie waren nicht gepflanzt worden, sondern bei den Rodungsarbeiten zur Anlage des Vorwerks so stehen geblieben. Rechts und links des Weges erstreckten sich abgeerntete, braune Felder. Nach gut einer Dreiviertelstunde Fußmarsch war Dreyer angekommen. Im herbstlichen Morgenlicht sah alles sehr romantisch aus. Und irgendwie stimmte es ihn traurig, dass solche Orte verschwanden, niemand mehr so leben wollte oder konnte.

Was hatte Irmgard Rehse gesagt? Nicht direkt am Weg, kurz vor Lindenbreite. Dreyer blickte sich aufmerksam um. Nichts zu sehen. Er hatte keine Vorstellung, wie groß das Kreuz war. Dreyer verließ den Weg und lief auf den Waldrand zu. Der Waldboden selbst war kaum zu sehen. Das Laub lag zentimeterhoch, dazwischen wuchsen Blaubeerbüsche. An einigen Stellen ragten Wurzelstöcke umgefallener Bäume hoch auf. Von Moos bewachsen und mit Farnen umstanden, wirkten sie märchenhaft.

Doch auch nach über einer Stunde Umherstreifens am Waldrand hatte Walter Dreyer nichts gefunden. Er kletterte auf einen der Wurzelhügel und hoffte, von oben mehr zu sehen. Es fiel ihm nicht gleich auf. Erst als er sich an das diffuse Licht unter den Bäumen gewöhnt hatte, sah er es: Das Laub war aufgewühlt. Eine Spur zog sich nahezu zehn Meter lang hin. Da war etwas über den Boden gezogen worden. Den Anfang der Spur konnte er nicht sehen, da die Sicht durch ein Gebüsch verdeckt war. Doch als Walter dann näher trat, sah er das gesuchte Kreuz hinter einer gewaltigen Baumwurzel stehen. Es war ein Steinkreuz, einen drei viertel Meter hoch und grob aus einem Sandstein gehauen. Und es stand hier noch nicht lange! Dreyer vermutete, dass es erst kürzlich hierher gesetzt wurde und ursprünglich am anderen Ende der Schleifspur gelegen hatte. Die Spur war frisch, und außerdem erinnerte er sich an die Äußerung von Irmgard Rehse. Sie hatte von einem liegenden Kreuz berichtet. Doch warum hatte es jemand kürzlich aufgestellt? Und dann auch noch an einer anderen Stelle! Das Kreuz war sicher schwer. Konnte das ein Mann allein getan haben? Walter sah sich noch einmal gründlich um, dennoch war nicht mehr für ihn zu erkennen.

Dreyer eilte zum Büro zurück. Er wollte es nicht gleich zugeben, aber mit der Zeit beunruhigte ihn das steinerne Kreuz immer mehr. Falls es wirklich ein Mordkreuz war, hatte das womöglich eine Bedeutung. Für einen Kinderstreich gab es keine Anhaltspunkte. Paul Ahlsens kam ihm in den Sinn. Das neu aufgestellte Kreuz sah sehr nach einer Botschaft aus!

~ 38 ~

Kaum war Walter Dreyer von Lindenbreite zurück, hörte er Judiths Wagen kommen und direkt vor seinem Haus halten. Er saß noch im Flur und wechselte gerade sein Schuhwerk, als sie, fast schüchtern, eintrat.

»Kommen Sie nur rein, bitte. Es war ziemlich feucht draußen im Wald, aber schön. Und wirklich interessant«, spannte er sie auf die Folter.

»Haben Sie tatsächlich ein Kreuz gefunden?«, wollte Judith sofort wissen.

»Ja, aber was viel wichtiger ist, kurz vor mir hatte es bereits jemand entdeckt – und bewegt.«

»Bewegt?«

»Ja, ich denke, es lag ursprünglich schon dort, wo Irmgard Rehse es gesehen hatte. Nun fand ich es einige Meter weiter, versteckt, und eine Schleifspur war deutlich im Laub zu sehen.«

In dem Moment stürmte Laura ins Haus. »Ach, gut das ihr hier seid. Ich habe etwas wirklich Interessantes gefunden.«

Judith Brunner, deren Vormittag deutlich unergiebiger verlaufen war, meinte seufzend: »Gut, dass Sie hier eine Hauptkommissarin haben, die weiß, wie sie andere ermitteln lassen kann. Sie selbst hat nämlich nicht viel erreicht.«

Die beiden freuten sich über das Lob.

»Setzt euch, ich bin gleich fertig.« Walter füllte den Wasserkocher und begann, die Tassen mit Kaffeepulver zu füllen.

Laura, die seine Hochstimmung bemerkte, fragte Judith: »Hat er es etwa gefunden?«

Judith nickte. »Genau dort, wo Ihre Tante es uns beschrieben hat.«

»Wie groß war das Kreuz denn?«, fragte Laura gespannt.

Walter verteilte die Tassen. »Wie groß? Nun, eigentlich war es eher klein, so einen drei viertel Meter hoch. Und der Querbalken vielleicht einen halben Meter breit. Ich musste ganz schön suchen, um es überhaupt zu finden, und eine Portion Glück gehörte auch dazu.«

»Und wie sah es aus?«

»Hm, alt, verwittert, aber in Ordnung. Ich habe keine Beschädigungen erkannt. Ein bisschen Moosgrün maximal.«

»Nein, das meine ich nicht. Aus was für einem Material besteht es?«

»Na, aus Stein, was sonst? – Ach! Laura, du hast tatsächlich etwas in der Bibliothek gefunden, oder? Erzähl du erst mal!«

»Also hört zu: Sie werden Mord- oder Totenkreuze genannt und bezeichnen die Stelle, wo jemand ermordet wurde oder plötzlich zu Tode gekommen ist. Es muss diesen Brauch schon seit Jahrhunderten geben. Oft sind die Kreuze aus Sandstein, und einige meinen, aus den Strichen, die auf dem Sandstein zu sehen sind, ein bestimmtes Mordinstrument erkennen zu können. Es gibt keine feste Form für die Kreuze, sie können verschieden aussehen und manche stehen sogar in kleinen Gruppen. Hier in der Nähe war bisher nur eines in Lindstedt bekannt, und das ist schon vierhundert Jahre alt.« Sie blickte Walter an. »Wenn du nun auch eines gefunden hast, wird das die Archäologen der Gegend wirklich freuen.«

»Na, da bin ich mir nicht so sicher. Es wurde immerhin bewegt. Ob es überhaupt von hier stammt, kann wahrscheinlich niemand mehr sagen. Übrigens hatte Irmgard Rehse doch erzählt, dass das

Kreuz liegen würde, richtig?«

»Ja«, bestätigte Laura prompt.

»Nun, jetzt hatte es jemand aufgestellt.«

»Es stand?«

»Ja, aufrecht im Laub, aber hinter einer Wurzel versteckt. Vom Weg aus konnte man es nicht mehr sehen, da ist der Blick verstellt.«

»Ich frage mich schon die ganze Zeit, was so ein Kreuz wohl wiegt«, mischte sich Judith nun ein. »Es ist doch sicher ziemlich schwer und unhandlich. Wie lang ist die Schleifspur denn gewesen?«

»Na, zehn, zwölf Meter, würde ich schon sagen. Und unebenes Gelände. Schwer ist es ganz bestimmt, aber ziehen kann man es schon«, war Walter überzeugt.

»Sie meinen, eine einzelne Person könnte das?«

»Ich glaub nicht jede, aber ich könnte es ja mal probieren.«

»Vielleicht waren es auch mehrere, die sich einen Spaß gemacht hatten. Ich meine, eine Wette oder so etwas. Vielleicht wollte auch jemand das Kreuz als Gartenzier, schließlich werden ja auch immer wieder Engel von Friedhöfen geklaut«, wandte Laura ein.

Jetzt mutmaßte auch Walter mit: »Oder eine schwächere Person hat mit langen Pausen gearbeitet. Vielleicht hat er oder sie sogar mehrere Tage gebraucht, um es an die Stelle zu bewegen, die gekennzeichnet werden sollte.«

»Meinen Sie wirklich, da wollte jemand etwas kennzeichnen? Was denn? Das mit den Mordkreuzen ist doch eine Geschichte aus längst vergangenen Zeiten, wie man so schön sagt.« Judith wollte sich nicht zu sehr in Spekulationen verlieren.

»Also, die Schleifspur im Waldboden war einigermaßen frisch, und die Mühe macht sich doch niemand einfach so. An einen Streich kann ich nicht glauben, auch nicht an Souvenirsammler. Ich denke schon, es steht jetzt mit voller Absicht da, wo es hingestellt wurde. Wir sollten uns dort noch einmal genauer umsehen«, legte Walter seine Meinung dar. »Und danke, Laura, für deine Hilfe. Das waren wirklich wertvolle Hinweise von dir.«

»Hab ich sehr gern gemacht«, freute sich Laura, doch plötzlich stutzte sie und fuhr fort: »Wisst ihr, etwas war merkwürdig.«

»Was meinst du?«

»Erst hatte ich mich gefreut. Ich habe viel weniger Zeit gebraucht, als ich dachte, um zu den Mordkreuzen etwas zu finden. Üblicherweise dauern solche Nachforschungen schon ein Weilchen, wenn man nicht gerade zu einem Modethema recherchiert. Dann können einem die Kollegen Archivare zumeist schon auswendig die relevanten Quellen anbieten. Es war zwar nur ein Zeitungsausschnitt, den ich fand, doch der lag praktisch obenauf. Ich musste eigentlich drauf stoßen. Wie für mich hingelegt?!«

»Das ist nun aber wirklich eigenartig. Was sagte denn Kreuzer dazu?«, wollte Walter wissen.

»Der war außer Haus, ich konnte ihn nicht mehr fragen.«

»Vielleicht ist er noch im Dienst. Ich rufe ihn am besten gleich mal an.« Dreyer griff zum Telefon. »Guten Tag. Ich hätte gern Herrn Peter Kreuzer gesprochen. Ja, ich warte, danke. Guten Tag! Hier ist die Ortspolizeistation von Waldau, Walter Dreyer. Richtig. Meine Bücher? Ja, ja, ich bringe meine Bücher bald zurück. Was, so lange schon? Ich denke, ich komme in den nächsten Tagen bestimmt vorbei, doch eigentlich hatte ich eine Frage an Sie, Herr Kreuzer. Frau Perch war heute Vormittag bei Ihnen, um etwas Bestimmtes nachzuschlagen. Richtig. Diese junge Frau meine ich. Sagen Sie, hat sich in letzter Zeit noch jemand für das Thema interessiert? Ja! Tatsächlich! Können Sie sich noch an ihn erinnern? Wie bitte? Wissen Sie das bestimmt? Na ja, wir müssten genau wissen, wann das war. So früh? Sie erinnern sich aber rasch.« Walter bedeutete den beiden Frauen zu ihm zu kommen, um mitzuhören.

»Ja, erstens, weil er sich angemeldet hatte und zweitens, weil er schon vor der Tür stand, als ich zum Dienst kam. Wir öffnen um neun. Und als ich gegen halb neun kam, wartete er schon ungeduldig«, war Peter Kreuzer gut hören.

»Und?«, wollte Walter Dreyer den Fortgang des Geschehens wissen.

»Na, ich nahm ihn mit rein. Konnte ihn ja schlecht weiter vor der Tür stehen lassen.«

Eine erfreuliche Dienstauffassung, dachte Judith.

Walter Dreyer fragte: »Wissen Sie noch, was er suchte?«

»Ja, es war schon seltsam. Jahrelang interessiert sich kein Mensch für ein Thema und dann kommen in einer Woche gleich zwei, die fast dasselbe fragen.«

»Was denn genau?«

»Er interessierte sich für die Nachkriegszeit, fragte nach alten Aufzeichnungen über Waldau. Aber vor allem suchte er etwas zu Friedhöfen.«

»Wie bitte?«, glaube Walter sich verhört zu haben.

»Ja, wo gibt es neue Friedhöfe? Wo sind ältere? Wie wurden die Leute bestattet?«

»Hat er gesagt, warum er sich dafür interessierte?«

»Nein, nicht direkt. Aber ...«

»Ja?«

»Nun, ich hatte ihm die übliche Literatur aus unserer Bibliothek dazu herausgesucht und er war überraschend schnell mit seiner Lektüre fertig. Ehrlich gesagt, mehr als durchgeblättert konnte er die Sachen nicht haben. Er wirkte ratlos und ungeduldig. Und ich war etwas enttäuscht, ihm nicht weiter helfen zu können, und das sah er mir wohl an. So hat er sich entschuldigt und rückte dann etwas genauer mit der Sprache raus. Ich gewann den Eindruck, er suchte Hinweise auf ganz Konkretes.«

»Sie meinen, er hat nach einer bestimmten Person gesucht?«, formulierte es Walter Dreyer präziser.

»Genau, aber er wollte mir weder sagen, um wen es ging, noch, wann die betreffende Person gelebt hat.« Peter Kreuzers Stimme klang betrübt.

»Und dann ist er wieder gegangen?«

»Nein, nein, so schnell nicht. Es schien ihm sehr daran gelegen, etwas herauszufinden, und so habe ich ihm dann noch die Kästen mit den Sammlungen vom Stadtarchiv gezeigt. Normalerweise lasse ich da nur Kollegen und Wissenschaftler mit einem Forschungsauftrag ran.«

»Ach, und da hat er dann etwas gefunden?«

»Ich denke schon, jedenfalls, als ich nach einer Stunde nach ihm sah, war seine Unzufriedenheit einer gewissen Tatkraft gewichen. Mir schien, er hatte dringend etwas vor.«

Walter Dreyer verstand nicht recht. »Wie meinen Sie das?«

»Nun, er bedankte sich fahrig, fast unhöflich, und wollte sofort los. Ich hätte gern noch gewusst, was er genau gefunden hat, aber ein Gespräch kam praktisch nicht zustande.«

»Vielen Dank, Herr Kreuzer, das waren äußerst wichtige Auskünfte.« Dreyer legte langsam auf und machte eine kurze Pause, bevor er mitteilte: »Paul Ahlsens war also dort, am Freitag, gleich frühmorgens!«

»Das wird ja immer besser«, warf Judith ein. »Am Freitag war er auch am Frachtschalter. Also war er vorher in der Bibliothek und ist von dort zum Bahnhof gelaufen. Sein Auto ließ er am Marktplatz stehen.«

Auch Laura konnte jetzt einiges besser verstehen. »Er hat vielleicht auch zu den Mordkreuzen geforscht? Ich fand den Zeitungsartikel, wie von ihm bereitgelegt. Oder vielleicht hatte er ihn auch nur vergessen mitzunehmen, denn einige Kartons waren praktisch leer.«

»Das kommt mir nun schon unheimlich vor. Wir gehen am besten gleich noch einmal zum Gut rauf. Wo soll er denn bloß stecken?«, ließ Walter sich jetzt nicht mehr bremsen.

Judith Brunner ergänzte nur noch schnell: »Am Frachtschalter und in der Bahnhofswirtschaft konnte mir niemand etwas über Paul Ahlsens Pläne verraten. Er hatte dort nichts gesagt.«

Walter Dreyer wusste auch, warum: »Er steht nun mal nicht auf so vertrautem Fuße mit den Leuten dort wie sein Chauffeur. Warum sollte er ihnen etwas über seine Vorhaben erzählen?« Jetzt drängte er ungeduldig auf den Aufbruch.

Laura klang besorgt: »Sagen Sie mir bitte gleich Bescheid, Judith? Ich warte dann zu Hause auf Sie. Wenn etwas passiert sein sollte, möchte ich mich um Astrid kümmern.«

»Na, so schlimm wird es schon nicht werden, Mädchen«, versuchte Walter, sie zu beruhigen. Doch auch er konnte die Unruhe in seiner Stimme nicht mehr verbergen.

~ 39 ~

Kaum hatte Laura Perch das Büro verlassen, klingelte das Telefon.

Walter Dreyer spurtete zu seinem Schreibtisch zurück und rief nach wenigen Augenblicken: »Frau Hauptkommissarin, kommen Sie bitte noch einmal zurück, das Gespräch ist für Sie.« Er drückte ihr den Telefonhörer in die Hand und raunte ihr noch zu: »Ich glaube, es ist Ihr Chef.«

Judith Brunner nickte ihm dankend zu und meldete sich formell: »Hauptkommissarin Judith Brunner.«

Walter zog sich diskret zurück. Das Telefonat war extrem kurz. Er hörte Judith nur wenige Worte sagen.

»Jawohl, ich komme gleich!«, dann legte sie den Hörer auf.

Walter sah sofort, dass Judith über die Maßen unangenehm berührt war, und fragte nach dem Grund.

Judith Brunner setzte sich und wiegelte ab: »Nein, nein, es ist nichts Schlimmes passiert. Ich soll nur in die Bezirksdirektion, meinem Chef persönlich Bericht erstatten. Sie fahren bitte allein zum Gut.«

Dreyer sah sich Judith genauer an und widersprach: »Ich glaube kaum, dass Sie in Ihrem Zustand Auto fahren sollten. Ich bring Sie hin. Außerdem bin ich mit meinem Blaulicht notfalls fixer, und wir sind beide schnell zurück.«

Nur zögernd ging Judith auf den Vorschlag ein, aber sie spürte, dass Walter ihre Schwäche richtig erkannt hatte.

Am frühen Nachmittag verlief die Fahrt nach Magdeburg äußerst unproblematisch.

Walter Dreyer registrierte, dass Judith Ruhe brauchte, um sich auf das kommende Gespräch vorzubereiten.

Sie blätterte in den Protokollen und machte sich kurze Notizen.

Vor der Polizeidirektion setzte er sie ab und versprach ihr, im Auto zu warten. Lange musste er sich nicht gedulden, denn schon nach weniger als einer halben Stunde erschien Judith wieder auf dem Parkplatz.

Sie stieg ins Auto und bat ihn: »Jetzt aber schnell nach Waldau. Und direkt zum Gut.«

Walter Dreyer schaute sie fragend an und hoffte auf einen ausführlichen Bericht.

Bereitwillig gab Judith Brunner Auskunft: »Mein Chef hat heute in der Kreisdienststelle nach mir gefragt. Dr. Grede hat ihm dann gesagt, was ich vorhabe und dass ich wahrscheinlich wieder in Waldau sei. Als Dr. Grede ihm dann noch mitteilte, dass er plane, für Paul Ahlsens eine Fahndung auszuschreiben, erachtete es mein Chef als notwendig, mir persönlich einige zusätzliche Hinweise zu geben.«

Walter Dreyer nickte und blickte sie noch gespannter an.

Judith wusste aber selber nicht so recht, was sie mit den überflüssigen Hinweisen ihres Vorgesetzten anfangen sollte. Deshalb blieb sie unverbindlich. »Er hat mich angewiesen, alles, was die Familie Ahlsens betrifft, äußerst diskret und ohne großes Aufsehen zu erledigen.«

Und deshalb dieser ganze Aufwand? Trotzdem war Walter Dreyer nicht enttäuscht. Er merkte zwar, dass er nicht alles zu hören bekam, aber eigentlich war er sogar froh darüber, hatte er doch mit der Zeit sein ruhiges Landleben immer mehr schätzen gelernt.

»Na dann, auf zum Gut und ganz diskret!«, schmunzelte Walter und drückte das Gaspedal weiter durch.

~ 40 ~

Der Gutspark wirkte trotz der herbstlichen Kühle romantisch. Das Nachmittagslicht kämpfte gegen die heraufziehende Dämmerung und die Rosenbeete leuchteten in seltener Intensität.

Astrid Ahlsens hatte das Auto der Polizisten kommen sehen. Ohne dass sie klopfen mussten, öffnete sie ihnen die Tür. »Guten Tag.« Sie bat Judith Brunner und Walter Dreyer herein, doch fühlten sie sich irgendwie nicht willkommen. Auf jeden Fall waren sie nicht der erwartete Besuch.

»Wir würden gern noch einmal mit Ihnen reden, es haben sich neue Fragen ergeben«, sprach Judith sie an.

»Dann kommen Sie doch bitte mit, wir sitzen wieder im Wintergarten.«

Sie ging voran. Ihr Onkel hatte Schritte gehört und kam ihnen entgegen. »Ist er endlich ... Oh, Sie sind es. Nun, haben Sie etwas Neues für uns?«

»Wen haben Sie denn erwartet? Stören wir?«

»Nein, nein, es ist nur ...«, die junge Frau deutete auf die Sitzgelegenheiten. »Darf ich Ihnen etwas anbieten?«

»Vielen Dank, ich möchte nichts«, lehnte Walter höflich ab.

»Und Sie, Frau Brunner?«

Auch Judith schüttelte nur leicht den Kopf und nahm Platz.

»Also, was wolltest du sagen, Astrid?«, begann Walter.

Sie blickte ihren Onkel Rat suchend an. Augenscheinlich hatten beide, bevor sie den Besuch bekamen, eine Diskussion geführt und sich noch nicht auf einen Standpunkt einigen können.

»Es geht um Paul, meinen Bruder«, half Botho Ahlsens seiner Nichte aus der Verlegenheit. »Er ist immer noch nicht zurück von seiner Reise. Und langsam machen wir uns Sorgen, wo er bleibt. Er ist jetzt fast eine Woche weg.«

»Und du willst mir nicht sagen, wohin er gefahren ist«, warf ihm Astrid vor. »Das mit dem Pferdekauf ist doch purer Unsinn! Wir und Pferdezucht?!«

»Astrid, müssen wir das jetzt vertiefen?«, versuchte Botho Ahlsens, das Thema zu beenden.

»Auch wir sind hier, um uns mit Ihnen über diese Reise zu unterhalten, Herr Ahlsens. Hat Ihr Bruder sich denn bei Ihnen gemeldet, seit er abgereist ist?«, sprang Walter Astrid bei.

»Nein, hat er nicht! Denken Sie, ich würde sonst so unruhig sein?«

»Können Sie uns bitte genau erklären, was der Zweck seiner Reise war? Wollte er wirklich Pferde besichtigen?«, machte jetzt auch Judith Brunner Druck.

Botho Ahlsens blickte seine Nichte unruhig an. »Nein.«

»Aber du hast mir das so gesagt!«, bemerkte Astrid enttäuscht.

»Ja, Paul und ich hatten das so besprochen. Es war dumm, ich weiß, doch wollten wir dir keine unnötigen Sorgen bereiten.«

»Wieso? Was ist los, Onkel Botho?«

Drei fragende Gesichter wandten sich gespannt dem Befragten zu. Der rang einen Moment mit sich selbst. »Ich habe keine Ahnung«, brachte er gequält hervor.

»Was soll das heißen, Herr Ahlsens. Erklären Sie uns bitte, wovon Sie überhaupt reden«, versuchte Judith Brunner einen sinnvollen Einstieg in die Geschichte zu bekommen.

»Also gut. Mein Bruder wollte etwas herausfinden. So hat er es mir erzählt. Ein alter Freund hätte ihn um seine Hilfe gebeten und deshalb müsse er verreisen, um irgendeine vermaledeite Angelegenheit zu klären. Was genau, hat er mir nicht gesagt, doch schien ihm sehr daran gelegen, helfen zu können.«

»Wer ist der Freund? Wir können ihn doch fragen?«, warf Walter Dreyer ein.

»Das kann ich Ihnen nicht sagen. Paul hat keinen Namen erwähnt.«

Judith Brunner übernahm wieder die Gesprächsführung: »Haben Sie ihn nicht gefragt?«

»Doch, was denken Sie! Er konnte es mir aber nicht sagen; er hätte es versprochen.«

»Aber wer seine Freunde sind, wissen Sie doch sicherlich. Dann fragen wir eben alle. Jemand muss das doch mit Ihrem Bruder besprochen haben! Geben Sie uns bitte alle Namen?« Judith holte ihr Notizbuch aus der Tasche und notierte die Namen, die Botho Ahlsens einfielen. Es waren nur zwei.

»Er kennt natürlich noch mehr Leute, doch wirkliche Freunde? Ich denke, die da sind es!«

»Und worum es genau ging, hat er nicht gesagt? Nicht einmal Andeutungen gemacht?«, ließ Judith Brunner nicht locker.

»Nein, das kam mir vorige Woche auch nicht so merkwürdig vor, ich dachte doch, er ist nach ein, zwei Tagen wieder hier.«

»Und wann gedachten Sie, uns davon zu erzählen?«, konnte Judith sich nicht enthalten, ihrer Entrüstung nachzugeben. »Sie wussten doch, dass wir Ihren Bruder im Zusammenhang mit Laurenz Heitmanns Ermordung dringend befragen wollten.«

»Ja, schon. Aber er ist ein erwachsener Mann. Ich dachte, er wird schon seine Gründe haben«, antwortete Botho Ahlsens. »Und sicher meldet er sich bald«, fügte er mit einem um Verzeihung bittenden Blick auf seine Nichte hinzu.

»Ihr Bruder wurde letzte Woche am Freitagmorgen in Gardelegen gesehen, in der Bibliothek und auf dem Bahnhof. Fällt Ihnen dafür ein Grund ein?«, fragte Judith Brunner.

Die Ahlsens sahen sich an, er schüttelte den Kopf und Astrid meinte: »Am Bahnhof war er vielleicht wegen deiner Pflanzen, Onkel Botho. Kann es nicht sein, dass er schon auf dem Rückweg seiner Reise war und dir einen Weg ersparen wollte?«

»Und wo ist er dann, Mädchen?« Nun war die Verzweiflung in Botho Ahlsens Stimme kaum noch zu überhören.

Walter Dreyer fasste die Situation zusammen: »Also, es sieht so aus, Herr Ahlsens: Ihr Bruder bricht am Mittwochabend auf, um für einen Freund Nachforschungen anzustellen. Er besucht am Freitag noch die Bibliothek und wird am selben Tag gegen Mittag in Gardelegen am Bahnhof das letzte Mal gesehen. Einen Tag zuvor wird Ihr Angestellter, Laurenz Heitmann, dort ermordet. Ihr Bruder meldet sich nicht bei Ihnen. Heute ist Montag. Das heißt, er ist fünf Tage weg. Er könnte sich bei besagtem Freund aufhalten, er könnte vom Bahnhof abgefahren sein, er könnte sich sonst wo befinden!« Er könnte auch Laurenz Heitmann ermordet haben, doch das sagte Walter Dreyer nicht laut. »Vielleicht ist ihm etwas zugestoßen? Was halten Sie davon, wenn wir nach ihm suchen lassen?«

Astrid begann zu weinen und ihr Onkel nickte wortlos.

»Hätten Sie ein aktuelles Foto für uns?«, fragte Judith Brunner leise. Sie merkte, dass ihr ein Kloß im Halse steckte.

Als Walter und Judith wieder draußen waren, blieben sie einen Moment stehen und blickten in den Park. Es war inzwischen dunkel geworden und gegen den klaren Himmel sah man die gewaltigen Silhouetten der alten Bäume. Nebel hing am Boden. Es herrschte vollkommene Stille.

Judith bekam fast einen Schreck, als Walter sagte: »Wir rufen besser gleich noch in der Kreisbehörde an, sie sollen rasch die Fahndung nach Paul Ahlsens rausgeben. Die fehlenden Angaben kann ich ja machen. Ich kenne ihn schließlich gut genug. Und ich denke, für morgen früh brauchen wir die Spurensicherung und ein paar Leute zum Graben. Das Kreuz bei Lindenbreite steht da nicht ohne Grund.«

Judith Brunner sah keine Veranlassung, dem zu widersprechen.

Dienstag

~ 41 ~

Um neun war es hell genug, um mit den Arbeiten im Wald zu beginnen. Das schöne Herbstwetter schien sich fortzusetzen. Es war noch kühl und ein bisschen diesig, aber schon brachen flache Sonnenstrahlen bis ins Unterholz.

Als Judith Brunner und Walter Dreyer in seinem Auto den Waldweg entlang holperten, sahen sie die Geländewagen der Spurensicherung schon von Weitem. Vier Männer standen in einer kleinen Gruppe beim Vorwerk zusammen und sahen ihnen gespannt entgegen, als hätten sie gewettet, ob der normale Straßenwagen den Weg schaffen würde.

»Der Chef der Truppe ist Thomas Ritter«, erklärte Walter Dreyer. »Wir kennen uns schon seit einer Ewigkeit. Er kann was, glauben Sie mir. Wenn uns hier einer helfen kann, dann er.«

Als sie ausstiegen, wurden sie freundlich begrüßt und stellten einander vor. Die Leute frotzelten mit Dreyer ein wenig herum. Judith blieb da außen vor und ließ die Männer machen. Die Aufgabe war kompliziert genug, und eine gute Stimmung konnte ihr Vorhaben nur befördern.

»Wenn Sie mich kurz einweisen könnten?«, wandte sich Thomas Ritter an Judith Brunner. »Wir können es nämlich kaum erwarten, mal etwas anderes als Verkehrsunfälle und Einbrüche zu haben.«

»Da kann ich Ihnen leider nichts versprechen. Sie müssen hier nur die Spuren finden und natürlich sichern, die beim Transport eines kleinen Steinkreuzes entstanden sind. Das Kreuz ist circa zehn Meter weit bewegt worden. Wir benötigen vor allem Angaben über den genauen Zeitpunkt des Transports und die Zahl der daran beteiligten Personen. Alles andere, was Sie finden, hilft uns natürlich auch. Walter Dreyer hat den Ort entdeckt und führt Sie gleich zur betreffenden Stelle im Wald. Wenn Sie damit fertig sind, könnte es sein, dass Sie an der Stelle graben müssen, die das Kreuz markiert. Ob Sie etwas finden und was es sein wird, da bin ich selber gespannt. Danke jetzt schon mal für Ihr pünktliches Erscheinen.«

Ritter schaute enttäuscht. »Ein kleines Steinkreuz, ja? Und ich sollte mit meiner ganzen Mannschaft kommen?« Er sah Walter direkt an.

Der nickte nur.

»Darf ich dich was fragen?«

»Na?!«, forderte Walter Thomas Ritter auf.

»Gibt es einen Zusammenhang mit dem Mord am Bahnhof in Gardelegen?«

»Genau das wollen wir klären. Viel hängt von den Spuren ab, die ihr findet«, versuchte Walter ihn zu motivieren.

»Na, dann mal los.« Thomas Ritter ging zu einem der Wagen und öffnete die Tür. Eine Unmenge von Geräten wurde sichtbar: Schaufeln, Hacken, Maurerkellen, Pinsel, Siebe, Folien, Beutel. »Bringst du mich bitte erst einmal alleine hin, Walter? Ich will sehen, welche Gerätschaften wir mitnehmen müssen. Ist es noch weit?«

»Nein, nein, man sieht die Stelle sogar von hier aus. Da vorn, unter den Blutbuchen, allerdings ist das Kreuz hinter Baumwurzeln versteckt.«

»Gestern bist du wahrscheinlich kreuz und quer durchs Gelände gestolpert«, stellte Thomas Ritter fest. »Du zeigst mir am besten, wie du vorgegangen bist, dann kennen wir deinen Weg. Hattest du diese Schuhe an?« Ritter blickte auf Dreyers Füße.

»Ja, und ich habe nichts angefasst, weggeräumt oder so.«

»Prima, lass uns gehen. Du zeigst mir, wie du gelaufen bist, ich gehe voran und suche schon nach Spuren.«

Es sah aus, als liefen die beiden Männer irgendwie ziellos durchs Gelände, aber Dreyer erinnerte sich, so in etwa gelaufen zu sein.

Judith blieb mit den anderen zurück, die sich auf ihren Einsatz vorbereiteten: Handschuhe raussuchen, Fotoapparaturen zusammenschrauben, Werkzeugkoffer entladen und vieles mehr.

»Sie bleiben hier?«, wurde sie gefragt.

Judith hatte das vor und nickte. Sie würde am Fundort nur stören. Zwar war sie neugierig, was das Kreuz betraf, doch das konnte sie sich auch noch ansehen, wenn die Kollegen fertig waren. Sie würde einfach warten.

Schon nach zehn Minuten kamen die beiden Männer wieder.

Ritter wies seine Leute ein: »Wir fangen hier am Weg an. Derjenige oder diejenigen, die hier Spuren hinterlassen haben, sind sicher auch von dieser Stelle gekommen, das ist zumindest unsere Arbeitshypothese. Da hinten«, er wies auf die Stelle links von den Blutbuchen, »ist das Kreuz. Eine deutliche Schleifspur ist zu sehen. Wir haben außerdem hohes Laub und dichtes Unterholz. Also schaut genau hin. Fangt mit den Fotos an, ihr wisst schon.«

Die anderen nickten und begannen, sich langsam vorzuarbeiten.

Walter Dreyer blieb bei Judith; auch er wollte nicht im Weg stehen.

»Wollen wir uns hier etwas umsehen?«, schlug Judith vor.

Froh über die Aussicht, sich bewegen zu können, stimmte Walter zu.

Das Vorwerk Lindenbreite lag unter dem Schutz hoher, knorriger Bäume malerisch in der Landschaft. Doch leider war von den Baulichkeiten nicht viel übrig geblieben. Die Gebäude waren in der Nachkriegszeit verlassen worden und verfielen dann.

»Gehört das denn niemandem?«, wunderte sich Judith.

»Hm, sicher gibt es jemanden. Bloß wen, kann ich nicht sagen, ich habe noch nie darüber nachgedacht.«

»Wirklich schade drum, es muss doch herrlich sein, hier draußen in der Natur zu leben!«

»Na ja, es ist sicher nicht leicht, so völlig abgeschnitten vom Dorf«, gab Walter zu bedenken.

»Nein, leicht sicher nicht. So habe ich es auch nicht gemeint. Eher die Arbeit oder die Art der Arbeit ist es, die ich so anziehend finde. Man kann weitgehend unabhängig von Terminen leben, die andere für einen machen, man kann selbstständiger entscheiden, was wichtig ist und was getan werden muss. Der Tag erscheint einem vielleicht nicht so fremdbestimmt«, hing sie laut ihren Gedanken nach.

Walter ließ ihr Zeit zum Genießen, und eine Weile spazierten sie schweigend nebeneinander her. Er sah Judith an, dass sie irgendetwas bedrückte, doch immer noch traute er sich nicht, nach dem Grund zu fragen. »Kommen Sie, gehen wir zurück. Vielleicht haben die Kollegen schon etwas für uns.«

Gleichwohl mussten sie noch fast eine halbe Stunde warten, bis die Spurensicherer sich wieder blicken ließen.

»Sehen Sie doch mal, unsere Expedition kommt zurück«, deutete Walter dann auf die Ankömmlinge.

»Ihr habt gut lachen, sonnt euch hier, während wir auf dem Boden krauchen müssen«, beschwerte sich Ritter humorvoll.

»Und, was habt ihr gefunden?«

Thomas Ritter lehnte sich an einen der Wagen. »Es war nicht allzu schwer. Alles war ziemlich offensichtlich. Also: Eine Person hat das Kreuz bewegt. Und zwar hat er das Steinkreuz gezogen und so Meter für Meter dorthin gebracht, wo es nun steht. Das war bestimmt ein schönes Stück Arbeit und hat ganz sicher ein paar Stunden gedauert. Also ich glaube, es war ihm wichtig, das Kreuz genau dorthin zu bringen.«

»Wie hat er es vom Boden hochgekriegt?«

»Wir haben einen Ast gefunden, der als Hebel benutzt worden sein könnte. Die Borke ist in der richtigen Höhe zerrieben, und ich denke, im Labor finden wir eine Bestätigung, dass der Ast als Werkzeug benutzt wurde. Am Kreuz und am Ast. Wir nehmen beides mit.«

Walter Dreyer fragte ungläubig: »Wie willst du es ins Auto hieven?«

»Lass das mal ruhig meine Sorge sein. Hydraulik kann da wahre Wunder tun.« Er deutete auf ein Gerät in seinem Wagen, an dem Judith nur Räder und Stangen sicher identifizieren konnte.

»Und lag irgendetwas rum?«, wollte Dreyer jetzt wissen. Hatten sie etwa mehr gesehen als er?

»Nur, was auch hier in den Wald gehört. Keine Brieftaschen, Ausweise, Fotos oder was du dir sonst noch wünschst. Aber am Kreuz selbst sieht es ganz interessant aus.«

»Wie meinst du das?«

Ritter zwinkerte ihnen zu. »Kommt mit, ich zeig' es euch.«

Gespannt näherten sie sich dem hoch aufragenden Wurzelstock. Dreyer ging mit Ritter voran. Als Judith das Kreuz dann sah, kam es ihr klein vor. Doch es war von schöner Form und beeindruckte sie gerade durch seine Schlichtheit. Dann sah sie, was Thomas Ritter meinte: Der Fuß des Kreuzes war mit roten Ziegelsteinsplittern so abgestützt worden, dass es aufrecht und frei stehen konnte. Sorgsam waren die Stückchen genau passend ausgesucht und eingesetzt worden.

Dreyer kniete sich vor das Kreuz und meinte: »Das gibt's doch nicht.«

»Das konntest du gestern nicht sehen. Es war viel Laub darüber. Wir haben es auch erst entdeckt, als wir den Fuß des Kreuzes freilegten.«

»Sehen Sie mal, Judith. Was halten Sie davon?«, fragte Dreyer, immer noch erstaunt, seine Kollegin.

Mit einem Ziegelstückchen war ein kleiner Buchstabe in den Fuß geritzt worden. Deutlich war ein rotes »E« erkennbar.

»Na, das ist dann doch kein Zufall mehr!«, bestätigte Judith, als sie es sah.

»Und sollen wir nun graben?«, wollte Ritter wissen.

»Ja«, sagten Judith und Walter zugleich.

Die Grabungsarbeiten würden eine geraume Zeit dauern, denn während die Kollegen sich nach unten arbeiteten, waren ständig Spuren – Laub- und Bodenschichten, eventuelle Hinterlassenschaften von Personen, die Dicke der Wurzeln – zu sichern. Mehr als zwei Leute konnten sowieso nicht gleichzeitig arbeiten, damit sie sich nicht gegenseitig behinderten.

Walter stand mit Thomas Ritter bei den Autos, während Judith sich abseits auf einen umgestürzten Baumstamm gesetzt hatte.

»Habt ihr eine Idee, was das bedeuten soll?«, fragte Ritter.

Walter war um eine Antwort nicht verlegen: »Haben wir. Seit dem Kriegsende wird hier ein Emil Winter vermisst, der bei den jetzigen Ermittlungen mehrfach eine Rolle spielte. Er war ein Jugendfreund von Laurenz Heitmann, du weißt doch, dem Ermordeten vom Bahnhof. Ich gehe fest davon aus, dass das Kreuz etwas mit ihm zu tun hat.«

»Na, dann werden wir uns alle über mangelnde Arbeit nicht beklagen können.«

Walter fiel noch eine weitere Möglichkeit ein. »Ein Mann aus dem Dorf wird auch noch vermisst. Seit über zehn Jahren. Er soll angeblich seiner Frau weggelaufen sein. Vielleicht ist er das?«

»Aber das eingeritzte E, passt das auch?«

»Hm, keine Ahnung, auf Müller trifft es nicht zu, und wie der Mann mit Vornamen hieß, ist mir entfallen. Hast du schon eine Vermutung, wann das gemacht worden ist?« Walter nickte in Richtung auf die Blutbuchen.

»Ist noch nicht lange her. Vielleicht zwei, drei Wochen. Das ist alles altes Laub vom letzten Frühjahr. Buchen werfen ihr Laub erst nach dem Winter ab. Siehst du?« Ritter deutete nach oben. »Die Blätter bleiben im Herbst noch dran. Wenn im Frühling die neuen Knospen kommen, drücken sie die alten Blätter weg. Die Schleifspur zieht sich im Wesentlichen durch altes Buchenlaub. Es ist nur äußerst wenig Laub von anderen Laubbäumen rings umher darüber gefallen, obwohl wir Herbst haben. Also gibt es nur einen Schluss: Die Spur ist frisch! Die Ziegelstücke stammen sicher aus dem Vorwerk. Ein Kollege versucht schon, die Stelle zu finden, wo sie herausgebrochen wurden. Auf den Ziegelsteinstücken haben sich kaum sichtbare Moose angesiedelt, unsere Fachleute werden aus den Sporen noch erkennen, wie lange die schon auf den Steinen sind. Es war auch kaum Biomaterial in den Steinritzen. Wenn das Kreuz hier schon länger so stehen würde, hätten wir mehr von allem finden müssen. Ah, sie winken. Offenbar haben meine Leute etwas gefunden. Komm.«

»Judith, kommen Sie, die haben was!«, rief Walter seiner Kollegin zu.

Sie eilten zu den Blutbuchen und sahen ihre Vermutungen bestätigt: In gut einem Meter Tiefe wurde ein Knochengerüst sichtbar, ein ordentliches Skelett, mit Gürtel- und Stiefelresten.

Für Thomas Ritter war sofort klar: »Den hat jemand ganz vorsichtig hier rein gelegt, nicht rein geschubst. Sehen Sie, er liegt gerade auf dem Rücken, die Hände gefaltet, nichts ist verdreht oder so. Wenn wir ihn vollständig ausgegraben haben, nehmen wir ihn mit und bringen ihn zu Dr. Renz ins Krankenhaus. Der wird sich freuen, so etwas bekommt auch er nicht jeden Tag.«

»Wie lange liegt er da, kannst du das sagen?«, interessierte sich Walter brennend.

»Lange. Dreißig Jahre mindestens. Aber ich bin nicht der Fachmann. Frag Renz danach.«

»Walter, was halten Sie davon?« Judith wollte es auch von ihrem Kollegen bestätigt wissen, hier auf Emil Winter gestoßen zu sein. Davon ging sie, nach Ritters erster Schätzung, nun fest aus.

Walters Schlussfolgerungen bestärkten sie sogar. »Das Grab scheint ordentlich ausgehoben. Das braucht seine Zeit, also bestand für den, der es gegraben hat, kein Zeitdruck. Er wurde sorgsam hingelegt. Ich denke, da hat sich jemand bemüht, ihm ein ordentliches Grab zu bereiten. Derjenige kannte ihn; er mochte ihn vielleicht sogar.«

Judith Brunner hockte sich am Rand der Grube nieder. »Sehen Sie die Kette an den Halswirbeln? Es könnte die Kette zu seiner Blechmarke sein. Das kann uns helfen, herauszufinden, ob er wirklich Emil Winter ist.«

»Können Sie damit denn etwas anfangen?«, fragte einer von Ritters Männern.

»Ja, natürlich. Zu jeder Nummer gibt es einen Namen.«

»Heute ja, ist mir schon klar. Doch so alte Marken?«

»Noch ältere, sogar aus dem letzten Jahrhundert«, war Judith Brunner sich sicher.

»Dann werden wir zuerst versuchen, die Halskette freizulegen, und wenn die Marke auch vorhanden ist, dann kennt ihr wenigstens schon mal die Nummer«, bot Ritter an.

Einige Minuten später hielt er ihr eine Plastetüte mit Kette und Erkennungsmarke hin.

Judith Brunner sah außerdem noch ein paar kleine gewölbte Metallscheiben in der Tüte liegen.

»Könnten Knöpfe sein. Sie lagen in regelmäßigen Abständen«, reagierte Thomas Ritter auf ihren fragenden Blick.

»Danke.« Judith wandte sich an Walter: »Bleiben Sie noch hier? Ich würde gern gleich zur Kreisbehörde fahren und unseren Fund mit Dr. Grede diskutieren. Und beim Bezirk rufe ich noch an. Die werden sich freuen, dass ich im Wochenabstand Tote melde.«

~ 42 ~

Auf dem Weg nach Gardelegen überdachte Judith die Konsequenzen, die das gefundene Skelett haben könnte.

Der verschwundene Ehemann von Thekla Müller kam nicht infrage, dafür waren die Knochen, Ritter zufolge, zu alt; und Paul Ahlsens schied mit Sicherheit auch aus. Blieb Emil Winter. Der gefundene Mann war vor langer Zeit gestorben. Welchen Grund hatte jemand gerade jetzt, auf ihn aufmerksam zu machen? Und wie passte das alles zur Ermordung von Laurenz Heitmann?

Sie hatte noch nicht annähernd genügend Hinweise, um sich ein genaues Bild zu machen, und musste die Obduktion und die Laborauswertungen abwarten. Es würde sich bald herausstellen, ob im Wald bei Lindenbreite kürzlich nur ein Grabkreuz oder doch ein Mordkreuz errichtet worden war.

Ihr erster Weg führte Judith Brunner ins Kreiskrankenhaus zu Dr. Renz. Ihn nur per Telefon zu bitten, ihr möglichst schnell Aufschluss über die Todesursache der skelettierten Leiche zu geben, hielt sie für unhöflich. Alles, was Renz für sie machte, tat er freiwillig. Und nun sogar zwei Untersuchungen in nicht einmal einer Woche!

Der Rechtsmediziner saß in seinem Büro und arbeitete an einigen Akten, die seinen Schreibtisch bedeckten. »Judith, was für eine nette Abwechslung! Bedauerlicherweise ist meine Zeit begrenzt. Kommen Sie, nehmen Sie bitte trotzdem Platz. Ein halbes Stündchen kann ich schon erübrigen.« Er führte sie zu einem bequemen Sessel. »Was kann ich Ihnen anbieten? Ich habe leider nichts zu essen hier, doch für einen Kaffee würde es schon reichen.«

Judith bemerkte erst jetzt, dass sie seit dem Frühstück nichts zu sich genommen hatte, und traute sich, ermutigt durch die Freundlichkeit des Mediziners, einen Besuch in der Krankenhauskantine vorzuschlagen.

»Sie müssen wirklich Hunger leiden und die Krankenhausküche nicht kennen, sonst wüssten Sie, wie absurd Ihr Vorschlag klingt. Aber, auf geht's. Ich begleite Sie gern dorthin, nur erwarten Sie bitte nicht, dass ich etwas esse. Ich habe bereits gespeist.«

Während Dr. Renz einen Tisch am Fenster aussuchte, orderte Judith an der Speisentheke ein Fischgericht, bezahlte und ließ sich nieder. Die Mahlzeit sah gut aus und schmeckte auch. »Was haben Sie gegen das Essen hier? Ich find's in Ordnung. Der Reis ist locker, das Gemüse nicht zerkocht und der Fisch ist lecker gewürzt. Man kann es wirklich essen.« Doch sie sah, dass sie seinen Argwohn mit ihrem Loblied nicht zerstreute. Allzu sehr prägte die Skepsis seine Gesichtszüge.

Dr. Renz wollte nicht über das Essen diskutieren und kam auf ihren Besuch zu sprechen: »Ist Ihnen zu Ihrem Mordopfer noch etwas eingefallen, wobei ich helfen kann?«

»Nein, nicht bei ihm. Aber heute Vormittag haben wir einen weiteren Toten geborgen.« Judith lächelte verlegen.

»Noch einen? Und der landet nun auch bei mir?«, freute sich Dr. Renz, und wirkte bei der Aussicht auf eine neue Aufgabe sogar beschwingt. Verschmitzt sagte er: »So machen Sie sich nicht beliebter bei Ihren Vorgesetzten, Judith. Aber ich helfe Ihnen gern, wenn ich kann.«

»Danke. Ich hatte es gehofft. Aber ich denke, dieses Mal wird es ein wenig aufwendiger für Sie. Der Mann ist ungefähr seit Kriegsende tot und wir bräuchten trotzdem die genaue Todesursache.«

»So lange schon? Interessant. Sie wissen also schon, wer es ist?«

»Wir haben eine relativ gesicherte Vermutung. Ein Soldat namens Emil Winter wird seit damals vermisst. Die Fundumstände deuten auf ihn hin.« Judith Brunner begann, Dr. Renz von den morgendlichen Entdeckungen zu berichten, während sie ihr Mahl zufrieden beendete.

»Das ist ja ein äußerst interessanter Fall. Und eine Herausforderung. Ich bin schon neugierig. Kommen Sie, erzählen Sie mir ein wenig mehr«, bat er.

»So viel mehr kann ich Ihnen kaum bieten. Er ist skelettiert, hat noch Stiefel an den Füßen und einen breiten Gürtel um. Zumindest sind noch Reste davon zu sehen gewesen. Die Spurensicherung hat außerdem große Knöpfe gefunden. Und eine Blechmarke hing um seinen Hals.«

»Na bitte, ein Problem weniger! Wie tief lag er denn?«

»Wie tief? Hm, ich schätze einen Meter wenigstens, zumindest wurde er in dieser Tiefe sichtbar.«

»Ein Meter, im Waldboden. War es stark durchwurzelt dort?«

»Nein, ist mir jedenfalls nicht aufgefallen.«

Dr. Renz sah auf die Uhr. »Tut mir leid, Judith, aber ich muss los. Ich habe einem Kollegen versprochen, mit ihm einen Fall zu diskutieren. Aber Ihrem Emil wende ich mich zu, sobald er hier ist, versprochen. Morgen früh wissen Sie mehr.«

»Das war mein Wunsch. Danke, Dr. Renz.«

~ 43 ~

Jetzt wurde es höchste Zeit, den Fund aus Lindenbreite in der Kreisbehörde zu melden. Von dort könnte Judith Brunner dann auch bei ihrem Vorgesetzten in Magdeburg anrufen.

Am Empfang begrüßte sie wieder Lisa Lenz, die mit ihren Apfelbäckchen für jede Kurklinik hätte Werbung machen können. Sie lachte sie an und rief: »Hallo Frau Brunner, guten Tag. Wollen Sie zu Dr. Grede? Der ist im Haus unterwegs. Ich versuche, ihn zu finden.«

»Das wäre nett, danke. Doch einen Moment bitte noch. Sagen Sie, haben Sie schon etwas zu diesem Emil Winter?«

»Oh, leider nein, hier im Haus war über ihn nichts mehr zu finden. Und bisher habe ich noch keine Rückmeldungen bekommen.« Vorwurfsvoll sah sie zum Telefon.

»Ich habe hier nämlich noch etwas, das uns auf jeden Fall weiterhelfen müsste.« Judith Brunner zog den Plastebeutel mit der Blechmarke aus ihrer Tasche. »Sehen Sie, das hatte ein Skelett um den Hals, das wir heute Morgen in Waldau gefunden haben.«

Lisas Augen leuchteten. »Ein Skelett mit Kette?«

»Nun ja, das ist eigentlich keine Kette, Frau Lenz, sondern eine Erkennungsmarke für Soldaten.«

»Ach, das tote Skelett war ein Soldat?«

»Genau«, bestätigte Judith Brunner lächelnd. Dass es keine lebendigen Skelette gab, und dass sie im Allgemeinen auch nicht als Soldaten herumliefen, tat im Moment nichts zur Sache. »Ich bitte Sie nun, den Namen zu dieser Blechmarke heraus zu bekommen. Keine Angst, das ist ganz einfach. Sie rufen hier an und bleiben hartnäckig.«

Lisa Lenz las laut vor, was auf dem Zettel stand, den ihr die Hauptkommissarin in die Hand gedrückt hatte: »*Deutsche Dienststelle für die Benachrichtigung der nächsten Angehörigen von Gefallenen der ehemaligen Deutschen Wehrmacht*. Oh Mann, das muss ja ein Türschild sein. Und die können Ihnen den Mann identifizieren?«

»Zumindest können sie uns sagen, zu welchem Namen die Nummer auf der Erkennungsmarke gehört. Die Dienststelle hat Millionen von Namen mit den dazugehörigen militärischen Daten erfasst. Also bin ich optimistisch, einen Namen zu unserer Nummer zu bekommen, einen Namen, der hoffentlich auch zu unserer Geschichte passt. Versuchen Sie jetzt bitte, Dr. Grede zu finden?«

Während sie darauf wartete, dass der »Chef« von ihrem Erscheinen informiert wurde, überlegte Judith, ob diese junge Frau denn immer Dienst hatte? Sie konnte das Haus betreten, wann sie wollte, immer wurde sie von ihr begrüßt. Und stets hilfsbereit war Lisa Lenz auch.

Judith hatte sich in die Wartezone zu den anderen zwei Besuchern der Kreisbehörde gesetzt. Ein vierschrötiger Mann versuchte, auf dem unbequemen Stuhl eine für seinen Körper halbwegs aushaltbare Position zu finden, was ihm aber nicht gelingen wollte. Ständig verlagerte er sein Gewicht, doch reichte die Sitzfläche nicht aus, um auch nur die Hälfte seiner Massen zu stützen. In der Hand hielt er einige Papiere und war augenscheinlich aufgeregt. Vielleicht stand er auch unter Zeitdruck.

Jedenfalls rief seine ständige Zappelei den Unmut des anderen Besuchers, der etwas genervt wirkte, hervor. Er hatte seine Beine weit von sich gestreckt und hielt die Arme demonstrativ über der Brust verschränkt. Ob das wirklich bequem war, wagte Judith zu bezweifeln. Diese Stühle waren einfach nicht für längeres Sitzen konstruiert worden. Sie waren stabil und hygienisch, stapelbar und leicht. Stühle in behördlichen Wartezonen, ein Thema, über das sie so intensiv nachdenken konnte, dass sie richtig zusammenfuhr, als Dr. Grede sie ansprach: »Frau Brunner! Oh, entschuldigen Sie, ich wollte Sie nicht erschrecken.«

Judith Brunner stand auf und reichte ihrem Kollegen die Hand. »Ach, keine Ursache. Ich muss mich entschuldigen, Sie unangemeldet zu stören, doch ich bringe Neuigkeiten.«

»Kommen Sie bitte. Was hat Thomas Ritter denn gefunden?«

»Noch einen Toten.«

»Was? Tatsächlich! Wo genau?«

»Im Wald in der Nähe des Vorwerks Lindenbreite bei Waldau«, versuchte sich Judith Brunner an einer präzisen Ortsangabe.

In seinem Arbeitszimmer bot er ihr den einzigen nicht mit Akten belegten Stuhl an und räumte seinen Bürosessel frei. »Ich grabe mich derzeit durch alle möglichen Vorgänge, da ich unseren Chef wohl längere Zeit vertreten muss. Nun sind Verwaltungsangelegenheiten zu klären, Finanzkram zu erledigen, Personalquerelen

...«, versuchte er, die Unordnung zu begründen.

»Machen Sie sich bitte nicht zu viele Umstände. Ich bekomme fast ein schlechtes Gewissen, denn ich fürchte, ich habe noch mehr Arbeit für Sie und Ihre Kollegen.«

Dr. Grede legte den Aktenstapel von seinem Sessel einfach auf den Boden und setzte sich. »Und wissen Sie, wer der Tote ist?«

»Wir vermuten, dass es der Mann aus Waldau ist, der seit dem Krieg vermisst wurde und als verschollen galt. Emil Winter.«

»Und den haben Sie jetzt gefunden?«

»Nun, ja. Natürlich skelettiert.« Als Grede daraufhin skeptisch schaute, beeilte sich Judith zu versichern: »Wir haben Anhaltspunkte, die auf Emil Winter schließen lassen.« Sie berichtete nun ausführlicher von den Entdeckungen des letzten Nachmittags und des heutigen Morgens.

»Ein Steinkreuz mit einem eingeritzten E. Klingt ja fast filmreif. Geschichten gibt's.« Dr. Grede schien ihrer Erzählung immer noch nicht recht Glauben zu schenken.

Judith Brunner informierte weiter: »Ich habe mir erlaubt Dr. Renz wieder um seine Mithilfe zu bitten.«

»Er hat ganz bestimmt nicht abgelehnt, was? Einen solchen Fall hatte er sicher auch noch nicht. Na ja, für mein Labor wird es noch mehr Arbeit geben«, stellte Dr. Grede nüchtern fest und fragte: »Wo bleibt der Ritter nur?«

~ 44 ~

Nachdem Walter Dreyer bei den Arbeiten im Wald mehr im Weg stand, als hilfreich zu sein, war er in sein Büro zurückgelaufen. Er zog sich um, nahm einen Happen zu sich und brühte sich einen starken Kaffee. Er konnte es nicht leugnen, dass ihm die Ermittlungen einerseits eine tiefe Befriedigung verschafften. Es steckte eine außerordentliche Geschichte dahinter, das spürte er. Andererseits war ein Einwohner seines Dorfes ermordet worden, einer, den jeder mochte. Und nun noch Emil Winter! Dreyer empfand Mitgefühl mit Irmgard Rehse, wenn sie vom Schicksal ihrer Jugendliebe erfahren würde.

Er blickte auf seinen Schreibtisch und fand die Notiz von Judith

Brunner. Damit konnte er sich nützlich machen: Die Befragungen der Freunde Paul Ahlsens' standen noch aus. Dazu musste er noch nicht einmal sein Büro verlassen, denn beide hatten Telefon. Um welchen Freundschaftsdienst war der vermisste Paul Ahlsens gebeten worden?

Zuerst rief Walter Dreyer bei Hannes Winkelmann an, der mit seiner Familie und einigen Angestellten auf einem Hof in Einzellage wohnte. Er war Waldbesitzer und erwirtschaftete – wie man so hörte und seinem Hof auch ansah – einiges Geld mit dem Holzhandel. Wenn man vorbeifuhr, sah man auf den ersten Blick, dass viel Liebe und auch Geld in den Erhalt des Winkelmannschen Anwesens gesteckt wurden. Außerdem vermietete Winkelmann an Urlauber, die den behaglichen Komfort in den Räumen einer ausgebauten Remise zu schätzen wussten. Walter hatte bisher nur selten Veranlassung gehabt, dort dienstlich aufzutauchen. Lediglich vor ein paar Jahren war es beim Einsatz von Saisonkräften für den Holzeinschlag in den Unterkünften zu Handgreiflichkeiten gekommen, die ohne polizeiliches Eingreifen nicht beendet werden konnten. Kleinere Diebstähle waren einem Holzfäller zum Verhängnis geworden, der sich hatte erwischen lassen. Seine Kollegen waren nicht zimperlich mit ihm umgesprungen und Winkelmann musste Dreyer um Unterstützung bitten, damit der Betreffende sicheres Geleit bis zum Bahnhof bekam. Dort hatte er den Missetäter in den Bus gesetzt und die Sache war erledigt. Ein anderes Mal war Winkelmann ein Fahrzeug im Wald aufgefallen. Es hatte jemand abgestellt, der offenbar die Verschrottungskosten sparen wollte. Nach zwei Wochen hatte er sich entschlossen, die Angelegenheit bei der Polizei zu melden und Dreyer hatte sich der Sache angenommen – das hieß, er hatte das Fahrzeug abschleppen und zur Identifizierung auf den Parkplatz der Kreisbehörde bringen lassen. Was daraus geworden war, hatte Walter Dreyer nicht mehr weiter verfolgt.

Botho Ahlsens hatte gemeint, dass sein Bruder Paul und Hannes Winkelmann sich seit der Schulzeit kannten. Sollte Paul Ahlsens für ihn etwas erledigen und was? Egal, Walter Dreyer würde einfach danach fragen.

Der Hausherr selbst meldete sich am Telefon: »Bitte?«

»Guten Tag, Herr Winkelmann, hier spricht Walter Dreyer von

der Ortspolizeistelle in Waldau. Dürfte ich Sie kurz was fragen?«

»Ja sicher, worum geht es denn?« Zumindest klang er interessiert.

»Wir suchen Paul Ahlsens. Er hat sich seit letzter Woche nicht mehr bei seiner Familie gemeldet. Hat er Ihnen etwas mitgeteilt?«

»Paul? Nein, nicht dass ich wüsste. Wohin sollte er denn sein?«

»Ich hoffte, Sie könnten mir einen Tipp geben. Seinem Bruder hat er erzählt, er hätte etwas für einen Freund zu erledigen.«

Winkelmann musste nicht lange überlegen, bis er erklärte: »Da muss ich Sie enttäuschen. Wir haben uns zuletzt vor zwei Wochen gesehen und da haben wir nichts von Belang besprochen.«

»Und Sie haben auch keine Idee, was er vorgehabt haben könnte?«

»Nein, wirklich nicht. Es tut mir leid. Und Botho, der weiß nichts?« Winkelmann wollte wirklich helfen, und dann fiel ihm ein: »Fragen Sie bitte noch bei Werner Brose nach, vielleicht hat Paul für ihn was machen wollen.«

»Danke, das hatte ich ohnehin noch vor. Sagen Sie bitte, Sie sind doch ein enger Freund von Paul Ahlsens, nicht wahr?«

»Ja?!«

»Hm, wissen Sie vielleicht, ob, naja, ob eine Frau im Spiel sein könnte?« Walter Dreyer hatte diese Möglichkeit nicht wirklich in Betracht gezogen – er wohnte immerhin auf dem Dorf und entsprechende Hinweise hätten ihn zumindest gerüchteweise erreicht – doch nun wollte er nichts mehr ausschließen.

»Wie bitte? Bei Paul? Ausgeschlossen!« Winkelmann klang ehrlich überrascht.

»Was macht Sie da so sicher?«

»Was heißt sicher? Darüber hat er nie gesprochen, das Thema gab es einfach nicht. Wenn es nun mit einem Mal eine Frau gegeben hätte, würde ich, glaube ich zumindest, das irgendwie bemerkt haben. Immerhin kennen wir uns seit Jahrzehnten.«

»Paul Ahlsens schien Ihnen also wie immer zu sein?«

»Ja, ich kann Ihnen nicht helfen. Hoffentlich taucht er bald wieder auf.«

»Das hoffe ich auch, danke.« Walter legte enttäuscht auf. Bei diesem Gespräch war nichts herausgekommen. Seine Liste war sehr kurz. Es blieb nur noch Werner Brose, der Anlass für Paul

Ahlsens' Vorhaben gewesen sein konnte. Er suchte schnell die Nummer aus dem schmalen Telefonverzeichnis und hatte erneut beim ersten Anruf Glück.

»Brose!«, meldete sich eine männliche Stimme. Dreyer, der ihn von gemeinsamen Stunden am Stammtisch in der »Altmärkischen Schweiz« kannte, wusste, dass die Gespräche mit ihm schwer in Gang zu halten waren. Brose war ein eher wortkarger Mann. Er betrieb in seinen Gewächshäusern die Anzucht von Gemüsepflanzen, die er dann zum Anbau verkaufte. Die Pflanzenzucht verband ihn schon über eine lange Zeit mit den Ahlsens. Sie versuchten in unterschiedlichen Bereichen ihr Glück. Über die Erfolge des anderen konnte man sich ehrlich freuen. Und auf zahlreichen Landwirtschaftswettbewerben in der Umgebung waren beide oft als Preisträger gekürt worden.

Dreyer grüßte ihn und schilderte das Problem.

»Paul ist weg? Wohin?«, fragte auch Brose mit einem Tonfall, als hätte Dreyer nichts Absurderes behaupten können.

Wusste auch Brose nichts? Walter war verzweifelt. »Hat er Ihnen wirklich nichts erzählt?«

»Nein, warum sollte er?«

»Er wollte etwas für einen Freund erledigen. Und so viele hat er nicht!«

»Ich habe ihn nicht weggeschickt. Vielleicht der Hannes Winkelmann?«

»Nein, leider, den habe ich schon gefragt. Er hat auch nichts erwähnt, keine Pläne oder so?«

»Nein, was soll die Aufregung? Der kommt schon wieder«, war Brose sich ganz sicher.

»Herr Brose, er ist jetzt schon seit letztem Mittwoch weg, das ist schon ungewöhnlich!«

Jetzt erkannte Brose das Problem und rief erschrocken: »So lange schon? Was hatte Paul denn vor? Ist er verreist?«

»Wir wissen's nicht und werden weiter suchen. Falls Ihnen noch was einfällt, Sie kennen meine Nummer. Ich danke Ihnen für Ihre Hilfe«, beendete Walter Dreyer frustriert das Gespräch.

Wohin wollte Paul Ahlsens nur? Judith und er hatten auch kurz eine Reise auf Nimmerwiedersehen erwogen. Sie wussten, dass Jahr für Jahr Leute spurlos verschwanden, die sich abgesetzt hatten, um irgendwo ein anderes Leben zu führen. Doch hier deutete nichts auf so etwas hin, keine Krise, kein Familienkrach, kein Doppelleben. Die Reise sollte sicher nicht weit gehen, schon gar nicht lange dauern. Trotzdem, Paul Ahlsens war am Freitag zuletzt auf dem Bahnhof gesehen worden. Hat er doch den Zug genommen? Kaufte er eine Fahrkarte? Sie sollten mit einem Foto am Fahrkartenschalter nachfragen.

Doch wer kam noch infrage? Seine beiden engsten Freunde hatte Paul Ahlsens nicht um Hilfe gebeten. Ihnen gegenüber hatte er kein besonderes Vorhaben erwähnt. Paul Ahlsens selbst rechnete keinesfalls mit einer längeren Abwesenheit, da er sich nicht einmal von seiner Nichte verabschiedet hatte. Eine Frauengeschichte steckte nicht dahinter.

Mussten sie sich mit dem Gedanken anfreunden, dass ein Verbrechen die Ursache seines Verschwindens war? Als Mörder Laurenz Heitmanns und jetzt auf der Flucht konnte Walter sich Paul Ahlsens beim besten Willen nicht vorstellen.

Walter Dreyer zog Bilanz: Zwei Tote und ein Vermisster aus Waldau? Zugegeben, Emil Winter war schon vor langer Zeit gestorben. Zog man aber in Betracht, seit wann Paul Ahlsens vermisst wurde und ging davon aus, dass Laurenz Heitmann nicht zufällig ermordet worden war, mussten diese Dinge einfach zusammenhängen. Doch wie?

Plötzlich kam Walter ein Gedanke, der so offensichtlich – wie einfach – war: Heitmann war der gesuchte Freund! So ungewöhnlich das auch scheinen mochte, war Dreyer überzeugt, dass es genau darum ging, als Paul seinem Bruder Botho sein Vorhaben, einem Freund zu helfen, mitteilte. Er beschrieb damit möglicherweise nur die Wertschätzung, die er für Laurenz Heitmann empfand. Sein Fahrer und Chauffeur hätte die Art ihrer Beziehung sicher nicht als Freundschaft bezeichnet. Dennoch hatte Heitmann sich an seinen langjährigen Arbeitgeber gewandt, als er in einer ihm äußerst wichtigen Angelegenheit Hilfe brauchte. Und Paul Ahlsens hatte nicht lange gezögert. Freunde! Walter Dreyer empfand mit einem Mal tiefe Sympathie für Paul Ahlsens und seine Beunruhigung über dessen Schicksal wuchs ins Unermessliche. Hier saß er nun in seinem gemütlichsten Sessel, gefesselt in finsteren Vorahnungen. Er musste warten, bis Judith kommen würde und ihm hoffentlich die Last von seinen Schultern nahm.

~ 45 ~

Als Judith Brunner sich dem Dorfplatz näherte, freute sie sich auf den Abend und die Gelegenheit, den Fall mit Walter Dreyer zu diskutieren. Gemeinsam fiel ihnen sicher etwas ein, was die Ermittlungen forcieren könnte. Vielleicht zeichnete sich sogar ein Ansatz für die Lösung ihres Falles ab?

Sie parkte den Wagen und überlegte kurz, ob sie rasch in Lauras Haus gehen und etwas essen sollte. Doch bei Dreyer brannte Licht und sie ahnte, dass er wartete. Judith ging die paar Schritte zur Polizeistation und traf Dreyer beim Telefonieren an.

Er sah zu ihr auf, als er ihre Schritte bemerkte, bevor er fassungslos weiter sprach: »Wie bitte? Das gibt's doch nicht. Selbstverständlich kommen wir sofort! Ja, Hauptkommissarin Brunner kommt mit. Sie ist gerade hier angekommen. Ich werde sie informieren. Bis gleich.« Er legte auf und sah Judith mit erschrockenen Augen an. »Es gibt schlechte Neuigkeiten, sehr schlechte.« Dreyer holte tief Luft. »Man hat die Leiche von Paul Ahlsens gefunden! Im Frachtraum am Bahnhof in Gardelegen.«

Welch eine Hiobsbotschaft! Judith suchte Halt am Türrahmen. »Was ist hier nur los, Walter?« Ihr war plötzlich heiß und kalt zugleich.

Dreyer wusste, dass ihre Frage nur rhetorisch gemeint war. Seine Erschütterung war genau so groß wie ihre und wurde nur noch von seiner Ratlosigkeit übertroffen. So standen sie still beieinander und nahmen sich einen Moment Zeit, um mit der traurigen Neuigkeit fertig zu werden. Sie waren sich dessen bewusst, dass es gestohlene Zeit war und ihnen eine anstrengende Nacht bevorstand.

Walter lehnte an seinem Schreibtisch und hatte die Hände vors Gesicht geschlagen. Er begann, sich die Schläfen zu reiben und Judith spürte, dass sie sich Sorgen um ihn machte. »Kopfschmerzen?«, fragte sie ihn mitfühlend.

Walter schüttelte den Kopf. Er sprach immer noch nicht. Als er endlich aufblickte, sah Judith eine tiefe Traurigkeit in seinem Gesicht. Seine Worte hatten einen verzweifelten Unterton: »Das hier

... ist mein Zuhause, wissen Sie ...«

Judith wollte ihn gern trösten. Was konnte sie sagen, ohne dass es wie eine billige Floskel klang?

Seitdem sie zusammen arbeiteten, erhöhte sich der Druck, gerade auch für Walter. In den letzten Stunden war es extrem geworden: Morgens das Skelett eines ehemaligen Dorfbewohners und abends die Gewissheit um Paul Ahlsens' Tod.

Angstvoll fragte Judith: »War es das nun? Oder hat jemand einen Grund, weitere Menschen umzubringen?«

Walter reagierte nicht. Stattdessen begann er, mechanisch einige Sachen einzusammeln und in seine Tasche zu packen. Judith hatte alles noch dabei.

Selbstverständlich mussten sie sofort los, um den Fundort genau anzusehen. Vor allem aber, um ihn für die Spurensicherung freizugeben. Die technischen Spezialisten waren sicher schon vor Ort.

Judith wartete geduldig bis Walter bereit war, aufzubrechen.

»Na, dann«, sagte er, »kommen Sie. Das Ganze muss ein Ende haben!«

Diese Entschlossenheit munterte Judith auf. Dass sie ihn nun auch beim Vornamen nannte, registrierte sie hingegen nicht.

Walter hatte sich angeboten zu fahren, damit Judith ihm von ihren Gesprächen am Nachmittag berichten konnte.

Während der Fahrt kamen sie immer wieder ins Grübeln. Hatten sie etwas übersehen? Nicht gründlich genug gearbeitet? Hätten sie den Tod von Paul Ahlsens verhindern können? Was hatte der herausgefunden? Alles Rätseln half wenig. Antworten gab es nur durch weitere Ermittlungen.

Beiden war vorhin, in dem Moment der Niedergeschlagenheit, unbewusst klar geworden, dass sie etwas verband, das über kollegiales Einvernehmen weit hinausging. Und nun wurde ihnen aber auch deutlich, dass ein Misserfolg ihrer Ermittlungen ihnen die Chance nehmen würde, herauszufinden, was das war.

~ 46 ~

Walter Dreyer parkte vor dem Frachtgebäude neben mehreren anderen Fahrzeugen.

Judith Brunner erkannte die Kollegen der Spurensicherung, die schon am Morgen in Lindenbreite gewesen waren. Auch für Ritters Leute war es nun schon ein langer Tag, dachte sie, doch sie vertraute auf deren Professionalität. Sie würden auch unter diesen Bedingungen gründlich arbeiten. Zwei Kollegen lehnten an der Rampe und warteten darauf, loslegen zu können. Die anderen standen am Eingang zum Frachtraum.

Judith und Walter stiegen die kleine Leiter hinauf und wurden bereits von Thomas Ritter erwartet. »Kommt schon, wir wollen endlich anfangen! Da hinten liegt er.« Ritter deutete auf den abgelegensten Teil des großen Raumes.

Zu sehen war nichts.

»Hinter den Paletten, in der Ecke. Er liegt auf dem Boden«, präzisierte Ritter seine Angaben.

Walter war zum ersten Mal hier und blickte sich aufmerksam um.

Judith Brunner sah Ernst Schmidt hinter dem Tisch sitzen, beaufsichtigt von einem Polizisten. Der Mann sah noch viel blasser aus, als es das kalte Licht der Neonröhren zuließ. »Hat er ihn gefunden?«, fragte sie Thomas Ritter.

»Ja. Er suchte eine bestimmte Lieferung oder so, fragt ihn am besten selbst. Nun kommt endlich«, drängte Ritter. »Hier an der Seite lang, da könnt ihr den geringsten Schaden anrichten.« Er ging voran und nahm den weitesten Weg, um zur Leiche zu gelangen. Keiner konnte wissen, ob das hier nicht auch der Tatort war, insofern durften sie die Spuren nicht beeinträchtigen. Der Gehweg war mit einer Folie ausgelegt. »Passt auf, wo ihr hintretet!«

Darauf musste Judith ohnehin achten, sonst wäre sie gestolpert. Sie balancierte zwischen der Wand und unzähligen Paletten und war bemüht, sich an dem rohen Holz nicht zu verletzen.

Paul Ahlsens lag auf der Seite, der schmale Raum zwischen der Außenwand und den bauchigen Säcken auf der Palette ließ keine andere Lage zu. Der Leichnam war vollständig bekleidet, zumindest auf den ersten Blick. Schuhe, Hose, Jacke, alles war da. Seine rechte Hand war zu sehen; auch sie schien unversehrt.

Thomas Ritter erläuterte: »Er sieht eigentlich noch ganz gut aus, beginnende Mumifizierung, denke ich. Auch am Kopf. Ihr wisst schon. Keine Fliegen und so.«

Selbst Walter war bekannt, dass bei Leichen im Freien schon kurz nach dem Tod der Insektenbefall einsetzte. Zuerst kam die gemeine Schmeißfliege und legte in den Körperöffnungen ihre Eier ab. Die Larven schlüpften schnell und fraßen das Gewebe. So ungern Walter sich diese natürlichen Prozesse vergegenwärtigte, hatte er in seiner Ausbildung gelernt, dass sie halfen, den genauen Todeszeitpunkt festzustellen. Doch der Fundort war nicht im Freien, sie befanden sich in einer zugigen Lagerhalle, wie er schnell feststellte.

Walter sah Ritter an. »Er liegt also schon länger hier?«

»Ja, davon kannst du erst mal ausgehen, ein paar Tage garantiert.«

»Und wie ist er ...?«

Doch Ritter unterbrach ihn: »Hör zu. Ich weiß, du willst schnelle Ergebnisse. Also verziehst du dich am besten wieder nach vorne und lässt uns hier machen. Dann kann ich dir sicher bald auch etwas mehr sagen. Wo bleibt denn Dr. Renz?« Ritter ließ Dreyer einfach stehen und wandte sich seinen Leuten zu.

Walter Dreyer und Judith Brunner stolperten betreten zum Eingang zurück, als Dr. Renz ihnen entgegenkam. »Ich muss schon sagen, Sie sorgen für eine ungeahnte Auslastung meiner Kapazitäten, verehrte Kollegin.« Er reichte Judith Brunner die Hand.

Sie stellte die Männer einander vor, die sich aufmerksam betrachteten.

Das war also der Mann, dachte Walter, auf den Judith so große Stücke hielt: stattlich, präsentabel, kultiviert. So etwas gefiel ihr also. Das sprach eigentlich nur für sie. Ihre Sympathie für diesen anderen Mann gab ihm seltsamerweise einen kleinen Stich.

Und auch sein Gegenüber schien ihn zu mustern.

Judith bemerkte das kurze Zögern, bevor sich beide Männer entschlossen, sich jeweils von ihrer besten Seite zu zeigen: Renz als hoch qualifizierter, weltmännischer Rechtsmediziner und Dreyer als hoch qualifizierter, weltmännischer Polizist.

»Freut mich, Sie kennenzulernen«, sprach Dr. Renz mit einer

leichten Verbeugung.

»Ebenso, danke!«, erwiderte Dreyer die Geste mit freundlichem Gesicht.

»Schön, dass Sie da sind, Dr. Renz«, lenkte Judith zum Anlass zurück. Sie deutete in die Ecke, wo inzwischen die Spurensicherung mit ihrer Arbeit begonnen hatte. Einer von Ritters Kollegen fotografierte jeden Bereich des Frachtraums und ein anderer bereitete die Utensilien zur Aufnahme und Verpackung von Spuren vor. Ritter leuchtete mit einer extrem hellen Taschenlampe den Fundort ab.

»Na, ich bin wohl etwas früh dran, weit sind die ja noch nicht«, schätze Dr. Renz die Lage ein.

»Wir sind eben erst gekommen«, entschuldigte sich Walter, »aber Thomas Ritter wartet schon auf Sie, gehen Sie ruhig hin.« Er wies auf den Folienweg.

Ritter bemerkte den Neuankömmling und schilderte ihm die Situation. Interessiert hörte Dr. Renz zu und beugte sich dann zur Leiche.

Mehr konnten Judith und Walter nicht erkennen.

»Was bedeutet das wohl alles?«, bemerkte Walter. Seine ratlose Geste ließ nicht erahnen, ob er nur den Fundort der Leiche oder ihren ganzen Fall meinte. Vorerst waren sie wohl zur Tatenlosigkeit verurteilt, bis ihre Mitstreiter die ersten Untersuchungen abgeschlossen hatten. »Kommen Sie, fangen wir mit dem da an und fragen ihn nach seiner Geschichte«, schlug er erleichtert vor, als er sich an den wartenden Mann am Tisch erinnerte.

Bereitwillig folgte ihm Judith. »Hallo, Herr Schmidt. Tut mir leid, dass wir uns unter diesen Umständen wiedersehen. Das ist mein Kollege aus Waldau, Herr Dreyer. Berichten Sie uns bitte, wie Sie den Toten gefunden haben.«

Ernst Schmidt seufzte. »Ich hab einige Säcke mit Saatgetreide gesucht. Vor ein paar Wochen, als mal ein bisschen Platz zum Rangieren war, haben wir sie ganz nach hinten gefahren. Die braucht jetzt keiner mehr. Na ja, man kann es noch zum Füttern nehmen. Für fast geschenkt. Und morgen wollte einer kommen und ein paar Säcke holen. Ich bin dann los, um zu gucken, wie wir da wieder ran kommen sollen. Sind ja ziemlich verbaut, die Paletten da hinten. Na und dann lag er da.«

»Und Sie haben ihn gleich erkannt?«, fragte Judith Brunner nach.

»Wie meinen Sie das? Ich kenne den Mann nicht. Wer soll das sein?«

Walter und Judith sahen sich an. Wer hatte Paul Ahlsens identifiziert?

Judith Brunner fragte erst mal weiter: »Und wann genau haben Sie ihn gefunden?«

»Kurz vor Feierabend, also gegen vier. Ich dachte, die paar Säcke schaff ich noch bis Schluss. Nun sitz ich hier!«

»Haben Sie eine Vorstellung, wie der Tote in Ihr Lager kam?«, fragte Dreyer nach.

Ernst Schmidt schüttelte ängstlich den Kopf. Woher sollte er das wissen?

Mehr würden sie fürs Erste nicht erfahren. Sie wussten weder, wann Paul Ahlsens dort hingelegt wurde, noch, ob dies der Tatort war. Was sollten sie den Zeugen weiter fragen?

»Danke, Sie können jetzt gehen. Kommen Sie bitte morgen in die Kreisbehörde, damit wir ein Protokoll anfertigen können, ja? Vielleicht fällt Ihnen ja noch was ein.«

Judith und Walter blieben am Tisch sitzen.

»Ob er schon seit Freitag da liegt?«, fragte Walter.

Judith hob ratlos die Schultern. »Keine Ahnung, vielleicht. Mir ist hier am Samstag nichts aufgefallen.«

Walter stand auf und ging zur Frachttheke. »Wie kommt er wohl da hinten hin? Die Stelle liegt nicht am Weg, zudem verbaut; ist einfach schwer hinzukommen.«

»Wenn ihn jemand da hingeschleppt hat, muss der schon sehr kräftig und zudem geschickt gewesen sein. Einen erwachsenen Mann über Dutzende Europaletten mit Stück- und Sackgut zu schleppen, verlangt schon einiges«, war Judith sicher.

»Lebte er möglicherweise noch?«

»Dann muss der Mörder ihn auf irgendeine Weise vollkommen kontrolliert haben, freiwillig kroch er da sicher nicht hin.«

»Und wenn es nicht Paul Ahlsens ist?«

»Bitte hören Sie auf, Walter. Es ist auch so schon kompliziert genug.«

Er bemerkte Judiths Niedergeschlagenheit und hatte plötzlich das Bedürfnis, sie in den Arm zu nehmen und ihr die Gewissheit zu geben, dass alles gut wird.

In dem Moment gab Ritter ihm ein Zeichen und rief: »Wir bringen ihn jetzt vor.«

Sie sahen, wie eine flexible Trage über die Paletten gereicht und dann auf den Getreidesäcken abgestellt wurde. Ritter und einer seiner Kollegen verschwanden hinter den Säcken und richteten sich schwer prustend wieder auf, den toten Körper an Schultern und Füßen gepackt. Trotz der beengten Lage gelang es ihnen, die Leiche sanft und ohne Zwischenfall auf der Trage abzulegen. Sie hatten das schon oft getan, und wussten, wo man wie anfassen musste.

Gespannt warteten Judith und Walter, bis das Bergungsunternehmen gelungen war.

Die Trage mit der Leiche wurde vor ihnen abgelegt, unter das gleißend kalte Licht der Leuchtstoffröhren.

»Das ist Paul Ahlsens«, stellte Dreyer sofort sachlich fest.

Judith sah ihn sorgenvoll an.

»Ich kenne ihn schon lange, Judith, glauben Sie mir, er ist es«, bestätigte Walter noch einmal. »Sag mal, Thomas, wer hat ihn eigentlich identifiziert?« Dreyer blickte sich nach Ritter um, doch konnte er ihn nirgendwo entdecken. »Wo ist er hin?«, fragte er verblüfft.

Dann erschien der Gesuchte wieder – hinter dem nächsten Palettenstapel – und hielt triumphierend einen Plastebeutel mit einem Gegenstand hoch. »Heureka, ich hab's gefunden!«

»Was hast du da?« Gespannt blickte Walter ihm entgegen.

»Ein Messer, und ich wette, wir haben die Tatwaffe! Und identifiziert habe ich ihn, er hatte seine Brieftasche nämlich noch dabei.«

»Nun mal langsam«, mischte Dr. Renz sich ein. »Ich habe ihn ja noch nicht einmal untersucht. Mal sehen.« Er kniete sich neben die Leiche, auf deren Hemd in Brusthöhe deutlich ein dunkler Fleck zu sehen war. Und jeder in der Runde wusste, das war Blut, vor geraumer Zeit getrocknet. Da die Bekleidung zudem an dieser Stelle ein kleines, doch sichtbares Loch aufwies, war Ritters Vermutung zur Tatwaffe nicht abwegig. Und im Zusammenhang mit dem Mord an Laurenz Heitmann erst recht nicht, wie ein kurzer Blick auf das Messer bewies.

»Na ja«, bemerkte Dr. Renz und stand auf. »Was soll ich Ihnen noch sagen? Das war kein Unfall, es sieht nach einer Stichwunde aus und die ist wenigstens drei bis vier Tage alt. Mehr werde ich erst morgen wissen.« Er seufzte, als er in die Gesichter der anderen sah. Die Ungeduld seiner Kollegen verstehend, war ihm dennoch an ein paar Stunden Schlaf gelegen. »Ich kümmere mich noch vor Sonnenaufgang um ihn. Wenn Sie nach dem Frühstück kommen, müsste ich schon schlauer sein. Ladet ihn ein«, genehmigte er den Abtransport des Leichnams und verabschiedete sich mit dem deutlichen Hinweis: »Das Skelett muss aber warten!«

»Zeig noch mal das Messer«, forderte Dreyer Ritter auf. Er besah sich das Stück genau und gab es dann an Judith weiter. »Passt genau zu unserer Vermutung hinsichtlich Heitmanns Wunde. Eine lange und zweiseitig geschliffene Klinge.«

»Abwarten, alte Silberbestecke gibt es hier noch wie Sand am Meer«, wollte sich Judith nicht ohne genaue Untersuchung festlegen.

»Das wäre nun aber wirklich ein äußerst seltsamer Zufall«, beharrte Walter.

»Streitet euch nicht und gebt mir das Messer einfach wieder her. Ich untersuche es erst mal im Labor und dann verrät euch Dr. Grede sicher mehr.« Ritter schnappte sich den Beutel und verschwand zu einem seiner Wagen.

Judith sah sich um. Die Spurensicherung würde noch die ganze Nacht dauern und sie konnten hier nichts weiter tun. Bis der Leichnam obduziert war, hatten sie nur wenige Ansatzpunkte für ihre Ermittlungen. Morgen müssten sie mit neuen Befragungen anfangen. Sie müssten rekonstruieren, wie Paul Ahlsens seine letzten Tage verbracht hatte. Nur so hatten sie eine Chance herauszubekommen, was zu dessen tragischem Ende geführt hatte.

Zunächst stand ihnen jedoch ein schwerer Gang bevor – zu den Ahlsens.

Dreyer sah seiner Kollegin an, dass die Ereignisse des Tages auch sie mitgenommen hatten, und angesichts ihrer bevorstehenden Aufgabe spürte er erneut das Bedürfnis, sie vor den Unbilden der Welt zu schützen. Doch sagte er nur: »Hier sind wir jetzt überflüssig. Morgen sehen wir weiter. Kommen Sie, fahren wir zurück. Soll ich allein aufs Gut gehen?«

Judith war ihm dankbar für das Angebot, doch natürlich kam es für sie nicht infrage, Walter mit dieser Aufgabe allein zu lassen.

~ 47 ~

Auf der Fahrt zurück nach Waldau versuchten sie, sich auf das schwierige Gespräch im Gutshaus einzustellen.

Judith wollte gern annehmen, dass die Familienangehörigen nichts mit dem Tod von Paul Ahlsens zu tun hatten. Den beiden nun den Tod des Bruders beziehungsweise des Onkels mitteilen zu müssen, war frustrierend, schließlich hatten sie weder Mörder noch Motiv vorzuweisen.

»Ich kann mir nicht vorstellen ...«, eröffnete sie das Gespräch.

»Ich auch nicht!«, unterbrach Walter sie gleich wieder. Er hatte gerade mit Bangen daran gedacht, dass auch die Familie von Paul Ahlsens mit den Morden zu tun haben könnte. Obwohl ihm nicht ein Grund einfiel, und sich in seinem Innern alles sträubte, ernsthaft diese Möglichkeit in Betracht zu ziehen. Er mochte die Leute vom Gut, alle, und Astrid hatte er aufwachsen sehen.

Judith ahnte, was in ihm vorging. Er kannte die Ahlsens fast ein Leben lang. Ihnen Kummer zu bereiten war genauso schlimm, wie sie verdächtigen zu müssen. »Wollen Sie das Gespräch führen?«

Dreyer seufzte tief. »Ja, das wäre mir lieber.«

»Wir müssen uns auch das Zimmer von Paul Ahlsens ansehen«, machte Judith ihn aufmerksam.

Walter reagierte nicht sichtbar. Sie waren inzwischen angekommen und er konzentrierte sich auf die Einfahrt zum Gutshof. Er wirkte angespannt.

Sie hatten kaum gehalten, als auch schon das Außenlicht anging und die Tür geöffnet wurde.

Botho Ahlsens kam ihnen entgegen. »Gibt es Neuigkeiten? Was ist los?«

Er sah Walter an und dessen Mine sprach Bände.

»Oh nein. Nein!«, brachte Botho Ahlsens mit erstickter Stimme hervor.

Inzwischen war Astrid in die Tür getreten. Sie fing sofort an zu weinen. Die Verzweiflung in der Stimme ihres Onkels ließ keinen

Zweifel am Schicksal des Vermissten.

Judith ging zu ihr, um etwas Trost zu spenden.

Dreyer wandte sich Botho Ahlsens zu und legte ihm die Hand auf den Arm. »Es tut mir wirklich leid.« Immer wenn er diese Worte sagte, meinte er sie auch so. Doch war er sich auch seiner Unzulänglichkeit bewusst, wirklich zu ermessen, was das Leid für den anderen bedeutete. »Können wir reingehen?« Sanft lenkte er den Erschütterten in Richtung auf das Haus zurück und paarweise betraten sie die Diele.

Astrid nahm sich zusammen und wollte wissen: »Wo war er denn? Wo haben Sie ihn nun gefunden?«

Judith wollte schon Auskunft geben, doch erinnerte sie sich an ihre Absprache und überließ Walter die Antwort.

Der sprach leise: »Am Bahnhof.«

»Am Bahnhof? In Gardelegen?«

»Ja«, bestätigte er.

»Auch Laurenz hat man dort ...«

Bevor Astrid den Satz beenden musste, half Walter ihr: »Ja, auch ihn hat man dort gefunden.«

Nun mischte sich Botho Ahlsens in das Gespräch: »Was ist passiert?«

»Können wir uns bitte setzen?«, forderte Walter sanft.

Botho Ahlsens führte sie in den Wintergarten. Er bedeutete allen, Platz zu nehmen. Nun fragte er mit gewonnener Kraft: »Was ist passiert?«

»Er wurde auch ermordet«, versuchte Walter Dreyer, so ruhig wie möglich zu antworten.

»Er auch?« Astrid konnte es nicht fassen. »Was ist hier los?« Ihre Stimme verriet Angst. »Erklärt mir doch bitte, was passiert mit uns?« Sie schluchzte wieder.

»Astrid, wir wissen auch noch nicht viel«, begann Walter, »doch denken wir schon, dass die Verbrechen im Zusammenhang stehen. Deswegen müssen wir uns jetzt, trotz des Schocks, ernsthaft unterhalten.« Walter Dreyer blickte in die Runde und setzte fort: »Wir müssen den Tathergang so schnell wie möglich rekonstruieren. Bitte überlegen Sie noch einmal, was genau hat Paul Ahlsens gesagt, bevor er wegging, und wann genau war das.«

»Sie meinen, er ist auch ermordet worden und wir brauchen jetzt ein Alibi?« Botho Ahlsens schien erst jetzt richtig klar geworden zu sein, was passiert war. »Auch in Gardelegen? Ich war schon wochenlang nicht da, oder?«, er blickte Astrid Hilfe suchend an.

Dreyer begann erneut: »Nein, nein, wir verdächtigen Sie nicht! Wir gehen aber davon aus, dass beide Morde zusammenhängen. Alles andere wäre sehr unwahrscheinlich. Deswegen bitten wir Sie, genau zu überlegen, ob Ihnen etwas einfällt, das Sie bisher noch nicht erwähnten.«

»Wann ist denn der Mord an Onkel Paul geschehen?«, wollte Astrid wissen.

»Das können wir leider noch nicht sagen. Doch ein paar Tage ist es sicher her. Morgen wissen wir Genaueres«, versprach Walter Dreyer ihr.

»Und wir haben nichts geahnt und gedacht, er kommt bald wieder nach Hause.« Astrid begann erneut, leise vor sich hin zu weinen.

Walter Dreyer wandte sich an Botho Ahlsens: »Wir müssen uns sein Zimmer ansehen. Möglicherweise finden wir dort einen Hinweis.«

Bemüht, etwas tun zu können, stand Ahlsens auf und ging voraus.

Judith blieb sitzen, damit Astrid nicht allein bleiben musste. Und um ihr ein paar Fragen stellen zu können, ohne dass ihr Onkel dabei war. Doch bemerkte sie rasch, dass von Astrid heute Abend kaum etwas Brauchbares zu erfahren war, denn ihre Verzweiflung ließ keinen Raum für klares Überlegen.

Judith hörte die Männer ins Obergeschoss gehen. Ob Walter etwas fand?

Astrid saß apathisch auf dem Sofa.

»Möchten Sie etwas trinken? Ich hole Ihnen gern ein Glas Wasser aus der Küche.«

»Wasser? Ja, das wäre gut«, sprach Astrid und versuchte sogar ein Lächeln. »Entschuldigen Sie bitte, ich habe Sie gar nicht gefragt, ob Sie was möchten.«

»Oh, das verstehe ich doch, bleiben Sie bitte sitzen, ich finde mich schon zurecht.« Judith bemerkte erneut, wie schön geräumige Küchen sind. Und diese war besonders hübsch eingerichtet.

Nicht kitschig, sondern in einer gelungenen Mischung aus alten Schränken und Regalen sowie modernen und praktischen Küchengeräten. Ein großer Holztisch stand in der Mitte, hier ließ es sich gut arbeiten. Ein kleinerer befand sich direkt vor einem der Fenster, die zum Gutshof hinausgingen. Hübsche Stühle standen an den Stirnseiten und an der freien Längsseite. Blumen in einer kleinen Keramikvase auf der Fensterbank vervollständigten den einladenden Eindruck.

»Das ist mein Frühstücksplatz.« Unbemerkt war Astrid hinzugetreten. »Ich sitze gern dort.«

»Das kann ich mir gut vorstellen. Es ist wirklich sehr schön hier«, lobte Judith Brunner.

»Wissen Sie, jetzt habe ich nur noch Onkel Botho. Wir zwei sind nun ganz allein.«

Astrid Ahlsens wirkte verzagt und auf eine besondere Art verletzlich. So hatte Judith Brunner das Ganze noch gar nicht gesehen! Ging es womöglich gar nicht um Heitmann, sondern um die Familie Ahlsens? Wollte hier jemand ihr Ende? Doch warum dann Heitmann? Sollte sein Mord nur Ablenkung sein? Eine Verwechslung? Immerhin saß er im Wagen der Ahlsens. Dann müsste der Mörder ein Fremder sein, der weder seine Opfer noch deren Umfeld kannte. Handelte es sich um einen Mordauftrag, der beim ersten Versuch schiefgegangen war? Doch was ist dann mit dem Skelett aus dem Wald? Sie stellte den Gedanken erst mal zurück. »Wo finde ich denn Gläser?«

»Im großen Schrank, oben rechts. Wasser ist im Kühlschrank«, half Astrid ihr.

»Die anderen möchten sicher auch etwas.« Judith hatte ein Tablett auf den Tisch gestellt, dazu Gläser und zwei Flaschen Mineralwasser. »Halten Sie mir bitte die Tür auf?«

Sie gingen wieder in den Wintergarten und hörten die Männer die Treppe herunterkommen. Gespannt blickten die Frauen ihnen entgegen.

Judith übernahm das Eingießen des Wassers und fragte gleichzeitig: »Konnten Sie etwas finden?«

Dreyer schüttelte den Kopf. »Auf den ersten Blick war nichts zu sehen, was uns helfen könnte. Ich habe ein paar persönliche Unterlagen mitnehmen dürfen, die wir in meinem Büro durchsehen können. Sein Bruder hatte offenbar kaum Gepäck dabei, wie mir Herr Ahlsens versicherte, wollte also nicht lange verreisen.«

Astrid stürzte ihr Glas Wasser in einem Zug hinunter und reichte es Judith zum nachschenken. »Vielleicht findet sich hier im Büro noch etwas?«, bot Astrid an, die Suche auszuweiten. »Sie müssen doch etwas finden, was helfen kann!«

»Die Mühe können Sie sich eigentlich schenken. Da habe ich neulich schon nachgesehen, als Sie mich baten, einen Hinweis auf Pauls Aufenthaltsort zu finden«, warf Botho Ahlsens resigniert ein, »aber sehen Sie ruhig noch einmal nach.«

Diesmal erhob sich Judith und Astrid sagte: »Hinter der Treppe die erste Tür. Onkel Paul sitzt immer links.«

Das Büro des Gutes war ausschließlich nach zweckmäßigen Gesichtspunkten eingerichtet. Die Möbel stammten aus einer Zeit, die lange zurücklag. Zwei Schreibtische, von denen der rechte zum Ensemble des beeindruckenden, dreitürigen Bücherschranks und einer kleineren Kommode gehörte, waren um die Jahrhundertwende herum als Einzelstücke gefertigt worden. Das Aktenregal könnte aus derselben Tischlerei stammen, zumindest hatte sein Holz den gleichen schönen, warmen Ton. Judith gefielen besonders die Schränkchen mit den praktischen Rolltüren. Sie sorgten dafür, dass das Büro trotzt der sich sicher darin befindlichen Aktenordner sehr aufgeräumt wirkte.

Im Kalender, der auf dem linken Schreibtisch lag, waren keine auffälligen Eintragungen zu erkennen. Judith sah sich die Tage der letzten Woche genau an. Donnerstag und Freitag waren mit einer dicken Linie durchgestrichen, keine Termine eingetragen. Wenn Paul Ahlsens das so gekennzeichnet hatte, war klar, dass er die kompletten Tage für sein Vorhaben verplant hatte. Verdammt, es musste sich doch ein Hinweis finden lassen! Judith Brunner setzte sich an den Schreibtisch und sah die Schubladen durch. In einer Mappe fand sie einen Schreibblock, auf dem eine Telefonnummer stand, die zu einem Anschluss hier in der Gegend gehören könnte. Sie nahm den Block und den Kalender mit.

Als Judith Brunner wieder zu den anderen ging, berichtete Botho Ahlsens gerade, wie sein Bruder und er das Gut erneut in Gang gebracht hatten, nachdem der Krieg vorbei war. »Es gab kaum noch Männer hier. Selbst die jungen hatte man zuletzt geholt. Nun waren sie irgendwo in der Welt verstreut, gefangen oder sogar tot. Und die Frauen hatten zu tun, ihre Familien ohne Männer über Wasser zu halten. Und nicht nur die, es kamen jeden Tag Menschen durch das Dorf, die alles verloren hatten. Die suchten eine Bleibe und etwas zu essen. Nicht jede der Frauen war froh, überlebt zu haben, verstehen Sie? Zu vieles war passiert.«

Judith hatte sich leise dazugesetzt und interessiert zugehört.

Nach einer kurzen Pause, die auf Ahlsens' Schilderung folgte, fragte Walter: »Haben Sie etwas gefunden, das uns hilft?«

»Wenig, hier ist sein Kalender – keine Einträge für die bewussten Tage – und hier ein Schreibblock.«

Dreyer erkannte die Nummer gleich. »Das ist die Nummer der Bibliothek in Gardelegen. Er hatte seinen Besuch doch angekündigt. Sie erinnern sich, Peter Kreuzer sprach davon.«

Judith nickte und stand langsam auf. »Wir müssen los. Wird es gehen, heute Nacht?«

Botho sah besorgt seine Nichte an, die blass war und mit verquollenen Augen um sich sah. Sie versuchte einen gefassten Eindruck zu hinterlassen, doch es gelang ihr nicht.

Mitfühlend bot Judith Brunner an: »Soll ich Laura bitten herzukommen?«

Als Astrid nicht antwortete, sagte Botho Ahlsens: »Nein, danke. Heute Abend kommen wir schon zurecht. Die Nacht wird schwer. Doch wenn Sie sie bitten könnten, morgen früh herzukommen, ja? Dann hat Astrid etwas Ablenkung.« Botho Ahlsens suchte Hoffnung für seine Nichte. Er selbst hatte im Moment keine mehr.

~ 48 ~

Im Büro zurück, schlug Walter eine Stärkung vor: »Ich habe einen Bärenhunger und Sie sicher auch. Suchen Sie sich bitte einen gemütlichen Platz, Judith, ich mache uns inzwischen etwas zurecht.«

Judith fühlte sich matt, was bestimmt an der traurigen Botschaft liegen mochte, die sie eben überbringen musste. Diesen Teil ihrer Arbeit hat sie stets gehasst. Selbst nach Jahren im Beruf empfand sie meist echtes Mitleid mit den Hinterbliebenen. Sie spürte eigentlich überhaupt keinen Hunger. Judith war einfach froh, einige Minuten allein zu sein.

Doch bald schon stellte Walter einen Teller mit belegten Broten sowie eine Schüssel mit Gewürzgurken auf den kleinen Tisch neben ihr. Er zwinkerte ihr entschuldigend zu und kredenzte zwei kleine Flaschen Malzbier. »Leider ist nichts anderes im Haus.«

»Ist völlig in Ordnung«, beeilte Judith sich, zu versichern, »ich trinke es gern, wirklich.«

Erleichtert forderte Dreyer sie auf: »Nun greifen Sie schon zu, alles selbst gemachte Spezialitäten.«

»Sie machen die Wurst noch selber?«

»Ja, da staunen Sie, was?« Trotz der bedrückenden Ereignisse konnte Walter sich freuen, als er ihr verdutztes Gesicht sah. Er beobachtete sie genau.

Judith hatte sich ein Leberwurstbrot genommen. Sorgfältig begann sie zu kauen, schluckte und strahlte ihn dann an. »Großartig!«

»Hier probieren Sie mal die Schlackwurst, die ist schön lange abgehangen.«

Judith bekam jetzt doch noch Appetit. »Mach ich, aber erst, nachdem ich noch eins mit der Leberwurst nehmen darf.«

Er freute sich, dass es ihr schmeckte, und sie aßen schweigend weiter. Nach weiteren zwei Broten, einigen Gurken und dem Bier lehnte Judith sich wohlig zurück und lächelte schon wieder. »Das war gut. Danke.« Jetzt hätte sie auf der Stelle einschlafen können.

Walter wusste auch gegen die Müdigkeit Rat: »Ich mach uns rasch einen Kaffee und dann legen wir wieder los, einverstanden?«

Sie nickte dankbar und begann, ihre Unterlagen zu sortieren. Wo sollten sie anfangen? Als Walter sich wieder zu ihr setzte, schlug Judith vor: »Wir sollten zunächst versuchen, uns nochmals einen Überblick zu verschaffen, die Fakten neu zu sortieren und mit dem heutigen Wissen zu analysieren. Vielleicht fällt uns dabei schon etwas ein. Ich beginne mit dem Mord an Heitmann.«

Walter nickte aufmerksam und lehnte sich entspannt zurück. Judith schien sich bei ihm wohlzufühlen, und er war froh darüber. Hätte sie nicht in ihren Unterlagen geblättert, sondern ihn angesehen, würde Judith das Funkeln in seinen Augen bemerkt haben.

So aber begann sie sachlich: »Also, wie sieht's aus? Letzten Donnerstag, gegen Mittag, wird in Gardelegen die Leiche von Laurenz Heitmann gefunden, dem Chauffeur des Gutes hier in Waldau. Er war am Bahnhof, um zwei Dinge zu erledigen: Laura Perch, eine Freundin von Astrid Ahlsens, vom Zug abzuholen und bei der Gelegenheit eine Lieferung von Pflanzen für Botho Ahlsens vom Frachtschalter in Empfang zu nehmen. Die Pflanzenlieferung war noch nicht eingetroffen, also hatte er mehr Zeit, als ursprünglich von ihm geplant. Er ging nicht in die Wirtschaft – dafür reichte seine Zeit wohl doch nicht – , sondern wartete im Auto auf die Ankunft des Zuges. Für seinen Aufenthalt am Frachtschalter gibt es mehrere Zeugen. Für sein Warten im Auto leider nicht. Soweit richtig?«

Walter bestätigte: »Ja. Und wir wissen, dass er im Auto erstochen wurde, mit einer selbst gefertigten stilettähnlichen Waffe und von jemandem, der neben ihm saß, groß oder korpulent war und Kleidung aus schwarzem Wollstoff trug.«

Judith fügte noch hinzu: »Und der das Wissen und das Werkzeug hatte, aus einem alten Messer eines versilberten Essbestecks eine tödliche Waffe herzustellen. Wozu aber fast jeder hier auf dem Lande zählen dürfte.«

»Der damit aber auch umgehen konnte, und das schränkt den Täterkreis erheblich ein«, war Walter wichtig zu betonen.

Sie hatten im Fall Heitmann keine Mordwaffe gefunden. Doch nachdem Walter vor einigen Stunden die bei der Leiche von Paul Ahlsens gefundene Waffe gesehen hatte, ging nicht nur er davon aus, dass es sich um dieselbe Tatwaffe handelte.

Judith stimmte ihm rasch zu. »Weiter. Wer wusste, dass Heitmann dort war?«

»Alle drei Ahlsens.«

»Sonst niemand?« Sie blätterte die verschiedenen Zeugenaussagen durch, Thekla Müller, Wilhelm Berger, ... »Nein, ich kann sonst niemand finden.«

»Ah! Mir fällt noch jemand ein: Irmgard Rehse, die hat Laura doch erwartet und wusste sicher, mit welchem Zug sie kommen würde. Und sie hatte dafür gesorgt, dass Astrid sie von Laurenz Heitmann abholen ließ.«

Judith bestätigte: »Stimmt, doch kommt sie angesichts der anderen Tätermerkmale wohl kaum als Tatverdächtige in Betracht.«

»Vielleicht hat sie es jemandem erzählt? Gleich morgen frage ich sie danach, geht das in Ordnung?«, erbat Walter ihre Zustimmung.

»Einverstanden. Nächster Punkt: Wusste der Mörder von Heitmanns Aufenthalt am Gardelegener Bahnhof?«

»Mag sein, er hatte es irgendwie erfahren, vielleicht aber auch nicht, Judith«, ließ Walter beides offen.

»Ein zufälliger Mord war das auf keinen Fall!«

Dem stimmte Walter zu, gab aber zu bedenken: »Nein, der Mord nicht, aber möglicherweise der Zeitpunkt?«

»Wie meinen Sie das?«, wollte Judith jetzt genauer wissen.

»Na, vielleicht hatte jemand schon seit Langem vor, Heitmann zu ermorden, und hat bloß auf eine günstige Gelegenheit gewartet.« Walter dachte an den Tod von Emil Winter und dass ihr Fall weit in die Vergangenheit reichen könnte.

Judith ließ sich vom gefundenen Messer leiten und beharrte: »Und hatte immer einen spitzen Dolch dabei, falls er mal zufällig auf Heitmann trifft? Nein, ich vermute, der Mörder hatte sich auf diesen Moment gezielt vorbereitet.«

Dem konnte Walter nicht widersprechen. »Gut, einigen wir uns darauf: Der Mörder wusste, dass Heitmann auf den Zug wartete und allein im Auto saß. Waren die beiden eventuell verabredet?«

»Möglich. Entweder das, oder der Mörder hatte beobachtet, wie Heitmann vom Frachtschalter zurückkam und sich wartend in sein Auto setzte. Es war schönes Wetter«, wie Judith aus eigenem Erleben wusste. »Warum spazierte er nicht draußen rum?«

»Gute Frage«, bestätigte Walter. »Das spricht aber für meine Hypothese des verabredeten Treffens und dafür, dass sie dabei nicht gesehen werden wollten. Denken Sie bitte an die Wahl des Parkplatzes. Heitmann konnte alles sehen, ohne selbst gesehen zu werden.«

»Aber Heitmann lässt seinen Mörder einsteigen? Er war also arglos?«

»Ja, ich denke schon«, Walter nickte. »Er hat die Gefahr des Treffens unterschätzt oder nicht erahnen können.«

»Gut, lassen wir das erst mal beiseite. Wir wissen, dass Heitmann seit einiger Zeit über irgendetwas nachdachte, es etwas gab, das ihn umtrieb. Er fragte seinen ältesten Freund Johannes Meiring nach einem ganz speziellen Buch. Außerdem bat er Paul Ahlsens noch um Hilfe.«

»Letzteres nehmen wir bis jetzt nur an. Wir haben jedoch keinen Beweis dafür«, schränkte Walter seine eigene Schlussfolgerung etwas ein.

»Ich stimme Ihnen da voll zu und denke, wir können einstweilen die Ermordung Paul Ahlsens' als starkes Argument anführen«, erwiderte Judith. »Paul Ahlsens kündigte seinem Bruder am Mittwochabend an, für einige Tage das Gut zu verlassen. Also hatte er etwas vor, was er von dort aus nicht erledigen konnte.« Sie kam ins Grübeln, stellte dann aber fest: »Wir haben seine letzten Tage noch nicht vollständig rekonstruiert. Am Donnerstag wird sein Chauffeur – und wie wir jetzt annehmen, auch Freund – in Gardelegen ermordet. Spekulieren wir mal, Ahlsens erfährt davon und geht trotzdem nicht zur Polizei. Wir wissen, er war am Freitag gleich morgens in der Bibliothek, wo er sich unter anderem nach Begräbnisstätten und alten Ritualen erkundigte. Und wir wissen, dass er auch etwas fand: den Mordkreuz-Zeitungsausschnitt.«

Walter versuchte, Judith auf ein wichtiges Detail aus Lauras Bericht hinzuweisen: »Wenn wir annehmen, dass er den Zeitungsausschnitt so zurücklegte, dass er leicht wiederzufinden war, was bezweckte er damit?«

»Nun: Einen Hinweis geben, ihn bei Bedarf schnell wiederfinden, oder er hatte es einfach eilig und war schludrig.« Judith zuckte mit den Achseln, aus ihrer Sicht gab es keine schlüssige Antwort auf die Frage.

»Einen Hinweis geben?«, griff Walter auf. »Das würde ja bedeuten, dass er eine Gefahr auch für sich sah. Was war so gefährlich? Sollte ihm der Ausschnitt etwas aufgezeigt haben, worauf wir noch nicht gekommen sind?« Walter überlegte.

Judith hob leicht die Schultern. »Ich weiß es nicht, doch Paul Ahlsens liest etwas über Mordkreuze und wird kurz darauf ebenfalls ermordet. Wollte jemand nicht, dass er darüber berichten kann?«

»Womit wir wieder beim Kreuz und Emil Winters Grab im Wald bei Lindenbreite wären«, verwies Walter nochmals auf den Zusammenhang.

»Genau. Bloß, woher sollte Paul Ahlsens wissen, wessen Grab das war?«

»Von Heitmann vielleicht?«, war Walter um eine schnelle Antwort nicht verlegen. »Der hatte doch auch Winters Foto und war sein Jugendfreund.«

»Ja und? Deswegen ist es doch recht kühn anzunehmen – selbst wenn sie sehr enge Freunde waren – dass Laurenz Heitmann nach der zufälligen Auffindung des Steinkreuzes gleich gedacht haben soll, dass dort sein Freund begraben liegt. Und außerdem wurde das Kreuz erst zum Grab bewegt!«

Da schien Judith recht zu haben.

Plötzlich traf Walter ein Gedanke, bei dem er spürte, wie sich sein Puls beschleunigte. »Und wenn ...«, traute Walter sich kaum, ihn zu Ende zu denken, »und wenn er es gewusst hat? Wenn Laurenz Heitmann gewusst hat, dass hier sein Freund Emil Winter begraben liegt, seit Jahrzehnten schon?« Seine Stimme klang ungewöhnlich rau.

Judith bemerkte, wie auch sie vor dem Gedanken erschrak, doch fasste sie sich schnell wieder. »Das muss gar nichts besagen, selbst wenn es so ist, Walter. Vielleicht hatte er von einem Gerücht gehört oder sonst wo eine alte Geschichte aufgeschnappt.«

Walter ließ sich von seinem Gedanken aber nicht mehr abbringen. »Heitmann hat es gewusst! Und er hat versucht, darauf aufmerksam zu machen: Die merkwürdigen Hinweise – die anonymen Briefe – stammten von ihm, in der Hoffnung, die Polizei zu Ermittlungen zu bewegen!«

»Hat ja auch geklappt. Ich war bloß nicht rechtzeitig da, um ihn zu schützen!«, musste Judith einräumen und klang so kleinlaut, dass Walter sich beeilte, sie zu überzeugen: »Das ist ja wohl kaum Ihre Schuld gewesen, Judith, und außerdem wissen wir nicht, ob es wirklich so war.«

Judith sah ihn dankbar an.

Doch nach wenigen Augenblicken war es offensichtlich, dass sich Walters Vermutungen als zutreffend erweisen würden. Judith hatte sich nicht weiter um die Briefe gekümmert. Nun sahen sie, dass es dieselbe Handschrift sein konnte, die sie mit Schriftstücken aus Heitmanns Unterlagen verglichen. Auch eine professionelle Schriftanalyse der anonymen Briefe würde den Chauffeur als Autor nachweisen.

»Nun gut, Heitmann wusste es und hat auf dieses Grab und auf einen Mord hingewiesen«, gab Judith zu. »Warum? Und warum erst jetzt? Wenn er mit Winters Tod etwas zu tun hatte, warum hat er dann überhaupt etwas gesagt? Und wenn es ein anderer war, warum hat Heitmann sein Leben lang geschwiegen?«

Aber auch Walter war ratlos. »Warum kam er nicht zu mir? Wir kennen uns so lange. Ich bin hier die Polizei.«

»Vielleicht wollte er Sie nicht belasten, gerade weil Sie sich so gut kannten?«

»Aus Rücksicht? Und statt meiner, vertraut er sich Paul Ahlsens an?«, fragte sich Walter traurig. »Den kennt er doch noch länger«, wies er Judiths Erklärungsversuch zurück.

»Unter Umständen aber konnte nur Ahlsens ihm wirklich helfen. Wir haben noch keinerlei Vorstellung, worum es wirklich ging«, versuchte Judith erneut, ihn wieder aufzubauen.

»Fakt ist, Ahlsens ist nun auch tot, auch ermordet, und wir können nur vermuten, dass es derselbe Täter war. Was wusste Paul Ahlsens, was hatte er herausgefunden, das ihn für den Mörder so gefährlich machte?«, brachte Walter es auf den Punkt.

»Ja, und hatte Paul Ahlsens noch Gelegenheit, mit jemandem darüber zu reden? Wir wissen noch nicht einmal genau, wann er ermordet wurde. Wir brauchen noch viel genauere Zeitabläufe.«

»Hm, damit müssen wir bis morgen früh warten. Dann bringt uns Dr. Renz schon weiter.« Walter blickte auf seine Uhr. »Es sind nur noch ein paar Stunden. Gehen Sie schlafen, Judith, wir sind doch schon etwas vorangekommen.«

Was blieb ihr übrig? Judith war wirklich müde. Sie stand auf. Die Unterlagen konnte sie hier liegen lassen.

Walter brachte sie bis vor die Tür.

Sie flüsterten sich einen Gutenachtgruß zu.

Er sah ihr bedauernd hinterher.

Es war kurz vor Mitternacht. Judith schlich sich in Lauras Haus und zog sich leise aus. Völlig erschöpft ging sie zu Bett. Lange konnte sie nicht einschlafen. Der Grund dafür lag aber nicht in den ungelösten Mordfällen, sondern in einer selten gespürten inneren Unruhe, die sich ihrer bemächtigt hatte. Was war nur los mit ihr? Ihre Gedanken kreisten nur um Walter. Er war doch bloß ein Kollege, und vor einer Woche hatte sie ihn noch nicht einmal gekannt. Und plötzlich freute sie sich schon morgens, den Tag über mit ihm zusammen sein zu können. Immerhin ein unverfänglicher

Grund. Walter gefiel ihr. Aber es waren nicht nur sein Äußeres, seine Intelligenz, seine Ausgeglichenheit. Es war die ganze Art, wie er im Leben stand. Er wusste über sich Bescheid. Und immer wieder hatte sie das unbestimmte Gefühl, er wusste auch über sie Bescheid; über ihre Zuneigung für einen fast fremden Mann. Irgendwann schlief Judith erschöpft ein.

Mittwoch

~ 49 ~

In der Morgendämmerung hopste Wilhelmina auf das Fensterbrett und machte miauend deutlich, dass sie Einlass in »ihr« Haus begehrte.

In den letzten Tagen und vor allem Nächten hatte Judith bereits die Erfahrung gemacht, dass ein Überhören unmöglich war. Das Mauzen würde nur noch lauter und anklagender werden. Also stand sie auf und öffnete Wilhelmina das Fenster.

Einen triumphierenden Laut von sich gebend, hüpfte die Katze ins Zimmer und lief geradewegs Richtung Küche und Futternapf. Den hatte Laura vorausschauend schon am Abend gefüllt und Wilhelmina begann zu schmausen.

Judith hörte dies und stieg rasch wieder in das warme Bett. Doch war es mit der Nachtruhe, die ohnehin zu kurz gewesen war, definitiv vorbei. Schon halb sechs durch, sagte ihr der Blick auf ihren Wecker. Sie erinnerte sich an die beunruhigenden und zugleich angenehmen Gedanken vor dem Einschlafen. Sie wandte sich den Dingen zu, die ihr der neue Tag bringen sollte. Und im Nu war sie wieder eingeschlafen.

Laura weckte sie vorsichtig. »Judith, wachen Sie auf. Walter wartet in der Küche.«

Oh nein, sie hatte wahrhaftig verschlafen! Acht Uhr, da wollte sie ihn eigentlich schon abgeholt haben. Der Tag fing gut an! »Zehn Minuten. Sagen Sie ihm das bitte, Laura. Und könnten Sie ihm einen Kaffee machen?«

Laura lachte. »Wir sitzen schon ein Weilchen am Frühstückstisch. Walter hat gesagt, ich soll Sie schlafen lassen, Sie hatten eine kurze Nacht. Er hat mir schon von Paul Ahlsens erzählt. Ich gehe dann gleich zu Astrid, sie ein wenig trösten, wenn das überhaupt gelingen kann.«

Judith war immer noch leicht durcheinander. Ihr war die Situation peinlich. »Na gut, ich verschwinde erst einmal im Bad. Und lassen Sie mir bitte einen Kaffee übrig.« Sie versuchte, wach zu werden und sich zurecht zu machen, so gut es eben ging. Mit Walter am Frühstückstisch hatte sie nicht gerechnet.

Augenscheinlich waren die Bemühungen ihrer Morgentoilette auch nicht von Erfolg gekrönt, denn er blickte besorgt in ihre Richtung, als sie in die Küche kam. »Geht es Ihnen gut?« Er kam ihr entgegen und geleitete sie zu einem Stuhl.

Ich muss ja umwerfend aussehen, dachte sie bei sich. Wie kommt er dazu, hier einfach aufzutauchen? Nach der schlaflosen Nacht? Wie sollte sie da wohl aussehen? Doch bevor sie wütend auf ihn werden konnte, lachte sie sich selber aus. Was war nur los mit ihr? Sie sollte sich über seine Rücksichtnahme freuen!

Judith schnappte sich die für sie bestimmte Tasse und hielt sich ihren Kaffee vors Gesicht. »Ich muss ihn inhalieren, dann werde ich schon wieder wach. Entschuldigen Sie bitte, aber Wilhelmina hat mich im Morgengrauen geweckt und dann bin ich noch mal eingeschlafen.«

Walter schmunzelte. »Bei Ihnen war sie auch? Bei mir war sie kurz vor fünf. Ich schlafe bei offenem Fenster, da kann sie kommen und gehen, wie sie will. Sie hat gefressen und ist wieder raus.«

»Das gibt's doch nicht«, entrüstete sich Judith. »Und dann kommt sie zu mir und weckt mich noch?«

Sie mussten alle lachen.

»Wo ist das Untier?«, fragte Walter um sich blickend.

»Sie schläft in meinem Bett«, vermeldete Laura, während sie sich Kaffee nachschenkte.

Judith griff freudig nach den Brötchen.

Während sie kaute, berichtete Walter von seiner ersten guten Tat. »Ich habe Irmgard Rehse bereits getroffen, heute Morgen, auf ihrem Weg zum Friedhof.«

Laura, die natürlich nichts von seiner Absicht, Irmgard Rehse zu befragen, erfahren hatte, blickte Walter interessiert an.

Er berichtete weiter: »Ich habe sie gefragt, ob außer ihr noch jemand davon Kenntnis hatte, dass Laurenz Heitmann dich am Donnerstag abholen wollte. Sie wusste natürlich, mit welchem Zug du kommst, Laura, und dass Heitmann dich abholen würde, hatte Astrid ihr extra nochmals versichert. Und als sie im Laden die Vorräte für dich einkaufte, hat sie deinen Besuch auch dort erwähnt. Aber wer noch im Geschäft war, daran erinnert sie sich nicht mehr.«

Judith schlussfolgerte: »Es könnte also jeder gewusst haben, dass Heitmann gegen halb zwölf am Bahnhof sein würde.« Sie löffelte sich reichlich vom Brombeergelee auf ihr Butterbrötchen und biss kräftig zu. Ihre Lebensgeister kehrten schnell zurück.

Walter relativierte ihre Äußerung. »Na ja, jeder nicht, aber viele schon. Wir sind damit nicht viel schlauer. Aber Dr. Renz erwartet uns in einer halben Stunde. Wir müssten also bald los.«

»Daran erinnern Sie mich erst jetzt? Da hätte ich mich doch beeilt!« Erschrocken blickte sie ihn an.

»Warum? Es ist immer noch genug Zeit. Essen Sie bitte ganz in Ruhe auf.«

Ein Gentleman, ohne Frage, dachte Judith.

»Sie müssen heute in Höchstform sein«, betonte Walter mit einem Lächeln, doch dann verfinsterte sich seine Mine. »Wir brauchen endlich einen Erfolg!«

~ 50 ~

Dr. Renz begrüßte sie in seinem Raum im Keller des Krankenhauses. »Das ist ein Start in den Tag, was? Geht es Ihnen gut, Frau Kollegin?«

Das reichhaltige Frühstück hatte offenbar ihrem Aussehen nichts genützt. »Alles in Ordnung, danke. Ich bin nur ein klein wenig müde«, gab Judith zu.

»Kommen Sie, ich habe Ihre beiden neuen Fälle schon geschafft«, vermeldete Dr. Renz stolz und führte sie an einen Stahltisch. »Angefangen habe ich mit Paul Ahlsens. Der andere«, er deutete auf den Nebentisch, »hatte so lange Zeit, da machte das nun auch nichts mehr. Aber hier bei ihm – er schlug ein Tuch zurück – habe ich Folgendes gefunden, sehen Sie.«

Deutlich war eine Stichwunde zu erkennen.

»Ich würde sagen, derselbe Waffentyp wie im Fall Heitmann. Stilettähnlich, zweiseitig geschliffen. Wieder ein gekonnter, sicherer Stich – eine absolut tödliche Verletzung. Das gefundene Messer ist mit größter Wahrscheinlichkeit auch die Tatwaffe. Ich habe zwar keine Prellmarke, das Opfer war ja bekleidet, doch passen die Maße der Einstichöffnung. Und der Stichkanal entspricht auch der selbst gefertigten Waffe.«

»Und was ist mit Heitmann? Konnten Sie da das Messer schon als Tatwerkzeug nachweisen?«, wollte Judith Brunner wissen.

»Das habe ich leider noch nicht überprüfen können. Doch ich denke schon, es könnte dieselbe Waffe gewesen sein. Ich gehe sofort ans Werk, wenn wir hier fertig sind, versprochen.«

»Wann wurde Ahlsens denn erstochen?« Walter war ungeduldig und gespannt zugleich.

»Sehen Sie das hier?« Dr. Renz deutete auf die Nasenspitze und die Ohrmuscheln des Leichnams. »Vertrocknung. So kann eine Mumifizierung beginnen. Und hier, an den Fingerkuppen, können Sie es auch schon bemerken.« Er hob die rechte Hand des Toten an und besah sie sich aufmerksam, als müsse er sich selbst nochmals überzeugen. »Das setzt schon einige Tage nach dem Tod ein, wenn die äußeren Bedingungen eher eine Vertrocknung als eine Fäulnis fördern. Und er war der magere Typ. Ich denke, es ist schon am Freitag geschehen, Genaueres weiß ich dann nach den Laboruntersuchungen.«

»Freitag Vormittag«, konstatierte Walter sachlich und fügte auf den staunenden Blick des Gerichtsmediziners hinzu: »Er war Freitagmorgen noch in der Bibliothek, bis gegen halb zehn. Danach ist er zum Bahnhof gelaufen, war am Frachtschalter und ist irgendwo dort seinem Mörder begegnet.«

»Ob der Fundort der Tatort ist, steht noch nicht fest«, erinnerte ihn Judith. »Da muss uns Thomas Ritter weiterhelfen, oder was meinen Sie?« Sie wandte sich an Dr. Renz.

»Ich denke schon, es ist dort passiert. Oder zumindest in der Nähe. Die Totenflecke lassen nicht erkennen, dass er noch einmal umgelagert wurde. Sie befinden sich genau an den Stellen, die man bei der Fundsituation dieser Leiche erwarten durfte. Und er lag schon recht einzigartig eingezwängt da. Er ist mit Sicherheit gleich nach der Tat dort abgelegt worden. Der Transport zu dem Versteck dürfte dem Mörder ohnehin nicht leichtgefallen sein. Selbst mit einer noch nicht steifen Leiche.«

»Warum hat ihn niemand vorher bemerkt? Er war nicht zu sehen, ja, doch ich meine, nach vier Tagen, müsste man da nicht ...«, beendete Walter Dreyer die Frage nicht, sondern tippte sich nur an die Nase.

Dr. Renz brauchte nur einen kleinen Moment, bis er verstand: »Ah, sicher doch. Man riecht Leichen aber erst ab circa zehn Meter Nähe, und in dem Frachtraum ist es trocken und luftig. Die Lagerräume sind absichtlich nicht hermetisch abgeschlossen, damit die Futtermittel, Baustoffe und der ganze andere Kram nicht verderben. In dem Klima mumifizieren die Körper eher, als dass sie verwesen. Keine Fäulnis, kein Geruch.«

Seine Besucher sahen noch nicht zufrieden aus, sodass Dr. Renz das Bedürfnis spürte, ihnen Mut zu machen: »Seine Kleidung ist oben im Labor, auch ein Abstrich aus der Wunde, bestimmt finden die Kollegen dort noch mehr.«

»Und was ist mit ihm hier?« Walter Dreyer nahm an, dass der renommierte Doktor ihm schon Genaueres zur Liegezeit des Skeletts sagen konnte.

»Ritters Leute haben ihre berühmte Bodenprobe gemacht, sehen Sie?« Dr. Renz deutete auf eine lange gläserne Röhre. Deutlich waren verschiedene Bodenschichten zu erkennen, fast weißer Sand, Erde, Humus und sogar das Laub als oberste Schicht. »Sie haben die Proben so nah wie möglich am Skelett genommen. Dort wurde in letzten Jahren also nichts umgegraben oder irgendwie eingegraben. Der Tote liegt da seit mindestens drei Jahrzehnten, wahrscheinlich sogar länger. Bei vergrabenen Knochen setzt ein mineralischer Abbau ein, der einen Gewichtsverlust zur Folge hat, doch der wäre hier minimal. Ritter hat schon richtig geschätzt. Es könnte also der von Ihnen vermisste Mann sein.«

»Was ist mit seinen Zähnen?«, fragte Judith Brunner nach.

»Sein Gebiss ist gut, sogar schon fachmännisch behandelt. Das erhöht Ihre Chancen auf die Identifizierung. Na ja, den Zahnarzt zu finden, wird nicht ganz leicht. Ich kümmere mich aber heute Nachmittag darum. So viele Zahnärzte hat es hier in der Gegend und zu der Zeit sicherlich auch nicht gegeben.«

»Können Sie etwas zur Todesursache sagen?« Walter war skeptisch, schließlich war von der Leiche nicht mehr viel übrig.

Doch Dr. Renz überraschte ihn: »Hier, nehmen Sie mal die Lupe. Sehen Sie das da?« Er zeigte auf eine Rippe und machte noch mehr Licht. Walter strengte sich an, konnte aber nicht deuten, was er sah.

»Knochen haben eine glatte Oberfläche, Sie können das auch fühlen.«

Walter zögerte einen Moment – er hatte noch nie ein Skelett angefasst – und strich dann vorsichtig über den Knochen. Und dann spürte er es: eine deutliche Einkerbung.

Dr. Renz freute sich, dass seine Demonstration gelungen war. »Na, da stimmt doch was nicht, merken Sie es?«

Judith lächelte; für solche Darbietungen war Renz schon in seiner aktiven Zeit berühmt gewesen und hatte damit sowohl Sympathien gewonnen, als auch gegenteilige Reaktionen provoziert. Die einen freuten sich über die neue Erfahrung, die anderen fühlten sich vorgeführt.

Walter gehörte eindeutig zur ersten Gruppe. »Und, was bedeutet das?«, fragte er.

»Nun, es bedeutet, dass in diese Rippe ein scharfer, schmaler Gegenstand geschnitten hat. Nicht tief, aber genau so sieht es aus, wenn ein Messer an einer Rippe entlang geglitten ist. Glauben Sie mir, ich habe schon genug derartige Verletzungen gesehen.«

»Ein Messer! Wunderbar!« Judith freute sich wirklich über die Entdeckung, doch sah sie sich angesichts der verwunderten Blicke der Männer zu einer Erklärung genötigt: »Also wurde er ermordet. Mit einem Messer. Und drei Tote, die erstochen wurden – Heitmann, Ahlsens und Winter – sind kein Zufall. Wir werden einen Zusammenhang finden und haben dann endlich ein Motiv.«

»Es war aber nicht das im Frachtraum gefundene Messer, das habe ich schon überprüft. Die Kerbe an dieser Rippe hier ist viel breiter.« Dr. Renz tat es fast leid, Judiths Optimismus dämpfen zu müssen, doch er hielt es für seine Pflicht, darauf hinweisen, dass die Kerbe auch nach dem Tod des Mannes entstanden sein konnte. »Es gibt auch postmortale Verwundungen. Der Täter kann auf den Leichnam eingestochen haben oder die Kerbe entstand erst beim Vergraben, von einem Werkzeug, einem Bajonett möglicherweise.«

»Dann wäre die Kerbe aber noch breiter«, warf Judith Brunner wieder ein.

»Zugegeben. Ich neige ja auch zu Ihrer Interpretation, doch darauf hinweisen muss ich schon. Seine Oberbekleidung war komplett zersetzt. Da konnte ich keinen Schnitt, der von einem Messer oder Ähnlichem herstammen könnte, mehr erkennen. Ich habe die Lederreste ins Labor gegeben. Manchmal können die dort fast zaubern. Der Gürtel gehörte sicher zu einem Militärmantel. Die Mäntel kenne selbst ich noch; viele hatten sie nach dem Krieg noch in Benutzung.«

Das passt zu den Knöpfen, dachte Judith.

»Wissen Sie, was mich wundert?«, fragte Dr. Renz.

Judith und Walter sahen ihn gespannt an.

»Der Mantel, die Stiefel und der robuste Gürtel – da hätte es sicher Interessenten gegeben. Das war viel wert nach dem Krieg. Warum hatte er das noch an? Die andere Kleidung, na ja, aber Mäntel und Stiefel waren sehr begehrt.«

Walter Dreyer nickte. »Das bestätigt unsere Vermutung, dass ihn jemand begraben hat, der ihn kannte und mochte. So jemand würde seinen toten Freund nicht berauben, ihn aber so fürsorglich bestatten, wie es die Umstände eben zuließen.«

Judith Brunner ergänzte: »Und wir haben einige Habseligkeiten von Winter bei Heitmann gefunden. Die Frage könnte also lauten: Hat Heitmann seinen Freund begraben?«

Betrübt brachte Walter Dreyer seine Überlegung vor: »Die Frage könnte aber auch lauten, hat Laurenz Heitmann Emil Winter umgebracht?«

~ 51 ~

Genau diese Frage ließ Judith Brunner und Walter Dreyer auch im Büro von Dr. Grede nicht mehr los. »Warum sollte er ihn umgebracht haben? Sie waren schon als Kinder Freunde. Beim letzten Treffen der drei Männer gab es doch keinen Streit, oder?« Gredes Frage bewies den beiden, dass auch er die Protokolle kannte.

Ein guter Mann dachte Dreyer, der mit dem Laborchef bisher kaum etwas zu tun hatte. Und Meiring erwähnte tatsächlich nichts Derartiges, wie er sich jetzt erinnerte.

Dr. Grede fragte weiter: »Was sollte da passiert sein, das einen Mord rechtfertigen würde?«

Walter Dreyer versuchte, eine Situation zu konstruieren: »Sind die drei Freunde nach ihrem letzten Treffen nicht wieder zur Truppe gegangen? Dort sind sie dann vielleicht aufeinandergetroffen! Im Krieg kann vieles geschehen, das alles ändert, was bis dahin galt! Das müssten die, die uns die Blechmarke identifizieren sollen, doch sagen können?«

Judith Brunner nickte. »Ja, diese Möglichkeit besteht durchaus. Ich werde Lisa Lenz gleich nachher bitten, deswegen auch noch nachzufragen.«

»Das Labor ist nicht ganz fertig geworden, aber sie haben den Tascheninhalt von Ahlsens schon untersucht. Dabei ist leider nichts Besonderes zum Vorschein gekommen«, Dr. Grede las aus dem Bericht vor, »ein benutztes Taschentuch, etwas Kleingeld, eine Brieftasche, darin Ausweise, einige Geldscheine, ein Nothilfepass und zwei Fotos. Das ist alles. Keine Notizen oder Hinweise auf sein Vorhaben.«

»Was für Fotos?«, fragte Walter Dreyer interessiert.

Erwartungsvoll sahen alle auf die Gegenstände, die Dr. Grede vorsichtig aus einem großen Umschlag gleiten ließ.

Und Walter Dreyer hatte recht mit seiner Ahnung. Sobald sie die beiden Fotografien sahen, war klar, dass es sich um sehr alte Aufnahmen handelte.

Ein Foto erkannte Dreyer sofort wieder. »Ein ähnliches Motiv hatte der Heitmann in seiner Fotoschachtel.«

Es war eine Aufnahme von etwa zehnjährigen Jungen, die im Sommer auf einer Wiese standen. Zierliche Jungen in kurzen Hosen, barfuß, fast zu mager, aber glücklich in die Kamera lächelnd. Das andere Foto zeigte ebenfalls Personen, mit denen sie aber überhaupt nichts anfangen konnten.

»Wir fragen am besten Irmgard Rehse, und wenn die uns nicht helfen kann, weiß vielleicht Meiring mehr«, lautete Walter Dreyers Vorschlag.

Die beiden anderen nickten nur.

Dr. Grede informierte weiter: »Die Erd- und Faserspuren aus Heitmanns Wagen sind inzwischen analysiert. Es ist aber überhaupt nichts Untypisches an ihnen, kein Blut, kein spezifischer Dünger, nichts«, er lächelte wissend, »nur der hier übliche Boden und ebenso übliches Sackleinen.«

»Was ist mit dem Messer?«, wollte Judith Brunner wissen.

»Es ist die Tatwaffe. Das Blut stimmt mit dem von Ahlsens überein. Dr. Renz hat die Wunde vermessen, was die Übereinstimmung ebenfalls bestätigt.« Jetzt machte Dr. Grede eine kleine Pause, um die Spannung zu erhöhen. »Und wir haben wieder die typischen Silberspuren, die wir auch im Fall Heitmann fanden. Leider keine Fingerabdrücke.«

»Dieselbe Waffe, derselbe Mörder – können wir das trotzdem schließen?«, fragte Judith Brunner nach.

»Um es nicht unnötig kompliziert zu machen, sollten wir erst einmal davon ausgehen«, schlug Dr. Grede vor.

»Also nehmen wir einmal an, Heitmann hat Winter umgebracht«, warf Judith Walters Frage erneut auf.

Dr. Grede nickte und wollte es genauer wissen: »Und begraben?«

»Und begraben«, bestätigte Judith Brunner und setzte dramatisch fort: »Jahrzehnte später wird Heitmann ermordet, ebenfalls erstochen und ...«

»Und sein Arbeitgeber auch?«, unterbrach sie Dreyer, der der Schilderung kritisch folgte. Dann begründete er seinen Einwurf: »Laurenz Heitmann hat doch offenbar Paul Ahlsens um Hilfe gebeten, der sofort reagierte. Heitmanns Chef handelte aus Freundschaft oder Dankbarkeit und verlor dabei sein Leben. Beide Männer wurden ermordet! Ist es da nicht wichtig, erst einmal zu fragen: warum? Was für ein Geheimnis verbindet die aktuellen Morde?«

Judith folgte Walters Argumenten und ließ ihn ausreden. Doch dann stellte sie fest: »Genau darauf wollte ich hinaus! Nehmen wir mal an, Emil Winter wurde ermordet. Dann hätten wir ein lange zurückliegendes Verbrechen, das noch nicht gesühnt wurde. Wenn wir zudem davon ausgehen, Heitmann hat Winter begraben, aber nicht umgebracht! Dann haben wir ein Rätsel, nämlich, wer damals der Mörder war.«

»Richtig. Und es stellt sich ebenso die Frage, warum wurde Heitmann erst jetzt aktiv?«, warf Dr. Grede ein. »Warum unternahm er nicht schon früher etwas, um den Tod Emil Winters aufzuklären?«

»Das scheint wirklich die Schlüsselfrage zu sein.« Walter Dreyer nickte. »Es muss erst kürzlich was passiert sein, das Heitmann zum Handeln brachte.«

Judith Brunner nickte ihm zu. »Heitmann hatte wahrscheinlich eine Vermutung, wer der Mörder seines Freundes war, und Ahlsens hat ihm geholfen, diese zu untermauern. Ahlsens war der Lösung auf der Spur oder hatte das Rätsel sogar gelöst. Und das hat er nicht überlebt.«

»Beide Männer haben es nicht überlebt«, betonte Walter Dreyer und schlussfolgerte: »Also wussten sie, wer der Mörder Winters war und mussten für dieses Wissen sterben!«

Judith Brunner führte den Gedanken fort: »Wenn der Mörder der beiden auch der von Emil Winter ist, müsste er heute im Alter seiner Opfer sein, ich meine, wir suchen keinen jungen Mann.«

»Einen betagten Dreifachmörder, na, das hatten wir wirklich noch nicht!« Dr. Grede seufzte. »Das muss ausgerechnet dann passieren, wenn ich den Laden hier am Hals habe. Na ja, wir haben immerhin gute Arbeitshypothesen.« Er blickte ernsthaft in die Runde und wies auf die nächsten Aufgaben hin: »Also, heute wird Dr. Renz den Zahnstatus von Emil Winter suchen und sicherlich auch finden. Dann ist diese Identifizierung abgeschlossen. Lisa Lenz telefoniert noch wegen der Blechmarke und fragt auch wegen der anderen Männer nach. Das Labor müsste heute fertig werden, zumindest mit den wesentlichen Untersuchungen. Und Sie haben mit den Zeugenbefragungen am Bahnhof genug zu tun. Es kann ja überhaupt nicht sein, dass auch im Fall Ahlsens keiner etwas bemerkt haben will. Ich denke, wir müssen am Bahnhof intensiver suchen. Beide Morde wurden hier verübt!«

Dreyer pflichtete ihm bei, obwohl diese Weisung fast schon wie ein Vorwurf an ihrer bisherigen Ermittlungsarbeit klang, und ergänzte: »Die Männer wurden dort im Abstand von einem Tag ermordet. Spätestens ab Donnerstag Nachmittag haben die Leute doch alles intensiv beobachtet und ausführlich diskutiert, wer wohl den Mann im Auto umgebracht hat. Selbst unsere Polizisten waren stets vor Ort. Und dann schlägt der Mörder einen Tag später auf die gleiche Art zu – ich muss schon sagen, da gehört eine gewaltige Portion Kaltblütigkeit dazu!«

»Oder er fühlte sich extrem in die Enge getrieben«, gab Dr. Grede zu bedenken.

Judith Brunner hielt es nicht mehr auf ihrem Stuhl. »Beides, denke ich. Also, auf zum Bahnhof! Die Fotos versuchen wir dann heute Abend in Waldau mit Irmgard Rehses Hilfe zuzuordnen. Es wird bestimmt wieder ein langer Tag.«

Dr. Grede nickte, setzte aber noch hinzu: »Ich habe keine zusätzlichen Leute, die Sie dabei unterstützen könnten. Sie kennen meine Situation. Und Verstärkung vom Bezirk will ich noch nicht anfordern. Erst einmal versuchen wir, mit eigenen Kräften und Ihrer Unterstützung, den Fall zu lösen, einverstanden?«

Walter Dreyer, dem bewusst war, dass Leute aus Magdeburg ihn aus den Ermittlungen drängen würden, machte eine zustimmende Geste.

Und Judith Brunner war eine Untersuchung ohne Bezirksbehörde mehr als recht, sie wollte ihren Kollegen nicht eher als nötig begegnen. »Das schaffen wir auf jeden Fall auch ohne die Magdeburger Aufsicht.« Sie suchte sich die entsprechenden Protokolle aus den Unterlagen zusammen und gab sie an Walter weiter. »Jetzt müssen wir andere Fragen als im Fall Heitmann stellen, der Wirtin, ihren Kunden, den Leuten am Frachtschalter«, sie schaute auf die Uhr, »den Busfahrer erwischen wir vielleicht zum Feierabend.« Sie sah neue Möglichkeiten und konnte es nun kaum erwarten, mit den Befragungen zu beginnen.

Dr. Grede spürte ihre Unruhe. »Na, raus mit Ihnen! Am Nachmittag erwarte ich Sie wieder hier. Dann werden wir vielleicht sehen, bei wem sich intensivere Nachforschungen lohnen könnten.«

~ 52 ~

Doch auch die wiederholte Befragung der Leute vom Bahnhof ergab keine neuen Ansatzpunkte. Niemand hatte seinen Beobachtungen etwas hinzuzufügen, auch den beiden Arbeitern vom Frachtschalter war über Nacht nicht mehr eingefallen. Paul Ahlsens war am Bahnhof gänzlich unbekannt. Keiner hatte auch nur eine Vermutung, warum die Männer umgebracht worden waren.

Judith Brunner und Walter Dreyer standen betrübt vor der Wirtschaft und betrachteten den menschenleeren Bahnhofsvorplatz. Das Backsteingebäude, zwei Bänke davor, die Blumentöpfe, die sauber geschnittenen Hecken. Hier waren am helllichten Vormittag die Verbrechen geschehen, und niemand hatte etwas bemerkt?! Sie waren ratlos.

Leise sagte Judith: »Wissen Sie, was mir aufgefallen ist?«

»Hm?« Auch Walter hatte sich mehr erhofft.

»Ein Stimmungswechsel bei ausnahmslos allen, mit denen wir bereits nach dem ersten Mord geredet hatten. Selbst die Stammkundschaft an der Theke wirkte irgendwie niedergedrückt.«

»Nun, der zweite Mord hat nach der Sensation des Ersten dem Ganzen eine andere Dimension verliehen. So etwas lässt die Leute schon merklich kleinlauter werden. Solange wir den Mörder nicht finden, fragen sich viele, wer der nächste sein wird. Sie haben einfach Angst.« Walter wirkte nachdenklich.

Sie gingen langsam in Richtung des Bahnhofseingangs und ließen sich für einen Moment auf einer der Bänke in der Sonne nieder.

»Es ist ein öffentlicher und übersichtlicher Platz«, wandte Judith sich Walter zu, »der Mörder ist ein ziemlich hohes Risiko eingegangen, beobachtet zu werden.«

Walter sah sich auf dem leeren Platz um. »Vielleicht auch nicht. Schauen Sie denn in parkende Autos, wenn Sie zum Zug oder Bus wollen oder auf jemanden warten? Wenn der Mörder neben Heitmann im Auto saß, fiel das niemandem auf, denke ich.«

»Das stimmt schon«, gab Judith zu, »aber er muss doch auch zum Wagen gegangen sein und wieder weg. Hat ihn denn dabei niemand gesehen?«

Walter Dreyer holte tief Luft. So ähnlich muss es hier am Donnerstag letzter Woche auch gewesen sein, die friedliche Vormittagsstimmung verführte zu gemeinsamer Mattigkeit. Ein paar Spatzen stritten sich lautstark um die Krümel eines Brotrestes, den sie in einem der Abfallkörbe entdeckt hatten.

Als der ältere Bahnangestellte mit einer Gießkanne erschien, um die Topfpflanzen zu versorgen, fühlten die Vögel sich gestört und flogen schimpfend auf, jedoch nur bis zum nächsten Gebüsch, um ihre Beute nicht aus den Augen zu verlieren. Geduldig warteten sie, bis sich der Mann den Blumentöpfen auf der anderen Seite der Tür zuwandte, um sich dann mit Vehemenz erneut auf die Essensreste zu stürzen. Viel los war hier vormittags wirklich nicht.

Plötzlich wurde Walter stutzig. Menschenleer? Niemand zu sehen? Noch bevor er sagen konnte, was ihm das Herz fast stehen bleiben ließ, flüsterte Judith: »Der Fahrkartenverkäufer!«

»Wo sind seine Aussagen?« Hastig blätterte Walter in den Unterlagen.

Judith konnte es nicht glauben. War ihnen das wirklich passiert?! War niemand auf den Mann aufmerksam geworden, der zum Bahnhof gehörte, wie der Deckel zum Topf? Der seit ewigen Zeiten hier Dienst tat und den alle kannten?

Walter schluckte. »Das gibt es einfach nicht! Wie konnten wir ihn übersehen?«

Judith gab leise zu: »Ich habe eine Aussage von ihm gelesen. Gleich am ersten Tag haben ihn die Kollegen von hier befragt. Alles über die Meldung des Mordes und so weiter. Aber es stand nicht viel drin. Er hatte den Anruf bei der Polizei Laura überlassen. Er sagte nur aus, zu sehr geschockt gewesen zu sein, um irgendetwas zu tun. Und gestern erwähnte ihn einer der Zeugen ganz beiläufig.«

»Trotzdem, wir haben ihn aus den Ermittlungen herausgelassen.« Walter sah ihm weiter beim Blumengießen zu, dem korpulenten, älteren Mann in dunkler Uniform. »Aber noch haben wir eine Chance. Der Mann ist hier. Und er fühlt sich sicher«, war Walter überzeugt.

Judith nickte. »Wir müssen das gut vorbereiten, Walter. Noch einen Fehler können wir uns nicht leisten. Ich rufe gleich bei Grede an, er muss jemanden abstellen, der den Mann vorerst beschattet.« Sie konnte sich nicht einmal an seinen Namen erinnern und musste in den Protokollen nachsehen.

Nur eine Stunde nach ihrer plötzlichen Eingebung wussten sie zumindest, wer der Fahrkartenverkäufer war: Karl Busch. Im Gebäude der Kreisbehörde war die polizeiliche Meldestelle untergebracht und deren Archiv befand sich zu ihrem Glück auch vor Ort. Karl Busch war ungefähr zehn Jahre jünger als Laurenz Heitmann und Paul Ahlsens. Stand also kurz vor seiner Rente. Die Registerkarte der Einwohnermeldekartei von Gardelegen gab Auskunft darüber, dass er im ersten Nachkriegssommer hierher gekommen war und sich schon ein Vierteljahr später in eine andere Stadt im Süden des Landes abgemeldet hatte. Unter Beruf hatte man damals Schlosser eingetragen. Es waren keine Angaben zu den Familienangehörigen vermerkt. Zwei Jahrzehnte später kam er in die Altmark zurück und lebte von da an wieder in Gardelegen. Seit dieser Zeit arbeitete er auf dem Bahnhof, wie ein Anruf bei der Bezirksdirektion der Bahn ergab. Zwanzig Jahre ohne Beanstandungen, nicht unbedingt ein Vorbild, aber sehr zuverlässig, keine Familie, ein Einzelgänger.

Sie saßen erneut in Dr. Gredes Büro und diskutierten erregt, was sie als Nächstes tun sollten. Die Stimmung in der Lagebesprechung war gedrückt. Wie sollte es weiter gehen? Dr. Grede blickte betreten.

»Warum war die Spurensicherung nicht im Schalterraum?« Judith Brunner war ungehalten. Und sie war ungerecht, das wusste sie. Dieses Versäumnis hätte ihr auch schon eher auffallen können. Allerdings, warum sollten die Kollegen überhaupt dort suchen? Die Morde waren stets außerhalb des Gebäudes passiert. »Tut mir leid«, bat sie Dr. Grede gleich wieder um Entschuldigung.

»Ist schon in Ordnung, ich bin auch enttäuscht«, beteuerte er. »Wir haben eben wirklich nicht so viele Erfahrungen mit Morduntersuchungen in Gardelegen. Gott sei Dank! ... Buschs Schicht geht nur bis 15 Uhr. Danach kann Ritter sich kurz im Fahrkartenraum umsehen, ohne die Aufmerksamkeit des Tatverdächtigen zu erregen. Dann wissen wir, ob die Faserspuren von Buschs Uniform stammen könnten. Außerdem läuft Buschs Überwachung rund um die Uhr. Einfach absetzen kann er sich jetzt nicht mehr.«

»Wir wissen dann jedoch nur, dass Busch auf dem Beifahrersitz in Heitmanns Auto saß.« Judith klang immer noch missgestimmt.

»Warten wir das einfach ab.« Walter vertraute auf die Kompetenz Thomas Ritters. Natürlich wusste auch er, dass sie Beweise bringen mussten, um ihren Verdacht zu untermauern. Noch fehlte ihnen das Wichtigste, nämlich das Motiv. Sie mussten mehr über Karl Busch erfahren.

Ein Blick in Judith Brunners Gesicht verriet Dr. Grede, dass sie sich immer noch nicht beruhigt hatte, daher hoffte er, mit der Schilderung weiterer Aktivitäten ihre Laune zu bessern: »Einer meiner Leute untersucht im Moment das Auto von Paul Ahlsens. Es stand noch unversehrt am Marktplatz. Möglicherweise bringt uns das ja weiter?« Natürlich wusste Dr. Grede, dass die Chancen dafür eher gering waren. Jetzt hatten sie fast den gesamten Fuhrpark vom Gut im Haus. Doch was brachte es? Um wenigstens etwas voranzukommen, griff Dr. Grede zum Telefon. Die Identifizierung Emil Winters über den Zahnstatus stand noch aus. Enttäuscht rollte er mit den Augen. »Wann kommt Dr. Renz denn wieder? Danke, er möchte sich bitte gleich bei mir melden.« Er wandte sich Judith Brunner zu. »Hat denn der Anruf in Berlin bei der Wehrmachtsstelle schon was ergeben?«

»Es ist die Erkennungsmarke von Emil Winter. Insofern können wir nun mit großer Sicherheit davon ausgehen, dass er es war, der im Wald begraben wurde. Für die Recherche, ob die drei zu Kriegsende zusammen gedient haben, brauchen sie noch etwas Zeit. Frau Lenz bleibt dran.«

»Der Zahnstatus wäre mir trotzdem lieber; es könnte eine fremde Marke sein«, betonte Dr. Grede.

Das Warten auf die Ermittlungsergebnisse anderer reichte Walter nicht mehr aus. »Das scheint mir angesichts der neuen Spur nun doch eine übertriebene Akribie zu sein. Wir müssen produktiver werden!« Walter sah Judith auffordernd an.

Einen Moment später konnte sie wieder lächeln. »Also, das Alter von Karl Busch passt schon mal ganz gut. Er hielt sich nach dem Kriegsende in der Gegend auf. Das kommt auch hin. Dann verliert sich seine Spur, und als eine ziemlich lange Zeit verstrichen war, kommt er zurück und arbeitet als braver Reichsbahner unauffällig hier in Gardelegen.«

Walter Dreyer kam wieder zum fehlenden Motiv zurück. »Und jetzt erst, nach so langer Zeit, wird Heitmann aktiv? Er ist häufig am Bahnhof gewesen und hat Busch sicher öfter gesehen. Warum wird er gerade jetzt für Busch zur Gefahr?«

»Eine gute Frage«, bestätigte Judith Brunner. »Wir müssen unbedingt noch einmal mit Ahlsens' Familie, die ja quasi auch Heitmanns war, reden. Vielleicht können sie auf dem Gut mit dem Namen Busch etwas anfangen.«

»Und Johannes Meiring und Irmgard Rehse sollten wir auch einbeziehen. Sie sind so ziemlich eine Generation. Vielleicht kennen sie Karl Busch sogar?«, setzte Walter Dreyer voller Tatendrang hinzu.

»Am besten, Sie fahren gleich nach Waldau. Entgegen meiner Annahme von heute Morgen müssen wir wohl auch dort weiter suchen«, sagte Dr. Grede lächelnd und räumte damit seine Fehleinschätzung ein. »Ich erwarte dann Ihren Anruf.«

~ 53 ~

Mit ihren erneuten Befragungen würden sie sich wieder in das Leben der Waldauer mischen müssen. Egal ob die Leute das begrüßten, in Ruhe gelassen werden wollten oder sogar trauerten. Und sie hatten vor, unbedingt mehr über die Person Karl Busch zu erfahren.

»Mit wem wollen wir anfangen?«, fragte Judith.

Sie fuhren schon am Ortseingangsschild von Waldau vorbei.

»Ich denke, wir beginnen mit Irmgard Rehse, dann Johannes Meiring. Beide könnten uns auch mit den Fotos helfen. Dann sehen wir weiter.«

Judith war der Vorschlag recht, doch leider war Lauras Tante nicht zu Hause. Vielleicht war sie spazieren gegangen oder, was wahrscheinlicher war, sie besuchte jemanden, um über die furchtbaren Neuigkeiten zu reden. Sie würden es später noch einmal versuchen müssen.

Langsam fuhren sie die Dorfstraße hinauf und hofften, zumindest Walters ehemaligen Lehrer anzutreffen. Ab und zu sahen sie Leute bei der Gartenarbeit. Es war ein typischer herbstlicher Spätnachmittag. Die bereits rötlichen Sonnenstrahlen spendeten kaum noch Wärme; mit kühler Luft begann der Abend sich anzukündigen.

Trotz der aufkommenden Frische saß Johannes Meiring auf seiner Bank vorm Haus. Die Aufregungen der letzten Tage hatten ihn sichtbar erschöpft. Seine Hände lagen verschränkt auf seinem Gehstock. Er war eingenickt. Der Kopf hing ihm auf der Brust, die Schirmmütze drohte hinabzurutschen.

Walter Dreyer belastete der Gedanken an das bittere Gespräch, das sie nun führen mussten. Um Meiring nicht in Verlegenheit zu bringen, schlug Walter die Autotür heftig zu.

Noch blieb Johannes Meiring reglos.

In der Hoffnung, ihn sanft aufzuwecken, damit er sich noch schnell sammeln konnte, begann er laut auf Judith einzureden:

»Haben Sie alle Unterlagen dabei, auch die Fotos?«

Sie erkannte sein Vorhaben und spielte mit. »Ja, ja, Sie meinen doch sicher den Bericht hier und die alten Aufnahmen?«

In den alten Mann kam Bewegung. Er versuchte aufzustehen, was ihm erst nach mehrmaligem Schwungholen mit dem Oberkörper gelang. Unsicheren Schrittes kam er, auf seinen Stock gestützt, auf sie zu. »Ich habe schon gewartet, ich denke, ich muss Ihnen was erzählen.« Seine Stimme verhieß nichts Gutes.

Aufmerksam sah Walter ihn an. »Wollen wir uns nicht drinnen unterhalten? Es wird schon frisch. Und möglicherweise dauert es länger.«

»Ist mir sehr recht, kommen Sie bitte rein.« Meiring ging langsam voran, bei jedem Schritt probierend, wie wohl der nächste sicher zu setzen sei. »Mein Rheuma macht mir wieder sehr zu schaffen. Es geht mir sowieso nicht gut! Erst das mit Laurenz und nun auch noch Paul Ahlsens.«

Als sie das Haus betraten und wieder in seine gute Stube geführt wurden, fiel die Kühle auf, die im ganzen Haus herrschte.

»Ich fürchte, ich hab' ganz vergessen zu heizen. Tut mir wirklich leid.« Meiring setzte die Situation schwer zu.

Walter übernahm es gerne, mit dem bereitliegenden Heizmaterial den Ofen an zu machen. »Ich heize auch gleich den Herd in der Küche, dann haben Sie es zum Abendbrot schön warm.«

Er verschwand und Judith bat den alten Herrn, sich doch zu setzen. Hilflos musste sie mit ansehen, wie viel Mühe es ihn kostete. Sie setzte sich gleichfalls an den Tisch.

Johannes Meiring bat sie kurz zu warten, bis Walter wieder kommen würde. Er wollte beiden zugleich erzählen, was ihm auf der Seele lag.

»Gern. Doch vielleicht könnten Sie sich in der Zwischenzeit diese Fotografien ansehen, die wir in Paul Ahlsens' Brieftasche fanden. Sie haben uns bereits vor einigen Tagen mit Ihren Fotos sehr geholfen. Die Aufnahmen sind auch älteren Datums. Würden Sie sich bitte die Mühe machen?«

Walter kam schon zurück und setze sich zu ihnen. »Alles erledigt. Ich hole nachher noch neues Holz und Kohlen rein.«

Meiring sah sich die zwei Bilder an. Dann fragte er: »Warum hatte Paul Ahlsens die bei sich? Das ist nicht seine Familie. Kein

Ahlsens ist dabei. Das sind die Eltern von Emil Winter! Und das hier ist Laurenz, das ist der Emil und das bin ich.« Ein Moment der Erinnerung verjüngte sein trauerndes Gesicht. »Ich habe ähnliche Bilder aus dem Sommer, aber nun ...«, ratlos legte er die Aufnahmen beiseite. Einen Moment später staunte er über sich selbst. »Solche Fotos hatte der Laurenz bei sich im Zimmer, wissen Sie, in einem Rahmen stehen. Dass mir das jetzt erst einfällt!«

Das wäre immerhin eine Erklärung für den leeren Rahmen, dachte Walter sich.

»Ob er sie dem Paul Ahlsens gegeben hat? Was meinen Sie?«, wandte sich Johannes Meiring an Judith Brunner.

»Dazu kann ich Ihnen leider nicht mehr sagen, aber vermutlich schon.« Judith nahm die Fotos wieder an sich. »Aber was wollten Sie uns denn erzählen, Herr Meiring?«

Sie hörten das Feuer im Ofen bullern, er zog gut. Bald würde es behaglicher werden.

Meiring rang mit sich und fand anscheinend keinen geeigneten Einstieg für seinen Bericht. »Darf ich Ihnen etwas zu trinken anbieten? Ja? Möchten Sie ein Bier?« Er gab Walter kurz ein Zeichen.

Der kannte sich aus und kam mit zwei Flaschen Pilsner wieder. »Ich hole gleich noch Gläser.« Achselzuckend blickte er zu Judith und fragte sie: »Möchten Sie ein Wasser?«

Sie lächelte zurück und nickte.

Johannes Meiring war froh, dass das Öffnen der Flaschen und das Einschenken ihm etwas Zeit verschaffte. Er nahm langsam einen Schluck Bier, holte Luft und sagte dann: »Ich habe gewusst, dass dort im Wald der Emil Winter lag.«

Walter, der eben zu seinem Glas greifen wollte, erstarrte in der Bewegung. »Was!?«

»Aber? Wie gewusst?«, Judith Brunner war bestürzt.

»Na, ich wusste eben Bescheid. Dort bei Lindenbreite lag Emil Winter. Und das schon eine halbe Ewigkeit.«

»Ich fürchte, das müssen Sie uns erklären«, fand Judith Brunner langsam ihre Sprache wieder.

»Hm«, Meiring nahm den nächsten großen Schluck, »ich hab schon die ganze Nacht gegrübelt, wie ich Ihnen die Geschichte erzählen soll. Hätte es etwas geändert, wenn ich schon früher geredet hätte? Also, alles fing vor ein paar Wochen an. Der Laurenz war gekommen und lieh sich das Buch bei mir. Sie wissen schon. Danach haben wir uns öfter unterhalten und immer wirkte er sehr bedrückt. Na ja, und da habe ich ihn eines Tages direkt gefragt, was mit ihm los ist.« Er strich sich mit der Hand über die grauen Haare und seufzte. »Erst wollte er nicht mit der Sprache raus, doch dann hat er mir eine Geschichte erzählt. Er musste es wohl endlich loswerden!« Es dauerte einen kleinen Moment, während dessen Johannes Meiring vergessen zu haben schien, dass er ihnen etwas berichten wollte, doch dann begann er: »Im Frühsommer, damals, als der Krieg endlich zu Ende ging, hatte Laurenz im Wald zu tun. Er hatte den Kriegsdienst unversehrt überstanden und arbeitete schon seinerzeit für die Ahlsens, aber noch nicht als Chauffeur. Ein kräftiger Mann im besten Alter war auf einem Gut in dieser Zeit eine unbezahlbare Arbeitskraft. Jede Hand war nötig, wissen Sie. Na, weiter. Er prüfte also den Waldbestand nahe Lindenbreite, um den Holzeinschlag für die Auktionen im Herbst vorzubereiten. Auf einmal, sagte er, hörte er ein leises Wimmern, wie von einem Kind, das weinte. Vorsichtig ging er in die Richtung, aus der das Geräusch zu kommen schien, und da fand er eine junge Frau, die verzweifelt schluchzte. Sie kniete neben einem leblos liegenden großen Mädchen. Laurenz konnte nicht erkennen, ob es nur verletzt oder schon tot war. Das Gesicht war voller Blut. Die Kleidung war zerrissen und beschmutzt. Ein Schuh fehlte. Die weinende Frau reagierte überhaupt nicht auf sein Erscheinen. Vielleicht war sie in ihrer Verzweiflung zu keiner Reaktion mehr fähig?« Meiring machte eine kurze Pause. »Laurenz sagte, dass er erst einmal wie erstarrt dieses grauenhafte Bild bestaunte. Mitten in der Schönheit des frühsommerlichen Waldes war es zu einer Katastrophe gekommen. Und er wurde unfreiwillig Zeuge. Was geschehen war, konnte er überhaupt nicht einschätzen. Ein Überfall? So viel stand fest! Schwere Misshandlungen, viel Blut! Wer hatte das getan? Der Krieg war doch vorbei. Marodierende Banden gab es in der Gegend bisher nicht. Er blickte sich ängstlich um. Drohte ihnen noch Gefahr? War noch jemand in der Nähe? Und dann hat er hinter einer aufragenden Wurzel, einige Meter neben den Frauen, einen am Boden liegenden Mann bemerkt. Er lag auf der Seite, Heitmann zugewandt. Zerlumpt, in einem alten Uniformmantel. Laurenz eilte hin, und erst als er sich niederhockte, um ihm ins Gesicht zu sehen ...« Meiring seufzte und sprach erst nach einer langen Pause weiter: »... erkannte er den Emil Winter. Tot. Er ging um die Leiche herum. Ein Messer steckte noch tief in ihrem Rücken. Er blickte wieder rüber zur jungen Frau und dem reglosen Mädchen. Es war immer noch ein grausiger Anblick. Doch dann, zu seiner Erleichterung hatte das liegende Mädchen begonnen, sich zu bewegen und die junge Frau redete schluchzend auf sie ein. Entsetzt ließ er sich auf einem Baumstumpf nieder, wie betäubt. Das Weinen der Frau, das blutüberströmte Mädchen, sein Freund tot zu seinen Füßen. Laurenz würde den Augenblick nie vergessen, erzählte er mir, als er begriff, was hier passiert war. Emil hatte das Mädchen überfallen. Die junge Frau hatte es beschützen wollen. Ihr Stich in den Rücken hatte ihn gleich getötet, sonst hätten es vielleicht beide jungen Frauen nicht überlebt.«

Johannes Meiring machte wieder eine Pause, trank einen Schluck Bier und setzte fort: »Wie sollten sie aus dieser Situation herauskommen? Er als ein zufälliger Zeuge einer Tragödie, die zwei jungen, hilflosen Frauen. Und sein Freund, sein endlich aus dem Krieg heimgekehrter Freund. Ein Vergewaltiger? Ein Verbrecher? Er konnte es damals nicht glauben. Und er glaubte es bis heute nicht, das habe ich ihm angemerkt. Er war verzweifelt!« Meiring schwieg.

Judith sah verwirrt zu Walter. Diese Geschichte war wirklich erstaunlich, doch noch fehlten entscheidende Teile. Walter fragte behutsam nach: »Und dann hat Laurenz Heitmann seinen Freund begraben?«

Meiring nickte. »Ja. Er hat mir erzählt, er wollte nicht, dass Emils Andenken im Ort leidet. Seine Eltern, die ihn sehnlichst zurück erwarteten, hätten das nicht überlebt. Und auch Irmgard. An die Frauen im Wald dachte er in diesem Zusammenhang wohl nicht. Na ja, Emils Eltern sind später von hier weggegangen.« Meiring stockte kurz. »Laurenz nahm sich damals der jungen Frauen an. Er half ihnen und führte sie erst einmal von dort weg. Zum Vorwerk Lindenbreite. Das Haus stand leer, das wusste er. Hier glaubte er, die beiden gut untergebracht zu haben, damit sie sich beruhigen und auch reinigen konnten. Dann begrub er seinen Jugendfreund im Wald, an einer Stelle, die er den Frauen nicht zeigte. Am nächsten Tag, als er mit ein paar Lebensmitteln zu ihnen nach

Lindenbreite zurückkehrte, ging er danach zum Grab. Er entdeckte unweit vom Ort des Dramas die Tasche von Emil Winter, in der er Fotos und ein paar persönliche Dokumente fand. Laurenz nahm sie an sich. Und das war ’s.«

Eine Weile blieb es ruhig, doch dann fragte Walter nach, obwohl der Rest schon offensichtlich war: »Das kann aber noch nicht alles sein. Herr Meiring. Was, zum Beispiel, ist aus den Frauen geworden? Hat Heitmann dazu etwas gesagt?«

Meiring schwieg weiter.

Und Judith half: »Mit den Papieren seines Freundes war es ganz leicht, aus Emil eine Emily Winter zu machen, stimmt’s? Es war Nachkriegszeit. Die Bürokratie war auf die Papiere angewiesen, die die Leute hatten. Und so trafen eines Tages zwei Schwestern, Anne und Emily Winter, in Waldau ein und ließen sich hier nieder. Sie teilten ein Geheimnis mit Laurenz Heitmann und keiner hat es je verraten. Könnte das ungefähr der Wahrheit entsprechen, Herr Meiring?«

»Ja, er wollte die Erinnerung an seinen Freund nicht beflecken, er hat sich geschämt für den Emil, und den Frauen war an einer Aufdeckung des Verbrechens nicht gelegen.«

»Das verstehe ich nicht! Warum wollten sie das nicht? Es war Notwehr!« Walter suchte nach Erklärungen.

Judith Brunner überlegte: »Vielleicht war der Überfall ihnen peinlich. Sie hatten Angst, sich zu erklären. Und immerhin hatte die eine einen Menschen umgebracht. Mit Heitmanns Lösung konnten sie gut leben.«

Walter blieb skeptisch, da war aus seiner Sicht noch mehr. »Außerdem erkenne ich keinen Zusammenhang zu den aktuellen Morden!«

»Hat Heitmann je erfahren, wie die beiden wirklich hießen und warum sie überhaupt eine neue Identität annahmen, Herr Meiring?«, versuchte Judith die Herkunft der Frauen aufzuklären.

»Also davon hat er mir nichts erzählt. Ich bin auch gar nicht drauf gekommen, ihn das zu fragen. Ich war ja selber ganz platt von der Geschichte. Die Winter-Schwestern, also das war schon ein Ding!«

»Hat Ihr Freund gewusst, was genau vor seinem Erscheinen passiert war? Hatte er mit den Frauen darüber gesprochen?« Judith

Brunner nickte ihm hoffnungsvoll zu.

»Auch dazu hat er nichts gesagt.«

Sie fragte weiter: »Er hat auch nicht angedeutet, wer von beiden den Emil Winter erstochen hat?«

»Nein, ich hab' aber auch nicht nachgefragt. Ich war zu überrascht. Erst später habe ich mir selbst dann die eine oder andere Frage gestellt.«

»Warum erzählen Sie uns das alles erst jetzt, Herr Meiring?« Judith Brunner war schon ein wenig ärgerlich, dass Johannes Meiring den Mund nicht eher aufgemacht hatte.

»Weil Sie erst gestern den Emil gefunden haben! Ich wollte doch der Irmgard keinen Kummer machen! Den Laurenz macht das auch nicht mehr lebendig, und das mit Paul Ahlsens konnte ich nicht ahnen.«

Walter wusste nicht, was er dazu sagen sollte. Irmgard Rehse keinen Kummer machen? Es ging um einen Mord!

Meiring setzte leise an: »Das war aber noch nicht alles.«

»Wie bitte!?«

»Wissen Sie, der Laurenz hatte da noch was auf dem Herzen. Ich merkte das. Doch er hat es mir nicht erzählt. Da noch nicht.«

»Wie meinen Sie das?«, fragte Judith Brunner.

»Na ja, später hat er dann wohl etwas mitbekommen, was die Ereignisse von damals in einem anderen Licht erscheinen ließ. Er war völlig aufgelöst deswegen und an dem Tag, als«, Meiring kämpfte mit den Tränen, und schluckte, »als Laurenz ermordet wurde – was ich da ja noch nicht wusste – da wollten wir uns abends im Park am vertrauten Ort bei den Blutbuchen treffen und darüber beraten. Das habe ich Ihnen ja schon erzählt.«

Walter fragte nach: »Also was er genau herausgefunden hatte, darüber konnten Sie und Laurenz Heitmann nicht mehr reden?«

»Nein. Ich wünschte, wir hätten die Gelegenheit gehabt.«

Walter sagte zu Judith: »Möglicherweise hatte sich Heitmann aber jemand anderem anvertraut: Paul Ahlsens.«

Die kombinierte. »Das muss er dann Anfang letzter Woche getan haben, denn Paul Ahlsens fuhr bereits am Mittwochabend weg und kam nicht wieder. Sehen Sie, Herr Meiring, ich möchte Ihnen nicht zu nahe treten, doch möglicherweise brauchte Heitmann Hilfe einer Art, die Sie ihm nicht gewähren konnten, eine Reise oder aufwendige Recherchen zum Beispiel.«

»Ja, so habe ich mir das auch schon zu erklären versucht.«

»Was mich wundert, ist, dass damals wirklich niemand etwas von dem Überfall mitbekommen haben soll. Wo waren Sie zum Beispiel, als das passierte? Warum hat Heitmann sich Ihnen nicht schon damals anvertraut?«, fragte Walter wieder voller Mitgefühl.

Meiring erinnerte sich: »Ich war gar nicht hier. Ich war zur Neulehrer-Ausbildung für ein paar Monate in der Stadt. Als ich zurückkam, habe ich zwar nach Emil Winter gefragt, ob jemand etwas Neues wüsste, doch alle erzählten mir, er werde immer noch vermisst. Diese Erklärung habe ich nie infrage gestellt.«

»Sagen Sie doch bitte noch, hat Heitmann Ihnen gegenüber mal einen Mann namens Karl Busch erwähnt?«

»Karl Busch. Hm, Busch. Nein, tut mir leid, Walter, ich kann mich an diesen Namen nicht erinnern. Wer soll das sein?«

»Wir sind bei unseren Ermittlungen auf ihn gestoßen und nun versuchen wir, ihn einzuordnen«, wich Walter aus.

Inzwischen war es im Haus warm geworden und Walter wollte aufbrechen. Hier hatten sie wohl für heute alles schon erfahren. »Ich geh dann mal, die Heizvorräte auffüllen. Kommen Sie ansonsten zurecht, Herr Meiring?«, fragte er seinen alten Lehrer.

Der nickte nur. Die Beichte hatte ihn viel Kraft gekostet, auch wenn er jetzt gelöster schien.

Judith räumte Flaschen und Gläser in die Küche und spülte noch rasch das Geschirr ab. Als sie sich von Johannes Meiring verabschiedete, hatte sie ein Gefühl, das sich nicht in ein Wort fassen ließ: Wut, Ärger, Mitleid, vor allem aber Sorge. Auch Meiring wusste viel zu viel.

~ 54 ~

»Machen Sie sich nicht so viele Gedanken um ihn, Judith. Er ist bei uns gut aufgehoben. Es findet sich immer ein guter Geist in Waldau«, munterte Walter sie auf. »Wollen wir eine Pause machen, einen kleinen Happen essen? Wer weiß, was der Tag noch für Überraschungen bereithält.«

Sie stimmte sofort zu. Judith hatte schon seit Stunden Hunger und sich mehrfach gefragt, wie Walter es nur schaffte, ohne eine Mahlzeit auszukommen. Sie hatten allerdings auch wenig Gelegenheit gehabt, sich zu stärken. Am Bahnhof zwang sie die »Entdeckung« von Karl Busch zur Eile, und von der Kreisbehörde waren sie auf direktem Weg nach Waldau aufgebrochen. Als sie jetzt in die »Altmärkische Schweiz« einkehrten, war Judith ihm für seinen Vorschlag äußerst dankbar. Allerdings fehlte ihnen für ein entspanntes Essen neben der Muße auch die Zeit, daher bestellten sie sich einfach den hausgemachten Kartoffelsalat mit Bockwurst, außerdem zwei Bier. Ein Imbiss-Klassiker, der durchaus Risiken für das Wohlbefinden aufwies, wie Judith aus langjähriger Schnell-Ess-Erfahrung wusste. Doch Walter beruhigte sie. Hier könne sie ihre Bedenken fallen lassen, und sie verließ sich gern auf ihn.

»Was könnte denn Heitmann Ahlsens erzählt haben?«, eröffnete Judith das auswertende Gespräch. »Was hat er ihm anvertraut? Immerhin ging es um einen Überfall mit tödlichem Finale. Beides hat er geholfen zu vertuschen.«

»Wir können davon ausgehen, dass Ahlsens zumindest den Teil der Geschichte kannte, den Heitmann auch seinem Freund Johannes Meiring anvertraute«, war Walter überzeugt. »Die Frage aber ist, was hat er ihm darüber hinaus noch alles erzählt?«

Judith überlegte: »Paul Ahlsens fährt Mittwochabend los, niemand kennt seinen Plan. Was er am Donnerstag gemacht hat, wissen wir noch nicht, auch nicht, ob er schon vom Mord an Heitmann erfahren hatte. Wir wissen aber, dass er Freitagmorgen noch in der Bibliothek in Gardelegen war. Und danach am Frachtschalter vorbei schaute. Angeblich wegen der Pflanzen.«

»Wieso angeblich, Judith?«

»Na, vielleicht war er dort, um sich mit jemandem zu treffen. Oder um sich den Tatort anzusehen. Er hatte in der Bibliothek etwas gefunden, das ihn eilig aufbrechen ließ und als Nächstes läuft er direkt zum Bahnhof. Er nimmt sein Auto nicht mit, ungewöhnlich oder, wenn er dort tatsächlich Pflanzen holen wollte?«

»Allerdings«, stimmte Walter ihr zu. »Und nehmen wir mal an, er wusste, dass Laurenz Heitmann am Bahnhof ermordet worden war. Er ahnte die Gefahr und ging trotzdem hin. Womit wir wieder bei Karl Busch angelangt wären.«

»Und wie passen die Winter-Schwestern da hinein?«, fragte Judith.

»Keine Ahnung«, Walter grübelte. »Die Sache mit denen wird wirklich immer interessanter, nicht wahr?«

»Dennoch, ein paar Dinge an der Geschichte stören mich gewaltig. Nehmen Sie nur die Tatsache, dass die beiden jungen Frauen ein Messer bei sich hatten, mit dem sie scheinbar mühelos einen Mann durch einen dicken Uniformmantel hindurch erstechen konnten.«

Ihre Biere kamen und sie unterbrachen ihre Erörterungen für einen Moment, prosteten sich zu und tranken. Wider Erwarten begannen sie, sich wohlzufühlen, trotz des einsetzenden Trubels im Lokal. Sie förderte aus ihrer Tasche einen Notizblock und Stift hervor und machte sich Notizen. »Also, das Messer. Punkt eins.«

Walter gab zu bedenken: »Na ja, es waren unsichere Zeiten. Zugegeben, es war offenkundig kein winziges Taschenmesser, das die beiden da bei sich trugen. Aber vielleicht besaßen sie einfach nur das eine. Und ein Messer war in vielerlei Hinsicht nützlich bei den Fußmärschen, zumal mitten durch den Wald. Wir wissen ja noch nicht einmal, was sie dort wollten oder woher sie kamen. Und vielleicht war die Wirkung des Stiches endgültiger, als die ältere Schwester es beabsichtigte.«

»Wer ist eigentlich die Ältere?«, interessierte Judith sich.

»Emily, glaube ich. Sie hatte schon irgendeinen dieser runden Geburtstage. Ich vermute, die beiden stehen sowieso als Nächste auf unserem Besuchsprogramm, oder?«

»Klar«, sagte Judith etwas abgelenkt. Sie hatte begonnen, ihrer Liste weitere Punkte hinzuzufügen.

»Wollen Sie wissen, was mich noch störte?«, sprach Walter mit geheimnisvoller Stimme.

»Na?«

»Warum haben die Schwestern so bereitwillig Heitmanns Hilfe angenommen? Eben erst hatte sie ein Mann brutal überfallen! Nur indem sie ihn töteten, konnten sie ihn abwehren. Wenig später, vielleicht sogar nur ein paar Minuten danach, kommt der nächste für sie Fremde und beide vertrauen sich ihm unbedenklich an? Das verstehe ich nicht ganz.«

Judith nickte anerkennend. »Das müssen wir unbedingt ansprechen!«

»Wollen Sie diesmal mit den beiden reden? Wäre mal was anderes für die Schwestern. Mich haben sie in den letzten Tagen schon von allen Seiten kennengelernt.« Walter schmunzelte.

»Stimmt, eventuell bringt das ja was. Genügend offene Fragen haben wir beisammen«, Judith blickte prüfend auf ihren Zettel, »ach ja, und was mit der Waffe geworden ist, sollten wir sie auch fragen. Im Grab war kein Messer.«

»Das hat Heitmann sicher unauffindbar verschwinden lassen.«

»Wahrscheinlich schon, doch ich will die beiden trotzdem danach fragen. Hier überrascht mich gar nichts mehr.«

Ihr Imbiss war ausreichend und lecker. Als sie das Wirtshaus wieder verließen, fühlten sie sich für die kommende Befragung bestens vorbereitet.

~ 55 ~

An den zugezogenen Vorhängen im Erdgeschoss drang ein schmaler Lichtschein vorbei. Es war jemand zu Hause. Walter glaubte, eine Bewegung am hinteren Fenster wahrgenommen zu haben. Dennoch dauerte es mehrere Minuten, bis sie auf ihr Klopfen Schritte hörten. Und es begann dasselbe Spiel wie einige Tage zuvor.

»Wer ist da?«, rief jemand durch die Tür.

Walter sah seine Kollegin augenzwinkernd an und rief zurück: »Guten Tag! Machen Sie schon auf, Frau Winter. Sie haben meine Kollegin und mich doch längst bemerkt.«

Ein leises Tuscheln war nun zu hören, dann wurde die solide Tür, nur einen Spalt breit, aufgemacht.

Emily Winter wurde sichtbar. »Ja?«

Weder wurden sie hereingebeten, noch die Tür ein Stückchen mehr geöffnet.

Walter Dreyer seufzte lautlos. »Wir möchten uns noch einmal mit Ihnen unterhalten. Es gibt neue Hinweise in den Ermittlungen und wir hoffen, dass Sie uns weiterhelfen können.«

»Das glaub' ich nicht!« Das klang sehr bestimmt.

»Dann muss ich Sie jetzt bitten, mir zur Kreisbehörde nach Gardelegen zu folgen, Frau Winter, Sie und Ihre Schwester. Wir sind auf ein Gespräch mit Ihnen angewiesen.«

»Dürfen Sie das denn?«, fragte sie skeptisch.

Die Tür war nicht einen Zentimeter weiter aufgegangen.

»Aber sicher! Sie sind verpflichtet, der Polizei bei der Aufklärung von Verbrechen zu helfen.«

Emily Winter blickte hinter sich in die Diele und kapitulierte. Als sie die Tür weiter aufmachte, konnten sie Anne Winter stehen sehen. Sie wurden zwar nicht hereingebeten, doch betraten Walter und Judith entschlossen das Haus.

»Wo können wir uns unterhalten?«, fragte Walter Dreyer sehr bestimmt.

Anne Winter, die die Besucher nicht begrüßte, wies wortlos in denselben Raum. Sie nahmen sogar auf denselben Stühlen Platz. Die Frauen sahen Walter mit verschlossenen Gesichtern an.

Überrascht wandten sie sich Judith Brunner zu, als die begann: »Sie wissen sicher schon, dass gestern Abend auch Paul Ahlsens ermordet aufgefunden wurde.«

Keine Reaktion.

»Haben Sie davon gehört?«

»Ja«, gab Emily Winter missmutig zu.

»Und, was meinen Sie dazu?«

»Nichts, was soll man dazu meinen?« Ihre Stimme verriet keinerlei Emotion.

»Na, immerhin wird nun schon der zweite Mann, den auch Sie lange kannten, ermordet. Und Sie haben dazu keine Meinung? Das kann ich mir nicht vorstellen, darüber unterhält man sich doch«, versuchte Judith Brunner, ein Gespräch in Gang zu bringen.

Das war nicht abzustreiten, fand zumindest Anne Winter. »Unterhalten haben wir uns schon. Bloß, wir kannten beide nicht so gut. Das haben wir Ihnen aber schon mal gesagt.«

»Was denken Sie, warum wurden sie ermordet?«

»Warum? Woher sollen wir das wissen?« Die Empörung klang sogar echt.

»Keine Vermutung? Man hört doch manchmal das eine oder andere?«

Kopfschüttelnd sahen sich die Schwestern an. »Uns hat man hier noch nie so viel erzählt.«

Das mochte sogar stimmen, dachte Dreyer sich.

»Sie leben schon sehr lange hier. Ist da nicht mal was passiert, was mit den Morden im Zusammenhang stehen könnte? Vielleicht auch schon vor längerer Zeit?« Judith Brunner versuchte weiter, trotz der kaum verhüllten Ablehnung der Schwestern, eine Brücke zu bauen. Sie hatte noch die Schilderungen Meirings vom Überfall im Kopf und ihr taten die Frauen auch irgendwie leid. Jedoch gewann sie nicht den Eindruck, dass die beiden überhaupt versuchten, sich zu erinnern. »Nein, nichts? Denken Sie bitte ganz in Ruhe nach«, ermunterte sie nochmals. Als dennoch keine Antwort kam, versuchte Judith Brunner einen anderen Ansatzpunkt. »Wann sind Sie eigentlich hier nach Waldau gekommen?« Insgeheim ärgerte sie sich, dass sie in der Meldestelle nicht auch die Karten der Winter-Schwestern hatte auswerten lassen.

»Wann wir hierher gekommen sind?«, fragte Emily vorsichtig. Beide wurden aufmerksamer. »Wie meinen Sie das?«, gab Anne Winter die Frage gleich zurück.

Geduldig erklärte Judith Brunner: »Na, Sie sind doch hier nicht geboren. Woher kommen Sie also? Wann hat es Sie hierher verschlagen?«

»Nun«, Anne sah ihre Schwester an, »wir sind nach dem Krieg hergekommen, stammen aus dem Osten, aus einem Weiler bei Rosenheide, hatten nichts mehr außer unserem Leben. Unsere Eltern haben wir im Jahr vorher, zu Beginn des Winters, verloren. Sie waren schon sehr betagt und haben sich die Flucht vor der Front nicht mehr zumuten wollen.«

Nicht auch noch das, dachte Walter, der Überfall war schon genug, jetzt noch ein Doppelselbstmord der Eltern?

Als hätte sie seine Gedanken gelesen, versicherte Anne Winter rasch: »Sie haben sich nicht umgebracht, nein, nein. Sie beschlossen einfach, zu sterben. Es war bereits genug Leid geschehen, und mehr wollten sie nicht ertragen.«

»Und Sie haben aber Ihre Heimat verlassen?«, lenkte Judith zurück zum Thema. »Wann war das denn?«

»Wir sind immer vor der Front her, den ganzen Winter lang, und im Frühjahr waren wir dann in der Gegend hier.«

»Genauer können Sie das nicht mehr sagen?« Judith Brunner wurde ungeduldig. Sie schlichen wie die Katze um den heißen Brei.

»Na, Sie sind gut, das ist schon eine Weile her.«

»Sicher, stimmt schon, doch die Ankunft in einer neuen Heimat vergisst man doch nicht, oder?« Sie blieb hartnäckig.

»Na, ich denke, es wird so im Mai oder Juni gewesen sein, was meinst du, Emily?«

Die nickte. »Ja, das wird schon stimmen. Ich erinnere mich nicht mehr so genau. Ich war sehr schwach damals nach der langen Flucht.«

»Waren Sie krank?«, fragte Judith Brunner interessiert.

»Nein. Was soll die Frage? Ich war schwach, sagte ich doch. Wir hatten nach dem Winter eine monatelange Tortur hinter uns. Was glauben Sie, in welchem Zustand wir damals waren?«

»Erinnern Sie sich trotzdem an etwas? Gab es irgendwelche besonderen Vorfälle, als Sie in Waldau ankamen?«

»Nein, haben wir doch schon gesagt!« Emily Winter hatte es gründlich satt.

»Vielleicht erscheint etwas jetzt in einem anderen Licht, denken Sie bitte nach.« Judith sah Walter an. Die wollen nicht mit uns reden, bedeutete ihr Blick.

Walter veränderte seine Sitzposition und konnte ihr dabei unmerklich seine Zustimmung signalisieren.

Emily und Anne Winter blieben stumm.

Nun musste Judith Brunner deutlich werden: »Wir haben auch mit Johannes Meiring gesprochen. Er wohnt seit seiner Kindheit in Waldau. Er erinnert sich noch gut an Ihre Ankunft im Dorf«, Judith ließ eine kleine Pause und hoffte, dass ihre kleine Notlüge gelang, »und an Ihren unerwarteten Einzug in dieses Haus.«

Es kam etwas Leben in die beiden bisher nahezu unbeweglich dasitzenden Frauen. »Ach, hat er sich darüber gewundert? Davon hat er nie etwas gesagt!« Emily Winter lächelte triumphierend.

»Das ist auch nicht der Punkt, Frau Winter. Die Frage ist, wie kamen Sie zu diesem Haus?« Ob sie nun Heitmann erwähnen würden? Judith Brunner hoffte es. Die Winter-Schwestern waren besser auf das Gespräch vorbereitet als sie.

Und beide blieben unzugänglich. »Was hat das bitte mit Ihren Ermittlungen zu tun?«

»Nun, auf den ersten Blick nichts, das gebe ich zu. Doch Meiring hat uns berichtet, dass Laurenz Heitmann ihm versichert hat, er hätte Ihnen damals zu dieser Bleibe verholfen.«

Nun war endlich eine deutliche Reaktion, zumindest bei der Jüngeren, Anne, zu erkennen. Ihr Gesicht bekam rote Flecken, sie war erregt.

Einen Moment blieb es noch ruhig, doch dann wurde Emily Winter mitteilsam: »Ach, das meinen Sie. Ja, stimmt, der Heitmann hat uns damals gesagt, das Haus stehe schon seit Wochen leer. Die Besitzer waren vor den Russen über Nacht geflohen und nun wusste niemand, was aus dem Haus werden sollte. Und da wir Flüchtlinge waren, ohne Obdach und eigene Habe, war es damals eben möglich, dass wir in das Haus einzogen.«

Emily hatte das überzeugend vorgetragen und die Geschichte klang einleuchtend. Hier wähnte sie sich auf sicherem Terrain; sogar Anne trug nun etwas bei: »Es kamen manchmal auch noch andere Leute ins Haus, Flüchtlinge, wie wir. Oder Ausgebombte aus den Städten. Manche mit Kindern, die meisten nur mit dem, was sie auf dem Leibe trugen. Die sind aber alle weiter gezogen. Wir waren die Einzigen, die hier bleiben wollten. Und nun sind wir immer noch da.«

Bereitwillig ergänzte Emily: »Das Haus hat später die Gemeinde übernommen; ein paar Jahre danach haben wir es dann gekauft.« Damit schien dieses Thema für sie erschöpfend behandelt, denn sie lehnte sich entspannt zurück und schaute ihre Schwester aufmunternd an.

Judith musste einstweilen davon ausgehen, dass diese Darstellung auch stimmte. Verdammt, wie sollte sie die Frauen zum Reden bringen?

Walter überraschte mit der entscheidenden Frage: »Woher hatten Sie das Geld dafür? Sie waren doch mittellos hier angekommen.«

»Woher wir das Geld hatten?« Emily Winter war konsterniert.

»Ja, so ein Hauskauf war auch damals nicht ganz billig.«

Emily überlegte eine kleine Weile, sah ihre Schwester eindringlich an und sagte dann, ohne sie aus den Augen zu lassen: »Wir haben einigen Schmuck verkauft.«

»Schmuck? Woher hatten Sie den denn?«, blieb Walter Dreyer hartnäckig.

Emily bannte ihre jüngere Schwester mit einem durchdringenden Blick. »Na, der gehörte unserer Mutter. Wir nahmen ihn von zu Hause mit. Auf der Flucht hatten wir auch noch Kleinigkeiten gefunden.«

»Und das hat gereicht? Wie viel haben Sie denn dafür bekommen?«

»Das weiß ich heute doch nicht mehr, Herr Dreyer. Es hat gereicht, sonst wären wir garantiert nicht hier.« Sie wirkte ungehalten und merkte wohl auch, dass hier eine Erklärungslücke bestand.

Walter tat so, als messe er dem keine Bedeutung bei, sodass Emily Winter sich wieder beruhigte. Allerdings waren sie in Sachen Überfall im Wald noch kein Stück weiter gekommen.

»Johannes Meiring hat uns auch geschildert, dass Heitmann in letzter Zeit etwas beunruhigt war«, Judith blickte Anne Winter direkt ins Gesicht, als sie weitersprach, »und als Grund nannte er ein Vorkommnis, das etwa zu der Zeit stattgefunden haben muss, als Sie hier im Dorf ankamen.«

Annes Flecken erschienen wieder; ihre Schwester setzte sich noch gerader hin. Doch am Tisch blieb es stumm.

»Sie können mir dazu nichts sagen? Nun gut, dann muss ich deutlicher werden: Heitmann hat erzählt, er hätte Sie damals im Wald gefunden, nachdem Sie überfallen worden waren.«

Beide Schwestern blickten ins Leere.

»Haben Sie mich verstanden? Ja? Was ist damals passiert?«

Doch noch immer machte keine den Mund auf.

Judith Brunner musste sie jetzt reizen: »Er hat auch erzählt, dass er dort seinen Freund Emil Winter gefunden hat, den eine von Ihnen umbrachte.« Nun mussten sie doch reagieren!

Und richtig, es kam Bewegung in die Körper, beide rangen noch mit sich.

Und dann war es Anne, die fast unhörbar leise sagte: »Ich bin schuld.«

»Sei still!«, herrschte Emily ihre Schwester an.

»Lassen Sie sie bitte reden, Frau Winter.« Judith Brunner hoffte, endlich eine Aussage zu bekommen.

»Du musst gar nichts sagen, Anne«, betonte Emily Winter.

»Lass mich, ich will reden! Und vielleicht findet die Polizei so Heitmanns Mörder.«

Ihre Schwester schien zwar nicht überzeugt, doch versuchte sie nicht mehr, Anne vom Reden abzuhalten.

»Wissen Sie, es ist ja nicht so, dass wir nicht darüber gesprochen hätten. Aber viel gab es nicht zu sagen. Mit der Zeit, nein, schon nach einigen Monaten, hatten wir nicht mehr das Bedürfnis. Und mit den Jahren gab es immer weniger Anlässe, die Dinge anzusprechen. Es war passiert und es war vorbei. Und Heitmann? Hm, ja, Heitmann hat die Sache niemals wieder erwähnt.«

»Wäre es Ihnen möglich, uns genau zu erzählen, was passiert ist?«, fragte Judith Brunner jetzt einfühlsam.

»Haben Sie nicht gesagt, Heitmann hätte Meiring alles schon erzählt?«

»Das können wir nicht einschätzen, Frau Winter. Meiring hatte alles nur aus zweiter Hand. Und Sie waren dabei. Ihre Schilderung ist sicher detaillierter.«

»Muss das wirklich sein?« Emily versuchte, ihre Schwester zu schonen.

Doch Anne Winter begann mit ihrer Darstellung: »Also, wir hatten uns bis hierher durchgekämpft. Das war wirklich nicht einfach gewesen. Wir hatten schon zu Hause beschlossen, es allein zu schaffen. Keinesfalls im Tross mit anderen Leuten. Viele unserer Landsleute sammelten sich in Lyck, unserer Kreisstadt, andere versuchten mit dem Zug ihr Glück. An Gepäck hatten wir kaum etwas mitgenommen und dachten uns, so kämen wir schneller vorwärts und könnten uns im Notfall auch viel besser verstecken. Sie wissen schon. Also zogen wir uns so viele Sachen wie möglich übereinander, ohne bewegungsunfähig zu werden. Wir schnürten unsere Gepäcksäcke auf und los ging's. Und wir hatten wirklich Glück. So gerieten wir selten in Gefahr, lediglich einmal«, sie holte tief Luft, »einmal stießen wir auf einen Treck, der beschossen worden war. Alle waren sie tot, die Kinder, die Frauen und die Alten. Es war grausam. Nun, von dort nahmen wir einen Schlitten mit Vorräten mit und das half uns, ein enormes Stück voranzukommen.« Sie verstummte einen Moment. »Ein anderes Mal fanden wir zwei Tote. Ein greises Paar, erfroren. Und wir fragten uns, was mit unseren Eltern wohl geschehen wäre, hätten sie mit auf diesen grässlichen Weg gemusst.«

»Lass gut sein, Anne.«

Doch sie fuhr fort: »Immer wieder stießen wir auf Hinterlassenschaften von anderen Flüchtlingen, manchmal lagen die Toten noch dabei, manchmal aber war niemand mehr zu sehen und wir fingen an, ihre Sachen auf Brauchbares hin zu durchsuchen. Wir waren jung, es ging uns schlecht und wir dachten, das Recht dazu zu haben. Und tatsächlich fanden wir Nahrungsreste, oder wir nahmen wärmende Kleidung mit, und manchmal fanden wir auch wertvollere Dinge: Uhren oder Schmuck, na ja, und das nahmen wir auch mit.«

Es blieb ruhig im Zimmer. Auch von draußen drang kein Geräusch herein. Was sollte Judith Brunner mit diesem Geständnis anfangen? Das war nicht das, was sie hören wollte. Was sollte das jetzt? Kein Mensch würde heute die beiden Frauen mehr dafür zur Rechenschaft ziehen können. Und auch nicht wollen.

»Stammen daher Ihre ›Rücklagen‹, der eben erwähnte ›Familienschmuck‹?« Ein Nicken von Emily Winter bestätigte Judiths Vermutung.

Anne Winter hatte wohl beschlossen, sich nicht mehr am Gespräch zu beteiligen.

Emily redete jetzt: »Na ja, und kurz bevor wir hier nach Waldau kamen, wurden wir dann überfallen.«

»Von Emil Winter?«

»Ja. Wir wussten natürlich nicht, wer das war. Hatten ihn nie zuvor gesehen. Er muss uns aufgelauert haben. Wir liefen nicht beieinander, ich ging ein Stück voran. Der Wald war schier undurchdringlich, es gab keinen Weg. Plötzlich hörte ich Anne laut kreischen, und als ich mich umdrehte, sah ich, wie sie mit einem Mann rang. Sie schrie und rief nach mir, und der Kerl brüllte auf sie ein. Ich wusste nicht, was los war und lief sofort hin. Anne lag auch schon unter ihm und schrie noch lauter. Nun, ich habe nicht lange überlegt und mich sofort auf den Mann gestürzt. Doch meine Schläge auf seinen Rücken blieben völlig wirkungslos und Anne schrie noch verzweifelter. Da habe ich dann das Messer gezogen und zugestochen. Ich wollte ihn nicht umbringen, wirklich nicht, doch das Messer ging leicht durch seinen Mantel durch und ganz tief in seinen Rücken rein. Und dann lag er einfach still da. Und auch Anne rührte sich nicht mehr. Es gelang mir nicht, sie unter ihm hervorzuziehen. Da habe ich ihn einfach mit letzter Kraft zur Seite gestoßen. Na ja, und dann erschien Heitmann dort und hat uns nur angestarrt. Nach einer Weile, als Anne zu sich gekommen war, hat er uns in das naheliegende Gehöft gebracht und gesagt, wir sollen dort warten, er kommt wieder.«

»Und?«

»Ja, er kam wieder, mit etwas zum Essen und frischem Wasser. Wir hatten uns ein wenig ausgeruht; es ging uns schon fast wieder gut. Bloß wussten wir nicht, was nun weiter werden sollte. Ich hatte immerhin einen Mann umgebracht. Und Anne war in fürchterlicher Verfassung. Dann machte Heitmann uns einen Vorschlag: Niemand brauchte etwas davon zu erfahren, er würde nichts erzählen und sich um alles kümmern. Wir müssten uns nur noch einen weiteren Tag hier verstecken. Und auf einmal war alles ganz einfach. Wir ließen ihn machen, was genau, war uns völlig gleichgültig. Am übernächsten Tag sagte er, wir könnten im Dorf unterkommen. Es gäbe dort ein Haus, da würden immer mal wieder Flüchtlinge einquartiert. Ja, und das war's dann. Mehr fällt mir dazu nicht mehr ein.«

Einige Zeit blieb es still.

Judith Brunner blickte auf ihre Notizen. Ein paar offene Fragen fand sie noch. »Frau Winter, nach all dem, was Sie uns eben berichtet haben, bin ich etwas überrascht, dass Sie sich diesem für Sie fremden Mann so vorbehaltlos anvertrauten. Nach Ihren Erfahrungen auf der Flucht, dem überstandenen Überfall, hatten Sie denn keine Angst?«

»Was sollten wir denn machen? Hatten wir eine Wahl? Wir waren total erschöpft. Er bot uns eine Lösung für unser Problem. Und außerdem war uns sowieso schon alles recht. Nur weg von dort!«

Das musste Judith Brunner wohl akzeptieren. »Was ist aus dem Messer geworden?«, fragte sie weiter.

Obwohl den Frauen eine plötzliche Nervosität deutlich anzumerken war, taten sie verblüfft. »Dem Messer? Was aus dem Messer geworden ist? Nun, ich denke, das wird Heitmann beseitigt haben«, meinte Emily Winter.

»Also, Sie haben es nicht wieder an sich genommen?«

»Nein, wir haben uns nicht weiter um den Toten gekümmert. Das Messer steckte in ihm drin«, wusste Anne nun plötzlich zu berichten.

»Was war es denn für ein Messer? Wo hatten Sie es her?«, fragte Judith Brunner nach.

Anne Winters Flecken traten wieder deutlicher hervor. Man konnte sehen, wie sie fieberhaft überlegte. »Tja, Emily, was hattest du eigentlich für ein Messer?«

Walter musste ihr für diese geschickte Übergabe an ihre Schwester insgeheim Anerkennung zollen. Sie war damit unverdächtig, in ihrer Version des Überfalls ja sowieso.

Doch Emily wirkte zum ersten Mal nicht mehr souverän. Trotzdem fiel ihr eine plausible Erklärung ein. »Ich hatte es erst kurz vorher eingesteckt, unterwegs, hatte es bei einem Haufen Hausrat gefunden, der im Wald liegen gelassen worden war. Es gefiel mir sofort, denn es war neu.«

Judith Brunner wollte es schon etwas genauer haben. »Erinnern Sie sich noch, wie es aussah?«

»Nein, natürlich nicht, das ist doch ewig her.« Sie tat, als überlege sie und tatsächlich fiel ihr eine Ergänzung ein: »Es war recht groß, mit breiter Klinge. Warum wollen Sie das denn jetzt noch wissen?«

Judith Brunner blieb geduldig. »Frau Winter, Sie haben soeben gestanden, einen Mann erstochen zu haben. Also fragen wir nach der Tatwaffe. Es ist Ihr Messer gewesen. Und nun wird es eine amtliche Untersuchung geben, damit die Angelegenheit ihren Abschuss findet. Die Familie von Emil Winter hat ein Anrecht auf die Klärung seines Schicksals. Da ist jede Einzelheit wichtig.«

Die Frauen versteinerten wieder.

»Was, meinen Sie, hat Winter im Wald gewollt? Hatte er es auf Ihre Beute abgesehen oder wollte er Sie vergewaltigen?« Judith war immer noch auf der Suche nach einem Motiv und ließ ihren Gedanken freien Lauf. Hatte Laurenz Heitmann vielleicht sogar mit Emil Winter gemeinsame Sache machen wollen? Der Überfall war schief gelaufen und er änderte kurzfristig seinen Plan? Hat Heitmann die Schwestern sogar erpresst? Seine Finanzlage ließ diesen Schluss nicht zwingend zu, doch die Beträge konnten klein gewesen sein. Die Schwestern waren nicht vermögend.

Doch irgendwie stimmten diese Überlegungen nicht mit dem Bild überein, das Judith Brunner bisher von Heitmann gewonnen hatte. Und wie passte die Ermordung Paul Ahlsens' hier hinein?

Emily Winter übernahm es, zu antworten: »Wir haben oft darüber nachgedacht. Und Anne«, sie legte eine dramatische Pause ein, »Anne hatte den Eindruck, dass er vorrangig einen Raubüberfall geplant hatte. Denn schließlich konnte er nicht damit rechnen, dass wir Frauen dort vorbeikommen würden. Ich denke, er lauerte einfach irgendjemanden auf, der unvorsichtig genug war, allein durch den Wald zu laufen. Und Anne erschien ihm dann als leichte Beute.«

Auch das konnte Judith Brunner nachvollziehen. »Und vorige Woche wurde Laurenz Heitmann ermordet. Was meinen Sie? Ob es einen Zusammenhang gibt?«

»Damit? Warum sollte ihn jemand dafür ermorden? Ich habe doch den Winter umgebracht. Also, wenn sich irgendwer rächen wollte, dann bestimmt zuerst an mir.«

»Und wenn jemand darauf gestoßen war, dass Heitmann den Überfall vertuschte und derjenige nur nicht wusste, für wen er das tat?«

»Wer denn, wer soll sich denn jetzt dafür noch interessieren?«, war Emily Winter sich absolut sicher.

Judith Brunner wechselte das Thema. »Bei unseren Ermittlungen stießen wir unter anderem auch auf den Namen Karl Busch. Sagt der Ihnen was?«

Die Veränderung war augenfällig. Unwillkürlich versteiften die Winter-Schwestern ihre Oberkörper und ihre Gesichtszüge wurden maskenhaft. Bis eben noch dachten sie, sie hätten das Gespräch schon überstanden. Beide waren zu keiner Antwort fähig.

»Haben Sie mich verstanden? Karl Busch«, hakte Judith Brunner aufmerksam nach.

»Ich kenne niemanden, der so heißt«, rang sich Emily Winter fauchend ab, und fast gleichzeitig bestätigte Anne Winter: »Ich auch nicht.«

Wieder waren sie auf der Hut, registrierte Judith Brunner, wie schon bei ihrem ersten Gespräch vor einer knappen Woche. Doch jetzt waren sie überaus konzentriert und diese Achtsamkeit hatte einen Grund, davon war Judith mehr denn je überzeugt. »Überlegen Sie doch noch einmal. Es kann lange her sein.« Und als keine Reaktion erfolgte, mahnte Judith Brunner ernst: »Jeder Hinweis ist für uns wichtig. Und ich habe das Gefühl, Sie könnten mir mehr erzählen. Sie sollten mit der Polizei zusammenarbeiten.«

Anne Winter fragte beunruhigt: »Werden wir jetzt angeklagt?«

Judith Brunner nahm ihr schnell die Angst. »Nein, Frau Winter, das denke ich nicht. Wenn sich die Ereignisse so abgespielt haben, wie Sie uns das geschildert haben, liegt eindeutig ein Fall von Notwehr vor. Ihre Diebstähle auf der Flucht sind nicht mehr verfolgbar. Lediglich Ihr Schweigen über Winters Schicksal ist möglicherweise relevant. Aber ich denke nicht, dass Sie dafür heutzutage noch mit einer Anklage rechnen müssen. Eine Untersuchung der Vorfälle wird allerdings unvermeidlich sein. Dann wird das Messer ganz bestimmt noch eine Rolle spielen.«

»Und Ihr illegaler Identitätswechsel«, konnte sich Walter nicht verkneifen zu bemerken, »wird sicher auch noch Gegenstand dieser Untersuchung werden. Sie könnten uns aber auch jetzt schon verraten, wie es dazu kam!«

Tonlos standen beide Schwestern auf. Sie waren zu keiner Aussage mehr bereit. Mit starren Mienen begleiteten sie ihre Besucher noch hinaus. Selbst den Abschiedsgruß erwiderten sie nicht.

~ 56 ~

Judith und Walter gingen nach dem anstrengenden Gespräch noch ein paar Schritte, um sich kurz austauschen zu können. »Was haben Sie für einen Eindruck, Walter? Sie hatten die beiden doch gut im Blick.«

»Irgendetwas stimmt nicht, es geht mir alles viel zu glatt. Aber ich komme schon noch drauf. Beim Thema Messer wurden sie nervös, und beim Namen von Karl Busch erstarrten sie. Bis dahin war Emily Winter die Souveränität in Person. Anne Winter hatte von Anfang an Probleme.«

»Genau, das war auch mein Eindruck.«

Walter analysierte weiter: »Seit der Auffindung von Winters Grab bestand die akute Gefahr für sie, dass ihre Geschichte ans Tageslicht kommen konnte. Mit unserem Kommen haben sie bestimmt gerechnet. Ganz sicher haben sie sich abgesprochen. Mir klang das manchmal wie einstudiert. Und Annes Nervosität rührt vielleicht daher, dass sie glaubte, ihren Text noch nicht perfekt gelernt zu haben.«

»Gut möglich. Und wenn ›Busch‹ ihr wirklicher Name ist? Den haben sie uns bis jetzt noch nicht verraten. Möglicherweise ist Karl Busch ihr Bruder. Dann hätten wir endlich eine Verbindung zum Bahnhof und den heutigen Morden.«

Walter nickte. »Hm, das ist ein Gedanke. Wir werden dem noch nachgehen müssen, bevor wir uns den Busch morgen vorknöpfen.«

»Tja, nun haben wir also den Tod von Emil Winter aufgeklärt, nicht schlecht«, freute sich Judith. »Aber nicht die Morde an Heitmann und Ahlsens«, fügte sie gleich hinzu.

Walter blieb nachdenklich. »Wissen Sie, ich finde die Frauen schon bemerkenswert. All die Jahre ist keine von beiden auch nur einen Millimeter von ihrer Geschichte abgewichen. Niemand im Dorf, außer Heitmann natürlich, hat was anderes gewusst. Gerüchte über die Schwestern gab es zwar immer wieder ...«, er machte eine kurze Pause und kam dann zu dem Schluss: »Die sind ein so eingespieltes Team, da wird es schwer für uns, irgendwo einzuhaken.«

»Nicht ganz so pessimistisch, Walter.« Judith stupste ihm den Ellenbogen in die Seite. »Immerhin wissen wir, dass Heitmann Emil Winters Leiche vergraben hat und half, ein Verbrechen, nämlich den Überfall auf die Frauen, zu vertuschen. Da wird sich ein Motiv wohl finden lassen!«

Walter schlug vor: »Lassen Sie uns schnell bei Frau Rehse vorbeisehen, und zu den Ahlsens gehen wir danach. Dann sind wir auch fast wieder beim Wagen und können zurück nach Gardelegen. Die warten dann sicher schon auf uns. Und wir bringen echte Neuigkeiten!«

Irmgard Rehse war gerade dabei, in ihr Häuschen zu gehen, als sie die beiden kommen sah. Walter winkte und bedeutete ihr, dass sie sie besuchen wollten. Also wartete sie den kleinen Augenblick an der Tür, bis sie ran waren.

»Guten Abend, Frau Rehse. Dürfen wir noch einmal Ihre Hilfe in Anspruch nehmen?«, bat Judith Brunner.

»Meine Hilfe? Aber was habe ich Ihnen denn zu helfen? Kommen Sie bitte mit herein.« Sie ging voran in ihre Küche und knipste das Licht dort an. »Wird schon zeitig duster, bald kommt die dunkle Jahreszeit.«

Die Besucher standen in dem winzigen Flur des Hauses und warteten rücksichtsvoll, bis die Hausherrin sich entschieden hatte, wo sie mit ihnen reden wollte. »Kommen Sie doch bitte mit in die Küche, da ist es jetzt am wärmsten.« Irmgard Rehse seufzte und setzte sich zu ihren Gästen. »Geht es um Paul Ahlsens?«

»Nicht direkt, allerdings haben wir in seiner Brieftasche einige Fotos gefunden und würden gern Ihre Meinung dazu hören.« Judith nahm die Aufnahmen aus der Tasche und legte sie vor Irmgard Rehse nebeneinander auf den Tisch. Geduldig warteten sie, bis die Fotos betrachtet worden waren.

»Das sind Fotos von Laurenz Heitmann, stimmt's?«

»Woher wissen Sie das?«

»Na, ich besuche ihn ...«, Irmgard Rehse schluckte, »... habe ihn ab und zu besucht, bei Geburtstagen und so, und das seit ewigen Zeiten, und immer stand der Rahmen mit genau diesen Fotos bei ihm im Zimmer. Warum hatte die denn der Paul Ahlsens jetzt?«

»Dafür haben wir auch noch keine Erklärung«, gab Judith Brunner zu. »Sagen Sie, kennen Sie jemanden mit dem Namen Karl Busch?«

»Karl Busch?« Sie blickte auf die Fotos, wie, um eine Erinnerung wachzurufen. Zögernd sagte sie dann: »Nein, ich kann mich an diesen Namen nicht erinnern. Niemand von hier heißt so.«

»Und von außerhalb? Er muss nicht aus Waldau sein«, regte Judith Brunner an.

Doch auch dazu fiel Irmgard Rehse niemand ein.

Behutsam stellte Walter die nächste Frage: »Du weißt inzwischen sicher, dass der Tote im Wald, den wir gefunden haben, der Emil Winter aus unserm Dorf hier ist?«

Jetzt konnte Irmgard Rehse die Tränen nicht mehr halten und fing zu weinen an. »Ist das nicht schlimm? Wir haben's alle nicht gewusst. Er und ich ...«, sie konnte nicht mehr weiter sprechen. »Und erst seine Eltern. Die waren damals untröstlich, als alle nach Hause kamen, nur ihr Emil nicht. Und die ganze Zeit lag er in der Nähe.« Sie nestelte ein Taschentuch aus ihrer Schürzentasche und schnäuzte sich energisch. Die Tränen konnte sie nicht stoppen.

Walter dachte an die Andeutungen, dass sie und Emil Winter mal ein Liebespaar gewesen sein sollten. Sicher, eine Jugendliebe, und die waren oft nicht von langer Dauer. Doch wer sagt, dass nicht auch länger was zwischen den beiden gelaufen war? Schließlich waren sie schon lange vor dem Krieg im heiratsfähigen Alter. Und wie er heute erfahren hatte, wurde nicht alles im Dorf offenbar. Für ihn stand fest: Diese weinende Frau hatte ihren Liebsten verloren, glaubte ihn im Osten verschollen. Und nun erfuhr sie, dass er nur einen Spaziergang weit begraben lag! Er wusste nicht, wie er ihr taktvoll beibringen sollte, dass ihr Freund, Laurenz, dies die ganze Zeit vor ihr verschwiegen hatte. Und erst recht fiel Walter keine Möglichkeit ein, ihr schonend den Hintergrund der Tat mitzuteilen.

War dies überhaupt nötig?

Er hätte sich mit seiner Kollegin vorher darüber verständigen müssen. Judith blickte überrascht auf, als er unvermittelt aufstand und sich verabschiedete: »Es tut uns leid, das wir dir Kummer bereiten mussten. Wir kommen ein andermal wieder, falls wir noch Fragen haben. Oder falls dir noch etwas eingefallen ist, ja?«

Irmgard Rehse schniefte. »Wie geht es denn dem Hannes Meiring?«

Walter seufzte. »Na, nicht gut. Er war mit Emil Winter ja auch eng befreundet. Und er macht sich viele Gedanken, wie das alles zusammenhängt.«

Judith nahm die Fotos vom Tisch und erhob sich ebenfalls. Ihr war klar geworden, in welcher Schwierigkeit sich Walter sah. »Vielleicht sehen Sie morgen mal bei Herrn Meiring vorbei«, wagte sie einen Vorschlag. »Er freut sich sicher.« Johannes Meiring kannte Irmgard Rehse seit Ewigkeiten und wusste vielleicht am besten, welche Neuigkeiten ihr zuzumuten waren und wie sie damit umgehen würde. »Sollen wir jemanden bitten, vorbeizukommen?« Judith Brunner war nicht wohl bei dem Gedanken, die alte Frau in ihrem Unglück allein zurückzulassen.

Irmgard Rehse lehnte leise, aber bestimmt ab: »Nein, nein, ich bin gern allein, und heute sowieso. Wissen Sie, ich bin den ganzen Tag dort im Wald gewesen, hab mir angesehen, wo er gelegen hat.« Sie schluchzte erneut. »Eigentlich war es ein schöner Platz. Wer ihn wohl begraben hat, hab ich gedacht. Und wann kam er denn überhaupt zurück?« Sie schüttelte ratlos den Kopf.

»Ich komme morgen wieder. Dann wissen wir ganz sicher mehr.« Walter war elend zumute, als er sich an der Tür umdrehte und seine Nachbarin weinend an ihrem Tisch sitzen sah.

»Es trifft sie schwer! Verdammt, es ist so lange her und trotzdem!«

»Wir werden nicht verhindern können, dass sie von den Umständen erfährt«, befürchtete Judith.

»Das ist mir schon klar, doch ich konnte sie jetzt nicht noch mit Emil Winters Überfall belasten, ich hab's einfach nicht fertiggebracht. Vielleicht morgen.«

Judith widersprach ihm nicht. »Ob wir noch Angehörige von Emil Winter finden? Von Geschwistern war bisher nie die Rede und die Eltern sind weggezogen. Ob die noch leben?«

Walter überlegte kurz. »Nein, kann ich mir nicht vorstellen. Warum?«

»Na, wegen der Beerdigung. Er wird doch nun ein neues Grab bekommen, denke ich.«

»Oh! Daran habe ich noch gar nicht gedacht, doch werden sich in Waldau sicher Leute finden, die sich darum kümmern.«

»Auch, wenn sie erfahren haben, warum er dort bei Lindenbreite begraben lag?«, fragte Judith skeptisch.

Walter sah jetzt auch das Problem. »Ich rede morgen mal mit Meiring darüber.«

Als sie in die Allee zum Gutshaus einbogen, war es schon dunkel. Die Laternen boten nur das notwendigste Licht. Es roch nach Herbst, feuchtem Laub und Pilzen. Judith wünschte sich, einmal unbelastet hier spazieren gehen zu können. Bisher war sie nur mit dramatischen Nachrichten zu den Ahlsens gekommen. Mittlerweile gab es drei Morde zu untersuchen und erst einer schien aufgeklärt. Auch dieses Mal war sie bestimmt keine willkommene Besucherin. Judith versuchte, sich auf die bevorstehende Befragung zu konzentrieren.

Walter war, ebenfalls schweigend, neben ihr hergegangen und fragte hilfsbereit: »Soll ich wieder anfangen?«

»Ja, machen Sie ruhig. Ich halte mich zurück.«

Auf ihr Klopfen hin öffnete Botho Ahlsens die Tür. »Ach, Herr

Dreyer, kommen Sie rein. Und Sie natürlich auch, Frau Brunner.« Er klang reserviert. Doch Begeisterung hatte Judith auch nicht erwartet. Sie wandten sich wieder zum Wintergarten. »Astrid ist übrigens heute Abend nicht da. Sie ist bei Laura.«

Sie nahmen Platz, und Ahlsens fragte nach Getränken. Es war inzwischen wie ein Ritual, und es war traurig. Sie saßen auf quasi angestammten Plätzen, ihre Getränke in der Hand und redeten über Mord.

Botho Ahlsens begann: »Es gibt Neuigkeiten, nehme ich an?«

»Ja. Wir wissen nun, dass Ihr Bruder am letzten Freitag ermordet wurde«, informierte Walter Dreyer ihn.

»Freitag? Da hatten wir ihn zurück erwartet. Wo wurde er denn ermordet?«

»Wir gehen davon aus, dass er in der Frachthalle am Bahnhof gestorben ist.«

»Oh, mein Gott, da wollte er bestimmt wegen meiner Pflanzen hin!«

»Das dachten wir zuerst auch, doch er ist ohne seinen Wagen dort gewesen, zu Fuß. Wir denken, er wollte dort etwas Wichtiges überprüfen oder sich mit jemandem treffen. Und dabei muss er seinem Mörder begegnet sein.«

»Die Leute am Frachtschalter?!«

»Nein, nein, die Mitarbeiter haben ein Alibi, die waren es mit Sicherheit nicht.«

Der Befürchtung in Ahlsens Gesicht folgte erneute Ratlosigkeit. »Wer war es dann? Wer sollte ihn ermorden wollen?«

»Wir verfolgen eine bestimmte Spur, Herr Ahlsens«, klärte ihn Judith Brunner auf. »Aber Genaueres können wir Ihnen wirklich noch nicht sagen. Sehen Sie, wir fanden diese Fotografien aus Heitmanns Zimmer in der Brieftasche Ihres Bruders. Können Sie sich erklären, warum er die bei sich hatte?«

Botho Ahlsens schüttelte verstört den Kopf.

Plötzlich hatte Judith Brunner eine Idee: »Sagen Sie, hat Ihr Bruder mal mit Ihnen über ein bestimmtes Messer geredet?« Judith tat die ungestüme Frage gleich leid, doch sie hatte sie nun mal gestellt. Neben einem verwunderten Blick Walters trug sie ihr folgerichtig eine Gegenfrage von Botho Ahlsens ein: »Über ein Messer? Was meinen Sie?«

»Entschuldigen Sie bitte, ich meine, hatte er in letzter Zeit über ein Jagdmesser oder einen Dolch oder etwas in der Art mit Ihnen geredet?«

»Paul? Nein. Weshalb?«

»Sehen Sie, wir suchen die Waffe, mit der Emil Winter ...«

Botho Ahlsens platzte heraus: »Emil Winter wurde auch erstochen? Und Paul sollte die Waffe haben? Wieso?« Seine Stimme wurde schrill.

»Nein, nein«, versuchten Judith Brunner, ihn schnell wieder zu beruhigen, »es ist nur so, dass Laurenz Heitmann möglicherweise das Messer besaß und Ihrem Bruder davon berichtet, oder es ihm sogar übergeben hat, so wie diese Fotos.«

»Sie meinen, als Beweise oder so?«, fragte Ahlsens, wieder ruhiger.

Nun wurde auch Walter klar, worauf Judith hinauswollte. Eigentlich lag der Gedanke auf der Hand! Heitmann hatte sich Paul Ahlsens nicht nur anvertraut und ihn um Hilfe gebeten, er gab ihm auch die Fotos, quasi als Untermauerung seiner Geschichte. Warum nicht auch das Messer?

Judith Brunner bestätigte: »Es wäre eine Möglichkeit gewesen.« Unter Umständen würden sie dieses Messer niemals finden. Und schließlich war es auch nicht von entscheidender Bedeutung, dachte sie.

Walter Dreyer stellte Paul Ahlsens noch schnell die Frage nach Karl Busch. Leider konnte aber auch er mit diesem Namen nichts verknüpfen. In Waldau schien der Name unbekannt.

Judith und Walter verständigten sich wortlos, dass sie hier im Moment nichts mehr erreichen konnten. Es war schon spät und Botho Ahlsens wirkte sehr niedergeschlagen. Sie verabschiedeten sich und verließen beklommen das schöne Haus.

~ 57 ~

Walter sah auf die Uhr. »Schon nach halb sieben. Wir müssen nach Gardelegen zurück. Dr. Grede wird warten. Kommen Sie, wir kündigen uns schon mal vom Büro aus an und könnten bei der Gelegenheit noch rasch einen Kaffee trinken.«

Widerspruchslos folgte Judith ihm zu seinem Haus. Und »Kaffee trinken« war die Untertreibung schlechthin, gemessen an dem Imbiss, den Walter zusammenstellte. An diese Abende könnte sie sich schnell gewöhnen, dachte Judith. Sie beobachtete schweigend seine gekonnten Vorbereitungen, und auch Walter schien intensiv zu grübeln. Dass sie dieses Schweigen so gut aushielt, ja, sogar als angenehm empfand, machte sie auf geradezu lächerliche Art glücklich. Wohin sollte das noch führen? Walter Dreyer sah in ihr sicher nicht mehr als eine sympathische Kollegin. Oder war er nur ausgesprochen höflich? Sie fühlte, wie sie schon um eine Sache zu trauern begann, die noch gar nicht angefangen hatte.

Ohne Judith zu stören, begann Walter zu essen. Er bemerkte, dass sie tief in Gedanken war. Und außerdem sah sie geschafft aus. Er betrachtete sie wahrlich nicht nur mit den Augen eines Polizisten oder Kollegen, das stellte er zum wiederholten Male fest. Was mochte sie beschäftigen? Konnte er mehr von ihr erwarten als dienstliche Zusammenarbeit? Sie kannten sich kaum eine Woche.

Als er zum Kaffeebecher griff, kehrte Judith in die Realität zurück. »Entschuldigen Sie, ich war ganz woanders.«

»Macht doch nichts! Greifen Sie zu, bitte.« Walter stand auf und ging zum Telefon. Er erreichte nur Thomas Ritter: »Wir sind in einer Dreiviertelstunde bei euch. Sagst du Dr. Grede schon Bescheid, bitte ... Was? Ja, alle sollen kommen. Wir bringen wirklich Neuigkeiten!«

Judith nahm das als Signal zum Aufbruch und wollte schon aufstehen, als sich Walter wieder setzte. »Judith, ich wollte noch etwas mit Ihnen besprechen. Mit Ihnen allein, bevor ...«

Oh Gott, dachte Judith, was kommt jetzt? Hat er vorhin meine Gedanken gelesen? Bekomme ich jetzt schon einen Korb? Doch dann hörte sie wieder zu.

»... bevor ich die anderen einweihe. Also, es ist nur eine Idee.«

Sofort war Judith interessiert. Sie hatte inzwischen bemerkt, dass Walters Ideen ein Nachdenken wert waren. Gespannt beugte sie sich ihm entgegen.

»Wissen Sie, ich bin mir sicher: Dass alle drei Männer erstochen wurden, ist von erheblicher Bedeutung. Erinnern Sie sich, als Dr. Renz uns die Messerspur an der Rippe von Emil Winter zeigte? Er meinte, dort sei die Waffe abgerutscht. Abgesehen davon scheint dieser eine Stich sofort tödlich gewesen zu sein. Jedenfalls haben die Winter-Schwestern nichts anderes berichtet. Und auch Heitmann hat nichts anderes erzählt. Das Abrutschen kann man mit der Situation, in der es zum tödlichen Stich kam, erklären – ein Kampf der Schwestern mit dem Angreifer fand statt. Doch abgesehen davon war der Stich absolut präzise gesetzt, um Emil Winter sofort zu töten.«

»Das kann genauso gut ein Zufall sein«, war Judith nicht überzeugt.

»Zugegeben, aber denken Sie an die zwei jüngsten Morde. Wieder ganz präzise gesetzte Stiche, beide Opfer sofort tot. Keine Abwehrmöglichkeiten, zumindest wurden bisher keine dementsprechenden Spuren gefunden. Also ging es schnell, für die Opfer überraschend.«

Judith verstand ihn immer noch nicht. »Ja schon, doch worauf wollen Sie hinaus?«

»Ich bin mehr und mehr davon überzeugt, Judith, dass hier ein Profi am Werk war.«

»Ein Profi? Wie meinen Sie denn das? Ein Auftragsmörder?« Judith zweifelte an Walters Verstand. Was war in ihn gefahren?

Walter tat gekränkt. »Wofür halten Sie mich, hm? Nein, Judith. Ich denke, es war jemand, der genau weiß, wie man es machen muss, wie man ein Messer als Waffe benutzt. Der auch weiß, wie man unauffällig tötet und wie man ungesehen wieder verschwindet.«

Judith ließ sich das einen Moment durch den Kopf gehen. »Gut, wirklich gut«, meinte sie dann anerkennend. Und plötzlich bekam sie einen Schreck. »Wenn das stimmt, dann haben wir ein Problem. Die Winter-Schwestern!«

Walter nickte. »Genau. Ich konnte mir von Anfang an nicht vorstellen, dass Emily Winter die Fähigkeiten zum präzisen Töten hatte und Emil Winter mit einem Stich töten konnte, zumal sie heute mehrmals von großer Schwäche sprach, unter der sie damals litt.«

»Wer dann?«, sprach Judith aufgeregt.

Walter deutete ein mögliches Szenario an: »Heitmann hat vielleicht gelogen. Was, wenn nicht Emily Winter, sondern er seinen Freund erstochen hat? Ohne zu wissen, wen er da tötete. Er sah den Angreifer nur von hinten auf dem schreienden Mädchen liegen.«

»Heitmann als Mörder, zugegeben möglich, doch da neige ich mehr zu der Variante, die wir heute schon zweimal hörten. Außerdem, warum sollte Emily Winter uns dann diese Geschichte überhaupt erzählen? Sie übernimmt doch nicht freiwillig die Verantwortung für einen Mord von einem Toten! Sie wäre mit Ihrer Version doch sofort aus dem Schneider! Zudem hieße das, nach Ihrer Logik, dass Heitmann sich jetzt selbst umbrachte und einen Tag später tötet er noch irgendwie Paul Ahlsens?«

Obwohl Walter den ungläubigen Unterton ihrer Worte hörte, gab er sich nicht geschlagen, sondern erläuterte geduldig weiter, was er schon seit geraumer Zeit in sich trug: »Also, halten wir fest, nicht Emily, schon gar nicht Anne Winter und auch nicht Laurenz Heitmann kommen für uns glaubhaft als Mörder in Betracht. Doch Emil Winter ist ermordet worden und letzte Woche zwei weitere Männer. Auf dieselbe Art.« Er sah seine Kollegin eindringlich an. »Wissen Sie, was das bedeutet, Judith? Es bedeutet, dass es dort im Wald noch jemanden gab, eine weitere Person, und die haben wir noch nicht gefunden.«

Noch schaute Judith skeptisch. Deshalb brachte Walter jetzt den gesamten Emil-Winter-Fall ins Wanken. »Judith, keine der Geschichten, die wir heute hörten, kann die ganze Wahrheit sein. Ich konnte es nach unserem Gespräch bei den Winter-Schwestern nicht gleich fassen, aber dann fiel mir ein wichtiger Unterschied auf. Sie erinnern sich, in der Heitmann-Version fand er die Schwestern allein im Wald. Einige Meter entfernt lag der tote Emil Winter. Aber Emily Winter erzählte uns, dass sie mit knapper Not den Toten von ihrer Schwester schubsen konnte. Dass sie danach noch die Kraft hatte, die leblose Schwester meterweit wegzuschleifen, davon kein Wort. Ich vertraue außerdem eher der Heitmann-Darstellung. Es kann doch sein, dass die ganze Szene für ihn so inszeniert wurde! Nur, wie die Schwestern das alles allein hinbekommen haben sollten, leuchtet mir beim besten Willen nicht ein.«

Eine Weile blieb es ruhig. Doch dann wurde Judith bewusst, dass in Walters Idee endlich der Schlüssel zur Lösung des Falles lag. Nicht nur Laurenz Heitmann, Emil Winter und die zwei Frauen – ein weiterer Tatbeteiligter war vor Ort! Ihr Herz klopfte deutlich schneller, als sie Walter mit blitzenden Augen ansah. »Das ist in der Tat richtig gut, Walter. Endlich haben wir eine Erklärung, mit der wir weiterkommen könnten.« Nun war sie überzeugt von seiner Idee, auch wenn sie die Akte Emil Winter buchstäblich wieder öffnen musste.

Froh, dass Judith ihm aufmerksam zugehört hatte und ihm sogar folgte, führte Walter seine Gedanken weiter aus: »Vielleicht liegt hier auch das Motiv für die heutigen Morde. Was hatte Heitmann entdeckt? Es ist schon fast egal – Fakt ist, er musste dafür sterben. Und Paul Ahlsens, dem er sich anvertraute, ist sicherheitshalber auch gleich umgebracht worden.«

Judith verstand. »Jemand fühlte sich so unter Druck gesetzt, dass er keine andere Lösung mehr sah!«

»Genau«, bestätigte Walter. »Und es muss eine ältere Person sein. Bedenken Sie, wir gehen bei dieser Hypothese davon aus, dass sie schon bei dem Mord an Emil Winter vor vier Jahrzehnten dabei war.«

»Oder ihn sogar selbst ermordet hat?«, dachte Judith die Möglichkeiten zu Ende. »Was meinen Sie, wir gehen in jedem Fall von einem Mann als Täter aus?«

»Ja, bestimmt, das können wir mit ziemlicher Sicherheit annehmen. Zu der Zeit war eine solche Spezialausbildung für Frauen eher selten. Und auch der Transport von Ahlsens' Leiche zum Versteck, bei allem Respekt, für zwei Damen reiferen Alters halte ich das für nicht durchführbar.« Walter grinste und stellte sich die Winter-Schwestern vor.

Judith nickte und suchte nach Verdächtigen. »Viel Auswahl haben wir da aber nicht. Botho Ahlsens? Hat ein Alibi. Berger, der Gärtner? Müssen wir prüfen. Johannes Meiring? Schauen Sie mich nicht so empört an, nur der Vollständigkeit halber.«

Walter kam wieder auf seine Nummer eins. »Vorerst bleibt nur Karl Busch! Und mit dem müssen wir morgen früh sowieso als Erstem reden.«

~ 58 ~

Wieder in Gardelegen angekommen, versammelte sich die gesamte Ermittlungsgruppe im Besprechungsraum, denn Dr. Gredes vollgekramtes Arbeitszimmer war dafür viel zu klein. Neben Dr. Renz hatten sich auch Techniker aus Thomas Ritters Team die Zeit für diese späte Besprechungsrunde genommen. Jeder wollte über die Ergebnisse der letzten Stunden berichten oder aus erster Hand informiert werden.

Judith Brunner fing an. Sie gab das Wesentliche von Johannes Meirings aufschlussreichen Mitteilungen über den Überfall bei Lindenbreite wieder. Das Gespräch mit den Winter-Schwestern schilderte sie ausführlich. Dabei wurde ihr nochmals deutlich, was für tragische Schicksale sie hier in Kurzform beschrieb. »Und alle schwiegen bis vor Kurzem. Dann entschloss sich Heitmann aus einem Grund, den wir noch nicht kennen, Paul Ahlsens anzuvertrauen, wen er da im Wald begraben hatte und warum. Und Paul Ahlsens begann, Nachforschungen anzustellen und wurde ermordet. Und hier«, schloss sie, »müssen wir ansetzen.« Walters Idee hatte sie nicht erwähnt, das sollte er selbst tun und die Lorbeeren dafür ernten.

Erst einmal blieb es ruhig und alle überdachten die neuen Informationen.

»Damit ist die Sache mit den Fotografien aufgeklärt«, meinte Ritter.

Dr. Grede nickte. »Das denke ich auch. Heitmann nahm sie an sich, nachdem er Winter begraben hatte. Warum er sich aber einige im Rahmen aufs Fensterbrett stellte? Mir leuchtet nicht ein, warum er sich täglich daran erinnern wollte, seinen erstochenen Freund, der zwei junge Frauen überfallen hatte, begraben zu haben.«

»Vielleicht hing er so an ihm«, warf jemand von Ritters Leuten ein.

»Oder er sah es als eine Art Strafe oder was weiß ich an, jeden Tag die Fotos sehen zu müssen«, bemerkte ein anderer.

Ehe man sich jetzt den wildesten Spekulationen hingab, meldete sich Walter Dreyer zu Wort: »Wir sollten auch Folgendes bedenken«, begann er, seine Gedanken von einer weiteren Person am Tatort zu entwickeln. Er hatte die volle Aufmerksamkeit aller

Anwesenden im Raum. »Und wir sollten davon ausgehen, dass es sich um einen Experten handelt, also um jemanden, der mit einem Messer als Waffe außerordentlich gut umgehen kann. Es reichte jedes Mal ein Stich, und der war offenbar immer an die richtige Stelle gesetzt«, schloss Walter seine Darstellung und blickte zu Dr. Renz hinüber, der bestätigend nickte.

»Das ist gut, wirklich eine gute Idee, Dreyer«, wiederholte Dr. Grede anerkennend fast Judiths Worte.

Walter und Judith lächelten sich an, als sie sie hörten.

»Damit sind allerdings alle unsere bisherigen Verdächtigen vom Tisch. Oder?«

Niemand widersprach Ritter.

»Bleibt vorerst Busch!« Dr. Grede klang nicht unzufrieden.

»Ja!«, Walter Dreyer fasste noch einmal zusammen, »Er hat das passende Alter, war am Tatort, trägt schwarze Wollmäntel und ist korpulent.«

Und Lisa Lenz fiel ein: »Denkt an die Meldedaten. Die passen auch zu den Ereignissen.«

»Richtig, doch dürfte das kaum reichen. Bis jetzt haben wir nur Indizien, keinen einzigen schlüssigen Beweis!«, machte Dr. Grede deutlich.

»Die gefundenen Faserspuren passen zu denen der Bahnuniformen.« Lisa war umfassend informiert. »Von Buschs eigener Uniform konnte aber noch keine Probe genommen werden.«

»Das muss dann morgen früh passieren«, bemerkte Thomas Ritter.

Walter meldete sich wieder: »Wenn wir auf die kleinstmögliche Tatbeteiligung des Unbekannten gehen und lediglich annehmen, es war noch jemand anwesend am Tatort bei Lindenbreite, den müssten die Winter-Schwestern aber wenigstens gesehen haben, oder?« Niemand widersprach, und er fuhr fort: »Als wir sie fragten, ob sie einen Karl Busch kennen, haben beide verneint. Allerdings auf eine wenig überzeugende Art.«

Judith nickte bestätigend, schränkte aber zugleich ein: »Wir haben sie ja nicht allgemein nach einer weiteren Person oder einem Zeugen befragt.«

»Sie haben euch aber auch nicht von einer erzählt, obwohl, wie wir jetzt wissen, die Differenz der Schilderungen den Schluss schon nahelegt. Das ist interessant.« Ritter war erregt.

»Immer vorausgesetzt, es war tatsächlich noch jemand dort.«, betonte Dr. Grede.

»Ja, richtig, aber wenn dem so war, warum haben sie es nicht erwähnt? Doch nur, wenn derjenige sich auch schuldig gemacht hatte, sonst hätte man einen prima Zeugen.« Ritter konnte sich immer mehr für Walters Theorie erwärmen.

Dr. Grede nickte Judith Brunner zu. »Sie werden morgen nach der Vernehmung von Busch beide Schwestern erneut zum Tathergang befragen.«

»Unbedingt«, bestätigte sie kurz.

Dann sah Grede auf seine Armbanduhr. »Und nun müssen wir uns noch gut überlegen, was wir morgen mit Busch machen. Wie fangen wir es an? Befragen wir ihn während seines Dienstes auf dem Bahnhof, oder laden wir ihn vor?«

»Wir haben bisher niemanden vorgeladen, alle vor Ort befragt. Vielleicht ist es sogar besser, so weiterzumachen. Wir wiegen ihn damit zunächst in Sicherheit. Falls es Schwierigkeiten gibt, können wir ihn immer noch herbringen«, schlug Judith Brunner vor.

»Er ist ein alter, dicker Mann, der wird uns schon nicht weglaufen«, versuchte einer von Ritters Leuten zu beruhigen.

»Täusch dich da mal nicht. Er ist zwar korpulent, doch nicht fett, sogar ziemlich kräftig. Und wir haben einen schwerwiegenden Verdacht«, gab Ritter gleich zurück.

Dr. Grede sah Walter Dreyer und Judith Brunner direkt an. »Sie achten morgen bitte darauf, ja? Immerhin lautet unsere Hypothese, dass er drei Menschen kaltblütig ermordet hat. Wenn irgendetwas merkwürdig wird, fackeln Sie nicht lange. Bringen Sie ihn her.«

Alle waren Feuer und Flamme. Grede teilte seine Leute weiter ein: »Lisa erkundigt sich morgen nach dem Kaufpreis für das Haus von Emily und Anne Winter. Geh drüben auf dem Amtsgericht fragen, dort müssen die Notarurkunden doch liegen. Und du versuchst, Angehörige von Emil Winter zu finden, fängst dort an, wo seine Eltern hingezogen sind, hier, hast du die Unterlagen. Ritter, Sie und Ihre Leute machen weiter. Morgen hat die Faserprobe von Buschs Uniform oberste Priorität. Ihnen, Dr. Renz, danke ich nochmals für Ihre Unterstützung.«

»Gern geschehen, doch hoffe ich wirklich nicht auf weitere Fälle dieser Art.«

Die Runde löste sich auf.

Judith war froh, endlich nach Hause und ins Bett zu kommen.

Walter war als Kavalier natürlich bereit, zu fahren.

Kaum hatten sie Gardelegen verlassen, schlief Judith, ohne es zu merken, im Wagen ein.

Anne Winter wusste, dass sie einen Fehler machte. Doch schien ihr nun der Zeitpunkt gekommen, die Schuld, die sie auf sich geladen hatte, abzutragen. Auch wenn das eigentlich nicht möglich war. Emily würde damit zurechtkommen oder zurechtkommen müssen. Emily war schon immer die Stärkere gewesen und was sollte ihnen nach all den Jahren noch passieren? Es konnte nun ruhig ein Ende kommen. Die ganze Wahrheit würde außer ihnen ohnehin niemand mehr erfahren. Nicht einmal ihren wirklichen Namen. Also band sie sich ein warmes Kopftuch um, zog den schwarzen Wollmantel über und ging los, ohne ihrer Schwester Bescheid zu sagen. Sie hatte auch Irmgard Rehse nicht angekündigt, dass sie sie zu so später Stunde noch aufsuchen würde.

Emily Winter stand missgestimmt hinter dem Vorhang. Sie sah ihrer Schwester nach, ahnend, was kommen würde, und fasste einen einschneidenden Entschluss.

Donnerstag

~ 59 ~

Judith wurde früh wach. In Erwartung des neuen Tages hatte sie nur unruhig geschlafen. Es war noch nicht einmal richtig hell. Eingedenk der Tatsache, dass sie sowieso nur über das bevorstehende Gespräch mit Busch grübelte, konnte sie ebenso gut gleich aufstehen und sich vorbereiten. Sie musste nur leise sein, damit Laura nicht erwachte. Sie hatten sich gestern Abend gar nicht mehr gesprochen, sodass sie nicht wusste, wie Lauras Pläne für den Tag aussahen.

Judith setzte gerade Kaffeewasser auf. In dem Moment klingelte das Telefon. Sie beeilte sich, damit sie vor dem nächsten Klingeln den Hörer in die Hand bekam. »Hallo?«, flüsterte sie in die Muschel.

»Ah gut, dass Sie schon wach sind.« Eine äußerst muntere Lisa Lenz war dran.

Schläft die junge Frau denn nie?, dachte Judith.

»Ich habe da was für Sie!«

Judith wollte sich erst wegen der frühen Anrufzeit beschweren, doch der hörbare Enthusiasmus Lisas stimmte sie schnell um. »Na los, ich bin gespannt!«

»Als ich heute am Empfang ankam und wie immer noch nichts los war, dachte ich, rufst auch noch mal wegen unseres Bahners in Berlin an. Sie wissen schon, bei der Wehrmachtsstelle.«

Tolles Mädchen dachte Judith. »Ja, weiter!«

»Zum Glück gab es auch dort ein paar Frauen, die zu so früher Stunde schon an ihren Schreibtischen saßen und was auch immer zu erledigen hatten. Und tatsächlich, ich hatte Glück und konnte mich nach Karl Busch erkundigen.«

Judith wurde etwas ungeduldig. Außerdem hatte sie sich noch nicht angezogen und fröstelte im kalten Flur. »Und?«

»Meine Gesprächspartnerin meinte, dass es einige Minuten dauern würde, sie müsse zunächst ins Magazin und suchen. Und außerdem hätte sie gern eine Telefonnummer, wo sie sich wegen der Ermittlungen rückversichern könne. Das sei bei derartigen Recherchen absolute Vorschrift. Der Rückruf kam schon nach zehn Minuten. Also, Karl Buschs hatten sie einige in ihren Unterlagen. Aber keiner von denen lebt noch, bis auf einen. Der allerdings war ein Brandenburger.«

»Oh, Lisa, danke. Ich denke zwar nicht, dass mir das großartig hilft, aber können Sie mir sagen, wo genau er da gewohnt hat?«

»Wie? Gewohnt?«, jetzt war Lisa Lenz verwirrt.

»Na, in Brandenburg.«

»Oh nein, entschuldigen Sie bitte. Dieser Karl Busch wohnte nicht in Brandenburg. Er war bei einer Sondereinheit der Wehrmacht, in den letzten Kriegsjahren sogar als Ausbilder.«

Judith wurde hellhörig. »So?«

»Die Berliner Kollegin sagte noch: Division Brandenburg. Das sei ein spezielles Kommando gewesen.«

»Und wie speziell?«

»Oh, ich bin keine Expertin dafür. Doch warten Sie, ich habe mir hier alles notiert: Es unterstand einem Canaris, einem Geheimdienstmann!«, begann Lisa Lenz vorzulesen.

»Aha, sehr interessant, können Sie mir noch mehr mitteilen?« Judith notierte Buschs Geburtsdatum und sprach laut mit: »1942 Sonderverband Brandenburg, 1943 Division Brandenburg, 1944 Panzergrenadier-Division Brandenburg. Danke, Lisa, das ist wirklich wichtig. Und fordern Sie doch bitte noch eine schriftliche Bestätigung der Angaben für die Unterlagen an, ja?« Irgendwie beflügelte dieser unerwartete Erfolg am Morgen ihr Tun. Judith griff zum Telefonbuch, fand, was sie suchte, und rief den Bibliothekar unter dessen privater Nummer an. »Guten Morgen, Herr Kreuzer. Hier spricht Judith Brunner von der Polizei. Sie waren neulich so freundlich, meinem Kollegen, Walter Dreyer, eine Auskunft zu geben. Entschuldigen Sie bitte die frühe Störung, doch ich brauche dringend Ihre Hilfe.«

Nach einigen Sekunden Stille murmelte Kreuzer: »Ich bin noch gar nicht richtig wach, Frau Brunner. Nichts Kompliziertes bitte.«

»Sie müssen etwas für mich heraussuchen.«

»Na?«

»Ich brauche Informationen über eine ›Division Brandenburg‹ der Wehrmacht, zumindest so viele, dass ich mich um 10 Uhr zu diesem Thema unterhalten kann.«

Zunächst blieb es ruhig, doch die ungewöhnliche, frühmorgendliche Bitte hatte den Bibliothekar wohl neugierig gemacht. »Ich bringe Ihnen alle Bücher, die ich finden kann, vorbei. In einer Stunde, reicht Ihnen das?«

»Eher bin ich sowieso nicht in Gardelegen.« Sie blickte auf den Küchentisch mit dem unbenutzten Kaffeepott. Und Walter, der sie hoffentlich bald abholen kam, war auch noch nicht erschienen. »In einer Stunde reicht. Vielen Dank. Bis nachher dann.«

Sie frühstückte und war kaum mit der Morgentoilette fertig, als Walter klopfte. Rasch zog sie die Jeans an und streifte den Pullover über.

»Sie sehen heute Morgen sehr ungeduldig aus«, begrüßte er sie lächelnd. Ihr Haar glänzte verführerisch.

»Ich habe auch schon tolle Neuigkeiten erfahren. Kommen Sie, ich muss mich nur rasch fertig machen. Ein kleiner Schluck Kaffee ist auch noch da.« Sie reichte ihm einen Becher, ehe er ablehnen konnte.

»Nun erzählen Sie schon.« Walter wurde neugierig, was bei Judith so viel Eifer ausgelöst haben könnte.

»Also: Busch war Ausbilder bei einer Spezialeinheit im Krieg. Das passt doch!«

»Wie haben Sie das denn schon erfahren?« Walter war wirklich überrascht.

»Ein Anruf von Lisa Lenz. Sie ist wirklich erstaunlich.«

Walter bestätigte: »Allerdings.« Doch wollte er wissen: »Und was für eine Spezialeinheit?«

»Eine ›Division Brandenburg‹, viel mehr kann ich Moment nicht sagen. Kommen Sie, ich habe in dreißig Minuten eine Verabredung mit dem Bibliothekar. Herr Kreuzer kommt sogar persönlich in die Kreisbehörde.«

Walter nickte anerkennend. »Fahren wir!«

Peter Kreuzer erschien mit einer unerwartet großen Anzahl an Büchern. Dickleibigen Nachschlagewerken, Festeinbänden und auch etlichen Paperbacks, die Judith fast entmutigten. »So viel?« Wie sollte sie das schaffen?

Walter Dreyer war schon zu Thomas Ritter gegangen, um sich

dort umzuhören.

Sie betrachtete die Bände, von denen der älteste ein gutes Jahrzehnt nach Kriegsende gedruckt worden war. Und offenbar bot der Stoff immer noch genügend Anlass für neuere Werke.

Das letzte war erst kürzlich erschienen, wie Kreuzer zu berichten wusste. »Keine Bange, ich helfe Ihnen. Was müssen Sie denn wissen?«, bot er freundlich an.

»Aufgaben, Ausbildung in speziellen Techniken, welche Waffen, Angehörige.« Einen Namen wollte Judith Brunner nicht nennen.

Beide schlugen die Bücher auf, überflogen die Inhaltsverzeichnisse und begannen zu blättern. Es war ein völlig neues Thema für Judith und sie wünschte sich viel mehr Zeit. Während des Lesens tauschte sie ihre Informationen mit denen des Bibliothekars aus, und bald ergab sich schon ein erstes Bild: Die »Division Brandenburg« war tatsächlich Teil des Spionagedienstes der Deutschen Wehrmacht gewesen. In einer Kaserne in der Nähe der Stadt Brandenburg wurden die Männer für Aktionen hinter den feindlichen Linien ausgebildet, als Spezialisten für Sabotage und Mord. Als geheime Sondereinheit bereitete sie vor den regulären Truppen die Überfälle der Wehrmacht vor, sicherte kriegswichtige Bauten oder zerstörte Verkehrswege und Brücken des Gegners. Während des Vormarschs der Wehrmacht war die Bedeutung der Division enorm, gegen Ende des Krieges wurde sie dann in die SS überführt.

Judith Brunner hatte nun keinen Zweifel mehr, dass ein Ausbilder dieser Elitetruppe durchaus in der Lage war, Menschen professionell und kaltblütig zu töten. Sie merkte, wie sich in ihr eine Aversion gegen Karl Busch aufbaute. Dabei hatte sie noch nicht einmal viele Worte mit ihm gewechselt. Jedoch war ihr auch bewusst, dass bis jetzt alles nur Hypothesen waren und ihre Schlüsse nicht stimmen mussten. Viel würde vom heutigen Verhör abhängen.

Die allgemeinen Informationen hatte sie nun, für tiefer gehendes Lesen blieb ihr keine Zeit. Beim Durchblättern der Bücher, die sie noch gar nicht genutzt hatte, stieß sie in einem Anhang auf ein Namensregister. Neugierig schaute sie nach, ob Busch vielleicht aufgeführt wurde. Allerdings, gleich unter »A« wurde sie überrascht: »Ahlsens, Paul« stand da, deutlich schwarz auf weiß! Und auch »Busch, Karl« wurde aufgelistet. Was hatte das nun wieder zu bedeuten?

Judith versuchte angestrengt, diese Fakten in ihre bisherigen Überlegungen einzuordnen und bemerkte kaum, dass Peter Kreuzer sie ansprach: »Beachtenswert, nicht wahr? Ich muss gestehen, dass ich davon noch nie gehört hatte, bevor Sie mich heute Morgen um diese Bücher baten.«

»Geht mir genauso. Bei Ermittlungen werde ich öfter mit Dingen konfrontiert, von denen ich nicht mal ahnte, dass sie existieren.« Für freundliche Konversation hatte Judith Brunner jetzt aber keine Zeit, so dankbar sie für die Hilfe des Bibliothekars auch war. Sie blickte auf ihre Uhr.

Doch auch Peter Kreuzer wollte sich schnell verabschieden. Er ließ ihr die Bücher da und wünschte noch einen erfolgreichen Tag.

~ 60 ~

Auf der kurzen Fahrt zum Bahnhof blieb Judith kaum Zeit, Walter alles über die Brandenburger zu erzählen. Besonders die gemeinsame Vergangenheit von Paul Ahlsens und Karl Busch war ein verblüffender Aspekt.

Inzwischen waren sie angekommen und parkten wenig entfernt von der Stelle, an der Heitmann ermordet worden war. Es war ein seltsames Gefühl, am Tatort einen beigefarbenen Kleinwagen stehen zu sehen, dessen Fahrer arglos den Platz der Ahlsensschen Nobelkarosse eingenommen hatte.

Die Zeit für Berufspendler und Schüler war längst vorbei und der nächste Zug würde erst in gut einer Stunde abfahren, sodass sie von sehr wenig Betrieb am Fahrkartenschalter ausgehen durften. Es konnte also losgehen. Judith atmete tief durch.

In der kleinen Bahnhofshalle war weit und breit kein Mensch zu sehen.

Karl Busch saß an seinem seitwärts zum Schalterfenster gestellten Schreibtisch und blätterte in einem Ordner.

Judith klopfte an die Scheibe des Schalters.

Rasch kam er nach vorn in der Annahme, Fahrkarten verkaufen zu müssen. »Wohin bitte?« Seinem Tonfall war anzuhören, dass er diese Frage schon unzählige Male gestellt hatte – nicht unhöflich, doch ohne wirkliches Interesse.

»Pardon, ich bin Judith Brunner von der Polizei. Sie erinnern sich wohl nicht mehr? Ich war letzten Donnerstag dabei, als der Tote draußen gefunden wurde.«

Falls Busch sich erinnern sollte, war ihm das nicht anzumerken. Ebenso wenig zeigte er Interesse an den schrecklichen Ereignissen der vergangenen Woche. »Und?«

»Wir beide wollten uns mit Ihnen auch noch unterhalten.« Während ihrer Vorstellung war Walter, den Busch bisher nicht im Blickfeld hatte, neben sie getreten.

Busch fixierte ihn kurz mit einem argwöhnischen Blick und sah dann Judith Brunner direkt in die Augen, als er sprach: »Noch einmal? Ich habe Ihren Kollegen doch letzte Woche schon gesagt, dass ich nichts bemerkt habe.«

»Wenn es jetzt trotzdem möglich wäre? Es gibt neue Aspekte«, informierte Judith Brunner.

Nach wie vor uninteressiert bemerkte Busch: »Aha.«

»Dürfen wir reinkommen?«, machte Walter Dreyer Druck.

Busch blickte durch die Glasscheibe in die Bahnhofshalle, als suche er nach Fahrgästen, die ihm einen Grund hätten bieten können, das Gespräch noch abzulehnen. Allerdings war niemand zu sehen. »Ich mache auf. Einen Moment.« Die Tür zu seinem Büro, gleich neben dem Fahrkartenschalter, bestand in der oberen Hälfte aus vergittertem Milchglas, sodass sie den Schatten des Mannes sehen konnten, als er an die Tür trat, um aufzuschließen. Er hielt die Tür auf und Judith Brunner und Walter Dreyer gingen hinein.

Vor ihnen stand nun der stämmige, ältere Mann in schwarzer Uniform, den sie des dreifachen Mordes verdächtigten!

Doch der war auf einmal ausnehmend freundlich. »Bitte, setzen Sie sich. Ich habe immer etwas Kräutertee in einer Thermoskanne«, ließ er sogar ein Angebot anklingen.

»Nein, danke.« Walter nahm zwei Stühle und stellte sie hinter den Schreibtisch, an dessen Vorderseite Busch wieder Platz nahm, um so den Schalter auch während des Gesprächs im Auge behalten zu können. Er selbst setzte sich auf den Stuhl, der der Bürotür am nächsten war. Hatte Busch wieder abgeschlossen? Walter Dreyer ärgerte sich, nicht darauf geachtet zu haben.

»Herr Busch, ich bin Hauptkommissarin und leite die Ermittlungen in den zwei Mordfällen, die sich hier am Bahnhof ereignet haben. Das ist mein Kollege Walter Dreyer, der in Waldau, dem Wohnort beider Opfer, als Polizist Verantwortung trägt. Wir wissen, dass Sie schon befragt wurden, jedoch haben wir gestern von Dingen erfahren, über die wir gern mit Ihnen sprechen möchten.«

Ein wachsamer Blick Buschs traf Judiths Augen, und ihr wurde sofort klar, dass das bisherige Desinteresse nur vorgetäuscht war.

»Ja?«, bemühte er sich, möglichst beiläufig zu fragen.

»Vergangenen Donnerstag wurde hier ein Mann ermordet, der Laurenz Heitmann hieß.«

»Ja?«

»Kannten Sie ihn?«, fragte Judith Brunner.

»Wie meinen Sie das?«

»Na, genau so, wie ich gefragt habe. Kannten Sie ihn? Er war öfter hier am Bahnhof in Gardelegen. Da ist es doch möglich, dass Sie miteinander bekannt wurden.«

»Ach so! Nein tut mir leid, ich kannte ihn nicht.«

»Kennen Sie sonst jemanden aus Waldau?«, fragte Judith Brunner weiter.

»Nein, warum?« Busch hatte nicht gezögert.

»Waren Sie schon mal dort?«, fragte Walter Dreyer und merkte sich für alle Fälle, dass sie sich ein Foto von Busch für Personenbefragungen in Waldau besorgen sollten.

»Kann schon sein, sicher. Ich wohne schon eine Weile in der Gegend.«

»Wann kamen Sie denn hierher?«

Busch machte exakt die Angaben, die mit denen auf seiner Meldekarte übereinstimmten.

So kam Judith Brunner nicht viel weiter. »Wäre es Ihnen möglich, uns aus Ihrer Sicht die Ereignisse vom Donnerstag letzter Woche zu schildern?« Darauf konnte Busch nun nicht mehr mit seinen kurzen Antworten reagieren.

Und er begann in der Tat, ohne Zögern zu erzählen: »Der Mittagszug war schon eine Weile wieder weg, da kam eine junge Frau in die Halle gelaufen und verlangte aufgeregt nach einem Telefon. Es ist eigentlich nicht üblich, Fahrgäste hier drin telefonieren zu lassen, daher wollte ich ihr den Weg zum öffentlichen Fernsprecher beschreiben. Sie sagte was von einem Toten. So richtig verstehen konnte ich sie nicht. Dann stürmt sie hier herein und ruft die Polizei!«

Judith wusste an dieser Stelle, dass Busch sich innerlich auf so ein Gespräch vorbereitet hatte. Es sprach zügig und konnte ohne Überlegung berichten. Sie hörte weiter zu.

»Einen Moment später kamen Sie ja dann dazu und wissen also, was dann passierte.«

Das war ja die Höhe, dachte Judith Brunner. Er hatte sie also sofort erkannt, ohne etwas anzudeuten. War das nun Frechheit oder Vorsicht? Oder wollte er sie einfach ärgern? Das war ihm durchaus gelungen! Aber sie hatte sich schnell wieder im Griff und fuhr fort: »Ja, allerdings interessiert uns mehr die Zeit vor diesen Geschehnissen. Wartete jemand auf den Mittagszug? Wer kaufte Fahrkarten bis dahin?«

Busch hob entschuldigend die Schulter. »Aber das habe ich doch Ihren Kollegen am Donnerstag bereits gesagt. Mir ist nichts weiter aufgefallen. Wir haben sogar gemeinsam nachgesehen, ich habe genau drei Fahrkarten für den nächsten Zug verkauft.«

»Und waren Sie mal draußen, vor dem Bahnhof?«, fragte Judith Brunner weiter.

»Nein, was sollte ich da?« Es klang, als wäre die Frage eine Zumutung für ihn.

»Gestern zum Beispiel haben Sie die Blumen gegossen.«

Busch sah durch sie hindurch. »Ach, so was meinen Sie! Kann schon sein, doch das weiß ich leider nicht mehr genau«, antwortete Busch, jetzt wieder ganz gelassen.

»Würden Sie bitte versuchen, sich zu erinnern? Vielleicht haben Sie irgendetwas beobachtet, das uns helfen könnte.«

Busch tat, als suche er konzentriert nach Erinnerungen.

Walter signalisierte Judith, dass er etwas fragen wollte und unmerklich stimmte sie zu.

So war Busch einigermaßen überrascht, als Walter Dreyer fragte: »Schließen Sie die Bürotür eigentlich immer ab?«

Diese Wendung im Gespräch brachte Busch etwas aus dem Konzept. Er wusste einen Moment lang nicht, was auf ihn zukam und spielte kurzerhand auf Zeit. »Ich verstehe die Frage nicht.«

»Als wir eben zu Ihnen ins Büro kamen, haben Sie die Tür von innen aufgeschlossen, richtig?«

»Ja?« Busch witterte das Problem.

»Ist hier immer abgeschlossen?«

»Ja.«

»Und wenn Sie aus dem Büro gehen, schließen Sie auch ab, oder?«

»Klar, was soll die Fragerei?«

»Nun, Sie haben eben selbst geschildert, dass die junge Frau am letzten Donnerstag in Ihr Büro stürmte. Da konnte die Tür doch nicht verschlossen gewesen sein.«

Judith spürte augenblicklich, dass sich die Verhältnisse in diesem Moment des Gesprächs zu ihren Gunsten wendeten. Walter hatte Busch ertappt, nur mit einer Kleinigkeit, doch immerhin. Karl Busch geriet endlich in Erklärungsnöte. »Würden Sie meinem Kollegen bitte antworten!«, übernahm sie wieder das Gespräch.

»Wird dann wohl so gewesen sein«, brummte Busch, hörbar verärgert.

»Waren Sie vielleicht vorher doch noch draußen und haben nur vergessen, wieder zuzuschließen? Hatten Sie es eilig?«, fragte Judith Brunner mit arglosem Tonfall.

»Was soll das? Spielt das eine Rolle?«

»Wenn Sie vor dem Gebäude waren, könnten Ihnen etwas aufgefallen sein. Denken Sie also bitte nach«, wiederholte Judith Brunner geduldig.

»Ich habe aber nichts gesehen!«

»Aber dass Sie draußen waren, stimmt schon?«, mischte Walter Dreyer sich jetzt wieder in die Befragung.

»Ja, meinetwegen. Es war nichts los hier und da habe ich einfach mal frische Luft geschnappt. War ja herrliches Wetter. Und soll ich den ganzen Tag hier am Schalter hocken?«

Judith Brunner überlegte: Der Busfahrer hatte ihn aber nicht gesehen, also musste Busch schon einige Minuten früher auf dem Platz gewesen sein. Und das würde genau mit der ermittelten Tatzeit übereinstimmen! »Und Sie bleiben dabei, nichts bemerkt zu haben«, fragte sie noch einmal deutlich nach.

»Ja«, kam es nun schon erheblich unwilliger von Busch zurück. Er blickte Hilfe suchend zum Verkaufsschalter, aber kein Fahrgast bot ihm Gelegenheit, dem Gespräch auszuweichen.

Judith Brunner wechselte das Thema. »Herr Busch, Sie haben vorhin gesagt, dass Sie niemanden aus Waldau kennen.«

»Ja?« Er wurde misstrauischer.

»Sehen Sie, wir haben etwas recherchiert und dabei festgestellt, dass Sie mit einem Waldauer gemeinsam bei der Wehrmacht waren.«

Busch erschrak. »Was?«

Er hat uns unterschätzt, dachte Walter hoch erfreut. Mal abwarten, wie er seinen Kopf wieder aus der Schlinge ziehen will.

Judith Brunner ließ ihm keine Zeit. »Sie waren doch ein Brandenburger, stimmt's?«

»Was?«, ächzte Busch erneut.

»Sie haben mich gut verstanden, Herr Busch. Sie waren ein Brandenburger!«

Busch entschloss sich erstaunlich rasch, das offenbar Bekannte zuzugeben: »Ja, war in Rumänien, Erdöl sichern.« Sein Tonfall grenzte mit einem Mal an Herablassung. Er sah eine Möglichkeit, vom eigentlichen Thema etwas abzulenken.

»Erdöl sichern?« Davon hatte Judith bei ihrer flüchtigen Recherche nichts gelesen.

Busch klärte sie auf. »Deutschland hat kein nennenswertes eigenes Vorkommen, und welche Bedeutung das Erdöl für die Kriegsführung hat, brauche ich Ihnen ja wohl kaum zu erklären. Die nächstgelegenen Ölreserven waren jedenfalls die in Rumänien und damals hat Deutschland mehr als drei Viertel der rumänischen Ölprodukte gekauft. Es eignete sich sowohl zur Herstellung von Kraftfahrzeugtreibstoffen als auch von Flugbenzin.«

»Und was haben Sie dort genau gemacht?«

»Sagt Ihnen Polesti etwas? Natürlich nicht.« Busch stellte es nur fest. »Polesti war zu der Zeit das Zentrum der rumänischen Erdölindustrie. Eine Goldgräberstadt, mit allem, was dazugehört: Abenteurer, Glücksritter, Mädchen, Bettler, einfach alles.«

»Und was hat das mit Ihrer Dienstzeit bei der Wehrmacht zu tun?« Judith Brunner bemerkte, dass sich Busch, nun, als es um militärische Dinge ging, Walter Dreyer zuwandte.

»Nun, dort befanden sich mehr als ein Dutzend Raffinerien, bedeutende Anlagen unterschiedlichster Eigentümer.«

»Und?« Walter übernahm übergangslos das Gespräch.

»Die Rumänen hatten ein Gesetz erlassen: Wer seine Lieferverträge, egal mit wem, nicht erfüllte, dessen Erdölfirmen konnten sie enteignen. So waren also auch Franzosen und Briten gezwungen, den Deutschen selbst im Krieg weiter Öl zu liefern. Stellen Sie sich das mal vor! Bis zum Sommer 1944 ging das so. Die betroffenen Firmen drosselten zwar ihre Produktion, doch einstellen konnten sie sie nicht, ihre Heimatländer benötigten ebenfalls das nahe Öl.«

»Und wo kommen Sie nun ins Spiel?«

»Nach einigem Auf und Ab mit dem Ölpreis an den Börsen, was Deutschland jedoch nicht von den Lieferungen abkoppeln konnte, griff man seitens der Alliierten zu anderen Mitteln: Immer mehr Ausländer, vor allem Engländer, kamen ins Land, als Touristen, Praktikanten oder sonst etwas getarnt. Die Rumänen begannen nun, um ihren Trumpf zu bangen. Jeder im Land wusste, dass dies militärische Angehörige in Zivil waren. Schon im Ersten Weltkrieg hatten Engländer und Franzosen den Rumänen die Anlagen sowie die gesamte Infrastruktur im Ölfördergebiet fast komplett zerstört.«

Der Vortrag, den Busch hier bot, bewies überdeutlich, dass beileibe kein Dummkopf am Tisch saß. Wer war Karl Busch wirklich? Walter hörte ihm aufmerksam weiter zu.

»Und diese Sorge nutzten wir einfach aus. Im Kampf war das Gebiet nicht unversehrt einzunehmen. Und Deutschland musste handeln, bevor die Alliierten alles zerstören konnten. Schon im Dezember 1939 wurden die ersten von uns ins Ölgebiet eingeschleust, mit falschen Identitäten, falschen Ausweisen und mit ausreichend Geld. Die Aufgabe lautete, das Ölgebiet vor der Zerstörung zu schützen. Deutschland brauchte dieses Öl im Krieg. In falschen Uniformen gelangten wir aufs Gelände. Als Teil der rumänischen Wachmannschaften kontrollierten wir fortan auch die Anlagen von englischen und französischen Firmen. Und wir haben einige Sabotageakte verhindert, das kann ich Ihnen versichern!«

Das glaubte Walter Dreyer ihm gern. Über die Methoden dachte er lieber nicht nach; Judith hatte ihm gesagt, dass alle Brandenburger im Nahkampf ausgebildet waren. Busch hatte sich in Rage geredet, sodass Walter einen Überrumplungsversuch wagte. »Hm, und dort haben Sie zusammen mit Paul Ahlsens gedient?«

»Das kann ich Ihnen nicht sagen, er hat es aber behauptet.« In dem Moment stockte Busch. Er wusste, dass er einen weiteren Fehler gemacht hatte, einen wesentlich gravierenderen als den mit der offenen Bürotür.

Judith Brunner hakte sofort nach: »Behauptet?«

Busch blieb still. Er wusste nicht, was er sagen sollte. Alles könnte seine Probleme nur noch vergrößern. Doch um eine Reaktion kam er nicht herum. Die beiden würden ohne Antwort nicht wieder verschwinden, so viel war ihm auch klar. Dann gab er zu: »Ich kannte ihn nicht persönlich, kann mich zumindest nicht erinnern.«

»Haben Sie sich mit ihm unterhalten?«

»Über alte Zeiten? Wir waren viele dort unten.« Busch grinste freudlos und fing an, übergangslos weiter zu berichten: »Bald fingen wir dann auch an, Nachrichten zu sammeln, gehörte zwar nicht unbedingt zu unseren Aufgaben, konnte aber nicht ausbleiben. Wichtige Nachrichten wissen Sie!«

»Und haben Sie damals erreicht, was Sie sollten?«

»Ja, haben wir. Ein Attentat brachte die Rumänen dazu, massenhaft die Leute der Alliierten auszuweisen, und wir hatten es geschafft. Dann, Ende 1940 kamen reguläre deutsche Truppen und übernahmen unseren Job.«

»Und, was haben Sie danach gemacht?« Von den Ereignissen im Nachkriegsfrühling bei Lindenbreite waren sie noch Jahre entfernt.

»Woanders solche Einsätze gemacht.«

»Woanders?«, fragte Judith Brunner nach.

»Ja, was denken Sie? Für uns gab es immer was zu tun, der Krieg ging noch ein paar Jahre. Und am Anfang lief es auch gut.«

»Ach, und was dann?«, fragte Walter ohne Ironie.

»Wir haben den Krieg verloren, das wissen Sie doch auch.«

Walter Dreyer brachte all seine Geduld auf und fragte ruhig weiter: »Und nach dem Krieg?«

Busch antwortete unwillig: »Habe ich doch vorhin schon mal gesagt, kam ich hierher.«

Walter Dreyer schaute ungläubig. »Und haben sich nie wieder

mit Paul Ahlsens getroffen? Zwei Brandenburger, zwei Kameraden in dieser Gegend? Und laufen sich nicht über den Weg? Das kann ich nicht ganz glauben!«

»Glauben Sie, was Sie wollen«, Busch wurde unzugänglich.

Bald würde er gar nichts mehr sagen, vermutete Judith. Sie kam auf Buschs Lapsus zurück: »Sie kannten also das zweite Mordopfer.«

»Ich kannte ihn nicht. Er wollte mich gekannt haben!«

»Woher?«

»Wie soll ich das denn wissen! Vielleicht hat's ihm jemand gesteckt.«

»Wie meinen Sie das?«

»Na, wie wohl! Jemand hat ihm gesagt, dass ich hier arbeite. Vielleicht ein anderer Kamerad, der es nur gut meinte und uns wieder zusammenbringen wollte.«

Oder Laurenz Heitmann. Wie hatte der wohl davon erfahren? Hier tat sich eine Möglichkeit auf. Judith fragte: »Paul Ahlsens wusste also, dass Sie hier arbeiten. Und er kam her und sprach Sie an. Was wollte er?«

»Das geht Sie überhaupt nichts an.«

»Herr Busch, Sie machen sich lächerlich! Paul Ahlsens wurde einen Tag nach Laurenz Heitmann ebenfalls hier am Bahnhof ermordet. Und uns geht es nichts an, was Sie mit ihm zu besprechen hatten?«

»Ich sage nichts mehr!« Das klang so, als wäre es auch so gemeint.

Walter sah Judith nur kurz an und stand auf, um die Tür zu versperren.

Judith Brunner ging um den Tisch und sagte fest: »Karl Busch, ich muss Sie bitten, uns zu begleiten. Sie waren zu den Tatzeiten beider Morde hier am Bahnhof. Sie gaben an, mit einem der Opfer gesprochen zu haben. Und Sie erzählen uns nicht alles, das wissen wir.«

~ 61 ~

»Wie können wir beweisen, dass Karl Busch der Mörder der drei Männer ist? Damit sind wir am Bahnhof nicht weit gekommen. Er hat lediglich einen Kontakt mit Paul Ahlsens zugegeben.« Judith Brunner informierte Dr. Grede in seinem Büro kurz über den neuesten Stand.

Walter Dreyer, der neben ihr saß, bemerkte noch: »Vergessen Sie nicht die offene Bürotür, durch die Laura Perch, gestürmt ist. Und er hat eingeräumt, seinen Schalter am Donnerstagvormittag zur fraglichen Zeit verlassen zu haben. Ebenso, dass er auf dem Bahnhofsplatz gewesen war.«

»Stimmt. Ich weiß nur nicht, ob wir ihn damit schon festnageln können. Naja, wir wollten sowieso noch mal zu den Winter-Schwestern, also befragen wir die etwas intensiver nach ihm. Vielleicht bekommen wir sie noch zum Reden.«

»Was mache ich inzwischen mit Busch?«, fragte Dr. Grede.

»Nichts. Er soll warten und kann ruhig etwas schmoren. Wir sind ja nicht so lange weg.«

Als Walter Dreyer an die wuchtige Tür klopften, wurde diesmal gleich geöffnet. Ohne eine Begrüßung bat Anne Winter sie hinein: »Gehen Sie bitte durch, Frau Brunner. Ich habe Ihnen etwas mitzuteilen!« Ihre Stimme klang, als hätte sie es sich reiflich überlegt.

Sie setzten sich wieder an den Tisch. Anne Winter begann auch ohne Umschweife: »Meine Schwester Emily ist nicht da. Und wir haben gestern, als Sie hier waren, nicht die ganze Wahrheit gesagt. Und ich ...« Sie atmete tief durch. »Ich war gestern Abend spät noch bei Irmgard Rehse und habe ihr alles erzählt, was ich über Emil Winter wusste.«

Walter musste nachfragen, so verblüffte ihn diese Erklärung. »Sie haben Irmgard Rehse von Emil Winter erzählt? Und vom Überfall?« Wie mochte sie das wohl verkraftet haben? Walter Dreyer machte sich große Sorgen um seine Nachbarin.

Anne redete weiter, als wäre sie nicht unterbrochen worden: »Es tat mir plötzlich leid, nach all den Jahren, dass sie nicht ahnte, was aus ihm geworden ist. Ich dachte ... Nun, das spielt jetzt auch keine Rolle mehr.«

»Was ist geschehen?«, atemlos fragte Walter Dreyer nach.

»Ich erzählte ihr unsere Geschichte. Und stellen Sie sich vor, sie ist wütend geworden, richtig wütend! Darauf war ich nicht gefasst. Ich dachte, sie fängt vielleicht zu weinen an, hat sie auch, doch nur aus Wut. Sie war furchtbar aufgebracht, dass ich nicht längst zu ihr gekommen war. Und dass ich von ihrem Emil überfallen wurde, hat sie keinen Augenblick geglaubt. Sie schrie mir ins Gesicht, dass ich lüge. Da habe ich gespürt, dass sie mir nichts vergeben würde, niemals. Nicht die letzten vierzig Jahre und erst recht nicht die Beschuldigung. Sie verachtete mich und wünschte mich zum Teufel. Sie können sich vorstellen, dass ich schnell vor ihr floh.«

Ob das nun zu ihrer Bereitschaft, mit der Polizei zu reden, beigetragen hatte, war Judith Brunner ganz egal. Hauptsache, Anne Winter packte jetzt aus. »Verachtet Sie? Wieso das?«

»Unsere Geschichte vom Überfall damals war nur die halbe Wahrheit.«

»Soll das heißen, Sie möchten Ihrer Aussage von gestern etwas hinzufügen?« Walter Dreyer war gespannt.

»Ja.«

Aufmerksam beugte er sich zu ihr herüber. »Bitte.«

»Nun, wir kennen Karl Busch.«

»Ach! Woher?«, fragte Walter Dreyer.

Judith Brunner wollte gleich noch wissen: »Seit wann?«

»Seit einer Ewigkeit. Karl Busch war im letzten Kriegswinter schon seit Wochen gemeinsam mit uns unterwegs, immer auf der Flucht vor der Front. Er hatte sich scheinbar von der Truppe abgesetzt. Wir fragten ihn nicht danach. Wir fühlten uns einfach sicherer mit ihm. Er kannte sich im Wald gut aus. Nie ist uns etwas passiert. In der Nähe von Waldau stießen wir zufällig auf eine eingefallene Grube, in der irgendwer seinen Besitz vergraben hatte. Er war viel wertvoller, als wir dachten, und darüber gerieten wir in Streit. Schließlich eskalierte der Streit zum ungleichen Kampf zwischen Busch und mir. Er fing an, mich zu schlagen. Das hatte er noch nie vorher getan. Meine Schwester konnte wenig ausrichten. Busch saß auf mir und schlug mir immer wieder ins Gesicht. Und plötzlich wurde er weggezogen, von einem fremden Mann. Die beiden rangen miteinander. Sie kämpften. Ich kam allein nicht wieder hoch, mir tat alles weh, und dann lag der Fremde auf mir und ich wurde ohnmächtig.«

»Was war geschehen?« Walter wagte kaum, Luft zu holen.

»Emily erzählte mir dann später, als ich erwachte, dass der Fremde es im Faustkampf schaffte, Busch niederzuschlagen. Und als er mir dann aufhelfen wollte, stach ihn Busch von hinten nieder. Einfach so, mit seinem Dolch. Und dann wollte Busch den Leichnam schnell verstecken, doch plötzlich war er weg und wir haben Busch nie wieder gesehen.«

Judith Brunner war wie versteinert. Sie hatten endlich etwas Greifbares! Jetzt konnte sich Karl Busch nicht mehr herauswinden. Doch was für eine Geschichte hatte ihnen Anne Winter da eben erzählt!

Walter Dreyer konnte leise fragen: »Was war mit Heitmann?«

»Was soll ich sagen? Auf einmal war er da. Er brachte uns erst einmal sicher unter, begrub den Fremden. Und war auch zukünftig sehr hilfsbereit.«

»Und Sie ließen ihn all die Jahre in dem Glauben, ein Verbrechen seines Freundes vertuscht zu haben?« Judith war empört. »Von Karl Busch erzählten Sie ihm nie?«

»Nein, warum sollten wir? Alles war so einfach! Und wir wussten ja auch nicht, dass es sein Freund war.«

Aber diese Rechtfertigung konnte an Judiths Fassungslosigkeit nichts ändern. »Und später, als Emil Winters Eltern verzweifelten und sogar wegzogen? Hatten Sie da immer noch das Gefühl, alles sei so einfach?«

Beschämt blickte Anne Winter zur Seite. »Erst wussten wir ja gar nicht, dass der Fremde Emil Winter gewesen war. Heitmann hatte es uns nie gesagt, dass er ihn kannte und dass sie sogar Freunde waren. Selbst er hielt die ganze Zeit den Mund. Warum sollten wir da etwas sagen? Es war für alle besser so. Winter blieb verschwunden. Nach zehn Jahren wurde er für tot erklärt und sein Name auf den Stein für die Kriegsopfer gemeißelt. Nun kennen Sie die volle Wahrheit!«

Walter drehte es ob dieser Gefühllosigkeit das Herz fast um. »Und das haben Sie auch Irmgard Rehse erzählt?«

Anne Winter schüttelte den Kopf. »Dazu kam ich ja nicht mehr, sie reagierte ja gleich so empfindlich.«

Walter war unsagbar zornig. »Und Sie wundern sich wirklich, dass Irmgard Rehse Sie verachtet? Sie waren Zeugin, wie ihr Liebster erstochen wurde, kurz bevor er sie wieder in die Arme hätte nehmen können. Zudem verlor Emil Winter sein Leben, um Sie zu schützen! Und dann haben Sie seinen besten Freund in dem Glauben gelassen, Emil sei ein Verbrecher gewesen. Heitmann hielt nur den Mund, um Irmgard Rehse zu ihrem Verlust nicht noch zusätzlichen Kummer zu bereiten. Was glauben Sie, was die Menschen hier von Ihnen halten werden?« Für Walter stand jedenfalls fest: Die Frauen hatten Laurenz Heitmann betrogen. Und dieser Betrug war abgrundtief. Nicht Heitmanns Freund war der Verbrecher gewesen, sondern ein anderer Mann, Karl Busch! Und Heitmann trug zeitlebens eine Last auf seinen Schultern, die niemand je würde ermessen können.

Judith Brunner sah Anne Winter an, als wäre sie ein ekliges Insekt. Doch sie wusste auch, dass die Winter-Schwestern nach vier Jahrzehnten dafür nicht mehr zur Verantwortung gezogen werden konnten. Zumindest nicht vor einem ordentlichen Gericht.

~ 62 ~

Karl Busch versuchte nicht zu leugnen, als Judith Brunner ihn mit Anne Winters Aussagen konfrontierte. Er gab sich gelassen, war überzeugt, dass diese Tat schon längst verjährt sei. Doch ihn ärgerte offenbar, dass Anne Winter überhaupt geredet hatte, und reagierte, als er hörte, dass die Winter-Schwestern mit ziemlicher Sicherheit völlig ungeschoren davon kamen, empört. »Die? Unschuldig? Wissen Sie, wie die vom Osten hierher kamen?«

»Ja, sie haben uns davon berichtet«, klärte Judith Brunner ihn auf.

Busch blickte verächtlich. »Alles?«

»Wie, alles? Was meinen Sie?«

»Auch von den Diebstählen?«

»Ja. Sie haben uns gestanden, wie sie die Hinterlassenschaften anderer Flüchtlinge geplündert haben.«

Plötzlich brach Busch in ein heiseres, fast hysterisches Lachen aus. »Hinterlassenschaften? Geplündert? Da haben die beiden wohl etwas untertrieben. Schatzsucher waren sie, ja, der skrupellosesten Art!«

Judith Brunner konnte sich nichts darunter vorstellen, erinnerte sich jedoch an den letzten anonymen Brief. Deshalb fragte sie noch einmal nach: »Schatzsucher?«

»Ja, die haben gezielt dort gesucht, wo Leute ihr Zeug vergraben hatten. Jeder wusste doch, dass das die übliche Methode war: Rückte die Front näher, ging man in den Wald und vergrub an sicherer Stelle seine Habseligkeiten. War die Front dann durch, man selbst war aber verschont geblieben, dann nix wie hin in den Wald und alles schnell wieder ausgegraben.«

»Und dann kamen die Winter-Schwestern?«, fragte Judith Brunner ungläubig nach.

»So heißen die nicht, glauben Sie mir. Mir hatten sie damals andere Namen genannt, ist aber nun auch egal. Nun gut. Nein, die zwei liefen doch vor der Front her, wussten also, wann die feindlichen Soldaten ungefähr kamen. Manchmal haben sie sogar in den Dörfern selbst gewarnt, sich dann versteckt und zugesehen, wie die Leute ihre Habseligkeiten vergruben. Sie wussten so genau, wo sie dann suchen müssten, wenn die Gefahr vorüber war.«

»Und was haben sie gemacht mit all den Dingen?«

»Na, neu vergraben. Und gewartet. Bis heute!«

»Bis heute?«

»Ja was dachten Sie denn, wovon die beiden leben! Die verkaufen heute noch das Zeug, das sie damals an sich brachten.«

Judith hatte die Vernehmung nach diesen Aussagen unterbrochen, um sich mit Dr. Grede und Walter zu beraten, die das Gespräch vom Nebenraum aus mitverfolgten.

»Das ist aufschlussreich, nicht wahr? Die drei haben noch immer Kontakt zueinander, woher sollte Busch das sonst wissen?« Grede war zufrieden mit dem Verlauf der Vernehmung.

»Anne Winter, oder wie auch immer sie heißen mag, war also nicht so ehrlich zu uns, wie sie sich den Anschein gab«, war Judith über die Unverfrorenheit der Frau erneut empört.

»Und ich war vorhin voll der Überzeugung, sie hätte ausgepackt. Die Reue von Anne Winter kam ziemlich echt rüber!« Auch Walter ärgerte sich über seine erneute Leichtgläubigkeit.

Judith tröstete ihn: »Nun haben wir wenigstens die Quelle ihres Einkommens entdeckt. Denn dass sie von der Mindestrente ihren Lebensstil nicht finanzieren konnten, war ziemlich offensichtlich.«

»Haben wir schon den Vertrag für das Haus?«, fragte Dr. Grede und telefonierte umgehend mit dem Empfang.

Doch die Vertretung dort konnte nur mitteilen, dass Lisa Lenz noch nicht wieder vom Amtsgericht zurückgekommen war.

»Mit dem Kaufvertrag müssen wir uns noch gedulden. Machen wir eine kurze Pause? Da kann Busch verpflegt werden und wir können uns auch stärken.«

»Bringen Sie mir bitte was zu essen mit? Ich gehe rasch zum Amtsgericht rüber, vielleicht kann ich dort helfen.« Walter Dreyer wollte nicht mehr warten.

Und Judith Brunner und Dr. Grede verstanden seine Ungeduld gut.

Rasch fand Walter Dreyer die Tür im Dachgeschoss, auf der »Bodenregistratur« stand. Der Pförtner hatte ihm den Weg gut beschrieben. Als er den Raum betrat, verschlug es ihm die Sprache: meterlange, raumhohe Regale, voll belegt mit Akten. So etwas hatte er noch nie gesehen. Dazwischen spendeten altertümliche Glühbirnen ein gelbes, düsteres Licht. Wer fand sich in diesen Papierbergen zurecht? »Hallo?«, rief er nach Lisa Lenz.

»Ja, hier hinten.«

Walter ging der Stimme nach. Er fand sie an einem Tisch vor einem Berg von Akten sitzend.

Lisa Lenz war der Verzweiflung nahe. »Sehen Sie das hier? Das sind alles die Kaufverträge aus den ersten Jahren nach dem Krieg. Immerhin gibt es hier einen Registrator, der die Akten überhaupt finden konnte. Und für die neueren hat er auch ein Namensregister, aber für die Nachkriegszeit eben nicht. Und wenn man nicht weiß, wer der Notar war, bei dem der Vertrag beurkundet wurde, kann man es eigentlich gleich vergessen, hier irgendetwas schnell zu finden. Außerdem hat jeder Notar seine Urkunden nur nach Nummern abgelegt, nicht etwa nach Namen, wo man unter ›Winter‹ einfach nachsehen könnte. Ich bin bis jetzt erst zum dritten Notar vorgedrungen.«

»Und wie viele Notare sind es noch?«, fragte Walter Dreyer ganz besorgt.

»Weitere drei! Das dauert ewig!«

»Geht nicht, wir brauchen die Information viel schneller. Ich suche mit.« Walter nahm den nächsten Stapel und begann, nach notariellen Verträgen ab dem Sommer 1945 zu suchen. Er war kaum im Herbst angekommen, da juchzte seine Kollegin: »Hurra! Ich hab ihn.«

»Zeigen Sie mal her.«

»Hier, sehen Sie, Gemeinde Waldau und Anne und Emily Winter. Alles richtig. Und hier der Kaufpreis. Oh!« Lisa sah Walter mit großen Augen an.

»Richtig. Oh. Ein ganz schöner Batzen Geld für die damalige Zeit.«

Zügig liefen sie zur Kreisbehörde zurück, wo sie gespannt erwartet wurden.

Walter verschlang noch schnell ein belegtes Brötchen und trank den lauwarmen Kaffee. Lisa Lenz berichtete von ihrer Suche.

»Stolze Summe«, bemerkte Judith. »Da bin ich aber gespannt, was uns die zwei Damen nun zur Quelle ihres Vermögens verraten.«

»Das unterstützt immerhin Buschs Darstellung, dass sie professionelle Betrügerinnen waren.«

»Oder alle drei eine gemeine Räuberbande«, ergänzte Lisa Lenz.

Judith überlegte. »Warum erzählt Busch uns das eigentlich? Warum zieht er die Frauen mit rein?«

»Eine alte Rechnung? Sie schieden damals immerhin im Streit!«, erinnerte sich Walter schnell.

Judith war noch nicht überzeugt. »Nach vierzig Jahren? Das kann ich mir nicht vorstellen. Und inzwischen haben die sich bestimmt gesehen. Zumindest am Bahnhof, wenn die Frauen verreisten und er ihnen die Fahrkarten verkaufte. Übrigens ein hübscher öffentlicher Ort, bestens geeignet für die unauffällige Abwicklung krummer Geschäfte aller Art.«

»Sie meinen, die hätten sich wieder zusammengetan, Judith?«

»Was spräche dagegen? Nach einiger Zeit natürlich, als genügend Gras über die Sache gewachsen war.«

»Könnte gut sein. Zumindest, seit Busch in Gardelegen lebte. Fragen Sie ihn doch einfach direkt danach«, schlug Walter vor.

Karl Busch saß im Vernehmungsraum und wartete. Was würde weiter mit ihm geschehen? Was konnte die Polizei überhaupt beweisen?

Judith Brunner ging davon aus, dass ihm inzwischen klar geworden war, dass er sich zu sehr in Widersprüche verwickelt hatte, um ungeschoren aus der Geschichte herauszukommen.

Der Verdächtige versuchte es mit väterlichem Charme. »Vielen Dank für die Mahlzeit. War wirklich gut. Ich hätte nicht gedacht, dass man hier so gut verpflegt wird.«

Was wollte er? Seine Haut so teuer wie möglich verkaufen? Judith ging nicht darauf ein. »Sagen Sie, Herr Busch, woher wissen Sie, dass die Winter-Schwestern noch heute von ihrer Beute aus den Kriegsjahren zehren können?«

»Na das?« Erst jetzt bemerkte seinen Fauxpas. »Das habe ich so gehört.«

»Gehört? Von wem?«, ließ Judith Brunner nicht wieder locker.

»Weiß ich nicht mehr genau. Ist schon 'ne Weile her.«

»Herr Busch, bitte verkaufen Sie uns hier nicht für dumm. Ist es nicht eher so, dass Sie wieder zusammenarbeiten, als Trio?«

»Was? Wie kommen Sie denn da drauf?«, fragte Busch erschrocken zurück.

Seine plötzliche Empörung war echt, das spürte Judith. Was steckte dahinter? »Wieso regen Sie sich auf einmal so auf?«

»Wie soll ich mich da nicht aufregen? Ich mit denen zusammenarbeiten? Mit diesen ...«, er suchte nach Worten und Judith befürchtete ein äußerst unangenehmes Schimpfwort, »mit diesen Erpressern!«

Darauf war sie nicht gefasst. »Erpressern?«

»Na, erpresst haben die mich doch, all die ganzen Jahre!«

»Die Winter-Schwestern haben Sie erpresst?« Judith Brunner war ehrlich überrascht.

Walter Dreyer und Dr. Grede sahen sich im Nebenraum staunend an. »Das gibt's doch gar nicht. Diese fiesen Weiber!«, entfuhr es Dreyer. »Ist das denn noch zu fassen!«

Judith Brunner fragte höchst interessiert: »Womit denn?«

Eine Welle der Verbitterung brach aus Busch hervor: »Womit? Das kann ich Ihnen genau sagen. Die ersten Monate, als ich wieder in Gardelegen war, lief alles glatt. Ich richtete mich hier ein, führte ein normales Leben, wie man so schön sagt. Ohne Familie und den ganzen Kram, aber es ging mir gut. Bis die beiden plötzlich auftauchten! Für eine Fahrt zu einem ihrer Beutelager kaufte die ältere Schwester die Fahrkarten und erkannte mich sofort. Es war ein schrecklicher Moment. Ich hätte nie gedacht, die zwei je im Leben wieder zu sehen. Woher sollte ich denn ahnen, dass die damals hier in der Gegend hängen geblieben waren? Und dann fingen sie einfach an, mich zu erpressen. Baten mich freundlich um ein Gespräch, am Bahnhof, nach Dienstschluss, und drohten mir mit einer Anzeige. Also habe ich seitdem zum Teil ihren Lebensunterhalt finanziert.« Er lachte bitter auf. »Und selbstverständlich ihre Ausflüge bezahlt, wenn Nachschub an Schmuck oder Ähnliches aus den diversen Verstecken zu holen gewesen war.«

Judith Brunner fragte fürs Protokoll: »Wie hoch waren denn die Summen, die Sie zahlen mussten?«

»Nicht riesig. Die konnten sich ja mein Gehalt leicht ausrechnen und wussten, dass es gar nichts brachte, zu übertreiben. Außerdem kriegten sie auch von Heitmann was.«

»Wie bitte?«, schon wieder reagierte Judith Brunner deutlich stärker als gewollt.

»Heitmann, Sie wissen schon, der ›meine‹ Leiche damals beseitigte, ohne den Mord zu melden, und alle Spuren bestens verwischt hat.«

»Herr Busch, ich weiß, wer Heitmann ist! Er ist vor allem ein Mordopfer! Und Sie wissen mit Sicherheit, dass die Winter-Schwestern Heitmann erpressten?« Es klang unfassbar!

»Zumindest haben die beiden mir das so berichtet. Es gab keinen Grund für sie, mich zu belügen.« Busch konnte einen gewissen Triumph in seiner Stimme nicht unterdrücken, als er weiter sprach: »Na, damit haben Sie wohl nicht gerechnet!«

Damit hatte er allerdings recht. Wortlos verließ Judith Brunner den Raum.

Als sie Walter Dreyer sah, bekam sie einen Schreck.

Er war ganz grau im Gesicht. Nur mühsam konnte er seine Wut zähmen.

Dr. Grede fand als erster wieder Worte: »Das ist eigentlich an Skrupellosigkeit nicht zu übertreffen. Da lassen die Frauen den Heitmann im Glauben, sein erstochener Freund sei ein Vergewaltiger, überlassen ihm die Vertuschung ihrer vermeintlichen Notwehr und erpressen ihn dann auch noch wegen seiner Hilfeleistung. Erbarmungslos!«

»Das kann man wohl sagen! Mein Gott, und ich lebe mit diesen Monstern seit Jahrzehnten in einem Dorf. Wie soll ich das dort nur erklären?« Walter bekam sich langsam wieder in den Griff.

Judith Brunner schlug vor: »Wir müssen die beiden unbedingt zur Vernehmung herholen. Sofort!«

»Ich schicke gleich einen Wagen los, nein, besser zwei, obwohl die sich bestimmt schon längst abgesprochen haben.« Dr. Grede ging zum Telefon.

Walter Dreyer grübelte. »Ich weiß nicht, vielleicht auch nicht. Oder nicht in jeder Hinsicht. Das mit Karl Busch hat uns Anne Winter vorhin allein gestanden, Emily war nicht zu Hause.«

Dr. Grede nahm den Hinweis schnell zur Kenntnis. »Trotzdem, ich fahre selbst mit nach Waldau. Ich will mir das Haus mal ansehen. Sie warten bitte hier, ja?«

»Worauf Sie sich verlassen können«, bestätigte Judith Brunner.

Judith und Walter suchten sich ein leeres Büro, vom Verhörraum so weit weg wie möglich. Sie konnten Buschs Nähe nur noch schwer ertragen.

Walter verschwand auf der Herrentoilette, und als er zurückkam, sah Judith sein nasses Haar und auf seiner Stirn noch Wassertropfen.

»Ich musste meinen Kopf unter kaltes Wasser halten. Das habe ich noch nicht erlebt, mir ist immer noch richtig übel«, gestand er mit gebrochener Stimme.

»Kann ich Ihnen nachfühlen, ist mir bei manchen Fällen schon so gegangen, wenn zum Schluss alles herauskam. Das Böse kann man sich nur schwer vorstellen.«

Walter nickte. »Mir tut Emil Winter leid, obwohl ich ihn gar nicht kannte.«

Judith ließ ihm ein paar Minuten der Sammlung, bevor sie ihn wieder ansprach: »Warum hat Busch uns das wohl erzählt? Mit den Erpressungen, meine ich. Von selbst wären wir möglicherweise nie dahinter gekommen.«

»Natürlich um die Winter-Schwestern zu belasten! Weil es ihm eine Genugtuung ist, nicht alleine dran zu sein. Und wegen des tiefen Grolles, der sich über die langen Jahre angesammelt hatte.«

»Ja, ja. Das stimmt schon. Doch ist Ihnen aufgefallen, dass wir den beiden aktuellen Morden nicht wesentlich näher gekommen sind?«

»Sie meinen, er will uns damit nur ablenken?«

Judith legte ihre Hand auf seinen Unterarm und sah ihm zuversichtlich in die Augen. »Netter Versuch. Klappt aber nicht! Er steht immer noch ganz oben auf unserer Liste, stimmt's?«

Nun konnte auch Walter zaghaft lächeln. »Also, den Mord an Emil Winter haben wir jetzt endgültig geklärt. Es war Karl Busch, der ihn heimtückisch erstach. Ob wir ihm den Mord aber auch nachweisen können?«, fragte er bitter. »Da müsste Emily Winter noch aussagen. Und wenn nicht?« Mit trostloser Betonung gab Walter die Antwort selbst: »Der Totschlag wäre sicher schon verjährt.«

Judith blieb optimistisch. »Aber jetzt hat er erneut gemordet. Dafür ist er dran!« Sie ließ ihrer Gewissheit etwas Raum, dann setzte sie fort: »Warum bringt er die beiden Männer um? Dazu haben wir ihn noch gar nicht richtig befragt. Insofern hat seine Finte mit dem erpressenden Schwesternpaar funktioniert. Er hat schon etwas Zeit gewonnen.«

»Viel logischer wär's gewesen, wenn er die Winter-Schwestern ermordet hätte.« Walter griente freudlos zu seinem Einwurf.

»Hat er aber nicht. Er hat erst Heitmann und dann Ahlsens ermordet.«

Walter stellte sachlich fest: »Was wir noch nicht bewiesen haben.«

Judith nickte. »Gutes Stichwort. Ich setze voll auf die Faseranalyse. Und der nach hinten geschobene Beifahrersitz passt ebenfalls.«

»Und bei Paul Ahlsens? Wie hat er das angestellt?«

»Ich nehme an, sie waren verabredet. Ahlsens wollte seinen ehemaligen Kameraden zur Rede stellen, ihn vielleicht sogar auffordern, sich zu stellen. Aus Ehrgefühl neigen dergleichen Leute eher zu solchen Lösungen, als zu einer einfachen Anzeige bei der Polizei«, wusste Judith aus früheren Fällen.

»Und bezahlen dafür mit ihrem Leben! Ahlsens wollte eigentlich nur helfen«, machte Walter nochmals klar.

»Ach hier stecken Sie, alle suchen schon nach Ihnen«, Lisa Lenz schaute ins Zimmer. »Dr. Grede ist zurück. Er bittet Sie dringend in sein Büro!«

Sie eilten in die obere Etage und betraten Gredes Arbeitszimmer.

»Anne Winter haben wir hier; Emily Winter ist von der Bildfläche verschwunden«, begrüßte er sie.

»Was, tatsächlich?!«

Dr. Grede berichtete: »Ihre Schwester sagt, sie hat sie seit gestern Abend schon nicht mehr gesehen.«

»Was soll denn das nun wieder bedeuten?« Walter Dreyer konnte sich mittlerweile alles vorstellen, selbst abwegige Ideen wie eine Entführung durch Irmgard Rehse und Johannes Meiring mit anschließendem Mord aus Rache. Aber zum Glück dachte er nicht laut.

»Ich habe schon die Fahndung rausgegeben, mehr können wir im Moment nicht tun«, konstatierte Dr. Grede.

»Ob sie abtauchen will?«, schlug Walter vor.

Judith Brunner spekulierte: »Vielleicht hat sie sich auch umgebracht?«

»Die? Kann ich mir nicht vorstellen, so eine eiskalte ...«, Walter Dreyer beendete den Satz lieber nicht. »Skrupel oder gar Reue kennt die sicher nicht.«

»Würde sie denn ihre Schwester einfach so im Stich lassen?«, fragte Dr. Grede nach.

»Um die eigene Haut zu retten? Die schon«, war sich Judith Brunner ziemlich sicher.

»Nehmen wir mal an, sie hat von Annes Geständnis erfahren und macht sich nun aus dem Staub.« Etwas in Walter Dreyers Tonfall ließ die anderen aufhorchen.

»Ja?«

Dreyer begründete kurz: »Ob Anne Winter das gefällt? Sie geht in den Knast und ihre Schwester lebt weiter von den Früchten ihrer ›Arbeit‹?«

Dr. Grede nickte anerkennend. »Sie meinen, wir können die beiden gegeneinander ausspielen? Anne Winter verunsichern? Hm. Einen Versuch ist das schon wert. Frau Brunner, Sie führen bitte auch diese Befragung durch. Und wir beide, Herr Dreyer, hören wieder zu.«

~ 63 ~

Ohne große Vorrede wurde Judith Brunner sehr direkt: »Leider mussten wir feststellen, dass Sie uns weiter belügen, Frau Winter.«

»Das stimmt nicht, ich weiß wirklich nicht, wo meine Schwester ist.«

»Darum geht es gar nicht. Ihre Schwester hat sich mit Sicherheit abgesetzt. Uns geht es ...«

»Abgesetzt?«, unterbrach Anne Winter sofort.

»Ja. Überrascht Sie das etwa?« Judith konnte nicht freundlich sein.

»Aber, aber? Sie kann doch nicht?« Anne Winter wirkte eher durcheinander als ungläubig.

»Wann haben Sie sie denn zuletzt gesehen?«

»Na gestern Abend, bevor ich zu Irmgard Rehse gegangen bin«, gab sie ehrlich zu.

»Aha. Ihre Schwester konnte sich sicher denken, was Sie vorhaben. Oder hatten Sie das sogar mit ihr besprochen?«

»Nein, natürlich nicht! Was glauben Sie denn! Das hätte Emily niemals gestattet. Und auch nicht verstanden. Jetzt noch den Mund aufmachen, wozu?«

»Ja genau. Wozu eigentlich? Das haben wir uns auch gefragt, Frau Winter.«

»Ein Moment der Schwäche, junge Frau. So etwas gibt es eben mal im Leben. Mir tut es selbst schon furchtbar leid.«

Das glaubte Walter ihr aufs Wort. Bis an ihr Ende würde diese Frau es bereuen, über die Ereignisse gesprochen zu haben. Ihre

Verbrechen hingegen würden ihr Gewissen nicht belasten.

»Ihre Schwester können wir nun nicht zur Verantwortung ziehen, wer weiß, ob sie gefunden wird. Also werden Sie allein für alles geradestehen müssen. Karl Busch hat Sie sehr schwer belastet.«

»Der?«

»Ja, der!«, betonte Judith Brunner sehr sicher.

»Na, der hat's nötig!«, empörte sich Anne Winter.

»Sie brauchen hier nicht die verletzte Unschuld zu spielen, Frau Winter. Auch die Erpressungen werden wir Ihnen nachweisen können!«

»Erpressungen?« Anne Winters Augen wurden zu Kieselsteinen.

Und Judith Brunner war es leid. »Lassen Sie das. Ich habe nicht vor, so weiter zu machen. Also geben Sie die Erpressungen zu?«

»Ja, und wenn schon. Das bisschen Geld!« Anne Winter klang sehr verächtlich.

Judith Brunner wollte es unbedingt aus ihrem Mund hören. »Bisschen? Wen alles haben Sie denn erpresst?«

»Busch.«

»Und?«

Patzig kam die Antwort: »Nichts und.«

»Wir wissen noch von Laurenz Heitmann!«

Jetzt wurde Anne Winter doch etwas unruhig. »Ach so?« Trotzdem nickte sie.

»Wie haben Sie Heitmann erpresst, ohne dass es jemandem auffiel?«, fragte Judith Brunner, jetzt schon wieder etwas ruhiger. Sie erinnerte sich, dass niemand engere Kontakte der Winter-Schwestern zu dem Chauffeur erwähnt hatte.

»Nun, ganz einfach, unsere Heimatfreunde-Treffen boten stets Gelegenheit dazu.«

»Und womit haben Sie ihm gedroht?«

»Hm, anfangs mit einer Anzeige bei der Polizei, er hätte den Überfall vertuschen wollen. Und als das verjährt war, einfach damit, Irmgard Rehse alles zu erzählen. Das fürchtete er fast noch mehr.«

»Hat er Ihnen auch geholfen, das Haus zu bekommen?«

»Natürlich. Er hat es zum großen Teil sogar bezahlt.«

Judith schluckte. Die Liste der unsäglichen Grausamkeiten

wuchs. »Als Sie dann später wieder auf Busch getroffen waren, wären sie verpflichtet gewesen, ihn anzuzeigen und alles hätte aufgeklärt werden können.«

»Ja, aber auch unsere ...« Erschrocken hielt sie inne.

»Was wäre noch herausgekommen, Frau Winter?«

Anne Winter sagte sehr bestimmt: »Ich weiß nicht, was Sie meinen.«

»Ach, ich dachte, Sie meinen Ihre Raubzüge«, sagte Judith Brunner und zeigte damit, dass Busch auch das schon längst verraten hatte.

»Unsere was?! Kann der denn seinen Mund nicht halten!« Anne Winter war wirklich ärgerlich, versuchte dann aber eine andere Masche: »Und wovon hätten wir sonst leben sollen?«

»Sie geben also zu, gestohlen und geraubt zu haben.«

Doch Anne Winter beschloss zu schweigen. Sie sah Judith Brunner nur vorsichtig an.

Die tat so, als lenke sie ein. »Na gut, wir können später auch Ihre Schwester dazu befragen. Kommen wir auf die Erpressung von Laurenz Heitmann zurück. Wieso machten Sie damit stets weiter? Er hatte Ihnen beim Start in Waldau doch geholfen?«

»Wir brauchten auch sein Geld«, gab Anne Winter kleinlaut zu.

Walter zweifelte inzwischen am Verstand der Frau. Für ihn war das Ausmaß an Raffgier kaum zu steigern.

Judith ging unerwartet in die Offensive: »Frau Winter, ist Ihnen eigentlich klar, dass Sie uns mit der Erpressung ein gutes Motiv für den Mord an Laurenz Heitmann bieten?«

Anne Winter konnte ihr nicht folgen. »Was meinen Sie?«

»Nehmen wir mal an, Heitmann hatte Ihre Erpressungen endlich satt und beabsichtigte, zur Polizei zu gehen. Das konnte Ihnen nicht gefallen, und Sie oder Ihre Schwester haben ihn umgebracht!«

»Nein«, sagte die Angeschuldigte ohne Zögern.

»Nein?«

Leise setzte Anne Winter hinzu: »So war es nicht.«

Judith Brunner erhöhte noch den Druck. »Und Laurenz Heitmann hatte sich Paul Ahlsens anvertraut. Auch den mussten Sie noch ermorden!« Judith wusste, wie unwahrscheinlich das klang, doch bisher waren ihre Annahmen von der kriminellen Energie der Schwestern stets weit übertroffen worden.

»Wie hätten wir das denn anstellen sollen?«, fragte Anne Winter unschuldig.

»Ist Ihre Schwester deshalb auf der Flucht? Hat sie's getan? Dadurch wird sie Ihnen alles in die Schuhe schieben!«

Anne Winter lächelte. »Das kann sie nicht.«

»Wieso nicht?«

»Weil, weil ... es war Karl Busch!«

Im Nebenraum hätte Walter jubeln können! Und Dr. Grede fiel ein Stein vom Herzen. Immerhin leitete er zurzeit die Kreisbehörde und hätte sein Interregnum ungern mit einem Misserfolg gefüllt.

Judith Brunner blieb äußerlich gelassen. »Das ist ein lächerliches Ablenkungsmanöver, Frau Winter. Glauben Sie wirklich, ich falle darauf rein?« Ihre Provokation wirkte.

Entrüstet antworte Anne Winter: »Fragen Sie ihn doch! Emily hat ihn ...« Dann hielt sie inne.

»Was wollten Sie sagen?«, fragte die Kommissarin ruhig nach.

»Emily hat ihn beauftragt!«

»Das ist eine schwere Anschuldigung, Frau Winter. Würden Sie das bitte erläutern!«

Anne Winter setzte sich in Positur, aufrecht, mit geschlossenen Knien, die Hände auf dem Schoß, so als säße sie in einem alten Film im Zeugenstand. »Der Heitmann hat uns bei irgendeiner Veranstaltung der Heimatfreunde im Frühjahr belauscht. Wir unterhielten uns vor der Tür über eine Anpassung der Konditionen für Karl Busch. Er hatte wahrscheinlich durch ein offenes Fenster einiges mitgehört, dummerweise auch den Namen. So kam er drauf, dass er nicht der Einzige war, der Geld zu zahlen hatte. Na ja, er fing an, uns zu beobachten. Dadurch bekam er Wind von unseren, hm, Geschäften. Zwei Männer, unsere Zwischenhändler, fing er ab. Drohte ihnen mit Anzeige, es sei denn, sie berichteten, was sie wussten und hielten sich zukünftig fern von Waldau. Das hat uns schon etwas geärgert, denn es wurde schwieriger, den Schmuck und das ganze Silberzeug loszuwerden. Dann drehte er den Spieß sogar um. Als seine nächste Rate fällig war, zahlte er nicht mehr und meinte, wir sollten zufrieden sein, wenn er uns nicht anzeigt. Außerdem sollten wir den Handel unterlassen. Er würde uns im

Auge behalten. Da saßen wir ganz schön dumm da – völlig ohne Einkommen!«

»Und weiter?«

»Emily machte einen Fehler! Um wieder an Geld zu kommen, wollte sie Heitmann Informationen verkaufen.«

»Welche?«

»Sie lieferte ihm Karl Busch.«

»Wie das denn?«

»Er hatte doch den Namen gehört und fragte sie eines Tages danach. Und dann bot sie ihm an, mehr über den Mann zu erzählen, gegen Geld und zukünftiges Schweigen natürlich.«

»Und Heitmann ging darauf ein?«

»Ja!« Ein hartes Lächeln umspielte Anne Winters dünne Lippen. »Er bekam mehr zu hören, als er erwartete.«

»Warum tat sie das?«

»Wir waren gekränkt! Heitmann wollte nicht mehr zahlen. Drohte uns sogar! Und wir wollten, dass er litt, wenn er die wahre Geschichte hörte. Wenn ihm klar wurde, dass wir ihn die ganzen Jahre nur benutzt hatten. Das war unsere ganz persönliche Rache für seine Treulosigkeit!«

Judith Brunner vermochte nur, Anne Winter ausdruckslos anzusehen. Für das Handeln dieser Frauen kannte sie keine Worte mehr. Und zuschlagen durfte sie nicht.

Anne Winter berichtete weiter: »Emily erzählte die Wahrheit, verschwieg aber aus gutem Grund, wo Karl Busch zu finden sei. Das muss Heitmann keine Ruhe mehr gelassen haben.«

»Und was passierte dann?«

»Er reagierte nicht so, wie wir das vereinbart hatten, zog sich nicht zurück! Im Gegenteil, wir hatten das Gefühl, er machte weiter, kam zu den Heimatfreunden, traf sich mit den Leuten hier im Dorf. Vor nicht allzu langer Zeit informierte uns Busch darüber, dass sich überraschend ein alter Kriegskamerad aus Waldau bei ihm gemeldet hätte, der sich mit ihm treffen wollte. Und als er den Namen Paul Ahlsens nannte, wurde uns schlagartig klar, dass Heitmann Erfolg gehabt haben musste: Er hatte Fakten zusammengetragen und am Ende sogar Busch gefunden! Wie auch immer, wir waren uns jetzt gewiss, dass Heitmann einen Mitwisser haben konnte.«

Bei den Recherchen wird Paul Ahlsens geholfen haben, dachte Judith, vielleicht gelang es ihnen nachzuvollziehen, wie er das bewerkstelligt hat.

Anne Winter berichtete weiter: »Uns war klar, dass Heitmann nicht aufhören würde. Emily versuchte noch, ihn über seine Pläne auszuhorchen, doch er wollte nicht mehr mit ihr reden. Na ja, da meinte sie, wir dürften nicht nur abwarten, sondern müssten selbst etwas unternehmen.«

»Und da haben Sie ihn umgebracht!«, provozierte Judith Brunner noch einmal.

»Nein. Der Busch! Das sagte ich doch.«

»Wird Herr Busch uns das bestätigen?«

»Muss er ja.«

»Na gut, wir werden ihn gleich fragen!«

Nach diesem Verhör war Judith geschafft. Es hatte sie mehr angestrengt, als sie dachte. Inzwischen war es später Nachmittag geworden. Völlig ausgelaugt saß sie mit den anderen Polizisten im Besprechungszimmer. Zumindest hatte ein spendabler Geist für Verpflegung gesorgt.

Dr. Grede informierte die versammelte Runde über die bisherigen Ergebnisse aus den Verhören. »Busch hat gestanden, Emil Winter erstochen zu haben. Und Anne Winter hat sowohl ihre Diebstähle, die Hehlerei als auch die Erpressungen zugegeben. Sogar die Anstiftung zum Mord durch ihre – natürlich abwesende – Schwester. Gibt es zu der schon Neuigkeiten?«

Kopfschütteln bei den zuständigen Kollegen.

Grede machte weiter: »Sie hat außerdem Busch der Morde an Laurenz Heitmann und Paul Ahlsens bezichtigt. Bisher läuft es also gut, doch wir brauchen neben diesen Beschuldigungen auch Beweise.« Er blickte zu Thomas Ritter.

Der grinste zufrieden in die Runde. »Die Wollfasern stimmen überein. Also die vom Beifahrersitz und von Buschs Uniform. Aber wir haben noch Besseres: An der Jacke sind auch winzige Blutspuren. Es dauert noch ein bisschen, aber bald wissen wir, von wem!«

Plötzlich löste sich die Anspannung im Raum. Der Durchbruch war geschafft.

Dr. Grede ließ den Leuten etwas Zeit für ihre Freude, bevor er fortfuhr: »Paul Ahlsens wird Aufzeichnungen gehabt haben über seine Recherchen. Wo sind die? Auf dem Gut in Waldau? Sucht auch noch mal gründlich im Bahnhof. Vielleicht hatte Ahlsens sie noch bei sich, als er mit Busch zusammentraf.«

»Dann könnte der die Unterlagen auch haben.«

»Richtig. Fragen Sie ihn auch danach, Frau Brunner.«

Thomas Ritter erhob sich und verkündete: »Wir machen zuerst die Hausdurchsuchung bei Busch, dann geht's noch mal zum Bahnhof. Wir finden was, versprochen!« Seine Männer folgten ihm.

Die Besprechung löste sich auf, manch einer griff noch rasch ein Brötchen, bevor es wieder an die Arbeit ging.

Walter lehnte sich zu Judith und flüsterte: »Bald haben Sie das geschafft. Sie machen das großartig.«

Sie war ihm dankbar für die unerwartete Aufmunterung, dennoch blieb sie zurückhaltend. »Mal sehen, was uns noch erwartet. Eigentlich ist das kaum noch zu überbieten.«

~ 64 ~

Konzentriert versuchte Judith Brunner, das Verhör fortzusetzen. »Herr Busch, Anne Winter hat uns eben mitgeteilt, dass Sie von ihrer Schwester den Auftrag hatten, die beiden Männer aus Waldau zu ermorden.«

»So, hat sie das?« Ein Zucken im Gesicht verriet, dass auch Busch noch Nerven hatte.

»Trifft das zu?«

»Sie hat mich erpresst, das gemeine Aas!«

Judith sah keine Veranlassung, seine Beschimpfung zu korrigieren. »Mit der alten Geschichte?«

Busch wiegte leicht den Kopf.

»War das wirklich noch so schwerwiegend, um dafür zwei Morde zu begehen? Die Sache war längst verjährt, das wussten Sie doch auch?«

»Na, ja, die Sache schon, doch wenn sie mich angezeigt hätte, wäre es doch trotzdem zu Ermittlungen gekommen, oder?«

Judith bestätigte nickend.

»Na, und dabei wäre sicher meine Zeit bei den Brandenburgern und dann bei der SS ans Tageslicht gekommen. Das wusste aber bisher niemand.«

»Und was wäre da bekannt geworden?«

»Keine Ahnung. Wir waren damals nicht zimperlich! Ich hatte das bisher verschwiegen, nie angegeben auf irgendeinem Fragebogen. Hätte sicher Ärger gegeben.«

»Mehr als bei zwei Morden?«, fragte Judith Brunner jetzt schockiert.

»Sie hätten mich ja nicht finden müssen! Ich dachte, ich hätte alles gut geplant.«

»Schildern Sie den Tathergang bei Laurenz Heitmann«, forderte Judith ihn ohne Umschweife auf. Das provokative Selbstmitleid Buschs ging ihr gehörig auf die Nerven.

»Was soll ich da groß erzählen. Er rief mich am Mittwoch letzter Woche an und teilte mir mit, dass er am Donnerstag zum Bahnhof kommen würde. Er hätte jemanden abzuholen. Er würde ein paar Minuten früher kommen und wollte mich kurz sprechen. Ich rief gleich in Waldau an, Emily Winter meinte nur, ich wisse ja, was zu tun sei. Sie würden morgens mit dem Zug verreisen und dann mittags zurückkommen, so hätten wir im Notfall eine Gelegenheit, uns nochmals abzusprechen.«

»Im Notfall?«

»Na, wenn etwas schief gehen sollte.«

»Weiter.«

»Heitmann kam, als ich gerade Fahrgäste zu bedienen hatte. Er stand einfach da und starrte mich an. Ich kannte ihn ja bis dahin nicht persönlich, doch wusste ich gleich, wer das war. Dann deutete er in Richtung Frachtschalter und ging davon. Ich dachte erst, er wolle mich da treffen, doch als ich dann raus ging, sah ich ihn gerade zu seinem Auto gehen. Sonst war niemand zu sehen. Ich folgte ihm, setzte mich neben ihn und, na ja.«

»Sie stachen einfach zu?«

»Ja.«

»Ohne mit ihm zu reden?«

»Worüber denn? Ich kannte ihn nicht, er wollte mir ans Leder!«

»Wo hatten Sie die Waffe her?«, fragte Judith Brunner. Nach

dem Geständnis brauchte sie jetzt noch Beweise. Täterwissen!

»Selbst gemacht. Haben wir damals gelernt.« Ein gewisser Stolz in Buschs Stimme war nicht zu überhören.

»Und die hatten Sie stets bei sich? Oder im Büro versteckt?«

»Ich gehe nie ohne aus dem Haus. Bin ich dran gewöhnt.« Wie weit geht der Wahnsinn noch, dachte Judith. Doch dann fiel ihr ein, dass sie bei Busch keine Waffe gefunden hatten. »Kann nicht stimmen, heute hatten Sie keine dabei.«

»Finden Sie schon noch. Ein paar Messer hab ich immer im Büro, kam einfach nicht mehr ran.«

»Hm, was haben Sie nach dem Mord am Donnerstag getan?«

»Ich musste mich beeilen, der Mittagszug kam bald und da sind dann meist auch Leute am Bahnhof, denen mein Fehlen aufgefallen wäre. Oder der Busfahrer hätte mich sehen können. Doch alles klappte. Ich saß rechtzeitig in meinem Kabuff. Als der Zug kam, stiegen die Schwestern aus und ich bedeutete ihnen, dass es erledigt war.«

Die Skrupellosigkeit des Mannes war erschütternd. »Und Paul Ahlsens?«

»Der spielte sich nur auf! Ob ich keine Ehre hätte und so. Er machte mich nur wütend.«

»Warum brachten Sie ihn um?«

»Er wusste, was mit Heitmann passiert war und sagte mir auf den Kopf zu, er hielte mich für den Mörder. Er wollte zur Polizei gehen, wenn ich mich nicht selbst anzeigte! Was blieb mir da denn anderes übrig?«

»Also hat Ihnen für diesen Mord niemand den Auftrag gegeben? Es war Ihre eigene Entscheidung.«

Karl Busch hatte nichts dazu zu sagen. Und auch bei allen anderen Fragen blieb er stumm.

Judith Brunner ließ ihn in seiner Erbärmlichkeit zurück.

Freitag

~ 65 ~

Judith saß, immer noch etwas erschöpft, in der Küche ihrer Gastgeberin und sah Laura zu, wie sie das Abendessen vorbereitete. Sie hatten bereits eine Flasche Rotwein geöffnet und angestoßen. Es war ihr letzter Abend in Waldau und Laura hatte vorgeschlagen, ihn gemeinsam zu verbringen. Walter Dreyer würde auch noch kommen. Eigentlich hatte Laura eine größere Runde geplant, doch weder Astrid Ahlsens noch Irmgard Rehse war nach Geselligkeit zumute.

Gestern Abend hatte Judith ihr nur kurz von der Verhaftung Anne Winters und Karl Buschs berichtet.

So nutze Laura jetzt die Gelegenheit, ihren Gast etwas auszuhorchen. »Wissen Sie inzwischen auch, warum die beiden mich angegriffen haben?«

Bei den Verhören am Vormittag hatte Judith alles noch erfahren. »Busch hatte sofort bei Emily Winter angerufen, da er in Ihnen eine mögliche Zeugin vermutete. Als die beiden Schwestern dann vom Heimatfreunde-Abend kamen, nutzten sie einfach die Gelegenheit und versuchten, Sie als Risiko zu beseitigen.«

»Und der Strauß?«

»Davon wusste sie nichts. Vielleicht hatte ihn tatsächlich nur jemand vergessen?«

Laura fröstelte bei der Erinnerung an die Schläge. »Da hatte ich ja großes Glück, dass sie es nicht noch einmal versucht haben.«

Judith lächelte. »Das Wagnis war ihnen wohl zu groß, da haben sie lieber gewartet, ob wir ihnen überhaupt auf die Schliche kommen.«

Das leuchtete Laura ein. Schließlich war sie nach dem Überfall stets in Gesellschaft anderer gewesen.

Glücklich, jetzt alles überstanden zu haben, prosteten sich die beiden Frauen zu und gaben sich still ihren Gedanken hin.

Judith Brunner freute sich über die erfolgreiche Ermittlung, und gerade deshalb konnte sie die Eindrücke der letzten Stunden noch nicht ganz aus ihrem Kopf verdrängen. Den Tag über hatte sie in Gardelegen mit ihren Kollegen in der Kreisbehörde versucht, den Papierkram zu erledigen und noch einiges aufzuklären. Thomas Ritter hatte in Buschs Haus ein umfangreiches Stichwaffenarsenal entdeckt. Auch im Schalterraum am Bahnhof stießen er und seine Leute auf gefährlich aussehende Messer. Judith malte sich kurz aus, was alles hätte passieren können, wenn Busch es noch geschafft hätte, an ein Messer heranzukommen. Sie unterdrückte den Gedanken an die unmittelbare Gefahr schnell wieder. Viel interessanter aber waren die in Buschs Schreibtisch gefundenen Aufzeichnungen von Paul Ahlsens. Es waren Originaldokumente darunter, die Paul Ahlsens wohl aus dem Archiv in der Stadtbibliothek entwendet hatte. Die Spurensicherung entdeckte außerdem in Ahlsens' Wagen eine verschlossene Ledertasche mit alten Papieren. Es würde Tage dauern, das alles auszuwerten. Doch darum musste sie sich nicht mehr kümmern. Für Judith war der Fall abgeschlossen.

Laura selbst hatte bei Irmgard Rehse gleich morgens vorbeigeschaut und sie beim Frühstücken angetroffen. Das war ein gutes Zeichen. Laura hatte sich dazugesetzt und einfach noch einmal mit gefrühstückt. Und über dem Hin- und Herreichen von Butter und Pflaumenmus waren sie ins Reden gekommen und ab und zu ins Schluchzen. Am Vorabend hatte Walter seine Nachbarin noch aufgesucht und ihr behutsam die Wahrheit mitgeteilt. Laura tat das angerichtete Leid weh. Das Weinen ertrug sie nur, weil sie wusste, es würde helfen.

Nach einer Weile hatte Tante Irmgard sich beruhigt. »Weißt du, Laura, der Emil war ein feiner Kerl, der hat helfen wollen. Nun wissen wir, was mit ihm passiert ist. Und wir können uns um ihn kümmern. Das hat mich schon getröstet.«

»Und außerdem haben Walter und seine Kollegen die Schuldigen gefasst, das ist doch auch gut.«

»Das kannst du laut sagen«, wurde ihr energisch zugestimmt, »und die können von Glück sagen, dass sie mir jetzt nicht mehr in die Hände fallen können!«

»Tante Irmgard!«

»Ja was denkst du denn? Als Anne Winter vorgestern Abend herkam und mir alles erzählte, war ich nur zu geschockt, um sie nicht gleich zu erwürgen! Ich war so wütend! Denkst du etwa auch, alte Menschen können nicht mehr zornig werden?« Und sie fing wieder an zu weinen.

»Aber nein, so ein Unsinn. Du darfst so wütend sein, wie du willst.« Eigentlich war ihr die wütende Tante Irmgard sogar erheblich lieber als die verzweifelte.

»Ich geh gleich zum Hannes hoch, wegen der Beisetzung vom Emil und vom Laurenz.«

»Wollt ihr sie zusammen begraben?«

»Müssen wir alles noch besprechen, auch mit Botho Ahlsens, wegen seines Bruders.«

Drei Begräbnisse. Was für Zeiten! Laura konnte sich nicht erinnern, in Waldau jemals von Vergleichbarem gehört zu haben. »Wenn du meine Hilfe brauchst ...«, bot sie an.

»Danke, meen Deern, det kriege mer woll hin. Will mal los dann.«

»Soll ich heute noch mal vorbeikommen? Ich habe Zeit, will bloß mal nach Astrid sehen.«

»Dat lass man, ick blieb hüt gern für mich.«

Auch Astrid ging es nicht gut. Sie war noch nicht einmal aufgestanden. Mit Mühe hatte Laura sie dazu bewegen können, einen Tee zu trinken. Essen wollte sie nichts. Sie war blass und wirkte äußerst fahrig. Ein wenig wunderte sich Laura schon über diese Reaktion. Hatte sie das innige Verhältnis Astrids zu ihrem Onkel unterschätzt? Ein Gespräch kam nicht zustande. »Möchtest du wieder schlafen?«

»Was? Ach nein, ich kann nicht schlafen, jetzt muss ich über vieles nachdenken. Ich wäre nur gern allein dabei, sei mir nicht böse.«

»Bin ich nicht, ruh dich ruhig aus. Und melde dich, wenn du mich brauchst.« Etwas beunruhigt ging Laura vom Gut; Botho Ahlsens hatte sie überhaupt nicht zu sehen bekommen.

Laura war froh gewesen, nach ihren Besuchen ein paar Stunden für sich zu haben, Zeit, um über alles nachzudenken, und für die Vorbereitungen für den kleinen Abschiedsabend.

Sie nippte wieder an ihrem Wein. »Wissen Sie, worüber ich ständig grübeln muss, Judith?«

»Hm?« Auch Judith war mit ihren Gedanken noch woanders.

»Warum haben Anne und Emily Winter das gemacht, warum nur? Dieses Maß an Täuschung! Es macht die ganze Geschichte so böse. Niemand hier hatte ihnen etwas getan!«

»Es ist wirklich unerträglich. Eigentlich ist es nur Habgier, profane Habgier gewesen, mit nichts zu beschönigen. Es kommen aber noch Eigenschaften dazu, die zum Glück nicht so häufig anzutreffen sind: keinerlei Fähigkeit zum Mitgefühl, emotionale Unempfindlichkeit.«

»Wie wird man so?«

Judith versuchte eine Erklärung zu finden: »Na ja, wir wissen nicht, wie sie aufgewachsen sind. Ob sie uns davon berichten werden? Wie war das mit dem Tod ihrer Eltern? Wir kennen noch nicht einmal ihre richtigen Namen! Und dann der Krieg, ihr Marsch durch den Winter. Doch dieses Schicksal haben Tausende andere auch geteilt, und Schlimmeres durchgemacht. Und die wurden nicht zu Verbrechern.«

Laura nickte. »Die meisten haben sich anders entschieden. Ich denke, es gibt keine Entschuldigung für das, was die Winter-Schwestern getan haben.«

Sie war gerade fertig damit, den Tisch zu decken, als Walter endlich hereinkam. Judith und Laura sahen ihm erwartungsvoll entgegen. »Gibt's was Neues?«

»Sie haben Emily Winter gefunden. In Stendal. Mit einer Tasche voller Schmuck. Sie hat heute Nachmittag tatsächlich versucht, ein paar wertvolle Stücke zu verkaufen, und dem Händler kam die Sache nicht ganz sauber vor. Er rief vorsichtshalber die Polizei, und wenig später hat man sie in einem Restaurant verhaftet.«

Die gute Nachricht hob die Stimmung der Frauen für einen Moment. Erleichtert setzten sie sich mit Walter zum Essen nieder, ließen es sich schmecken und versuchten ein harmloseres Tischgespräch. Und so boten die einheimischen Spezialitäten wieder einmal Anlass, über Gewürze, Brotsorten und das Landleben im Allgemeinen zu schwärmen. Doch gelang es ihnen kaum, die vorgetäuschte Heiterkeit bis zum Ende der Mahlzeit durchzuhalten, zu präsent waren die kürzlichen Ereignisse.

»Was passiert nun mit den drei Verbrechern, Judith?«, wollte Laura wissen.

»Na, sie werden angeklagt, die Winter-Schwestern auf jeden Fall für gefährliche Körperverletzung, wenn nicht sogar für versuchten Mord – und das nur für den Anschlag auf Sie, Laura. Dazu kommen noch Anstiftung zum Mord, Raub, Erpressung. Bei Busch zwei Morde! Und wer weiß, was über seine Kriegszeit noch herauskommt? Das dürfte für eine lange Zeit im Gefängnis reichen.«

Allerdings waren diese erfreulichen Aussichten nicht genug, um Lauras plötzlich wieder aufkommende Traurigkeit zu vertreiben. Drei gute Männer waren tot. Sie würde keinen Grund dafür akzeptieren können.

Walter versuchte, sie aufzumuntern: »Die sind damit aber nicht durchgekommen, Laura. Und dir geht es bald wieder besser.« Er zwinkerte ihr kaum merklich zu. Laura wurde wieder warm ums Herz und still wollte sie Walter danken.

Doch der sah gerade Judith auf ganz besondere Art an. »Alles wurde aufgedeckt. Und wir haben sie geschnappt! Habt ihr auch ein Glas für mich?«

~ ~ ~

Katzen sollen den Menschen ja nicht wegen seiner Fähigkeit, Futter bereitzuhalten, schätzen – die setzen sie voraus – , sondern wegen seines Unterhaltungswerts. Wilhelmina belauschte ihre Menschen, auf dem Sessel zufrieden schnurrend, und mit der ihrer Art eigenen Allwissenheit war sie sicher, dass sie nur das Weitere abzuwarten brauchte.

Printed in Poland
by Amazon Fulfillment
Poland Sp. z o.o., Wrocław

14716328R00183